# 新日檢 絕對合格
# N1, N2, N3

n0, n1, n2, n3, n4, n5　n1　n2　n3　n4　n5

# 文法

吉松由美・西村惠子・田中陽子◎合著

## 比較辭典

山田社
San Tian She

U0073348

瑣碎時間是珍珠，它散落在吃飯後、等車時、做家事間，
把這些珍珠串起來，就價值連城啦！
《新制對應絕對合格N1,N2,N3文法比較辭典》出MP3日文朗讀版！
讓您充分利用瑣碎時間也能怎麼考，怎麼過！
日檢文法考試，經常讓您「左右為難」嗎？
利用筆記術，提煉解題線索，充分比較，才能做對、做全、得滿分

日檢文法常覺得枯燥乏味嗎？

「過五關斬六將」讓考試如線上遊戲，贏在考場爭取考試成績王道就要，
精選好的試題，並加強演練，增加做題熟悉度和速度！

考文法最重要的是懂得分析句子的結構，只要將結構拆解成功，就算成功了。

即使裡頭一堆生字，但只要掌握結構，一切很簡單：

### **1 獨門拆解句子結構技巧，是您考試必備利器**

　　《新制對應絕對合格N1,N2,N3文法比較辭典》為了解除您多年來的文法迷思，也讓您在速讀文章時不被文法架構綁住，除了精選好試題之外，並告訴您如何拆解句子結構，反覆訓練您應考技巧。進而，在考場上繳出漂亮的成績單！

### **2 刁人的文法，也能一看題目，就找到答案**

　　書中，特別將難分難解刁人的易混淆文法項目，進行整理、歸類，按目的、時間、原因、傳聞…等機能別的實際用法，並分析易混淆文法間的意義、用法、語感…等的微妙差異。讓您在考場中不必再「左右為難」「一知半解」，一看題目就能迅速找到答案，一舉攻下高分！

### **3 「過五關斬六將」考試如線上遊戲，讓您贏在考場**

　　豐富的考題，以過五關斬六將的方式展現，讓您寫對一題，好像闖過一關，就能累積實力點數。沒過關還有文法博士，為您解說通關訣竅，點出考點為何，並將各選項逐一解說，讓您充分弄懂題意，絕對贏在考場！

### **4 利用筆記術，提煉解題線索，讓您做對、做全、得滿分**

　　「過五關斬六將考試」的考題講解，導入了日本高中生的上課筆記術，看書就像在看您自己的上課筆記一樣，親切好懂，買一本書就像帶了一個老師回家！同時學習做筆記的方法，一生受用無窮！其中，搭配文法提示、答案、解說及譯文，讓您可以即時演練、即時得知解題技巧，保證學習成效No. 1！也就是讓您做對、做全、得滿分。

### **5 「瑣碎時間是珍珠」，它能讓您「倍增文法量」「通過新日檢」**

　　本著利用「瑣碎的時間」，也能「倍增文法量」「通過新日檢」的意旨，附贈日語朗讀光碟，讓您不論是開車、等公車，一個人喝咖啡，吃飯後，洗澡、做家事，都能隨時隨地聽CD，無時無刻增進日語文法能力，也就是走到哪，學到哪！怎麼考，怎麼過！

# 目録 Contents

N3
比較文法

# 文型接續符號

跟文法相關的接續符號如下：

| 品詞の活用形 | | 記号 | 用例 |
|---|---|---|---|
| 名詞・名詞句 | | N | りんご、人、愛情、去年行ったところ、きのう話したこと |
| ナ形容詞 | ナ形容詞語幹 | Na | きれい、静か、元気 |
| イ形容詞 | イ形容詞普通体 | A | おもしろい、おもしろくない、おもしろかった、おもしろくなかった |
| | イ形容詞語幹 | A- | 寒、おもしろ、大き |
| | イ形容詞辞書形 | A-い | 寒い、おもしろい、大きい |
| | イ形容詞ク形 | A-く | 寒く、おもしろく、大きく |
| | イ形容詞否定形 | A-くない | 寒くない，おもしろくない、大きくない |
| | イ形容詞テ形 | A-くて | 寒くて、おもしろくて、大きくて |
| | イ形容詞タ形 | A-かった | 寒かった、おもしろかった、大きかった |
| | イ形容詞推量形 | A-かろう | 寒かろう、おもしろかろう、大きかろう |
| | イ形容詞過去推量形 | A-かったろう | 寒かったろう、おもしろかったろう、大きかったろう |
| | イ形容詞バ形 | A-ければ | 寒ければ、おもしろければ、大きければ |
| 動詞 | 動詞普通体 | V | 読む、読まない、読んだ、読まなかった |
| | 動詞連用形 | R- | 読み、書き、見、来、し |
| | 動詞辞書形 | V-る | 読む、書く、見る、来る、する |
| | 動詞タ形 | V-た | 読んだ、書いた、見た、来た、した |
| | 動詞過去推量形 | V-たろう | 読んだろう、書いたろう、見たろう、来たろう、したろう |
| | 動詞否定形 | V-ない | 読まない、書かない、見ない、来ない、しない |
| | 動詞否定形語幹 | V-~~ない~~ | 読ま、書か、見、来、し |
| | 動詞テ形 | V-て | 読んで、書いて、見て、来て、して |
| | 動詞バ形 | V-ば | 読めば、書けば、見れば、来れば、すれば |
| | 動詞意向形 | V-よう | 読もう、書こう、見よう、来よう、しよう |
| | 動詞可能形 | V-れる | 読める、書ける、見られる、来られる、できる |
| | 動詞受身形 | V-られる | 読まれる、書かれる、見られる、来られる、される |
| | 動詞使役形 | V-させる | 読ませる、書かせる、見させる、来させる、させる |

# N3
## Bun Pou Hikaku Ji-Ten

# 時の表現

 MP3 T-01

## 1 うちに、ないうちに
「趁…」、「在…之內…」

接續與說明 [A-い／Naな／NのNaな＋うちに]；[V-ない＋うちに]。表示在前面的環境、狀態持續的期間，做後面的動作。相當於「…（している）間に」。

例句

雷(かみなり)だ。降(ふ)り出(だ)さないうちに、早(はや)く帰(かえ)ろう。

打雷了。趁著還沒下雨，趕緊回家吧。

比較

● まえに

「…前」

接續與說明 是[V-る＋まえに]的形式。表示動作的順序，也就是做前項動作之前，先做後項的動作。句尾的動詞即使是過去式，「まえに」的動詞也要用辭書形。可譯作「…之前，先…」；「Nのまえに」的形式。表示空間上的前面，或是某一時間之前。

例句

テレビを見(み)る前(まえ)に、朝(あさ)ご飯(はん)を食(た)べました。

在看電視之前，先吃了早餐。

## 2 さい、さいは、さいに（は）
「…的時候」、「在…時」、「當…之際」

接續與說明 [V／Nの＋さい（に・は）]。表示動作、行為進行的時候。相當於「…ときに」。

例句

以前、東京でお会いした際、名刺をお渡ししたと思います。

我想之前在東京與您見面時，有遞過名片給您。

比較
### ● ところ（に・へ・で・を）
「…的時候」、「正在…時」

接續與說明 [V-ている／V-た＋ところに]。表示行為主體正在做某事的時候，發生了其他的事情。大多用在妨礙行為主體的進展的情況，有時也用在情況往好的方向變化的時候。相當於「ちょうど…しているときに」。

例句

出かけようとしたところに、電話が鳴った。

正要出門時，電話鈴就響了。

## 3 さいちゅうに、さいちゅうだ
「正在…」

接續與說明 [V-ている／Nの＋さいちゅう]。表示某一行為、動作正在進行中。常用在這一時刻，突然發生了什麼事的場合。相當於「…している途中に」。

例句

例の件については、今検討している最中だ。

那個案子，現在正在檢討中。

## ● うちに

「趁…」、「在…之內…」

接續與說明 [A-い／Ｎaな／Ｎの／Ｎaな＋うちに]；[V-ない＋うちに]。。表示在前面的環境、狀態持續的期間，做後面的動作。相當於「…（している）間に」。

例句

昼間は暑いから、朝のうちに散歩に行った。

白天很熱，所以趁早去散步。

 **とたん、とたんに**
「剛…就…」、「剛一…，立刻…」、「剎那就…」

接續與說明 [V-た＋とたん（に）]。表示前項動作和變化完成的一瞬間，發生了後項的動作和變化。由於說話人當場看到後項的動作和變化，因此伴有意外的語感。相當於「…したら、その瞬間に」。

例句

歌手がステージに出てきたとたんに、地震が起きた。

歌手一上舞台，就發生地震了。

## ● とともに

「和…一起」、「與…同時，也…」

接續與說明 [V-る／Ｎ＋とともに]表示後項的動作或變化，跟著前項同時進行或發生。相當於「…といっしょに」、「…と同時に」。

## テレビの普及とともに、映画は衰退した。

電視普及的同時，電影衰退了。

## ていらい

「自從…以來，就一直…」、「…之後」

接續與說明 [V-て＋いらい]。表示自從過去發生某事以後，直到現在為止的整個階段。後項是一直持續的某動作或狀態。跟「…てから」相似，是書面語。

例句

## 手術をして以来、ずっと調子がいい。

手術完後，身體狀況一直很好。

比較

## たところ

「…，結果…」，或是不翻譯

接續與說明 [V-た＋ところ]。表示因某種目的去作某一動作，但在偶然的契機下得到後項的結果，順接或逆接均可。前後出現的事情，沒有直接的因果關係，後項經常是出乎意料之外的客觀事實。相當於「…した結果」。

例句

## ホテルに問い合わせたところ、その日はまだ空き室があるということだった。

詢問飯店的結果是，當天還有空房。

# 6 ところ（に・へ・で・を）

「…的時候」、「正在…時」

接續與說明 [V-ている／V-た＋ところに（へ・で・を）]。表示行為主體正在做某事的時候，發生了其他的事情。大多用在妨礙行為主體的進展的情況，有時也用在情況往好的方向變化的時候。相當於「ちょうど…しているときに」。

例句

出かけようとしたところに、電話が鳴った。

正要出門時，電話鈴就響了。

比較

## • とたん、とたんに

「剛…就…」、「剛一…，立刻…」、「剎那就…」

接續與說明 [V-た＋とたん（に）]。表示前項動作和變化完成的一瞬間，發生了後項的動作和變化。由於說話人當場看到後項的動作和變化，因此伴有意外的語感。相當於「…したら、その瞬間に」。

例句

歌手がステージに出てきたとたんに、地震が起きた。

歌手一上舞台，就發生地震了。

做對了，往 ☺ 走，做錯了往 ✕ 走。

次の文の＿＿＿＿にはどんな言葉を入れたらよいか。1・2から最も適当なものをひとつ選びなさい。

## 實力測驗

Q 哪一個是正確的?
答案>>在下一頁

---

**1** 赤<sup>あか</sup>ちゃんが寝<sup>ね</sup>ている（　　　）、洗濯<sup>せんたく</sup>しましょう。

　1.前に　2.うちに

**譯**
1.前に：在…前
2.うちに：趁…

解答》請看下一頁

---

**2** 故郷<sup>こきょう</sup>に帰<sup>かえ</sup>った（　　　）、とても歓迎<sup>かんげい</sup>された。

　1.際に　2.ところに

**譯**
1.際に：…的時候
2.ところに：正在…時

解答》請看下一頁

---

**3** 大事<sup>だいじ</sup>な試験<sup>しけん</sup>の（　　　）、急<sup>きゅう</sup>におなかが痛<sup>いた</sup>くなってきた。

　1.最中に　2.うちに

**譯**
1.最中に：正在…
2.うちに：趁…

解答》請看下一頁

---

**4** 窓<sup>まど</sup>を開<sup>あ</sup>けた（　　　）、ハエが飛<sup>と</sup>び込<sup>こ</sup>んできた。

　1.とたん　2.とともに

**譯**
1.とたん：剛…就…
2.とともに：…的同時也…

解答》請看下一頁

---

**5** 彼女<sup>かのじょ</sup>は嫁<sup>よめ</sup>に（　　　）、一度<sup>いちど</sup>も実家<sup>じっか</sup>に帰<sup>かえ</sup>っていない。

　1.来たところ　2.来て以来

**譯**
1.たところ：…，結果…
2.て以来：自從…以來

解答》請看下一頁

---

**6** 口紅<sup>くちべに</sup>を塗<sup>ぬ</sup>っている（　　　）、子どもが飛<sup>と</sup>びついてきて、はみ出<sup>だ</sup>してしまった。

　1.ところに　2.とたんに

**譯**
1.ところに：正當…
2.とたんに：一…就…

解答》請看下一頁

なるほどの解説を確認して、次のページへ進もう!

**1** 比較

「Aうちに」的意思是「趁…」，表示在A狀態尚未結束前還是先做某個動作比較好。在這裡用「うちに」才能表達「趁嬰兒睡覺的時候洗衣服」的感覺。「A前に」是用來客觀描述A這個動作和後面事項的先後順序，在這裡不僅語意不符，而且動詞A必須要用辭書形，所以前面不能接「寝ている」。

答案：2

**2** 比較

「際に」意思是「…時」，表示在做某個行為的時候。在此表示「回故鄉時，受到熱烈的歡迎」。「ところに」意思是「正當…」，表示在做某個動作的當下同時發生了其他事情。不過這裡如果用「ところに」會變成「正當回故鄉時，受到熱烈的歡迎」，不合邏輯。

答案：1

**3** 比較

「最中に」意思是「正在…」，表示正在做某件事情的時候突然發生了其他事情。在此表示「在重要的考試時，肚子突然痛起來」。「うちに」意思是「趁…」，表示利用前項狀態還持續的時候做後項行為。不過「おなかが痛くなってきた」不是人為意志動作，所以不適用。

答案：1

**4** 比較

「とたんに」意思是「一…就…」，表示前項動作完成的瞬間馬上又發生了後項的事情。在此表示「剛一打開窗戶，蒼蠅就飛進來了」。「とともに」意思是「…的同時也…」，表示隨著前項的進行，後項也同時進行或發生。如果前面接動詞，要用動詞終止形，在此語意不符，接續方式也有誤。

答案：1

**5** 比較

「て以來」意思是「自從…」，表示前項的行為或狀態發生至今，後項也一直持續著。在此表示「自從她嫁過來以後，就沒回過娘家」。【動詞過去形＋ところ】意思是「結果…」，表示做了前項動作後就發生了後項的事情。不過這題的「一度も…ない」（一次也沒有）暗示她嫁過來已經有好一段時間了，所以不適合用「ところ」。

答案：2

**6** 比較

　　「ところに」意思是「正當…」，表示在做某個動作的當下同時發生了其他事情。在此表示「正在畫口紅時，小孩突然跑過來，口紅就畫歪了」。「とたんに」意思是「一…就…」，表示前項動作完成的瞬間馬上又發生了後項的事情，前面接續要用動詞過去式，所以在這邊接續方式有誤。

答案：1

# 原因・理由

1 おかげで、おかげだ
2 せいか
3 につき
4 によって、により
5 ものだから
6 もので

 **MP3 T-02**

## 1 おかげで、おかげだ

「多虧…」、「託您的福」、「因為…」；「由於…的緣故」

接續與說明 ［Nの＋おかげで］；［Naな／Naだった＋おかげで］；［A＋お
かげで］；［V-た＋おかげて］。表示原因。由於受到某種恩惠，導致後面
好的結果。常帶有感謝的語氣。與「から」、「ので」作用相似，但感
情色彩更濃。後句如果是消極的結果時，一般帶有諷刺、抱怨的意味。
相當於「…せいで」。

例句

それもこれも、先生のおかげです。

這個也好那個也好，全都是託老師的福。

比較

## ● によっては、により

「根據…」、「按照…」；「由於…」、「因為…」

接續與說明 ［N＋によって］；［N＋により］。（１）表示所依據的方法、
方式、手段。（２）表示句子的因果關係。後項的結果是因為前項的行
為、動作而造成、成立的。「…により」大多用於書面。

例句

実例によって、やりかたを示す。

以實際的例子，來出示操作的方法。

## 2 せいか

「可能是（因為）…」、「或許是（由於）…的緣故吧」

接續與說明 [Nの＋せいか]；[Naな＋せいか]；[A／V＋せいか]。一般來說表示原因或理由。表示發生壞事或不利的原因，但這一原因也説不清，不很明確。相當於「…ためか」。

例句

物価が上がったせいか、生活が苦しいです。

也許是因為物價上漲，生活才會這麼困苦。

比較
### ● おかげで

「多虧…」、「託您的福」、「因為…」；「由於…的緣故」

接續與說明 [Nの＋おかげで]；[Naな／Naだった＋おかげで]；[A＋おかげで]；[V-た＋おかげて]。表示原因。由於受到某種恩惠，導致後面好的結果。常帶有感謝的語氣。與「から」、「ので」作用相似，但感情色彩更濃。後句如果是消極的結果時，一般帶有諷刺、抱怨的意味。相當於「…のせいで」。

例句

手伝ってもらったおかげで、思ったより早く終わりました。

多虧請別人幫忙，比我想像中的還快完成。

## 3 につき

「因…」、「因為…」

接續與說明 [N＋につき]。接在名詞後面，表示其原因、理由。一般用在書信中比較鄭重的表現方法。相當於「…のため、…という理由で」。

5時以降は不在につき、4時半くらいまでにお越しください。

因為 5 點以後不在，所以請在 4 點半之前過來。

比較

● によって（は）、により、による

「根據…」、「按照…」；「由於…」、「因為…」

接續與說明 ［N＋によって］；［N＋により］；［N＋による］。（1）表示所依據的方法、方式、手段。（2）表示句子的因果關係。後項的結果是因為前項的行為、動作而造成、成立的。「…により」大多用於書面。相當於「…が原因で」。

例句

人民の人民による人民のための政治。

民有、民治、民享之政治。

## 4　によって（は）、により、による

「根據…」、「按照…」；「由於…」、「因為…」

接續與說明 ［N＋によって］；［N＋により］；［N＋による］。（1）表示所依據的方法、方式、手段。（2）表示句子的因果關係。後項的結果是因為前項的行為、動作而造成、成立的。「…により」大多用於書面。相當於「…が原因で」。

例句

実例によって、やりかたを示す。

以實際的例子，來出示操作的方法。

比較

● に基づいて

「根據…」、「按照…」、「基於…」

[N＋にもとづいて]；[N＋にもとづいたN]；[N＋にも とづいてのN]。表示以某事物為根據或基礎。相當於「…をもとにし て」。

例句

違反者は法律に基づいて処罰されます。

違者依法究辦。

## 5 ものだから

「就是因為…，所以…」

接續與說明 [N／Naな＋ものだから]；[A＋ものだから]；[V＋ものだ から]。表示原因、理由。常用在因為事態的程度很厲害，因此做了某 事。含有對事出意料之外、不是自己願意等的理由，進行辯白。結果是 消極的。後面不能接意志表現或命令句。相當於「…から、…ので」。

例句

足が痺れたものだから、立てませんでした。

因為腳麻，所以站不起來。

比較

## • せいか

「可能是（因為）…」、「或許是（由於）…的緣故吧」

接續與說明 [Nの＋せいか]；[Naな＋せいか]；[A／V＋せいか]。表示 原因或理由。表示發生壞事或不利的原因，但這一原因也說不清，不很 明確；也可以表示積極的原因。相當於「…ためか」。

例句

物価が上がったせいか、生活が苦しいです。

也許是因為物價上漲，生活才會這麼困苦。

# 6 もので

「因為…」、「由於…」

接續與說明 [N／Naな＋もので]；[A／V＋もので]。意思跟「ので」基本相同，但強調原因跟理由的語氣比較強。前項的原因大多為意料之外或不是自己的意願，後項為此進行解釋、辯白。結果是消極的。意思跟「ものだから」一樣。後項不能用命令、勸誘、禁止等表現方式。口語可以用「もんで」。

例句

東京は家賃が高いもので、生活が大変です。

由於東京的房租很貴，所以生活很不容易。

比較

## ● おかげで、おかげだ

「多虧…」、「託您的福」、「因為…」；「由於…的緣故」

接續與說明 [Nの＋おかげで]；[Naな／Naだった＋おかげで]；[A＋おかげで]；[V-た＋おかげて]。表示原因。由於受到某種恩惠，導致後面好的結果。常帶有感謝的語氣。與「から」、「ので」作用相似，但感情色彩更濃。後句如果是消極的結果時，一般帶有諷刺、抱怨的意味。相當於「…のせいで」。

例句

それもこれも、先生のおかげです。

這個也好那個也好，全都是託老師的福。

次の文の＿＿＿＿＿にはどんな言葉を入れたらよいか。1・2から最も適当なものをひとつ選びなさい。

實力測驗

Q 哪一個是正確的？
答案>>在下一頁

---

**1** 今年の冬は、暖かかった（　　）過ごしやすかった。

　　1.おかげで　2.によって

✗

**譯** 1.おかげで：多虧…
　　2.によって：根據…

解答》請看下一頁

---

**2** 年の（　　　　）、体の調子が悪い。

　　1.おかげで　2.せいか

✗

**譯** 1.おかげで：多虧…
　　2.せいか：可能是（因為）…

解答》請看下一頁

---

**3** この商品はセット販売（　　）、一つではお売りできません。

　　1.につき　2.により

✗

**譯** 1.につき：由於…
　　2.により：因為…

解答》請看下一頁

---

**4** その村は、主に漁業（　　　　）生活しています。

　　1.に基づいて　2.によって

✗

**譯** 1.に基づいて：根據…
　　2.によって：以…

解答》請看下一頁

---

**5** 隣のテレビがやかましかった（　　）、文句をつけに行った。

　　1.ものだから　2.せいか

✗

**譯** 1.ものだから：就是因為…
　　2.せいか：或許是因為…

解答》請看下一頁

---

**6** 道が混んでいた（　　　　）、遅れてしまいました。

　　1.もので　2.おかげで

✗

**譯** 1.もので：因為…
　　2.おかげで：託…之福

解答》請看下一頁

なるほどの解説を確認して、
次のページへ進もう！

**1** 比較

「おかげで」意思是「託…之福」，表示因為前項而產生後項好的結果，帶有感謝的語氣。在這邊表示「多虧今年冬天很溫暖，才過得很舒服」。「によって」則是表示前項造成後項的結果，雖然在這邊意思可以通，但前面應該要接名詞才對。

答案：1

**2** 比較

「せいか」意思是「或許是因為…」，表示發生了不好的事態，但是說話者自己也不太清楚原因出在哪裡，只能做個大概的猜測。在此表示「也許是年紀大了，身體的情況不太好」。「おかげで」意思是「託…之福」，通常表示因為前項而產生後項好的結果，帶有感謝的語氣。雖然有些時候也能表示消極的結果，但是「体の調子が悪い」沒有諷刺或責怪的意思，所以這邊用「せいか」比較合適。

答案：2

**3** 比較

「につき」意思是「由於…」，是書面用語，用來說明事物或狀態的理由。在此表示「由於這商品是賣一整套的，所以沒辦法零售」。「により」表示原因，可以翻譯成「因為…」，表示前項造成後項的結果，著重於前項和後項的因果關係。不過原句是用來解釋無法零售的理由，而不是強調「賣一整套所以導致無法零售」，所以應該選擇「につき」。

答案：1

**4** 比較

「によって」意思是「以…」，表示做後項事情的方法、手段。在此表示「那個村莊，以漁業為生」。「に基づいて」意思是「根據…」，表示以前項為依據或基礎，進行後項的動作。故在此語意不符。

答案：2

**5** 比較

　「ものだから」意思是「就是因為…」，用來解釋理由，通常用在情況嚴重時，表示出乎意料或身不由己。在此表示「因為隔壁的電視太吵了，所以跑去抱怨」。「せいか」意思是「或許是因為…」，表示發生了不好的事態，但是說話者自己也不太清楚原因出在哪裡，只能做個大概的猜測。在此語意不符。

答案：1

**6** 比較

　「もので」意思是「因為…」，用來解釋原因、理由，帶有辯駁的感覺，後項通常是由前項自然導出的客觀結果。在此表示「因為交通壅塞，於是遲到了」。「おかげで」意思是「託…之福」，表示因為前項而產生後項好的結果，帶有感謝的語氣。雖然也有諷刺用法，但從「遅れてしまいました」可以看出等待說話者的應該是長輩或是地位較高的人，所以不是諷刺用法。這題應該選「もので」。

答案：1

# 判斷・推量・可能性

MP3 T-03

## 1 おそれがある

「有…的危險」、「恐怕會…」、「搞不好會…」

接續與說明 [Nの＋おそれがある]；[V-る＋おそれがある]。表示有發生某種消極事件的可能性。只限於用在不利的事件。常用在新聞或報導中。相當於「…心配がある」。

例句

それを燃やすと、悪いガスが出るおそれがある。

那個一燃燒，恐怕會產生不好的氣體。

比較

### ● ないこともない、ないことはない

「並不是不…」、「不是不…」

接續與說明 [V-ない＋こともない]；[V-ない＋ことはない]。使用雙重否定，表示雖然不是全面肯定，但也有那樣的可能性，是一種有所保留的消極肯定說法。相當於「…することはする」。

例句

彼女は病気がちだが、出かけられないこともない。

她雖然多病，但並不是不能出門的。

# 2 ないこともない、ないことはない
「並不是不…」、「不是不…」

接續與說明 [V-ない＋こともない]；[V-ない＋ことはない]。使用雙重否定，表示雖然不是全面肯定，但也有那樣的可能性，是一種有所保留的消極肯定説法。相當於「…することはする」。

例句

彼女は病気がちだが、出かけられないこともない。
她雖然多病，但並不是不能出門的。

比較

## ● ことは（も）ない
「不要…」、「用不著…」

接續與說明 [V-る＋ことは（も）ない]。表示鼓勵或勸告別人，沒有做某一行為的必要。相當於「…する必要はない」。

例句

日本でも勉強できるのに、アメリカまで行くことはないでしょう。
在日本明明也可以學，不必遠赴美國吧！

# 3 にきまっている
「肯定是…」、「一定是…」

接續與說明 [N／A／V＋にきまっている]。表示説話人根據事物的規律，覺得一定是這樣，不會例外，充滿自信的推測。相當於「きっと…だ」。

例句

私だって、結婚したいに決まっているじゃありませんか。ただ、相手がいないだけです。
我也是想結婚的不是嗎？只是沒有對象呀。

## ● より（ほか）ない、よりしかたがない

「只有…」、「除了…之外沒有…」

接續與說明 ［V -る＋より（ほか）ない］；［V -る＋よりしかたがない］。
後面伴隨著否定，表示這是唯一解決問題的辦法。

例句

こうなったら一生懸命やるよりない。

事到如今，只能拚命去做了。

---

 ## にちがいない

「一定是…」、「准是…」

接續與說明 ［N／Na（である）＋にちがいない］；［A／V ＋にちがいな
い］。表示説話人根據經驗或直覺，做出非常肯定的判斷。常用在自言自
語的時候。相當於「…きっと…だ」。

例句

この写真は、ハワイで撮影されたに違いない。

這張照片，肯定是在夏威夷拍的。

比較

## ● ほかない、ほかはない

「只有…」、「只好…」、「只得…」

接續與說明 ［V -る＋ほか（は）ない］。表示雖然心裡不願意，但又沒有
其他方法，只有這唯一的選擇，別無它法。相當於「…以外にない」、
「…より仕方がない」等。

例句

誰も助けてくれないので、自分で何とかするほかない。

因為沒有人可以伸出援手，只好自己想辦法了。

# 5 （の）ではないだろうか、ないかとおもう

「我認為不是…嗎」、「我想…吧」

接續與說明 [N／Na（なの）＋ではないだろうか]；[A／V＋のではないだろうか]；[N／Na＋ではないか]；[A-く＋ないか]；[V-＋ないか]。表示意見跟主張。是對某事能否發生的一種預測，有一定的肯定意味。意思是：「不就…嗎」等；「（の）ではないかと思う」表示說話人對某事物的判斷。

例句

彼は誰よりも君を愛していたのではないかと思う。

我覺得他應該比任何人都還要愛妳吧。

比較

## ● ないこともない、ないことはない

「並不是不…」、「不是不…」

接續與說明 [V-ない＋こともない]；[V-ない＋ことはない]。使用雙重否定，表示雖然不是全面肯定，但也有那樣的可能性，是一種有所保留的消極肯定說法。相當於「…することはする」。

例句

彼女は病気がちだが、出かけられないこともない。

她雖然多病，但並不是不能出門的。

## 6 はずだ

「（按理說）應該…」；「怪不得…」

接續與說明 [Nの＋はず]；[Naな＋はず]；[A／V＋はず]。表示說話人根據自己擁有的知識、知道的事實或理論來推測出結果。主觀色彩強，是較有把握的推斷。也用在說話人對原本感到不可理解的事物，在得知其充分的理由後，而感到信服時。

例句

彼はイスラム教徒だから、豚肉は食べないはずです。

他是伊斯蘭教的，應該不吃豬肉。

比較

### ● わけだ

「當然…」、「怪不得…」

接續與說明 [Nの／Nである＋わけだ]；[Naな／Naである＋わけだ]；[A／V＋わけだ]。表示按事物的發展，事實、狀況合乎邏輯地必然導致這樣的結果。跟著重結果的必然性的「…はずだ」相比較，「…わけだ」側著重理由或根據。

例句

あ、賞味期限が切れている。おいしくないわけだ。

原來過了保存期限了，難怪不好吃！

次の文の_____にはどんな言葉を入れたらよいか。1・2から最も適当なものをひとつ選びなさい。

## 實力測驗

Q哪一個是正確的？
答案>>在下一頁

**1** 台風のため、午後から高潮（たいふう ごご たかしお
）。
1.のおそれがあります
2.ないこともない

😊 ×

**譯**
1.おそれがある：有…的危險
2.ないこともない：並不是不…

解答>>請看下一頁

**2** 理由があるなら、外出を許可（りゆう がいしゅつ きょか
）。
1.しないこともない
2.することはない

😊 ×

**譯**
1.ないこともない：也不是不…
2.ことはない：用不著…

解答>>請看下一頁

**3** 彼女は、わざと意地悪をしている（かのじょ いじわる
）。
1.よりしかたがない
2.に決まっている

😊 ×

**譯**
1.よりしかたがない：除了…之外沒有…
2.に決まっている：一定是…

解答>>請看下一頁

**4** このダイヤモンドは高い（たか
）。
1.ほかない　2.に違いない

😊 ×

**譯**
1.ほかない：只好…
2.に違いない：肯定…

解答>>請看下一頁

**5** もしかして、知らなかったのはし
私だけ（わたし　）。
1.ではないだろうか
2.ないこともない

😊 ×

**譯**
1.ではないだろうか：我認為不是…嗎
2.ないこともない：不是不…

解答>>請看下一頁

**6** 高橋さんは必ず来ると言っていたたかはし かなら く
から、来る（き　）。
1.はずだ　2.わけだ

😊 ×

**譯**
1.はずだ：應該…
2.わけだ：怪不得…

解答>>請看下一頁

なるほどの解説を確認して、
次のページへ進もう！

**1** 比較

「おそれがある」意思是「有…的疑慮」，表示說話者擔心有可能會發生不好的事情。在此表示「因為颱風，從下午開始恐怕會有大浪」。「ないこともない」意思是「也不是不…」，利用雙重否定來表達有採取某種行為、發生某種事態的可能性，不過「高潮」不是人為行為，「也不是不…」的語意不符。再加上「ないこともない」前面必須接用言未然形，不能直接接名詞，所以在這邊不適用。

答案：1

**2** 比較

「ないこともない」意思是「也不是不…」，利用雙重否定來表達有採取某種行為的可能性。在此表示「如果有理由，並不是不允許外出的」。「ことはない」意思是「用不著…」，表示沒有必要做某件事情。在此語意不符。

答案：1

**3** 比較

「に決まっている」意思是「肯定是…」，表示說話者很有把握的推測，覺得事情一定是如此。在此表示「她一定是故意捉弄人的」。「よりしかたがない」意思是「只有…」，表示沒有其他的辦法了，只能採取前項行為。在此語意不符。

答案：2

**4** 比較

「に違いない」意思是「肯定…」，表示說話者憑藉著某種依據，十分確信，做出肯定的判斷，語氣強烈。在此表示「這顆鑽石一定很貴」。「ほかない」前面接動詞連體形，意思是「只好…」，表示沒有其他的辦法，只能硬著頭皮去做某件事情。在此接續方式和語意都有誤。

答案：2

**なるほどの解説**

「ではないだろうか」意思是「不就…嗎」,利用反詰語氣帶出說話者的想法、主張。在此表示「該不會是只有我一個人不知道吧」。「ないこともない」意思是「也不是不能…」,前面接用言未然形,利用雙重否定來表達有採取某種行為的可能性。在此語意不符,接續方式也有誤。

答案:1

「はずだ」意思是「應該…」,表示說話者憑據事實或知識,進行主觀的推斷,有「理應如此」的感覺。在此表示「高橋先生說他會來,就應該會來」。「わけだ」意思是「難怪…」,表示依照眼前的事實或情況,合理地、有邏輯性地推斷出原因,著重於推斷依據的部分。在此語意不符。

答案:1

## 7 みたいだ
「好像…」

接續與說明 [N／Na／A／V＋みたいだ]。不是很確定的推測或判斷。

例句

体がだるいなあ。風邪をひいたみたいだ。

我感覺全身倦怠，似乎著涼了。

比較

● らしい

「似乎…」、「像…樣子」、「有…風度」

接續與說明 （1）[N／Na／V＋らしい]。推量用法。說話者不是憑空想像，而是根據所見所聞來做出判斷。（2）[N＋らしい]。表示具有該事物或範疇典型的性質。

例句

地面が濡れている。夜中に雨が降ったらしい。

地面是濕的。晚上好像有下雨的樣子。

## 8 らしい
「似乎…」「像…樣子」、「有…風度」

接續與說明 （1）[N／Na＋らしい]。推量用法。說話者不是憑空想像，而是根據所見所聞來做出判斷。（2）[N＋らしい]。表示具有該事物或範疇典型的性質。

今度の試験はとても難しいらしいです。

這次的考試好像會很難的樣子。

## ● はずだ

「（按理說）應該…」；「怪不得…」

接續與說明 [Nの＋はず]；[Naな＋はず]；[A／V＋はず]。表示説話人根據自己擁有的知識、知道的事實或理論來推測出結果。主觀色彩強，是較有把握的推斷。也用在説話人對原本感到不可理解的事物，在得知其充分的理由後，而感到信服時。

彼はイスラム教徒だから、豚肉は食べないはずです。

他是伊斯蘭教的，應該不吃豬肉。

## 9 わけがない、わけはない

「不會…」、「不可能…」

接續與說明 [Nの／Nである＋わけがない]；[Naな／Naである＋わけがない]；[A／V＋わけがない]。表示從道理上而言，強烈地主張不可能或沒有理由成立。相當於「…はずがない」。口語常説成「わけない」。

こんな簡単なことをできないわけがない。

這麼簡單的事情，不可能辦不到。

比較

● **わけではない、わけでもない**

「並不是…」、「並非…」

接續與說明 [A／V＋わけでは（も）ない]；[Naな＋わけでは（も）な
い]。表示不能簡單地對現在的狀況下某種結論，也有其它情況。常表示
部分否定或委婉的否定。

例句

けんかばかりしていても、互いに嫌っているわけでもない。

老是吵架，也並不代表彼此互相討厭。

---

# 10 わけではない、わけでもない
「並不是…」、「並非…」

接續與說明 [A／V＋わけでは（も）ない]；[Naな＋わけでは（も）な
い]。表示不能簡單地對現在的狀況下某種結論，也有其它情況。常表示
部分否定或委婉的否定。

例句

けんかばかりしていても、互いに嫌っているわけでもない。

老是吵架，也並不代表彼此互相討厭。

比較

● **わけにはいかない、わけにもいかない**

「不能…」、「不可…」

接續與說明 [V-る＋わけに（は）いかない]。表示由於一般常識、社會
道德或過去經驗等約束，那樣做是不可能的、不能做的、不單純的。相
當於「…することはできない」。

例句

友達を裏切るわけにはいかない。

友情是不能背叛的。

# 11 んじゃない、んじゃないかとおもう

「不…嗎」、「莫非是…」

接續與說明 [N／Na＋（なん）じゃない]；[A／V＋んじゃない]。是「のではないだろうか」的口語形。表示意見跟主張。

例句

花子？もう帰ったんじゃない。

花子？她應該已經回去了吧。

比較

## ● にちがいない

「一定是…」、「准是…」

接續與說明 [N／Na（である）＋にちがいない]；[A／V＋にちがいない]。表示說話人根據經驗或直覺，做出非常肯定的判斷。常用在自言自語的時候。相當於「…きっと…だ」。

例句

この写真は、ハワイで撮影されたに違いない。

這張照片，肯定是在夏威夷拍的。

# 4 実力テスト

做對了，往😊走，做錯了往✖走。

次の文の＿＿＿＿にはどんな言葉を入れたらよいか。1・2から最も適当なものをひとつ選びなさい。

## 實力測驗

Q哪一個是正確的？

答案>>在下一頁

**7** （靴を買う前に試しに履いてみて）ちょっと大きすぎる（　）。

1.みたいだ　2.らしい

**譯**

1.みたいだ：好像…

2.らしい：似乎…

解答》請看下一頁

**8** 王さんがせきをしている。風邪を引いた（　　　）。

1.らしい　2.はずだ

**譯**

1.らしい：有…的樣子

2.はずだ：應該…

解答》請看下一頁

**9** 人形が勝手に動く（　　　）。

1.わけではない

2.わけがない

**譯**

1.わけではない：並不一定…

2.わけがない：不可能…

解答》請看下一頁

**10** 体育の授業で一番だったとしても、スポーツ選手になれる（　）。

1.わけではない　2.わけにはいかない

**譯**

1.わけではない：並不一定…

2.わけにはいかない：不能…

解答》請看下一頁

**11** たぶん、そこまでする必要ない（　　　）。

1.に違いない

2.んじゃないかと思う

**譯**

1.に違いない：肯定…

2.んじゃないかと思う：我想…吧

解答》請看下一頁

なるほどの解説を確認して、次のページへ進もう！

**7** 比較

　「みたいだ」和「らしい」都可以表示推測。「みたいだ」意思是「好像…」，除了可以表示說話者不是很確切的推斷。在此表示「（買鞋前試穿）好像有點太大了」，是比喻用法。「らしい」意思是「有…的樣子」、「似乎」，表示充分具有該事物應有的性質或樣貌，或是說話者依據外界情報來進行推測。本句沒有外界情報，而是依照自己的感覺，所以用「らしい」比較不恰當。

答案：1

**8** 比較

　「らしい」意思是「有…的樣子」、「似乎」，表示充分具有該事物應有的性質或樣貌，或是說話者根據眼前的事物或聽到的事物進行客觀的推測。在此是推測用法，表示「王先生在咳嗽。他好像是感冒了」，也就是說，說話者聽說王先生感冒了，再加上看到王先生在咳嗽的樣子，因而推測他應該是感冒了。「はずだ」意思是「應該…」，表示說話者憑據事實或知識，進行主觀的推斷，有「理應如此」的感覺。咳嗽不一定是得了感冒，所以在這邊應該選「らしい」。

答案：1

**9** 比較

　「わけがない」意思是「不可能…」，表示沒有某種可能性，是很強烈的否定。在此表示「洋娃娃不可能自己會動」。「わけではない」意思是「並不一定…」，表示依照狀況看來不能百分之百地導出前項的結果，有其他可能性或是例外，是一種委婉、部分的否定用法。在此語意不符。

答案：2

**10** 比較

　「わけではない」意思是「並不一定…」，表示依照狀況看來不能百分之百地導出前項的結果，有其他可能性或是例外，是一種委婉、部分的否定用法。在此表示「即使體育課成績拿第一，也並不一定能當上運動員」。「わけにはいかない」意思是「不能…」，表示受限於常識或規範，不可以做前項這個行為。此外「わけにはいかない」前面只能接動詞辭書形，所以在此語意不符，接續方式也有誤。

答案：1

**11** 比較

　　「んじゃないかと思う」意思是「我想…吧」，表示說話者個人的想法、意見。在此表示「我想也許沒有必要做到那個程度吧」。「に違いない」意思是「肯定…」，表示說話者憑藉著某種依據，十分確信，做出肯定的判斷，語氣強烈。這一句有個「たぶん」，語氣不是很確定，所以用有十足把握的「に違いない」就顯得矛盾了。

答案：2

# 様態・傾向

1 かけた、かけの、かける
2 がちだ、がちの
3 ぎみ
4 だらけ

5 一方だ
6 っぽい
7 向きの、向きに、向きだ
8 向けの、向けに、向けだ

 T-04

## **1** かけた、かけの、かける
「剛…」、「開始…」、「正…」

接續與說明 [R-＋かけた]；[R-＋かけの]；[R-＋かける]。表示動作，行為已開始，正在進行中，但還沒結束。相當於「…している途中」。

例句

**メールを書<sup>か</sup>きかけたとき、電話<sup>でんわ</sup>が鳴<sup>な</sup>った。**
才剛寫電子郵件，電話鈴聲就響了。

比較

● だす

「…起來」

接續與說明 [R-＋だす]。跟「はじめる」幾乎一樣。表示某動作、狀態的開始。

例句

**靴<sup>くつ</sup>もはかないまま、走<sup>はし</sup>りだした。**
沒穿鞋就這樣跑起來了。

**2** がちだ、がちの

「容易…」、「往往會…」、「比較多」

接續與說明 [N＋がちだ]；[R-＋がちだ]。表示即使是無意的，也容易出現某種傾向，或是常會這樣做。一般多用在負面評價的動作。相當於「…の傾向がある」。

例句

子どもは、ゲームに熱中しがちです。

小孩子容易對電玩一頭熱。

比較

● ぎみ

「有點…」、「稍微…」、「…趨勢」

接續與說明 [N＋ぎみ]；[R-＋ぎみ]。漢字是「気味」。表示身心、情況等有這種樣子，有這種傾向。多用在消極或不好的場合。相當於「…の傾向がある」。

例句

ちょっと風邪ぎみで、微熱がある。

有點感冒，微微地發燒。

**3** ぎみ

「有點…」、「稍微…」、「…趨勢」

接續與說明 [N＋ぎみ]；[R-＋ぎみ]。漢字是「気味」。表示身心、情況等有這種樣子，有這種傾向，用在主觀的判斷。多用在消極或不好的場合。相當於「…の傾向がある」。

例句

疲れぎみなので、もう寝ます。

有點累，我要去睡了。

## • っぽい

「看起來好像⋯」、「感覺像⋯」

接續與說明 [N＋っぽい]；[R＋っぽい]。接在名詞跟動詞連用形後面作形容詞，表示有這種感覺或有這種傾向。語氣帶有否定評價的意味。與「っぽい」相比，「らしい」語氣具肯定的評價。

例句

その本の内容は、子どもっぽすぎる。
這本書的內容太幼稚了。

# 4 だらけ
「全是⋯」、「滿是⋯」、「到處是⋯」

接續與說明 [N＋だらけ]。表示數量過多，到處都是的樣子。常伴有「骯髒」、「不好」等貶意，是說話人給予負面的評價。相當於「⋯がいっぱい」。

例句

あの人は借金だらけだ。
那個人欠了一屁股債。

## • ばかり

「淨⋯」、「光⋯」、「老⋯」

接續與說明 [N（＋助詞）＋ばかり]。表示範圍的限定；[V-て＋ばかりいる]。表示不斷重複一樣的事，或一直都是同樣的狀態。相當於「だけ」。

例句

毎日暑いので、コーラばかり飲んでいます。
每天天氣都很熱，所以一直喝可樂。

# 実力テスト

做對了，往 😃 走，做錯了往 ❌ 走。

次の文の_____にはどんな言葉を入れたらよいか。1・2から最も適当なものをひとつ選びなさい。

實力測驗

Q 哪一個是正確的？
答案>>在下一頁

**1** それは（　　　）マフラーです。
1.編み出す
2.編みかけの

譯
1.だす：…起來
2.かけ：正…

解答》請看下一頁

**2** 私（わたし）の母（はは）はいつも病気（びょうき）（　　　）です。
1.がち　2.ぎみ

譯
1.がちだ：容易…
2.ぎみ：有點…

解答》請看下一頁

**3** どうも学生（がくせい）の学力（がくりょく）が下（さ）がり（　　　）です。
1.ぎみ　2.っぽい

譯
1.ぎみ：有點…
2.っぽい：感覺像…

解答》請看下一頁

**4** 子（こ）どもは泥（どろ）（　　　）になるまで遊（あそ）んでいた。
1.だらけ　2.ばかり

譯
1.だらけ：滿是…
2.ばかり：淨是…

解答》請看下一頁

なるほどの解説を確認して、
次のページへ進もう！

**1** 比較

　「編みかけの」意思是「織到一半」，「動詞連用形＋かけ」表示正在做某件事情的途中，還沒做完。在此表示「那是我還沒編織完的圍巾」。「編み出す」則是表示「開始織起」，說話者的重點是擺在剛開始的部分，不過既然已經開始織起，那形式應該要用過去式「編み出した」才正確，所以在此不能用原形「編み出す」。

答案：2

**2** 比較

　「がちだ」意思是「容易…」，表示容易出現某種負面傾向，不過當下並沒有這種負面的狀態。在這邊是指「我的母親老是生病」，也就是說話者的母親很常會有生病的情形。「ぎみだ」則是用來表示說話者在身心方面感覺到有稍微這樣的傾向或樣子，是此時此刻的狀態，帶有說話者的不滿或是負面評價，在此不適用。

答案：1

**3** 比較

　「ぎみだ」意思是「稍微…」。則是用來表示說話者在身心方面感覺到有稍微這樣的傾向或樣子，帶有說話者的不滿或是負面評價。在此表示「總覺得學生的學力有些下降」。「っぽい」表示帶有某種性質，不過「学力が下がる」指的是「變低」這種變化，所以用性質來解釋說不通。

答案：1

**4** 比較

　「だらけ」意思是「滿是…」，表示數量很多、到處都是，多半用在負面事物。「泥だらけ」指的是皮膚或衣服上沾滿了泥巴，句子可以翻譯成「孩子們玩到全身都是泥巴」。「ばかり」意思是「淨是…」，用來表示只有前項。「泥ばかり」比較像是玩到一半時衣服脫落，穿著泥巴，這不合邏輯，所以這邊應該選「だらけ」才對。

答案：1

## 5 いっぽうだ
「一直…」、「不斷地…」、「越來越…」

接續與說明 [Ｖ-る＋いっぽうだ]。表示某狀況一直朝著一個方向不斷發展，沒有停止。多用於消極的、不利的傾向。意思近於「…ばかりだ」。

例句

都市の環境は悪くなる一方だ。
都市的環境越來越差。

比較

### ● ばかり

「淨…」、「光…」、「老…」

接續與說明 [Ｎ（＋助詞）＋ばかり]。表示數量、次數非常的多，而且說話人對這件事有負面評價；[Ｖ-て＋ばかりいる]。表示前項的行為或狀態頻率很高，不斷重複。

例句

アルバイトばかりしていないで、勉強もしなさい。
別光打工，也要唸書。

## 6 っぽい
「看起來好像…」、「感覺像…」

接續與說明 [Ｎ＋っぽい]；[Ｒ-＋っぽい]。接在名詞跟動詞連用形後面作形容詞，表示有這種感覺或有這種傾向。語氣帶有否定評價的意味。與「っぽい」相比，「らしい」語氣具肯定的評價。

例句

これは壊れやすい品物なので、荒っぽく扱わないでください。
這是很容易損壞的物品，請不要粗魯地對待它。

## ● らしい

「似乎…」「像…樣子」、「有…風度」

接續與說明 （1）[N／Na／V＋らしい]。推量用法。説話者不是憑空想像，而是根據所見所聞來做出判斷。（2）[N＋らしい]。表示具有該事物或範疇典型的性質。

例句

### 地面が濡れている。夜中に雨が降ったらしい。
じめん ぬ よなか あめ ふ

地面是濕的。晚上好像有下雨的樣子。

---

# 7 むきの、むきに、むきだ
「朝…」；「合於…」、「適合…」

接續與說明 [N＋むき（の、に、だ）]。（1）接在方向及前後、左右等方位名詞之後，表示正面朝著那一方向。（2）表示為適合前面所接的名詞，而做的事物。相當於「…に適している」。

例句

### 南向きの部屋は暖かくて明るいです。
みなみ む へ や あたた あか

朝南的房子不僅暖和，採光也好。

## ● むけの、むけに、むけだ

「適合於…」；「面向…」、「對…」

接續與說明 [N＋むけのN]；[N＋むけに（だ）]。表示以前項為對象，而做後項的事物。也就是適合於某一個方面的意思。相當於「…を対象にして」。也有面朝某一個方向的意思。

例句

### 若者向けの商品が、ますます増えている。
わかもの む しょうひん ふ

針對年輕人的商品越來越多。

# 8 むけの、むけに、むけだ

「適合於…」；「面向…」、「對…」

接續與說明 [N＋むけのN]；[N＋むけに（だ）]。表示以前項為對象，而做後項的事物。也就是適合於某一個方面的意思。相當於「…を対象にして」。也有面朝某一個方向的意思。

例句

しょうせつか
小説家ですが、たまに子ども向けの童話も書きます。

雖然是小說家，偶爾也會撰寫針對小孩的童書。

比較

## ● っぽい

「看起來好像…」、「感覺像…」

接續與說明 [N＋っぽい]；[R＋っぽい]。接在名詞跟動詞連用形後面作形容詞，表示有這種感覺或有這種傾向。語氣帶有否定評價的意味。與「っぽい」相比，「らしい」語氣具肯定的評價。

例句

ほん  ないよう
その本の内容は、子どもっぽすぎる。

這本書的內容太幼稚了。

# 6

## 実力テスト

做對了，往走，做錯了往走。

次の文の_____にはどんな言葉を入れたらよいか。1・2から最も適当なものをひとつ選びなさい。

實力測驗

Q哪一個是正確的?
答案>>在下一頁

**5** （　　　）と太（ふと）りますよ。
1.寝てばかりいる
2.寝る一方だ

**譯**
1.ばかり：光…
2.いっぽうだ：一直…

解答》請看下一頁

**6** あの人（ひと）は忘（わす）れ（　　　）困（こま）る。
1.らしくて
2.っぽくて

**譯**
1.らしい：像…様子
2.っぽい：感覺像…

解答》請看下一頁

**7** この仕事（しごと）は明（あか）るくて社交的（しゃこうてき）な人（ひと）（　　　）です。
1.向き　2.向け

**譯**
1.向き：適合…
2.向け：針對…

解答》請看下一頁

**8** 初心者（しょしんしゃ）（　　　）パソコンは、たちまち売（う）れてしまった。
1.向けの　2.っぽい

**譯**
1.向け：針對…
2.っぽい：感覺像…

解答》請看下一頁

**なるほどの解説を確認して、次のページへ進もう！**

バンザーイ!!

**5** 比較

「一方だ」和「てばかり」通常都是用在不好的事情上。不過「一方だ」是指前項這個事態一直往某個方面發展。「てばかり」則是用在頻繁地做某件事情，而這個反覆的行為讓人有負面的觀感。「寝る」（睡覺）是指一個行為，不是負面狀況。所以這個句子應該要用「寝てばかりいる」，表示「一直睡覺的話會變胖喔」。

答案：1

**6** 比較

「っぽい」是接尾詞，直接接在名詞後面，意思是「感覺像…」，表示帶有前項的感覺或傾向，常帶有負面語感。在此表示「那個人老忘東忘西的，真是傷腦筋」。「らしい」意思是「有…的樣子」，前面接動詞普通形表示說話者根據所見所聞的推測。在這邊應該選「っぽい」，而「忘れっぽい」也是「健忘」的固定講法之一。

答案：2

**7** 比較

「向き」意思是「適合…」，表示後項對前項的人事物來說是適合的。在此表示「這份工作適合開朗又具有社交能力的人」。「向け」意思是「針對…」，表示限定對象或族群。在這邊應該用「向き」會比「向け」還來得適當。

答案：1

**8** 比較

「向けの」後面接名詞，意思是「針對…」，表示限定對象或族群。在此表示「針對電腦初學者的電腦，馬上就賣光了」。「っぽい」是接尾詞，直接接在名詞後面，意思是「感覺像…」，表示帶有前項的感覺或傾向，常帶有負面語感。在此語意不符。

答案：1

# 程度

1 くらい（だ）、ぐらい（だ）
2 ば…ほど
3 ほど
4 ほど…ない

 MP3 T-05

## 1 くらい（だ）、ぐらい（だ）
「幾乎…」、「簡直…」、「甚至…」；「像…那樣」

接續與說明 （1）[ V ＋くらい（だ）]。表示極端的程度。用在為了進一步說明前句的動作或狀態的程度，舉出具體事例來。相當於「…ほど」。（2）[ N ＋くらい（だ）]。用來指出事情沒什麼大不了的。

例句

女房と一緒になったときは、嬉しくて涙が出るくらいでした。
跟老婆結成褳褵時，高興得眼淚幾乎要掉下來。

比較

### • ほど
「越…越…」；「…得」、「…得令人」

接續與說明 [ N ／Ｎa＋ほど]；[A-い＋ほど]；[ V-る＋ほど]。（1）表示後項隨著前項的變化，而產生變化；（2）[ N ＋ほど]；[A-い＋ほど]；[ V-るほど]。用在比喻或舉出具體的例子，來表示動作或狀態處於某種程度。

## 2 ば…ほど
「越…越…」

接續與說明 [N／Na＋であればあるほど]；[A-けれ＋ば＋A-い＋ほ
ど]；[V-ば＋V-る＋ほど]。同一單詞重複使用，表示隨著前項事物的變
化，後項也隨之相應地發生變化。

例句

字は、練習すれば練習するほど、きれいに書けるようになり
ます。
字會越練越漂亮。

比較

### ● につれて
「伴隨…」、「隨著…」、「越…越…」

接續與說明 [N＋につれて]；[V-る＋につれて]。表示隨著前項的進
展，同時後項也隨之發生相應的進展。與「…にしたがって」等相同。

例句

一緒に活動するにつれて、みんな仲良くなりました。
隨著共同參與活動，大家感情變得很融洽。

## 3 ほど
「越…越…」；「…得」、「…得令人」

接續與說明 [N／Na＋ほど]；[A-い＋ほど]。（1）表示後項隨著前
項的變化，而產生變化；（2）[N＋ほど]；[A-い＋ほど]；[V-る＋ほ
ど]。用在比喻或舉出具體的例子，來表示動作或狀態處於某種程度。

例句

成績がいい学生ほど机に向かっている時間が長いとは限らない。

成績越好的學生待在書桌前的時間不一定就越長。

比較

● わりに（は）

「（比較起來）雖然…但是…」、「但是相對之下還算…」、「可是…」

接續與說明 [Nの＋わりに]；[Naな＋わりに]；[A-い＋わりに]；[V＋わりに]。表示結果跟前項條件不成比例、有出入，或不相稱，結果劣於或好於應有程度。相當於「…のに、…にしては」。

例句

この国は、熱帯のわりには過ごしやすい。

這個國家雖處熱帶，但住起來算是舒適的。

 **4** **ほど…ない**
「不像…那麼…」、「沒那麼…」

接續與說明 [N＋ほど…ない]；[V＋ほど…ない]。表示兩者比較之下，前者沒有達到後者那種程度。這個句型是以後者為基準，進行比較的。

例句

田中は中山ほど真面目ではない。

田中不像中山那麼認真。

# ● より…ほうが

「…比…」、「比起…，更」

接續與說明 [N＋より＋N＋のほうが]。表示對兩件事物進行比較後，選擇後者。「ほう」是方面之意，在對兩件事物進行比較後，選擇了「こっちのほう」（這一方）的意思。被選上的用「が」表示。

例句

## 大阪より東京の方が大きいです。

比起大阪，東京比較大。

# 7 実力テスト

做對了，往 😊 走，做錯了往 ❌ 走。

次の文の＿＿＿＿にはどんな言葉を入れたらよいか。1・2から最も適当なものをひとつ選びなさい。

**實力測驗**

Q哪一個是正確的？

答案＞＞在下一頁

---

**1** それ（　　　）、できるよ。
1.ぐらい
2.ほど

**譯**
1.ぐらい：幾乎…
2.ほど：…得

解答》請看下一頁

---

**2** 宝石(ほうせき)は、高価(こうか)であればある（　　　）、買(か)いたくなる。
1.ほど　2.につれて

**譯**
1.ば…ほど：越…越…
2.につれて：隨著…

解答》請看下一頁

---

**3** お腹(なか)が死(し)ぬ（　　　）痛(いた)い。
1.わりに
2.ほど

**譯**
1.わりに：但是相對之下還算…
2.ほど：…得令人

解答》請看下一頁

---

**4** 大(おお)きい船(ふね)は、小(ちい)さい船(ふね)（　　　）揺(ゆ)れ（　　　）。
1.ほど…ない　2.より…ほうだ

**譯**
1.ほど…ない：不像…那麼…
2.より…ほうが：…比…

解答》請看下一頁

---

なるほどの解説を確認して、
**次のページへ進もう！**

バンザーイ！!

Gusun…

**1** 比較

「ぐらい」用法有二，一個是程度，一個是帶有輕視語氣，表示事物很簡單。在這邊的用法是後者，意思是「像…那樣的小事」。在此表示「那點小事，我辦得到喔」。「ほど」可以用來表示後項隨著前項而變化（越…越…），或是舉出具體的例子來表示動作或狀態處於某種程度（…得），這兩種意思套用到句子裡面都不成立。

答案：1

**2** 比較

「…ば…ほど」意思是「越…越…」，表示前項一改變，後項也會跟著改變。在此表示「寶石越昂貴越想買」。「につれて」意思是「隨著…」，表示後項隨著前項一起發生變化，這個變化是自然的、長期的、持續的。不過在這邊並沒有強調這種過程性的變化，再加上「につれて」不與「ば」共用，所以在這邊要選「ほど」。

答案：1

**3** 比較

「ほど」可以用來表示後項隨著前項而變化，或是舉出具體的例子來表示動作或狀態處於某種程度。在此表示「肚子痛死了」，是舉例的用法。「わりに」意思是「但…還算…」，表示某事物不如前項這個一般基準一般好或壞。在此語意不符。

答案：2

**4** 比較

「ほど…ない」意思是「沒那麼…」，表示程度比不上「ほど」前面的事物。在此表示「大船不像小船那麼會搖」。「より…ほう」意思是「比起…更…」，表示兩者經過比較，選擇後項。這一句如果要用這個句型，可以說「小さい船より大きい船の方が揺れない」。

答案：1

# 状況の一致と変化

1 とおり、とおりに
2 どおり、どおりに
3 にしたがって、にしたがい
4 につれて、につれ
5 に伴って、に伴い、に伴う

 MP3 T-06

## 1 とおり、とおりに
「按照…」、「按照…那様」

接続與説明 [V-る／V-た＋とおり（に）]。表示按照前項的方式或要求，進行後項的行為、動作。

例句

先生に習ったとおりに、送り仮名をつけた。

按照老師所教，寫送假名。

比較

● **まま**

「…著」

接続與説明 [Nの＋まま（で）]；[Naな＋まま（で）]；[A-い＋まま（で）]；[V-た＋まま（で）]。表示附帯状況。表示一個動作或作用的結果，在這個狀態還持續時，進行了後項的動作，或發生了後項的事態。後項大多是不尋常的動作。動詞多接過去式。

例句

テレビをつけたまま寝てしまった。

開著電視就睡著了。

## 2 どおり、どおりに
「按照」、「正如…那樣」、「像…那樣」

接續與說明 [N＋どおり（に）]；[R-＋どおり（に）]。「どおり」是接尾詞。表示按照前項的方式或要求，進行後項的行為、動作。

例句

結果は、予想どおりだった。
結果和預想的一樣。

比較

### をもとに、をもとにして

「以…為根據」、「以…為參考」、「在…基礎上」

接續與說明 [N＋をもとに（して）]。表示將某事物做為啟示、根據、材料、基礎等。後項的行為、動作是根據或參考前項來進行的。相當於「…に基づいて」、「…を根拠にして」。

例句

彼女のデザインをもとに、青いワンピースを作った。
以她的設計為基礎，裁製了藍色的連身裙。

## 3 にしたがって、にしたがい
「伴隨…」、「隨著…」；「依照…」、「遵循…」

接續與說明 [V-る＋にしたがって]；[N＋にしたがい]；[V-る＋にしたがい]。（1）表示隨著前項的動作或作用的變化，後項也跟著發生相應的變化。相當於「…につれて」、「…にともなって」、「…に応じて」、「…とともに」等。（2）[N＋にしたがって]；[N＋にしたがい]；[V-る＋にしたがい]。表示動作的基準或規範。

例句

医学が進歩するにしたがって、平均寿命も延びてきた。
隨著醫學的進步，平均壽命也延長了。

## ● にともなって

「伴隨著…」、「隨著…」

接續與說明 [N＋にともなって]；[V＋のにともなって]。表示隨著前項事物的變化而進展。相當於「…とともに、…につれて」。

例句

この物質は、温度の変化に伴って色が変わります。

這物質的顏色，會隨著溫度的變化而改變。

## **4** につれて、につれ

「伴隨…」、「隨著…」、「越…越…」

接續與說明 [N＋につれて]；[V-る＋につれて]；[N＋につれ]；[V-る＋につれ]。表示隨著前項的進展，同時後項也隨之發生相應的進展。與「…にしたがって」等相同。

例句

勉強するにつれて、化学のおもしろさがわかってきた。

隨著學習，越來越能了解化學有趣之處了。

## ● にしたがって

「伴隨…」、「隨著…」；「依照…」、「遵循…」

接續與說明 [V-る＋にしたがって]。（1）表示隨著前項的動作或作用的變化，後項也跟著發生相應的變化。相當於「…につれて」、「…にともなって」、「…に応じて」、「…とともに」等。（2）表示動作的基準或規範。

課税率が高くなるにしたがって、国民の不満が高まった。

隨著課稅比重的提升，國民的不滿的情緒也更加高漲。

## 5 にともなって、にともない、にともなう
「伴隨著…」、「隨著…」

接續與說明 [N＋にともなって]；[V＋のにともなって]；[N＋にともない]；[V＋のにともない]。表示隨著前項事物的變化而進展。相當於「…とともに、…につれて」。

例句

この物質は、温度の変化に伴って色が変わります。

這物質的顏色，會隨著溫度的變化而改變。

比較

## • につれて、につれ

「伴隨…」、「隨著…」、「越…越…」

接續與說明 [N＋につれて]；[V-る＋につれて]；[N＋につれ]；[V-る＋につれ]。表示隨著前項的進展，同時後項也隨之發生相應的進展。與「…にしたがって」等相同。

例句

一緒に活動するにつれて、みんな仲良くなりました。

隨著共同參與活動，大家感情變得很融洽。

# 8 実力テスト

做對了，往😊走，做錯了往❌走。

次の文の＿＿＿＿＿にはどんな言葉を入れたらよいか。1・2から最も適当なものをひとつ選びなさい。

**實力測驗**

Q哪一個是正確的？

答案>>在下一頁

---

**1** 言われた（　　　）、規則を守ってください。

1.とおりに　2.まま

---

**訳** 1.とおりに：按照…
2.まま：…著

解答》請看下一頁

---

**2** 荷物を、指示（　　　）運搬した。

1.をもとに　2.どおりに

---

**訳** 1.をもとに：以…為根據
2.どおりに：按照…

解答》請看下一頁

---

**3** 父の転勤（　　　）、転校することになった。

1.に伴って　2.にしたがって

---

**訳** 1.に伴って：隨著…
2.にしたがって：隨著…

解答》請看下一頁

---

**4** 指示（　　　）行動する。

1.につれて
2.にしたがって

---

**訳** 1.につれて：隨著…
2.にしたがって：依照…

解答》請看下一頁

---

**5** 世の中の動き（　　　）、考え方を変えなければならない。

1.に伴って　2.につれて

---

**訳** 1.に伴って：隨著…
2.につれて：隨著…

解答》請看下一頁

---

なるほどの解説を確認して、
次のページへ進もう！

## なるほどの解説

**1** 比較

「とおりに」意思是「照著…」，表示依照前項來做後項的事情。在此表示「請按照所說的那樣，遵守規則」。「まま」意思是「…著」，表示在前項還持續的時候，發生了後項事情，或是做了後項動作。在此語意不符。

答案：1

**2** 比較

「どおりに」意思是「照著…」，表示遵循前項的指令或方法來進行後項的動作。在此表示「行李依照指示搬運」。「をもとに」意思是「以…為基礎」，表示以前項為參考、材料、基礎等，來進行後項的行為。這裡的前項是「指示」（指示），所以用「どおりに」比較恰當。

答案：2

**3** 比較

「に伴って」意思是「隨著…」，表示隨著前項的進行，後項也有所進展或產生變化。在此表示「隨著父親的調職，我也要跟著轉學了」。「にしたがって」意思是「隨著…」，表示後項隨著前項發生變化。在這邊之所以不能用「にしたがって」，是因為「にしたがって」只能用在持續性的事物，不過「転勤」是短時間內就能完成的事物，所以不適用。

答案：1

**4** 比較

「にしたがって」意思是有兩種，一個是「隨著…」，表示後項隨著前項發生變化；另一個是「依照…」，表示動作的基準、規範。在此是第二種意思，表示「遵照指示行動」。「につれて」意思是「隨著…」，表示後項隨著前項一起發生變化。故語意不符。

答案：2

**5** 比較

「に伴って」意思是「隨著…」，表示隨著前項的進行，後項也有所進展或產生變化。在此表示「隨著社會的變化，想法也得要改變」。「につれて」意思是「隨著…」，表示後項隨著前項一起發生變化。兩個句型不同之處在於「に伴って」是隨之而起的變化，不過「につれて」是自然、長期的、持續的變化，這個變化是有過程的。所以在這邊用「に伴って」會比較恰當。

答案：1

# 立場・状況・関連

1 からいうと、からいえば、からいって
2 からには、からは
3 として、としては
4 において、においては、においても、
  における

5 に関して（は）、に関しても、に関する
6 に対して（は）、に対し、に対する
7 にとって（は）、にとっても、にとっての

## 1 からいうと、からいえば、からいって
「從…來說」、「從…來看」、「就…而言」

接續與說明 [N＋からいうと]；[N＋からいえば]；[N＋からいって]。
表示判斷的依據及角度。表示站在某一立場上來進行判斷。相當於「…
から考えると」。

例句

環境破壊という点からいうと、リゾートなどを作るべきでは
ない。

從環境破壞的觀點來看，不應該蓋渡假村之類的。

比較

### ● として、としては

「以…身份」、「作為…」等，或不翻譯；「如果是…的話」、「對…來說」

接續與說明 [N＋として]；[N＋としては]。「として」接在名詞後面，
表示身份、地位、資格、立場、種類、名目、作用等。有格助詞作用。

例句

責任者として、状況を説明してください。

請以負責人的身份，說明一下狀況。

## 2 からには、からは

「既然…」、「既然…，就…」

**接續與說明** [V＋から（に）は]。表示既然到了這種情況，後面就要「貫徹到底」的説法。因此，後句中表示説話人的判斷、決心、命令、勧誘及意志等。一般用於書面上。相當於「…のなら、…以上は」。

**例句**

コンクールに出るからには、毎日練習しなければだめですよ。

既然要參加競演會，不每天練習是不行的。

比較

## ● とすれば、としたら、とする

「如果…」、「如果…的話」、「假如…的話」

**接續與說明** [N／Naだ＋とすれば]；[A／V＋とすれば]；[N／Naだ＋としたら]；[A／V＋としたら]；[N／Naだ＋とすると]；[A／V＋とすると]。表示順接的假定條件。在認清現況或得來的信息的前提條件下，據此條件進行判斷。後項是説話人判斷的表達方式。相當於「…と仮定したら」。

**例句**

資格を取るとしたら、看護士の免許をとりたい。

要拿執照的話，我想拿看護執照。

## 3 として、としては

「以…身份」、「作為…」等，或不翻譯；「如果是…的話」、「對…來說」

**接續與說明** [N＋として]；[N＋としては]。「として」接在名詞後面，表示身份、地位、資格、立場、種類、名目、作用等。有格助詞作用。

子を持つ母として、一言意見を述べたいと思います。

我想以有小孩的母親的身份，說一下我的意見。

比較

● **とすれば、としたら、とする**

「如果…」、「如果…的話」、「假如…的話」

接續與說明 [N／Naだ＋とすれば]；[A／V＋とすれば]；[N／Naだ＋としたら]；[A／V＋としたら]；[N／Naだ＋とすると]；[A／V＋とすると]。表示順接的假定條件。在認清現況或得來的信息的前提條件下，據此條件進行判斷。後項是說話人判斷的表達方式。相當於「…と仮定したら」。

例句

この制度を実施するとすれば、財源をどうするか考えなければならない。

這個制度如果要實施，一定要思考財源該怎麼辦。

## 4 において、においては、においても、における
「在…」、「在…時候」、「在…方面」

接續與說明 [N＋において]；[N＋におけるN]。表示動作或作用的時間、地點、範圍、狀況等。是書面語。口語一般用「で」表示。

例句

我が社においては、有能な社員はどんどん昇進できます。

在本公司，有才能的職員都會順利升遷的。

比較

● **に関して**

「關於…」、「關於…的…」

[N＋にかんして]。表示就前項有關的問題，做出「解決問題」性質的後項行為。有關後項多用「言う」（說）、「考える」（思考）、「研究する」（研究）、「討論する」（討論）等動詞。多用於書面。

例句

昨日のゼミでは、アジアの経済に関して、討論した。
在昨天的研究會上討論關於亞洲的經濟。

## 5 にかんして（は）、にかんしても、にかんする
「關於…」、「關於…的…」

接續與說明 [N＋にかんして]；[N＋にかんするN]。表示就前項有關的問題，做出「解決問題」性質的後項行為。有關後項多用「言う」（說）、「考える」（思考）、「研究する」（研究）、「討論する」（討論）等動詞。多用於書面。

例句

経済に関する本をたくさん読んでいます。
看了很多關於經濟的書。

比較

### ● に対して
「向…」、「對（於）…」

接續與說明 [N＋にたいして]；[Naな＋のにたいして]；[A-い＋のにたいして]；[V＋のにたいして]。表示動作、感情施予的對象。可以置換成「に」。

例句

この問題に対して、ご意見を聞かせてください。
針對這問題請讓我聽聽您的意見。

## 6 にたいして（は）、にたいし、にたいする
「向…」、「對（於）…」

**接續與說明** [N＋にたいして]；[Naな＋のにたいして]；[A-い＋のにたいして]；[V＋のにたいして]；[N＋にたいするN]。表示動作、感情施予的對象。可以置換成「に」。

**例句**

この問題に対して、ご意見を聞かせてください。
針對這問題請讓我聽聽您的意見。

比較
● **について（は）、につき、についても、についての**

「有關…」、「就…」、「關於…」

**接續與說明** [N＋について]；[N＋につき]；[N＋についてのN]。表示前項先提出一個話題，後項就針對這個話題進行說明。相當於「…に関して、に対して」。

**例句**

中国の文学について勉強しています。
我在學中國文學。

## 7 にとって（は）、にとっても、にとっての
「對於…來說」

**接續與說明** [N＋にとって]。表示站在前面接的那個詞的立場，來進行後面的判斷或評價。相當於「…の立場から見て」。

**例句**

この事件は、彼女にとってショックだったに違いない。
這個事件，對她肯定打擊很大。

# ● において、においては、においても、における

「在…」、「在…時候」、「在…方面」

接續與說明 [N＋において]；[N＋におけるN]。表示動作或作用的時間、地點、範圍、狀況等。是書面語。口語一般用「で」表示。

例句

我が社においては、有能な社員はどんどん昇進できます。

在本公司，有才能的職員都會順利升遷的。

# 実力テスト

做對了，往😊走，做錯了往❌走。

次の文の＿＿＿＿にはどんな言葉を入れたらよいか。1・2から最も適当なものをひとつ選びなさい。

**實力測驗**

Q哪一個是正確的？

答案>>在下一頁

**1** 私（わたし）の経験（けいけん）（　）、そういうときは早（はや）く謝（あやま）ってしまった方（ほう）がいいよ。
　1. として　2.からいうと

**譯** 1.として：作為…
　　2.からいうと：從…來說

解答》請看下一頁

**2** 信（しん）じると決（き）めた（　　　）、最後（さいご）まで味方（みかた）しよう。
　1.とする　2.からには

**譯** 1.する：如果…的話
　　2.とからには：既然…就…

解答》請看下一頁

**3** 責任者（せきにんしゃ）（　　　）、状況（じょうきょう）を説明（せつめい）してください。
　1.として　2.とすれば

**譯** 1.として：作為…
　　2.とすれば：如果…

解答》請看下一頁

**4** 聴解試験（ちょうかいしけん）はこの教室（きょうしつ）（　　　）行（おこな）われます。
　1.において　2.に関して

**譯** 1.において：在…
　　2.に関して：關於…

解答》請看下一頁

**5** フランスの絵画（かいが）（　　　）、研究（けんきゅう）しようと思（おも）います。
　1.に関して　2.に対して

**譯** 1.に関して：關於…
　　2.に対して：對（於）…

解答》請看下一頁

**6** 兄（あに）は由紀（ゆき）（　　　）、いつも優（やさ）しかった。
　1.について　2.に対して

**譯** 1.について：針對…
　　2.に対して：對於…

解答》請看下一頁

**7** たった千円（せんえん）でも、子（こ）ども（　　）大金（たいきん）です。
　1.にとっては　2.においては

**譯** 1.にとっては：對…來說
　　2.においては：在…

**なるほどの解説を確認して、次のページへ進もう！**

解答》請看下一頁

# なるほどの解説

**1** 比較

「からいうと」意思是「從…來看」，表示做出判斷的立場，站在前項的角度來闡述意見。在這邊表示「從我的經驗來看，這種時候還是快點道歉比較好喔」。「として」意思是「作為…」，表示以某種身分、資格、地位來做後項的動作，「私の経験」並不是身分，所以「として」在此不適用。

答案：2

**2** 比較

「からには」可以翻譯成「既然…」。在此是「既然決定要相信對方，那就到最後一刻都站在他那邊」的意思。表示事情演變至此，就要順應這件事情抱持某種決心或意志，正好呼應到「最後まで」這部分，以及和「（よ）う」這個表達意志的助動詞。「とする」是假定用法，表示前項如果成立，說話者就依照前項這個條件來進行判斷。此外，「とする」後面的標點符號基本上應該是「。」，而不是「、」。

答案：2

**3** 比較

「として」意思是「作為…」，表示以某種身分、資格、地位來做後項的動作。在此表示「請以負責人的身份，說明一下狀況」。「とすれば」意思是「如果…」，是假定用法，表示前項如果成立，說話者就依照前項這個條件來進行判斷。前面如果接名詞，要以「Ｎ＋だ＋とすれば」的形式接續，故在此語意和接續方式都有誤。

答案：1

**4** 比較

「において」意思是「在…」，相當於「で」。在此表示「聽力考試在這間教室進行」，是動作地點的用法。「に関して」意思是「關於…」，表示針對和前項相關的事物，進行討論、思考、敘述、研究、發問、調查等動作。在此語意不符。

答案：1

**5** 比較

「に関して」意思是「關於…」，表示針對和前項相關的事物，進行討論、思考、敘述、研究、發問、調查等動作。在此表示「我想研究法國繪畫」。「に対して」意思是「對於…」，表示對象，後項多是針對這個對象而有的態度、行為或作用等，帶給這個對象一些影響。在此語意不符。

答案：1

**6** 比較

「に対して」意思是「對於…」，表示對象，後項多是針對這個對象而有的態度、行為或作用等，帶給這個對象一些影響。在此表示「哥哥對由紀向來都很溫柔」。「について」意思是「針對…」，表示以前項為主題，進行書寫、討論、發表、提問、說明等動作。在此語意不符。

答案：2

**7** 比較

「にとっては」意思是「對…來說」，前面通常會接人或是團體、單位，表示站在前項人物的立場來看某事物。在此表示「雖然只有一千日圓，但對孩子而言可是個大數字呢」。「においては」意思是「在…」，是書面用語，相當於「で」。在此語意不符。

答案：1

## Chapter

# 8

★★★★★

# 素材・判斷材料・手段・媒介・代替

1 に基づいて、に基づき、に基づく、に基づいた
2 をもとに、をもとにして
3 を中心に（して）、を中心として
4 をつうじて、をつうして
5 かわりに

**MP3 T-08**

## 1 にもとづいて、にもとづき、にもとづく、にもとづいた
「根據…」、「按照…」、「基於…」

接續與說明 [N＋にもとづいて]；[N＋にもとづいたN]；[N＋にもとづいてのN]。以某事物為根據或基礎。相當於「…をもとにして」。

例句

違反者は法律に基づいて処罰されます。
違者依法究辦。

比較

### ● にしたがって、にしたがい

「伴隨…」、「隨著…」；「依照…」、「遵循…」

接續與說明 [V-る＋にしたがって]；[N＋にしたがい]；[V-る＋にしたがい]。（1）隨著前項的動作或作用的變化，後項也跟著發生相應的變化。只能用在持續性的事物。相當於「…につれて」、「…にともなって」、「…に応じて」、「…とともに」等。（2）[N＋にしたがって]；[N＋にしたがい]；[V-る＋にしたがい]。動作的基準或規範。

例句

課税率が高くなるにしたがって、国民の不満が高まった。
隨著課稅比重的提升，國民的不滿的情緒也更加高漲。

70

## 2 をもとに、をもとにして
「以…為根據」、「以…為參考」、「在…基礎上」

**接續與說明** [N＋をもとに（して）]。表示將某事物做為啟示、根據、材料、基礎等。後項的行為、動作是根據或參考前項來進行的。相當於「…に基づいて」、「…を根拠にして」。

**例句**

彼女のデザインをもとに、青いワンピースを作った。

以她的設計為基礎，裁製了藍色的連身裙。

比較
## ● にもとづいて
「根據…」、「按照…」、「基於…」

**接續與說明** [N＋にもとづいて]；[N＋にもとづいたN]；[N＋にもとづいてのN]。以某事物為根據或基礎。相當於「…をもとにして」。

**例句**

違反者は法律に基づいて処罰されます。

違者依法究辦。

**3** をちゅうしんに（して）、をちゅうしんとして

「以…為重點」、「以…為中心」、「圍繞著…」

接續與說明 ［N＋をちゅうしんに V］。表示前項是後項行為、狀態的中心。

例句

かいようかいはつ　　　ちゅうしん　　　　　　とうろん　　すす
海洋開発を中心に、討論を進めました。

以海洋開發為中心進行討論。

比較

● をもとに、をもとにして

「以…為根據」、「以…為參考」、「在…基礎上」

接續與說明 ［N＋をもとに（して）］。表示將某事物做為啟示、根據、材料、基礎等。後項的行為、動作是根據或參考前項來進行的。相當於「…に基づいて」、「…を根拠にして」。

例句

きょう か しょ　　　　　　　　　　ず　　か
教科書をもとに、図を描いてみてください。

請參考課本畫畫看。

**をつうじて、をとおして**

「透過…」、「通過…」；「在整個期間…」、「在整個範圍…」

接續與說明 [N＋をつうじて V]；[N＋をとおして]；[V-る＋ことをとおして]。表示利用某種媒介（如人物、交易、物品等），來達到某目的（如物品、利益、事項等）。相當於「…によって」；又後接表示期間、範圍的詞，表示在整個期間或整個範圍內。相當於「…のうち（いつでも／どこでも）」。

例句

かのじょ つう かんせつてき かれ はなし き
彼女を通じて、間接的に彼の話を聞いた。

透過她，間接地知道他所說的。

比較

● **どおり、どおりに**

「按照」、「正如…那樣」、「像…那樣」

接續與說明 [N＋どおり（に）]；[R-＋どおり（に）]。「どおり」是接尾詞。表示按照前項的方式或要求，進行後項的行為、動作。

例句

けっか よそう
結果は予想どおりだった。

結果就如預想的一樣。

# 5 かわりに

「雖然…但是…」；「代替…」

接續與說明 （1）[Nの＋かわりに]。表示由另外的人或物來代替。意含「本來是前項，但因某種原因由後項代替」。相當於「…の代理で」、「…とひきかえに」。（2）[V＋かわりに]。表示一件事同時具有兩個相互對立的側面，一般重點在後項。相當於「…一方で」。

例句

しょうがつ　　　　かいがいりょこう　い　　　　　　　ちか　　おんせん　い
正月は、海外旅行に行くかわりに近くの温泉に行った。
過年不去國外旅行，改到附近洗溫泉。

比較

## ● ついで（に）

「順便…」、「順手…」、「就便…」

接續與說明 [Nの＋ついで（に）]；[V＋ついで（に）]。表示做某一主要的事情的同時，再追加順便做其他件事情。相當於「…の機会を利用して、…をする」。

例句

せんせい　みま　　　　　　　　　　　　　　か　もの
先生の見舞いのついでに、デパートで買い物をした。
到醫院去探望老師，順便到百貨公司買東西。

# 10 実力テスト

做對了，往走，做錯了往走。

次の文の_____にはどんな言葉を入れたらよいか。1・2から最も適当なものをひとつ選びなさい。

**實力測驗**

Q 哪一個是正確的?
答案>>在下一頁

**1** 写真（　　　）、年齢を推定しました。

1. にしたがって　2. に基づいて

**譯**

1. にしたがって：隨著…
2. に基づいて：根據…

解答》請看下一頁

**2** 『金瓶梅』は、『水滸伝』（　　　）書かれた小説である。

1. をもとにして　2. に基づいて

**譯**

1. をもとにして：以…為基礎
2. に基づいて：根據…

解答》請看下一頁

**3** 点A（　　　）、円を描いてください。

1. を中心に　2. をもとに

**譯**

1. を中心に：以…為中心
2. をもとに：以…為根據

解答》請看下一頁

**4** 台湾は1年（　　　）雨が多い。

1. を通して
2. どおりに

**譯**

1. を通して：在…期間
2. どおりに：照著…

解答》請看下一頁

**5** 社長の（　　　）、奥様がいらっしゃいました。

1. ついでに　2. かわりに

**譯**

1. ついでに：順便…
2. かわりに：代替…

解答》請看下一頁

なるほどの解説を確認して、
次のページへ進もう!

**1** 比較

「に基づいて」意思是「根據…」，表示以前項為依據或基礎，進行後項的動作。在此表示「根據照片推測年齡」。「にしたがって」意思是「隨著…」，表示後項隨著前項發生變化。在此語意不符。

答案：2

**2** 比較

「をもとにして」意思是「以…為基礎」，表示以前項為參考、材料、基礎等，來進行後項的行為。在此表示「『金瓶梅』是根據『水滸傳』而撰寫的小說」。「に基づいて」意思是「根據…」，表示以前項為依據或基礎，進行後項的動作。在這邊用「をもとにして」是因為『金瓶梅』是以『水滸傳』為基礎的創作，內容方面有著很大的不同，『水滸傳』只是寫作中的一個材料而已。如果要使用「に基づいて」，則必須是如實按照前項來進行寫作，像是「実際にあったことに基づいて小説を書いた」（根據真實事件寫小說），這句話用「に基づいて」就很恰當。

答案：1

**3** 比較

「を中心に」意思是「以…為中心」，表示前項是某事物、狀態、現象、行為範圍的中心點。在此表示「請以Ａ點為中心，畫一個圓圈」。「をもとに」意思是「以…為基礎」，表示以前項為參考、材料、基礎等，來進行後項的行為。在此語意不符。

答案：1

**4** 比較

「を通して」意思是「在…期間」，如果前面接的是和時間有關的語詞，則表示在這段期間內一直持續後項的狀態。在此前接「１年」，和時間相關，表示「台灣一整年雨量都很充沛」。「どおりに」意思是「照著…」，表示遵循前項的指令或方法來進行後項的動作。在此語意不符。

答案：1

**5** 比較

　「かわりに」意思是「代替…」，表示由其他的人事物來取代原本的。在此表示「社長夫人代替社長蒞臨」。「ついでに」意思是「順便」，表示在做某件事的同時，剛好利用這個機會做了其他事情。而前項的事情是主要的。在此語意不符。

答案：2

# 希望・願望・意志・決定・感情表現

MP3 T-09

## 1 たい
「想…」、「想要…」

接續與說明 [R-＋たい]。表示説話人（第一人稱）的內心願望。疑問句則是聽話人內心的願望。想要的事物用「が」表示。詞尾變化跟形容詞一樣。比較婉轉的表現是的「たいと思う」。

例句

社会人になったら一人暮らしをしたいと思います。
我希望在進入社會工作以後，能夠自己一個人住。

比較

## ● ほしい
「…想要…」

接續與說明 是[N＋がほしい]。的形式。表示説話人（第一人稱）想要把什麼東西弄到手，想要把什麼東西變成自己的，希望得到某物的句型。「ほしい」是表示感情的形容詞。希望得到的東西，用「が」來表示。疑問句時表示聽話者的希望。

例句

新しい洋服がほしいです。
我想要新的洋裝。

## 2 つもりだ
「打算…」、「準備…」

接續與說明 [V-る／V-ない＋つもりだ]。表示意志、意圖。既可以表示說話人的意志、預定、計畫等。也可以表示第三人稱的意志。有說話人的打算是從之前就有，且意志堅定的語氣。

例句

しばらく会社を休むつもりです。
打算暫時向公司請假。

比較
## ● たい

「想…」、「想要…」

接續與說明 [R-＋たい]。表示說話人（第一人稱）的內心願望。疑問句則是聽話人內心的願望。想要的事物通常用「を」表示，不過「たい」的前面也可以接「が」。詞尾變化跟形容詞一樣。比較婉轉的表現是的「たいと思う」。

例句

生まれ変わったら、ビル・ゲイツになりたい。
希望我的下輩子會是比爾・蓋茲。

## 3 ように
「為了…」

接續與說明 [V-る＋よう（に）]；[V-ない＋よう（に）]。表示行為主體的希望、願望。

首が楽なように枕を低くした。
<ruby>首<rt>くび</rt></ruby>が<ruby>楽<rt>らく</rt></ruby>なように<ruby>枕<rt>まくら</rt></ruby>を<ruby>低<rt>ひく</rt></ruby>くした。

為了讓脖子輕鬆點，將枕頭位置調低。

比較

## ● ために

「以…為目的，做…」；「為了…」

接續與說明 [Nの＋ために]；[V-る＋ために]。表示為了某一目的，而有後面積極努力的動作、行為。前項是後項的目標。又「ため（に）」如果接人物或團體，就表示為其做有益的事。

例句

パソコンを買うためにアルバイトをしています。
パソコンを<ruby>買<rt>か</rt></ruby>うためにアルバイトをしています。

為了買電腦而打工。

---

## 4 てみせる
「一定要…」

接續與說明 [V-て＋みせる]。（1）表示為了讓別人能瞭解，做出實際的動作給別人看。意思是：「做給…看」等；（2）表示說話人強烈的意志跟決心，含有顯示自己的力量、能力的語氣。

例句

接客の模範実演を新入社員にやってみせた。
<ruby>接客<rt>せっきゃく</rt></ruby>の<ruby>模範実演<rt>もはんじつえん</rt></ruby>を<ruby>新入社員<rt>しんにゅうしゃいん</rt></ruby>にやってみせた。

示範接待客人的標準方式給新人看。

比較

## ● てみる

「試著（做）…」

接續與說明 [V‐て＋みる]表示嘗試著做前接的事項，由於不知道好不好、對不對，所以嘗試做做看。是一種試探性的行為或動作，一般是肯定的説法。其中的「みる」是抽象的用法，所以用平假名書寫。

例句

一度富士山に登ってみたいです。

我想爬一次富士山看看。

# 11 実力テスト

做對了，往走，做錯了往✕走。

次の文の＿＿＿＿＿にはどんな言葉を入れたらよいか。1・2から最も適当なものをひとつ選びなさい。

**實力測驗**

Q哪一個是正確的？

答案>>在下一頁

**1**
冷たいビールが飲み（　　　　）なあ。

1.たい　2.ほしい

**譯**
1.たい：想…
2.ほしい：想要…

解答》請看下一頁

**2**
国に帰ったら、父の会社を手伝う（　　　　）です。
1.つもり　2.たい

**譯**
1.つもりだ：打算…
2.たい：想…

解答》請看下一頁

**3**
ほこりがたまらない（　　　　）、毎日掃除をしましょう。

1.ために　2.ように

**譯**
1.ために：為了…
2.ように：為了…

解答》請看下一頁

**4**
警察なんかに捕まるものか。必ず逃げ（　　　　）。

1.切ってみせる　2.切ってみる

**譯**
1.てみせる：一定要…
2.てみる：試著（做）…

解答》請看下一頁

なるほどの解説を確認して、
次のページへ進もう！

82

# なるほどの解説

**1** 比較

　　「たい」前面接動詞連用形，意思是「想要…」，表示第一人稱想做某件事情。在此表示「真希望喝杯冰涼的啤酒呀」。「ほしい」前面接「名詞＋が」，意思是「想要…」，表示第一人稱想要某個東西。在此「ほしい」的接續方式不對。

答案：1

**2** 比較

　　「つもり」意思是「打算…」，前面接動詞連體形，表示說話者有決心且有計劃地去做某件事情。在此表示「要是回國的話，打算去父親的公司幫忙」。「たい」前面接動詞連用形，意思是「想要…」，表示第一人稱想做某件事情，在此接續方式有誤。

答案：1

**3** 比較

　　「ように」和「ために」都可以翻譯成「為了…」，表示行為的目的。兩者最大的不同在於「ように」前面接無意志動詞，像是可能動詞或是自動詞；前後主語可以不一致。不過「ために」前面接的是意志動詞（他動詞），表示為了某種目標積極地去採取行動；前後主語必須是同一個。「たまらない」是自動詞「たまる」的否定形，是無意志動詞，所以這題應該選「ように」，表示「為了不要積灰塵，每天都來打掃吧」。

答案：2

**4** 比較

　　「てみせる」意思是「…給你們看」，表示說話者做某件事的強烈意志。在此表示「我才不會被那些警察抓到呢！我一定會順利脫逃的，你們等著瞧吧」。「てみる」意思是「…試試看」，表示不知道、沒試過，所以嘗試著去做某個行為。這一題的「必ず」（一定）帶出了說話者決心的感覺，所以應該用「てみせる」才符合題意。

答案：1

# 5 ものか

「哪能…」、「怎麼會…呢」、「決不…」、「才不…呢」

**接續與說明** [Naな＋ものか]；[A-い＋ものか]；[V-る＋ものか]。句尾聲調下降。表示強烈的否定情緒。或是説話人絕不做某事的決心，或是強烈否定對方的意見。比較隨便的説法是「…もんか」。一般男性用「ものか」，女性用「ものですか」。

**例句**

### 勝敗なんか、気にするものか。
しょうはい　　　き

我才不在乎勝敗呢！

比較

## ● もの、もん

「因為…嘛」

**接續與說明** [N／Naだ＋もの]；[A／V＋（んだ）もの]。助詞「もの（もん）」接在句尾，多用在會話中。表示説話人很堅持自己的正當性，而對理由進行辯解。敘述中語氣帶有不滿、反抗的情緒。跟「だって」使用時，就有撒嬌的語感。更隨便的説法是：「もん」。多用於年輕女性或小孩子。

**例句**

### 運動はできないよ。退院した直後だもん。
うんどう　　　　　　　　　たいいん　　ちょくご

人家不能運動，因為剛出院嘛！

## 6 て（で）たまらない

「非常…」、「…得受不了」、「…得不行」、「十分…」

接續與說明 [Naで＋たまらない]；[A-くて＋たまらない]。前接表示感覺、感情的詞，表示說話人強烈的感情、感覺、慾望等。也就是說話人心情或身體，處於難以抑制，不能忍受的狀態。相當於「…て仕方がない、非常に…」。

例句

婚約したので、嬉しくてたまらない。

訂了婚，所以高興得不得了。

比較

### ● ほかない、ほかはない

「只有…」、「只好…」、「只得…」

接續與說明 [V-る＋ほか（は）ない]。表示雖然心裡不願意，但又沒有其他方法，只有這唯一的選擇，別無它法。相當於「…以外にない」、「…より仕方がない」等。

例句

家が貧しかったので、中学を出たらすぐ就職するほかなかった。

我家很窮，所以中學畢業後只好馬上去工作。

## 7 て（で）ならない

「…得厲害」、「…得受不了」、「非常…」

接續與說明 [Naで＋ならない]；[A-くて＋ならない]；[V-て＋ならない]。表示因某種感情、感受十分強烈，達到沒辦法控制的程度。跟「…てしょうがない」、「…てたまらない」意思相同。常和表示自發的語詞（如：思える）共用，表示負面的心情。

彼女のことが気になってならない。
十分在意她。

● て（で）たまらない

「非常…」、「…得受不了」、「…得不行」、「十分…」

接續與說明 [Naで＋たまらない]；[A-くて＋たまらない]。前接表示感覺、感情的詞，表示說話人強烈的感情、感覺、慾望等。也就是說話人心情或身體，處於難以抑制，不能忍受的狀態。相當於「…て仕方がない、非常に…」。不能和表示自發的語詞（如：思える）共用。

例句

名作だと言うから読んでみたら、退屈でたまらなかった。
說是名作，看了之後，覺得無聊透頂了。

## 8 をこめて
「集中…」、「傾注…」

接續與說明 [N＋をこめて]。表示對某事傾注思念或愛等的感情。常用「心を込めて」、「力を込めて」、「愛を込めて」等用法。

例句

みんなの幸せのために、願いをこめて鐘を鳴らした。
為了大家的幸福，以虔誠的心鳴鐘祈禱。

比較

● をつうじて、をとおして

「透過…」、「通過…」；「在整個期間…」、「在整個範圍…」

接續與說明 [N＋をつうじて＋V]；[N＋をとおして]；[V-る＋ことを とおして]。表示利用某種媒介（如人物、交易、物品等），來達到某目 的（如物品、利益、事項等）。相當於「…によって」；又後接表示期 間、範圍的詞，表示在整個期間或整個範圍內。相當於「…のうち（い つでも／どこでも）」。

例句

<ruby>彼女<rt>かのじょ</rt></ruby>を<ruby>通<rt>つう</rt></ruby>じて、<ruby>間接的<rt>かんせつてき</rt></ruby>に<ruby>彼<rt>かれ</rt></ruby>の<ruby>話<rt>はなし</rt></ruby>を<ruby>聞<rt>き</rt></ruby>いた。

透過她，間接地知道他所說的。

次の文の_____にはどんな言葉を入れたらよいか。1・2から最も適当なものをひとつ選びなさい。

## 實力測驗

Q哪一個是正確的？

答案>>在下一頁

**5** 彼の味方になんか、なる（ ）。

1. もの　2. ものか

**譯**
1. もの：…嘛
2. ものか：才不…呢

解答》請看下一頁

**6** 勉強が辛くて（ ）。

1. たまらない
2. ほかない

**譯**
1. たまらない：非常…
2. ほかない：只好…

解答》請看下一頁

**7** 昔のことが懐かしく思い出されて（ ）。

1. ならない　2. たまらない

**譯**
1. てならない：…得厲害
2. たまらない：非常…

解答》請看下一頁

**8** 感謝（ ）、ブローチを贈りました。

1. をこめて　2. をつうじて

**譯**
1. をこめて：傾注…
2. をつうじて：通過…

解答》請看下一頁

なるほどの解説を確認して、
次のページへ進もう！

**5** 比較

「ものか」意思是「才不…呢」，表示強烈的否定，帶有輕視或意志堅定的語感。在此表示「我才不跟他一個鼻子出氣呢」。「もの」意思是「…嘛」，帶有撒嬌、任性、不滿的語氣，多為女性或小孩使用，用在說話者針對理由進行辯解。在這邊由於有個「なんか」，帶出瞧不起人的感覺，所以用「ものか」才正確。

答案：2

**6** 比較

「てたまらない」意思是「…不得了」，表示某種強烈的情緒、感覺、慾望。在此表示「書唸得痛苦不堪」。「ほかない」前面接動詞連體形，意思是「只好…」，表示沒有其他的辦法，只能硬著頭皮去做某件事情。在此接續方式和語意都有誤。

答案：1

**7** 比較

「てならない」意思是「忍不住…」，表示某種情感強烈而無法控制。在此表示「往事令人懷念，不禁一直想起」。「てたまらない」意思是「…不得了」，表示某種情緒、感覺、慾望到了難以忍受的地步。前面必須接表示感覺或感情的語詞，而「思い出される」是和思考有關的動詞，所以不恰當。

答案：1

**8** 比較

「をこめて」意思是「傾注…」，前面通常接「願い」、「愛」、「心」、「思い」等和心情相關的字詞，表示抱持著某種心情做後項的動作。在此表示「以真摯的感謝之情送她別針」。「をつうじて」意思是「透過…」，表示經由前項來達到情報的傳遞。如果前面接的是和時間有關的語詞，則表示在這段期間內一直持續後項的狀態。在此語意不符。

答案：1

# 義務・不必要

1 ないわけに（は）いかない
2 ほかない、ほかはない
3 わけにはいかない、わけにもいかない
4 より（ほか）ない、ほかしかたがない

 **MP3** T-10

**1** **ないわけに（は）いかない**
「不能不…」、「必須…」

接續與說明 [V-ない＋わけに（は）いかない]。表示根據社會的理念、情理、一般常識或自己過去的經驗，不能不做某事，有做某事的義務。

例句

ネクタイは嫌いだけれど、弟の結婚式だから、締めないわけにはいかない。

雖然我討厭領帶，但畢竟是弟弟的婚禮，總不能不繫。

比較
● **にきまっている**

「肯定是…」、「一定是…」

接續與說明 [N／A／V＋にきまっている]。表示說話人根據事物的規律，覺得一定是這樣，不會例外，充滿自信的推測。相當於「きっと…だ」。

例句

私だって、結婚したいに決まっているじゃありませんか。ただ、相手がいないだけです。

我也是想結婚的不是嗎？只是沒有對象呀。

## 2 ほかない、ほかはない
「只有…」、「只好…」、「只得…」

**接續與說明** [V-る＋ほかはない]。表示雖然心裡不願意，但又沒有其他方法，只有這唯一的選擇，別無它法。相當於「…以外にない」、「…より仕方がない」等。

**例句**

こうなったら、徹夜してでもやるほかない。
這樣的話，只好熬夜了。

**比較**

### ● ようがない、ようもない

「沒辦法」、「無法…」

**接續與說明** [R-よう＋が（も）ない]。表示不管用什麼方法都不可能，已經沒有其他方法了。相當於「…ことができない」。「…よう」是接尾詞，表示方法。

**例句**

パソコンが壊れたので、メールのチェックのしようがない。
電腦壞掉了，所以沒辦法收電子郵件。

## 3 わけにはいかない、わけにもいかない
「不能…」、「不可…」

**接續與說明** [V-る＋わけに（は）いかない]。表示由於一般常識、社會道德或過去經驗等約束，那樣做是不可能的、不能做的、不單純的。相當於「…することはできない」。

**例句**

友達を裏切るわけにはいかない。
友情是不能背叛的。

## ● わけがない

「不會…」、「不可能…」

接續與說明 [Nの／Nである＋わけがない]；[Naな／Naである＋わけがない]；[A／V＋わけがない]。。表示從道理上而言，強烈地主張不可能或沒有理由成立。相當於「…はずがない」。口語常説成「わけない」。

例句

こんな簡単なことをできないわけがない。

這麼簡單的事情，不可能辦不到。

**4 より（ほか）ない、よりしかたがない**
「只有…」、「除了…之外沒有…」

接續與說明 [V-る＋より（ほか）ない]；[V-る＋よりしかたがない]。後面伴隨著否定，表示這是唯一解決問題的辦法。

例句

こうなったら一生懸命やるよりない。

事到如今，只能拚命去做了。

## ● ないわけに（は）いかない

「不能不…」、「必須…」

接續與說明 [V-ない＋わけに（は）いかない]。表示根據社會的理念、情理、一般常識或自己過去的經驗，不能不做某事，有做某事的義務。

例句

どんなに嫌でも、税金を納めないわけにはいかない。

任憑百般不願，也非得繳納稅金不可。

**MEMO**

# 12 実力テスト

做對了，往 😊 走，做錯了往 ✕ 走。

次の文の_____にはどんな言葉を入れたらよいか。1・2から最も適当なものをひとつ選びなさい。

---

**實力測驗**

Q 哪一個是正確的？

答案>>在下一頁

---

**1** 明日、試験があるので、今夜は勉強（　　　）。

1. しないわけにはいかない
2. に決まっている

**譯**
1. ないわけにはいかない：必須…
2. に決まっている：肯定是…

解答》請看下一頁

---

**2** 誰も助けてくれないので、自分で何とかする（　　　）。

1. ほかない　2. ようがない

**譯**
1. ほかない：只好…
2. ようがない：沒辦法

解答》請看下一頁

---

**3** あのおじさん苦手だけれど、正月なのに親戚に挨拶に行かない（　　　）。

1. わけがない　2. わけにもいかない

**譯**
1. わけがない：不可能…
2. わけにもいかない：也不行不…

解答》請看下一頁

---

**4** 終電が出てしまったので、タクシーで（　　　）。

1. 帰らないわけにはいかない
2. 帰るよりほかない

**譯**
1. ないわけにはいかない：必須…
2. よりほかない：只有…

解答》請看下一頁

---

**なるほどの解説を確認して、次のページへ進もう！**

バンザーイ!!

**1** 比較

　「ないわけにはいかない」意思是「必須…」，前面接動詞未然形，表示基於常識或受限於某種規範，不這樣做不行。在此表示「由於明天要考試，今晚不得不用功念書」。「に決まっている」意思是「肯定是…」，表示說話者很有把握的推測，覺得事情一定是如此。在此語意不符。

答案：1

**2** 比較

　「ほかない」意思是「只好…」，表示沒有其他的辦法，只能硬著頭皮去做某件事情。在此表示「因為沒有人可以伸出援手，只好自己想辦法了」。「ようがない」前面接動詞連用形，意思是「無法…」，表示束手無策，一點辦法也沒有。在此語意和接續方式都有誤。

答案：1

**3** 比較

　「わけにもいかない」意思是「也不行不…」，表示基於義務、常識或規範，某件事情也同樣是被禁止的。在此表示「雖然我很不擅長應付那位叔叔，但是大過年的也不行不去跟親戚打招呼」。「わけがない」意思是「不可能…」，表示沒有某種可能性，是很強烈的否定。在此語意不符。

答案：2

**4** 比較

　「よりほかない」意思是「只有…」，表示沒有其他的辦法了，只能採取前項行為。在此表示「由於最後一班電車已經開走了，只能搭計程車回家了」。「ないわけにはいかない」意思是「不能不…」，表示受限於某種社會上、常識上的規範、義務，必須採取前項行為。在這邊「搭計程車回家」不是義務，所以「ないわけにはいかない」不適用。

答案：2

# 条件・仮定

1 さえ…ば、さえ…たら
2 たとえ…ても
3 たら
4 てからでないと、てからでなければ

5 とすれば、としたら、とする
6 ば
7 ばよかった

 **MP3** T-11

## 1 さえ…ば、さえ…たら
「只要…（就）…」

接續與說明 [N＋さえ…たら／…ば]；[R-＋さえしたら／すれば]；[V-て＋さえ…たら／…ば]；[疑問詞＋かさえ…たら／…ば]。表示只要某事能夠實現就足夠了。其他的都是小問題。強調只需要某個最低，或唯一的條件，後項就可以成立了。相當於「…その条件だけあれば」。

例句

やる気さえあれば、年齢や経験など一切は問いません。

只要會打電腦，年齡或經驗都沒有要求。

比較
## • こそ
「正是…」、「才（是）…」；「正（因為）…才…」

接續與說明 [N＋こそ]。（1）表示特別強調某事物。（2）表示強調充分的理由。前面常接「から」或「ば」。相當於「…ばこそ」。

例句

私の方こそ、お世話になりました。

我才是受您照顧了呢。

**2** たとえ…ても
「即使…也…」、「無論…也…」

接續與說明 [たとえ＋N／Na＋でも]；[たとえ＋A-くて＋も]；[たとえ＋V-て＋も]。讓步關係，即使在前項極端的條件下，後項結果仍然成立。「たとえ」有時說成「たとい」。相當於「もし…だとしても」。

例句

たとえ費用が高くてもかまいません。
即使費用高也沒關係。

比較
● たら
　「要是…」；「如果要是…了」、「…了的話」

接續與說明 [N／Naだった＋ら]；[A-かった＋ら]；[V-た＋ら]。表示條件或契機。（1）表示假定條件。當實現前面的情況時，後面的情況就會實現。但前項會不會成立實際上還不知道。「要是…」的意思；（2）表示確定條件。也就是知道前項一定會成立，以其為契機，做後項。相當於「當作了某個動作時，那之後…」。

例句

雨が降ったら、行きません。
要是下雨的話就不去。

**3** たら
「要是…」；「如果要是…了」、「…了的話」

接續與說明 [N／Naだった＋ら]；[A-かった＋ら]；[V-た＋ら]。表示條件或契機。（1）表示假定條件。當實現前面的情況時，後面的情況就會實現。但前項會不會成立實際上還不知道。「要是…」的意思；（2）表示確定條件。也就是知道前項一定會成立，以其為契機，做後項。相當於「當作了某個動作時，那之後…」。

値段が安かったら、買います。
<ruby>値<rt>ね</rt></ruby><ruby>段<rt>だん</rt></ruby>が<ruby>安<rt>やす</rt></ruby>かったら、<ruby>買<rt>か</rt></ruby>います。

要是便宜的話就買。

比較

## ● と

「一…就」

接續與說明 [N／Naだ＋と]；[A-い＋と]；[V-る＋と]。陳述人和事物的一般條件關係。常用在機械的使用方法、說明路線、自然的現象及一直有的習慣等情況。在表示自然現象跟反覆的習慣時，不能使用表示說話人的意志、請求、命令、許可等語句。「と」前面要接現在普通形。

例句

このボタンを押すと、切符が出てきます。

一按這個按鈕，票就出來了。

---

## 4　てからでないと、てからでなければ

「不…就不能…」、「不等…之後，不能…」、「…之前，不…」

接續與說明 [V-て＋からでないと]；[V-て＋からでなければ]。表示如果不先做前項，就不能做後項。相當於「…した後でなければ」。

例句

ファイルを保存してからでないと、パソコンの電源を切ってはだめです。

不先儲存資料，是不能關掉電腦電源。

比較

## ● からには、からは

「既然…」、「既然…，就…」

接續與說明 [V＋から（に）は]。表示既然到了這種情況，後面就要「貫徹到底」的說法。因此，後句中表示說話人的判斷、決心、命令、勸誘及意志等。一般用於書面上。相當於「…のなら、…以上は」。

## 例句

引き受けたからには、必ずやり遂げて見せます。

既然已經接下任務了，我就一定會完成給你看。

---

**5** とすれば、としたら、とする

「如果…」、「如果…的話」、「假如…的話」

接續與說明 ［Ｎ／Ｎaだ＋とすれば］；［Ａ／Ｖ＋とすれば］；［Ｎ／Ｎaだ＋としたら］；［Ａ／Ｖ＋としたら］；［Ｎ／Ｎaだ＋とすると］；［Ａ／Ｖ＋とすると］。表示順接的假定條件。在認清現況或得來的信息的前提條件下，據此條件進行判斷。後項是說話人判斷的表達方式。相當於「…と仮定したら」。

## 例句

この中から選ぶとしたら、赤いのがいいです。

假如要從這當中挑選一個的話，我選紅色的。

比較

● **たら**

「要是…」；「如果要是…了」、「…了的話」

接續與說明 ［Ｎ／Ｎaだった＋ら］；［Ａ-かった＋ら］；［Ｖ-た＋ら］。表示條件或契機。（１）表示假定條件。當實現前面的情況時，後面的情況就會實現。但前項會不會成立實際上還不知道。「要是…」的意思；（２）表示確定條件。也就是知道前項一定會成立，以其為契機，做後項。相當於「當作了某個動作時，那之後…」。

## 例句

値段が安かったら、買います。

要是便宜的話就買。

# 6 ば(條件)

「假如…」;「如果…的話」;「如果…就」

**接續與說明** [⋯ば＋N／Naだ];[⋯ば＋A-い];[⋯ば＋V-る]。（1）後接意志或期望等詞,表示前項受到某種條件限制;（2）敘述一般客觀事物的條件關係。如果前項成立,後項就一定會成立;（3）對特定的人或物,表示對未實現的事物,只要前項成立,後項也當然會成立。前項是焦點,敘述需要的是什麼,後項大多是被期待的事。

**例句**

成績がいい学生ほど机に向かっている時間が長いとは限らない。

成績越好的學生待在書桌前的時間不一定就越長。

**比較**

## ● と(條件)

「一…就」

**接續與說明** [N／Naだ＋と];[A-い＋と];[V-る＋と]。陳述人和事物的一般條件關係。常用在機械的使用方法、說明路線、自然的現象及一直有的習慣等情況。在表示自然現象跟反覆的習慣時,不能使用表示說話人的意志、請求、命令、許可等語句。「と」前面要接現在普通形。

**例句**

このボタンを押すと、切符が出てきます。

一按這個按鈕,票就出來了。

# 7 ば…よかった
「如果…的話就好了」

接續與說明 [V-ば…＋よかった]。表示自己沒有做前項的事而感到後悔。説話人覺得要是做了就好了，帶有後悔的心情。

例句

## もう売り切れだ！もっと早く買っておけばよかった。

已經賣完了！早知道就快點來買。

比較
## ● つもりだ

「打算…」、「準備…」

接續與說明 [V-る／V-ない＋つもりだ]。表示意志、意圖。既可以表示説話人的意志、預定、計畫等。也可以表示第三人稱的意志。有説話人的打算是從之前就有，且意志堅定的語氣。

例句

## 後で説明するつもりです。

打算稍後再說明。

# 13 実力テスト

做對了，往😊走，做錯了往❌走。

次の文の_____にはどんな言葉を入れたらよいか。1・2から最も適当なものをひとつ選びなさい。

## 實力測驗
Q 哪一個是正確的？
答案》在下一頁

**1** 手続き（　　　）、誰でも入学できます。
1.さえすれば　2.こそ

**譯** 1.さえ…ば：只要…（就）…
2.こそ：正是…
解答》請看下一頁

**2** （　　　）、私は平気だ。
1.たとえ何を言われても
2.何を言われたら

**譯** 1.たとえ…ても：即使…也…
2.たら：要是…
解答》請看下一頁

**3** 席が（　　　）、座ってください。
1.空いたら　2.空くと

**譯** 1.たら：要是…
2.と：一…就…
解答》請看下一頁

**4** 準備体操を（　　　）、プールには入れません。
1.してからでないと
2.したからには

**譯** 1.てからでないと：不…就不能…
2.からには：既然…
解答》請看下一頁

**5** 資格を（　　　）、看護士の免許がいい。
1.取ったら　2.取るとしたら

**譯** 1.たら：要是…
2.ととしたら：如果…
解答》請看下一頁

**6** 眼鏡をかけれ（　　　）、見えます。
1.と　2.ば

**譯** 1.と：一…就
2.ば：假如…
解答》請看下一頁

**7** 雨だ、傘を持って（　　　）。
1.くればよかった
2.くるつもりだ

**譯** 1.ば…よかった：如果…的話就好了
2.つもりだ：打算…
解答》請看下一頁

なるほどの解説を確認して、次のページへ進もう！

## なるほどの解説

**1** 比較

　「さえ…ば」意思是「只要…就…」，表示滿足條件的最低限度，前項一成立，就能得到後項的結果。在此表示「只要辦手續，任何人都能入學」。「こそ」意思是「才是…」，用來特別強調前項。在此語意不符。

答案：1

---

**2** 比較

　「たとえ…ても」意思是「不管…都…」，表示即使前項發生、屬實，後項還是會成立，是一種讓步條件，表示說話者的肯定語氣或是決心。在此表示「不管人家怎麼說我，我都不在乎」。「たら」意思是「要是…就…」，表示前項實現後，後項也會跟著成立。在此語意不符。

答案：1

---

**3** 比較

　「たら」意思是「如果…」，在這邊表示假如前項有成立，就以它為一個契機去做後項的行為。在此表示「如果有空位請坐下」。「と」意思是「一…就…」，後面不能接請求或命令句等，所以這題不適用。

答案：1

---

**4** 比較

　「てからでないと」前面接動詞連用形，意思是「不先…就不能…」，表示必須先做前項動作，才能接著做後項動作。在此表示「不先做暖身運動，就不能進游泳池」。「からには」可以翻譯成「既然…」，表示事情演變至此，就要順應這件事情抱持某種決心或意志。在此語意不符。

答案：1

**5** 比較

　「としたら」意思是「如果…」，是假定用法，表示前項如果成立，說話者就依照前項這個條件來進行判斷。在此表示「要拿執照的話，我覺得拿看護執照比較好」。「たら」意思是「要是…」，表示如果前項成真，後項也會跟著實現。不過在這邊後項是說話者個人的評價，不是動作或情況，所以語意不符。

答案：2

**6** 比較

　「ば」意思是「…的話」，前面接動詞假定形，表示一般條件，一般而言前項成立的話，後項也會成立。在此表示「戴上眼鏡的話就看得見」。「と」意思是「一…就…」，前面接動詞辭書形，表示前項發生的話，後項也就會自然地發生。在此接續方式有誤。

答案：2

**7** 比較

　「ば…よかった」意思是「如果…就好了」，表示說話者對於沒做某件事而悔不當初。在此表示「下雨了！早知道就帶傘來了」。「つもりだ」意思是「打算…」，前面接動詞連體形，表示說話者有計劃性地預定做某件事情，且意志堅定。在此語意和接續方式都有誤。

答案：1

# 規定・慣例・習慣・方法

1 ことにしている
2 ことになっている、こととなっている
3 ようになる、ようになっている
4 ようがない、ようもない

 T-12

## 1 ことにしている
「都…」、「向來…」

接續與說明 [V +ことにしている]。表示個人根據某種決心，而形成的某種習慣、方針或規矩。翻譯上可以比較靈活。

例句

毎晩12時に寝ることにしている。
我每天都會到晚上十二點才睡覺。

比較

## ● ことになる

「決定…」

接續與說明 [N +ということになる]；[V -る＋（という）ことになる]；[V -ない＋（という）ことになる]。表示決定。由於「なる」是自動詞，所以知道決定的不是說話人自己，而是說話人以外的人、團體或組織等，客觀地做出了某些安排或決定。「（被）決定…」的意思。不過，如果想要委婉地表達自己的決定，也可以用「ことになる」這個句型。

例句

駅にエスカレーターをつけることになりました。
車站決定設置自動手扶梯。

## 2　ことになっている、こととなっている

「按規定…」、「預定…」、「將…」

接續與說明 [N＋ということになっている]；[V-る＋（という）ことになっている]；[V-ない＋（という）ことになっている]。表示客觀做出某種安排。表示約定或約束人們生活行為的各種規定、法律以及一些慣例。「ている」表示結果或定論等的存續。

例句

夏休みのあいだ、家事は子供たちがすることになっている。

暑假期間，說好家事是小孩們要做的。

比較

### ● ことにしている

「都…」、「向來…」

接續與說明 [V＋ことにしている]。表示個人根據某種決心，而形成的某種習慣、方針或規矩。翻譯上可以比較靈活。

例句

自分は毎日12時間、働くことにしている。

我每天都會工作十二個小時。

## 3　ようになる、ようになっている

「可以…」、「會…」、「變得…」

接續與說明 [V-る＋ようになる]；[V-る＋ようになっている]。（1）表示未來的某行為是可能的；（2）表示確信度高的某預定；（3）表示某習慣以前沒有但現在有了，或能力的變化，以前不能，但現在有能力了。

この大学の寮は全室インターネットを使えるようになっている。

這所大學的宿舍，每一間寢室都可以使用網路了。

## ● ようにする

「爭取做到…」、「設法使…」；「使其…」

接續與說明 [Ｖ-る／Ｖ-ない＋ようにする]。表示說話人自己將前項的行為，或狀況當作目標，而努力。如果要表示把某行為變成習慣，則用「ようにしている」的形式。又表示對某人或事物，施予某動作，使其起作用。

朝早くおきるようにしています。

我早上習慣早起。

## 4 ようがない、ようもない
「沒辦法」、「無法…」

接續與說明 [Ｒ-＋ようが（も）ない]。表示不管用什麼方法都不可能，已經沒有其他方法了。相當於「…ことができない」。「…よう」是接尾詞，表示方法。

道に人が溢れているので、通り抜けようがない。

路上到處都是人，沒辦法通行。

## ● より（ほか）ない、よりしかたがない

「只有…」、「除了…之外沒有…」

［V-る＋より（ほか）ない］；［V-る＋よりしかたがない］。
後面伴隨著否定，表示這是唯一解決問題的辦法。

例句

こうなったら一生懸命やるよりない。

事到如今，只能拚命去做了。

# 14 実力テスト

做對了，往  走，做錯了往  走。

次の文の_____にはどんな言葉を入れたらよいか。1・2から最も適当なものをひとつ選びなさい。

## 實力測驗

Q哪一個是正確的？
答案》在下一頁

**1** 仕事が忙しいときも、休日は家でゆったりと過ごす（　　　）。
1.ことにしている
2.ことになる

**譯**
1.ことにしている：向來…
2.ことになる：決定…
解答》請看下一頁

**2** 書類には、生年月日を書く（　　　）。
1.ことにしていた
2.ことになっていた

**譯**
1.ことにしている：向來…
2.ことになっている：按規定…
解答》請看下一頁

**3** 彼も来日十年、今では寿司も食べられる（　　　）。
1.ようになった
2.ようにした

**譯**
1.ようになる：已經變得…
2.ようにする：設法…
解答》請看下一頁

**4** コンセントがないから、ＣＤを聞き（　　　）。
1.ようがない　2.よりしかたがない

**譯**
1.ようがない：無法…
2.よりしかたがない：只有…
解答》請看下一頁

なるほどの解説を確認して、
次のページへ進もう！

**1** 比較

　「ことにしている」表示說話者刻意地去養成某種習慣、規矩。在此表示「工作忙碌時，假日我也是在家悠閒度過」，也就是說「假日悠閒地待在家」這個習慣是說話者自己的決定。「ことになる」表示一個安排或決定，而這件事一般來說不是說話者負責、主導的。在這邊由於句子有「でも」，表示一種假定，和「ことにしている」表示決心的語感呼應，所以應該用「ことにしている」。

答案：1

**2** 比較

　「ことになっている」用來表示日常生活中或社會上普遍的慣例、既有的規定或法條。在此表示「資料按規定要填上出生年月日」。「ことにしている」表示說話者刻意地去養成某種習慣、規矩。這個句子如果套進「ことにしていた」，就變成「我要自己在資料上都要填上出生年月日」，相較之下還是「ことになっている」這個句型比較合乎邏輯。

答案：2

**3** 比較

　「ようになった」意思是「已經變得…」，表示過去沒有的能力、狀態、行為，現在已經有了。在此表示「他也來日本十年了，現在也敢吃壽司了」。「ようにする」意思是「設法…」，表示為了某個目的努力地採取某種行為。「今では」的「は」暗示了這個人現在和過去有所不同，再加上前後語意，這題選表示變化的「ようになった」才正確。

答案：1

**4** 比較

　「ようがない」前面接動詞連用形，意思是「無法…」，表示束手無策，一點辦法也沒有。在此表示「沒有插座，所以沒辦法聽ＣＤ」。「よりしかたがない」前接動詞連體形，意思是「只有…」，表示沒有其他的辦法了，只能採取前項行為。在此語意不符，接續方式也有誤。

答案：1

# 並立・添加・列挙

1 ついで（に）
2 とか
3 とともに
4 に加えて、に加え

5 ばかりか、ばかりでなく
6 はもちろん、はもとより
7 をはじめ、をはじめとする
8 ような

 **MP3** T-13

## 1 ついで（に）
「順便…」、「順手…」、「就便…」

接續與說明 [Nの＋ついで（に）]；[V＋ついで（に）]。表示做某一主要的事情的同時，再追加順便做其他件事情。相當於「…の機会を利用して、…をする」。

例句

ごみを出しに行くついでに新聞を取ってきた。
去倒垃圾時順便拿報紙回來。

比較

## ● にくわえて、にくわえ

「而且…」、「加上…」、「添加…」

接續與說明 [N＋にくわえて]；[N＋にくわえ]。表示在現有前項的事物上，再加上後項類似的別的事物。相當於「…だけでなく…も」。

例句

能力に加えて、人柄も重視されます。
重視能力以外，也重視人品。

## 2 とか

「好像…」、「聽說…」

接續與說明 [N／引用句＋とか]。是「…とかいっていた」、「…とかいうことだ」的省略形式，用在句尾，表示不確切的傳聞。比表示傳聞的「…そうだ」、「…ということだ」更加不確定，或是迴避明確說出。相當於「…と聞いているが」。

例句

当時はまだ新幹線がなかったとか。
聽說當時還沒有新幹線。

比較

### ● っけ

「是不是…來著」、「是不是…呢」

接續與說明 [N／Naだ（った）＋っけ]；[A-かった＋っけ]；[V-た＋っけ]；[…んだ（った）＋っけ]。用在想確認自己記不清，或已忘掉的事物時。「っけ」是終助詞，接在句尾。也可以用在一個人自言自語，自我確認的時候。是對平輩或晚輩使用的口語說法，對長輩最好不要用。

例句

君は今どこに勤めているんだっけ。
您現在是在哪裡高就來著？

## 3 とともに

「和…一起」、「與…同時，也…」

接續與說明 [N＋とともに]；[V-る＋とともに]。表示後項的動作或變化，跟著前項同時進行或發生。相當於「…といっしょに」、「…と同時に」。

例句

仕事すると、お金とともに、たくさんの知識や経験が得られる。

工作得到報酬的同時，也得到很多知識和經驗。

比較

● にともなって

「伴隨著…」、「隨著…」

接續與說明 [N＋にともなって]；[V＋のにともなって]。表示隨著前項事物的變化而進展。相當於「…とともに、…につれて」。

例句

この物質は、温度の変化に伴って色が変わります。

這物質的顏色，會隨著溫度的變化而改變。

## 4 にくわえて、にくわえ

「而且…」、「加上…」、「添加…」

接續與說明 [N＋にくわえて]；[N＋にくわえ]。表示在現有前項的事物上，再加上後項類似的別的事物。相當於「…だけでなく…も」。

例句

書道に加えて、華道も習っている。

學習書法以外，也學習插花。

比較

● にくらべて、にくらべ

「與…相比」、「跟…比較起來」、「比較…」

接續與說明 [N＋にくらべて]；[V＋のにくらべて]。表示比較、對照。相當於「…に比較して」。

例句

平野に比べて、盆地は夏暑いです。

跟平原比起來，盆地的夏天熱多了。

# 15 実力テスト

做對了，往  走，做錯了往  走。

次の文の_____にはどんな言葉を入れたらよいか。1・2から最も適当なものをひとつ選びなさい。

**實力測驗**
Q哪一個是正確的？
答案>>在下一頁

**1** 知人を訪ねて京都に行った（　　）、観光をしました。
　　1.ついでに　2.に加えて

譯
1.ついでに：順便…
2.に加えて：加上…
解答≫請看下一頁

**2** 申し込みは5時で締め切られる（　　　）。
　　1.つけ　2.とか

譯
1.つけ：是不是…來著
2.とか：聽說…
解答≫請看下一頁

**3** 行動科学専攻では、社会科学（　　　）、自然科学も学ぶことができる。
　　1.とともに　2.に伴って

譯
1.とともに：…的同時也…
2.に伴って：隨著…
解答≫請看下一頁

**4** 賞金（　　　）、ハワイ旅行もプレゼントされた。
　　1.に加えて　2.に比べて

譯
1.に加えて：加上…
2.に比べて：與…相比…
解答≫請看下一頁

**なるほどの解説を確認して、次のページへ進もう！**

バンザーイ!!

**1** 比較

　「ついでに」意思是「順便」，表示在做某件事的同時，因為天時地利人和，剛好做了其他事情。在此表示「到京都拜訪朋友，順便觀光了一下」。「にくわえて」意思是「加上…」，表示不只是前面的事物，再加上後面的事物。「にくわえて」前面必須接名詞，在此接續方式有誤。

答案：1

**2** 比較

　「とか」意思是「聽說…」，表示傳聞，說話者的語氣不是很肯定。在此表示「聽說申請到５點截止」。「っけ」意思是「…來著」，用在說話者印象模糊、記憶不清時進行確認，或是自言自語時。「っけ」前面如果接的是動詞，要用過去式，所以在此接續方式有誤。

答案：2

**3** 比較

　「とともに」意思是「…的同時也…」，表示隨著前項的進行，後項也同時進行或發生。在此表示「主修行動科學，在學習社會科學的同時，也能學自然科學」。「に伴って」意思是「隨著…」，表示隨著前項的進行，後項也有所進展或產生變化。在此後項不是表示變化的語句，所以語意不符。

答案：1

**4** 比較

　「に加えて」意思是「加上…」，表示除了前項，再加上後項。在此表示「贈送獎金以外，還贈送了夏威夷旅遊」。「に比べて」意思是「與…相比…」，前項是比較的基準。這一句由於後項的「も」（也是）暗示了說話者不僅有獎金也有夏威夷旅遊，所以要用表示添加的「に加えて」。「に比べて」語意不符。

答案：1

## 5 ばかりか、ばかりでなく

「豈止…，連…也…」、「不僅…而且…」

接續與說明 [N＋ばかりか…も／…まで]；[Naな＋ばかりか…も／…まで]；[A／V＋ばかりか…も／…まで]。表示除前項的情況之外，還有後項程度更甚的情況。後項的程度超過前項。語意跟「…だけでなく…も…」相同。

例句

彼は、勉強ばかりでなく、スポーツも得意だ。

他不光只會唸書，就連運動也很行。

比較

## ● ついで（に）

「順便…」、「順手…」、「就便…」

接續與說明 [Nの＋ついで（に）]；[V＋ついで（に）]。表示做某一主要的事情的同時，再追加順便做其他件事情。相當於「…の機会を利用して、…をする」。

例句

知人を訪ねて京都に行ったついでに、観光をしました。

到京都拜訪朋友，順便觀光了一下。

## 6 はもちろん、はもとより

「不僅…而且…」、「…不用說」、「…自不待說，…也…」

接續與說明 [N＋はもちろん]；[N＋はもとより]。表示一般程度的前項自然不用説，就連程度較高的後項也不例外。相當於「…は言うまでもなく…（も）」。

例句

居間はもちろん、トイレも台所も全部掃除しました。

不用說是客廳，就連廁所跟廚房也都清掃乾淨了。

比較

## ● にくわえて、にくわえ

「而且…」、「加上…」、「添加…」

接續與說明 [N＋にくわえて]；[N＋にくわえ]。表示在現有前項的事物上，再加上後項類似的別的事物。相當於「…だけでなく…も」。

例句

書道に加えて、華道も習っている。

學習書法以外，也學習插花。

## 7 をはじめ、をはじめとする

「以…為首」

接續與說明 [N＋をはじめ（として）]。表示由核心的人或物擴展到很廣的範圍。「を」前面是最具代表性的、核心的人或物。

例句

試合には、校長先生をはじめ、たくさんの先生方も応援に来てくれた。

比賽中，校長以及多位老師都前來加油了。

## ● をちゅうしんに

「以…為重點」、「以…為中心」、「圍繞著…」

接續與說明 [N＋をちゅうしんにV]。表示前項是後項行為、狀態的中心。

例句

海洋開発を中心に、討論を進めました。

以海洋開發為中心進行討論。

---

# 8 ような

「像…樣的」、「宛如…一樣的…」

接續與說明 [Nの＋ような]；[A／V＋ような]。表示列舉、比喻。為了説明後項的名詞，而在前項具體的舉出例子。「ような気がする」表示説話人的感覺或主觀的判斷。

例句

お寿司や天ぷらのような和食が好きです。

我喜歡吃像壽司或是天婦羅那樣的日式料理。

## ● らしい

「似乎…」「像…樣子」、「有…風度」

接續與說明 （1）[N／Na／V＋らしい]。推量用法。説話者不是憑空想像，而是根據所見所聞來做出判斷。（2）[N＋らしい]。表示具有該事物或範疇典型的性質。

例句

地面が濡れている。夜中に雨が降ったらしい。

地面是濕的。晚上好像有下雨的樣子。

**MEMO**

做對了，往走，做錯了往走。

次の文の＿＿＿＿＿にはどんな言葉を入れたらよいか。1・2から最も適当なものをひとつ選びなさい。

**實力測驗**

Q 哪一個是正確的？

答案>>在下一頁

**5** 彼は、失恋した（　　　）、会社も首になってしまいました。

1. ついでに　2. ばかりか

**譯** 1. ついでに：順便…
2. ばかりか：豈止…

解答》請看下一頁

**6** 私はイタリア人ですが、すきやき、てんぷら（　　　）、納豆も大好きです。

1. はもちろん　2. に加えて

**譯** 1. はもちろん：不僅…而且…
2. に加えて：而且…

解答》請看下一頁

**7** 日本の近代には、夏目漱石（　　）、いろいろな作家がいます。

1. をはじめ　2. を中心に

**譯** 1. をはじめ：以…為首
2. を中心に：以…為中心

解答》請看下一頁

**8** 安室奈美恵（　　　）小顔になりたいです。

1. のような　2. らしい

**譯** 1. ような：像…
2. らしい：有…的樣子

解答》請看下一頁

**なるほどの解説を確認して、次のページへ進もう！**

バンザーイ!!

Gusun…

**5** 比較

「ばかりか」意思是「不僅…連…」，表示不光是前項，連後項也是，而後項的程度比前項來得高。在此表示「他不僅剛失戀，連工作也丟了」。「ついでに」意思是「順便」，表示在做某件事的同時，剛好利用這個機會做了其他事情。不過被開除並不是這句話主角採取的行為，故「ついでに」在此語意不符。

答案：2

**6** 比較

「はもちろん」意思是「…就不用說了…」，表示例舉，前項是一般程度的，後項程度略高，不管是前項還是後項通通包含在內。在此表示「我雖是義大利人，但是壽喜燒、天婦羅就不用說了，連納豆我都很喜歡」。「に加えて」意思是「加上…」，表示除了前項，再加上後項，兩項的地位相等。不過納豆不像壽喜燒或天婦羅是一般人都能接受的東西，所以要選「はもちろん」。

答案：1

**7** 比較

「をはじめ」意思是「以…為首」，用來列舉，並先舉出一個最具代表性的。在此表示「日本近代，以夏目漱石為首，還有其他許許多多的作家。」。「を中心に」意思是「以…為中心」，表示前項是某事物、狀態、現象、行為範圍的中心點。在此語意不符。

答案：1

**8** 比較

「ような」前面接名詞時的接續方式是「Ｎ＋の＋ような＋Ｎ」，意思是「像…」，用來比喻或舉例。在此表示「我希望有張像安室奈美惠那樣的小臉蛋」。「らしい」意思是「有…的樣子」、「似乎」，表示充分具有該事物應有的性質或樣貌，或是說話者根據眼前的事物進行客觀的推測。不過安室奈美惠不是小臉蛋原有的性質，也不是它該有的樣子，所以這邊不能選擇「らしい」。

答案：1

# 比較・対比・逆接

1 くせに
2 くらいなら、ぐらいなら
3 としても
4 に比べて、に比べ

5 に反して、に反し、に反する、に反した
6 のに
7 反面、半面
8 わりに（は）

 MP3 T-14

## 1 くせに
「雖然…，可是…」、「…，卻…」

接續與説明 [Nの＋くせに]；[Naな＋くせに]；[A／V＋くせに]。表示逆態接續。用來表示根據前項的條件，出現後項讓人覺得可笑的、不相稱的情況。全句帶有譴責、抱怨、反駁、不滿、輕蔑的語氣。批評的語氣比「のに」更重，較為口語。

例句

彼女（かのじょ）が好（す）きなくせに、嫌（きら）いだと言（い）い張（は）っている。
明明喜歡她，卻硬說討厭她。

比較

## ● のに
「雖然…卻…」、「明明…」、「卻…」

接續與説明 [N／Naな＋のに]；[A-い／A-かった＋のに]；[V-る／V-た＋のに]。表示既定的逆接條件，往往帶有意外、埋怨、不滿等語氣。

例句

頑張（がんば）ったのに、うまくいかなかった。
雖然努力過了，事情卻不順利。

## 2 くらいなら、ぐらいなら
「與其…不如…」、「要是…還不如…」

接續與說明 [V＋くらいなら]。表示與其選前者，不如選後者，是一種對前者表示否定、厭惡的說法。常跟「ましだ」相呼應，「ましだ」表示兩方都不理想，但比較起來，還是某一方好一點。

例句

こんなひどい目に会うぐらいなら、むしろ死んだほうがいい。

假如要受那種對待，還不如一死百了！

比較
### • からには、からは
「既然…」、「既然…，就…」

接續與說明 [V＋から（に）は]。表示既然到了這種情況，後面就要「貫徹到底」的說法。因此，後句中表示說話人的判斷、決心、命令、勸誘及意志等。一般用於書面上。相當於「…のなら、…以上は」。

例句

教師になったからには、生徒一人一人をしっかり育てたい。

既然當了老師，當然就想要把學生一個個都確實教好。

## 3 としても
「即使…，也…」、「就算…，也…」

接續與說明 [N／Na（だ）＋としても]；[A／V＋としても]。表示假設前項是事實或成立，後項也不會起有效的作用，或者後項的結果，與前項的預期相反。相當於「その場合でも」。

例句

これが本物の宝石だとしても、私は買いません。

即使這是真的寶石，我也不會買的。

## ● くらいなら、ぐらいなら

「與其…不如…」、「要是…還不如…」

接續與說明 [V＋くらいなら]。表示與其選前者，不如選後者，是一種對前者表示否定、厭惡的説法。常跟「ましだ」相呼應，「ましだ」表示兩方都不理想，但比較起來，還是某一方好一點。

例句

これ以上あんな上司の下で働くぐらいなら、いっそやめてやる。
如果還要在這種主管底下做事，乾脆別幹了。

---

## にくらべて、にくらべ

「與…相比」、「跟…比較起來」、「比較…」

接續與說明 [N＋にくらべて]；[V＋のにくらべて]。表示比較、對照。相當於「…に比較して」。

例句

平野に比べて、盆地は夏暑いです。
跟平原比起來，盆地的夏天熱多了。

## ● に対して

「向…」、「對（於）…」

接續與說明 [N＋にたいして]；[Naなの＋にたいして]；[A-い＋のにたいして]；[V＋のにたいして]。表示動作、感情施予的對象。可以置換成「に」。

例句

みなさんに対して、お詫びをしなければならない。
我得向大家致歉。

# 17 実力テスト

做對了，往走，做錯了往走。

次の文の＿＿＿＿にはどんな言葉を入れたらよいか。1・2から最も適当なものをひとつ選びなさい。

## 實力測驗

Q哪一個是正確的？
答案≫在下一頁

**1**
彼は准教授の（　　　）、教授になったと嘘をついた。
1．くせに　2．のに

**譯**
1．くせに：…，卻…
2．のに：明明…

解答≫請看下一頁

**2**
あんな男と結婚する（　　　）、一生 独身の方がましだ。
1．ぐらいなら　2．からには

**譯**
1．ぐらいなら：與其…不如…
2．からには：既然…

解答≫請看下一頁

**3**
体が丈夫（　　　）、インフルエンザには注意しなければならない。
1．くらいなら　2．だとしても

**4**
今年は去年（　　　）、雨の量が多い。
1．に比べ　2．に対して

**譯**
1．くらいなら：與其…不如…
2．としても：即使…，也…

解答≫請看下一頁

**譯**
1．に比べ：與…相比
2．に対して：對（於）…

解答≫請看下一頁

なるほどの解説を確認して、次のページへ進もう！

**1** 比較

「くせに」意思是「明明…」，表示後項結果和前項的條件不符，帶有說話者不屑、不滿、責備等負面語氣。一般而言「くせに」的前後主體要一致。在此表示「他明明是副教授，卻謊稱自己當上教授」。「のに」也有「明明…」的意思，前後主體不一樣也沒關係。不過，前面如果接的是名詞，要用「體言＋なのに」的方式來接續。

答案：1

**2** 比較

「ぐらいなら」意思是「與其…」，表示說話者寧可選擇後項也不要前項，表現出厭惡的感覺。在此表示「與其要和那種男人結婚的話，不如一輩子單身比較好」。「からには」意思是「既然…」，表示事情演變至此，就要順應這件事情抱持某種決心或意志。不過這個句子裡的「ましだ」表示「倒不如…」，表示說話者沒有接受前項事實，這邊用「からには」就顯得矛盾了。

答案：1

**3** 比較

「としても」意思是「即使…，也…」，表示就算前項成立，也不能替後項帶來什麼影響。在此表示「就算身體硬朗，也應該要提防流行性感冒」。「くらいなら」意思是「與其…」，前面接動詞辭書形，表示說話者寧可選擇後項也不要前項，表現出厭惡的感覺。在此語意不符，接續方式也有誤。

答案：2

**4** 比較

「に比べ」意思是「與…相比…」，前項是比較的基準。在此表示「今年比去年雨量豐沛」。「に対して」意思是「對於…」，表示對象，後項多是針對這個對象而有的態度、行為或作用等，帶給這個對象一些影響。在此語意不符。

答案：1

## 5 にはんして、にはんし、にはんする、にはんした

「與…相反…」

**接續與說明** [N＋にはんして]；[N＋にはんし]。接「期待」、「予想」等詞後面，表示後項的結果，跟前項所預料的相反，形成對比的關係。相當於「て…とは反対に」、「…に背いて」。

**例句**

期待に反して、収穫量は少なかった。

與預期的相反，收穫量少很多。

---

比較

### ● にくらべて、にくらべ

「與…相比」、「跟…比較起來」、「比較…」

**接續與說明** [N＋にくらべて]；[V＋のにくらべて]。表示比較、對照。相當於「…に比較して」。

**例句**

平野に比べて、盆地は夏暑いです。

跟平原比起來，盆地的夏天熱多了。

---

## 6 のに

「雖然…卻…」、「明明…」、「卻…」

**接續與說明** [N／Naな＋のに]；[A-い／A-かった＋のに]；[V-る／V-た＋のに]。表示既定的逆接條件，往往帶有意外、埋怨、不滿等語氣。

**例句**

もう2時間も待っているのに、彼はまだ来ない。

已經等了2個小時，他卻還沒來。

## ● としても

「即使…，也…」、「就算…，也…」

接續與說明 [N／Na（だ）＋としても]；[A／V＋としても]。表示假設前項是事實或成立，後項也不會起有效的作用，或者後項的結果，與前項的預期相反。相當於「その場合でも」。

例句

みんなで力を合わせたとしても、彼に勝つことはできない。

就算大家聯手，也沒辦法贏他。

---

# 7 はんめん

「另一面…」、「另一方面…」

接續與說明 [Nである＋はんめん]；[Naな／Naである＋はんめん]；[A-い＋はんめん]；[V-る＋はんめん]。表示同一種事物，同時兼具兩種不同性格的兩個方面。除了前項的一個事項外，還有後項的相反的一個事項。相當於「…である一方」。

例句

あの会社は、給料がいい反面、仕事がきつい。

那家公司雖然薪資好，但另一方面工作也吃力。

## ● かわりに

「雖然…但是…」；「代替…」

接續與說明 （1）[Nの＋かわりに]。表示由另外的人或物來代替。意含「本來是前項，但因某種原因由後項代替」。相當於「…の代理で」、相當於「…とひきかえに」。（2）[V＋かわりに]。表示一件事同時具有兩個相互對立的側面，一般重點在後項。相當於「…一方で」。

例句

過去のことを言うかわりに、未来のことを考えましょう。

大家想想未來的事，來代替說過去的事吧！

## 8 わりに（は）

「（比較起來）雖然…但是…」、「但是相對之下還算…」、「可是…」

接續與說明 [Nの＋わりに]；[Naな＋わりに]；[A-い＋わりに]；[V＋わりに]。表示結果跟前項條件不成比例、有出入，或不相稱，結果劣於或好於應有程度。相當於「…のに、…にしては」。

例句

面積が広いわりに、人口が少ない。

面積雖然大，但人口相對地很少。

比較

## ● として、としては

「以…身份」、「作為…」等，或不翻譯；「如果是…的話」、「對…來說」

接續與說明 [N＋として]；[N＋としては]。「として」接在名詞後面，表示身份、地位、資格、立場、種類、名目、作用等。有格助詞作用。

例句

責任者として、状況を説明してください。

請以負責人的身份，說明一下狀況。

次の文の_____にはどんな言葉を入れたらよいか。1・2から最も適当なものをひとつ選びなさい。

---

**實力測驗**

Q 哪一個是正確的？

答案>>在下一頁

**5** 法律（ほうりつ）（　　　）行為（こうい）をしたら処罰（しょばつ）されます。

　1.に反する　2.に比べて

✗

**譯**

1.に反した：與…相反

2.に比べて：與…相比…

解答》請看下一頁

---

**6** テストで100点（てん）をとった（　　　）、母（はは）はほめてくれなかった。

　1.のに　2.としても

✗

**譯**

1.のに：明明…

2.としても：即使…，也…

解答》請看下一頁

**7** 上司（じょうし）にはへつらう（　　　）、部（か）下にはいばり散（ち）らす。

　1.かわりに　2.反面

✗

**譯**

1.かわりに：代替…

2.反面：另一方面…

解答》請看下一頁

---

**8** 物理（ぶつり）の点（てん）が悪（わる）かった（　　　）、化（か）学（がく）はまあまあだった。

　1.わりには　2.として

✗

**譯**

1.わりには：但是相對之下還算…

2.として：作為…

解答》請看下一頁

**なるほどの解説を確認して、次のページへ進もう！**

**5** 比較

「に反する」後接名詞，意思是「與…相反」，表示和前項相違、相對。在此表示「要是違法的話，是會被處罰的」。「に比べて」意思是「與…相比…」，前項是比較的基準。故語意不符。

答案：1

**6** 比較

「のに」意思是「卻…」，表示事實和說話者期待的有所不同，或是從前項照理來講可以推出後項，但是後項卻不成立；帶有不滿、惋惜、訝異的情緒。在此表示「雖然我拿了100分，但媽媽卻沒有稱讚我」。「としても」意思是「即使…，也…」，表示就算前項成立，也不能替後項帶來什麼影響。由於後項「ほめてくれなかった」是動詞過去式，不是指一般的情形，所以在這邊「としても」不適用。

答案：1

**7** 比較

「反面」意思是「另一方面…」，表示在同一個人事物中，有前項和後項這兩個相反的情況。在此表示「對上司阿諛奉承，另一方面卻對屬下作威作福」。「かわりに」意思是「代替…」，表示由其他的人事物來取代原本的。在此語意不符。

答案：2

**8** 比較

「わりには」意思是「比起…雖然…，但…還算…」，表示某事物不如前項這個一般基準一般好或壞。在此表示「比較起來物理分數雖然差，但是化學還算好」，從物理分數一般可以推想化學分數應該也好不到哪裡去，不過結果卻令人意外地沒那麼差。「として」前接名詞，意思是「作為…」，表示以某種身分、資格、地位來做後項的動作。在此語意不符，接續方式也有誤。

答案：1

# 限定・強調

1 しかない
2 だけ
3 こそ
4 など…ものか

5 などと（なんて）言う、
　などと（なんて）思う
6 なんか、なんて

 **MP3** T-15

## 1 しかない
「只能…」、「只好…」、「只有…」

接續與說明 [Nで＋しかない]；[V-る＋しかない]。表示只有這唯一可行的，沒有別的選擇，或沒有其它的可能性。相當於「…だけだ」。

例句

国会議員になるには、選挙で勝つしかない。
要當國會議員，就只有打贏選戰了。

比較

## ● ないわけに（は）いかない

「不能不…」、「必須…」

接續與說明 [V-ない＋わけに（は）いかない]。表示根據社會的理念、情理、一般常識或自己過去的經驗，不能不做某事，有做某事的義務。

例句

どんなに嫌でも、税金を納めないわけにはいかない。
任憑百般不願，也非得繳納稅金不可。

## 2 だけ
「只」、「僅僅」

接續與說明 [N（＋助詞）＋だけ]；[N／Naな＋だけ]；[A／V＋だけ]。表示只限於某範圍，除此以外沒有別的了。

例句

テレビは一時間だけ見てもいいです。
只看一小時的電視也行。

比較

### • しか

「只」、「僅僅」

接續與說明 [N（＋助詞）＋しか…ない]。下接否定，表示限定。一般帶有因不足而感到可惜、後悔或困擾的心情。

例句

5000円しかありません。
僅有5000日圓。

## 3 こそ
「正是…」、「才（是）…」；「正（因為）…才…」

接續與說明 [N＋こそ]。（1）表示特別強調某事物。（2）表示強調充分的理由。前面常接「から」或「ば」。相當於「…ばこそ」。

例句

こちらこそよろしくお願いします。
彼此彼此，請多多關照。

## ● だけ

「只」、「僅僅」

接續與說明 [N（＋助詞）＋だけ]；[N／Naな＋だけ]；[A／V＋だけ]。表示只限於某範圍，除此以外沒有別的了。

例句

小川さんはお酒だけ飲みます。

小川先生只喝酒。

# 4 など…ものか、など…もんか

「怎麼會…」、「才（不）…」

接續與說明 [など…V-る＋ものか]。表示加強否定的語氣。通過「など」對提示的事物，表示不值得一提、無聊、不屑等輕視的心情。

例句

そんな馬鹿なことなど、信じるもんか。

我才不相信那麼扯的事呢！

## ● ほど

「越…越…」；「…得」、「…得令人」

接續與說明 [N／Na＋ほど]；[A-い＋ほど]。（1）表示後項隨著前項的變化，而產生變化；（2）[N＋ほど]；[A-い＋ほど]；[V-る＋ほど]。用在比喻或舉出具體的例子，來表示動作或狀態處於某種程度。

例句

もしそれが本当ならば、彼はどうしてあんなことを言ったのだろう。

如果那是真的，那他為什麼要說那種話呢？

## 5 　などと（なんて）いう、などと（なんて）おもう
「多麼…呀」；「…之類的…」

**接續與說明** N／Na（だ）＋なんて]；[A／V＋なんて]。（1）表示前面的事，好得讓人感到驚訝，含有讚嘆的語氣。（2）表示輕視、鄙視的語氣。

**例句**

### いやだなんて言わないで、お願いします。
請別說不願意，請你做吧。

---

比較
### ● なんか

「連…都…（不）…」；「…等等」、「…那一類的」、「…什麼的」；「真是太…」、「…之類的」

**接續與說明** [N／A／V＋かなんか]；[（Nや）N＋なんか]。（1）表示從各種事物中例舉其一。是比「など」還隨便的說法。（2）如果後接否定句，表示對所提到的事物，帶有輕視的態度。

**例句**

### 「お昼、何食べる？」「ラーメンなんか、どう？」
「中午吃什麼？」「拉麵之類的，如何？」

---

## 6 　なんか、なんて
「連…都…（不）…」；「…等等」、「…那一類的」、「…什麼的」；「真是太…」、「…之類的」

**接續與說明** [N／Na（だ）＋なんか、なんて]；[A／V＋なんか、なんて]。（1）前接名詞，表示用輕視的語氣，談論主題。口語用法。（2）表示前面的事是出乎意料的，後面多接驚訝或是輕視的評價口語用法。

庭に、芝生<ruby>庭<rt>にわ</rt></ruby>に、<ruby>芝生<rt>しばふ</rt></ruby>なんかあるといいですね。

如果庭院有個草坪之類的東西就好了。

---

比較

## ● ばかり

「淨…」、「光…」、「老…」

接續與說明 [N（＋助詞）＋ばかり]。表示數量、次數非常的多，而且説話人對這件事有負面評價；[V-て＋ばかりいる]。表示説話人對不斷重複一樣的事，或一直都是同樣的狀態，有負面的評價。

例句

<ruby>漫画<rt>まんが</rt></ruby>ばかりで、そのほかの<ruby>本<rt>ほん</rt></ruby>はぜんぜん<ruby>読<rt>よ</rt></ruby>みません。

光看漫畫，完全不看其他書。

# 19 実力テスト

做對了，往😊走，做錯了往❌走。

次の文の_____にはどんな言葉を入れたらよいか。1・2から最も適当なものをひとつ選びなさい。

實力測驗
Q 哪一個是正確的?
答案>>在下一頁

**1**
転勤が嫌なら、（　　）。
1.やめるしかない
2.やめないわけにはいかない

譯
1.しかない：只有…
2.ないわけにはいかない：必須…
解答》請看下一頁

**2**
お茶は二つ買いますが、お弁当は一つ（　　）買います。
1.しか　2.だけ

譯
1.しか：僅僅
2.だけ：只
解答》請看下一頁

**3**
誤りを認めて（　　）、立派な指導者と言える
1.こそ　2.だけ

譯
1.こそ：正是…
2.だけ：只…
解答》請看下一頁

**4**
あんなやつを、助けて（　　）やるもんか。
1.など　2.ほど

譯
1.など…ものか：才…
2.ほど：越…越…
解答》請看下一頁

**5**
こんな日が来る（　　）、夢にも思わなかった。
1.なんか　2.なんて

譯
1.なんか：…之類的
2.なんて：多麼…呀
解答》請看下一頁

**6**
時間がないから、旅行（　　）めったにできない。
1.なんか　2.ばかり

譯
1.なんか：…之類的
2.ばかり：淨是…
解答》請看下一頁

なるほどの解説を確認して、
次のページへ進もう！

**1** 比較

「しかない」意思是「只好…」，前面接動詞連體形，表示只剩下這個方法而已，只能採取這個行動。在此表示「如果不想調職，只能辭職了」。「ないわけにはいかない」意思是「必須…」，前面接動詞未然形，表示基於常識或受限於某種社會的理念，不這樣做不行。在此語意不符。

答案：1

**2** 比較

「だけ」意思是「只…」，表示某個範圍內就只有這樣而已。在此表示「茶買兩罐，不過便當只要買一個就好了」。「しか」意思是「僅僅」，也是用來表示在某個範圍只有這樣而已，但通常帶有懊惱、可惜等語氣，後面一定要接否定形，在此接續方式有誤。

答案：2

**3** 比較

「こそ」意思是「才是…」，用來特別強調前項。在此表示「唯有承認自己的錯，才叫了不起的領導者」。「だけ」意思是「只有…」，表示在某個範圍內僅僅如此而已。此外，「だけ」如果是當的接續方式是「體言＋だけ」，所以前面接「て」是不對的。

答案：1

**4** 比較

「など…ものか」意思是「才…」，是一種不屑的語氣，表示強烈的否定。在此表示「我才不去幫那種傢伙呢」。「ほど」意思是「越…越…」，可以用來表示後項隨著前項而變化，或是舉出具體的例子來表示動作或狀態處於某種程度，如果前面接的是動詞，要用動詞連體形。在此語意和接續方式都有誤。

答案：1

**5** 比較

　「なんて」意思是「多麼地…」，可以表示讚嘆的語氣，或是說話者輕蔑的態度。在此表示「真的連做夢都沒有想到過，竟然會有這一天的到來」，表示發生了好事，讓說話者覺得很驚喜；或是落寞地感嘆。「なんか」意思是「…之類的」，可以表示口氣輕鬆隨便的舉例，或是帶出說話者輕視的語氣。在此語意不符。

答案：2

**6** 比較

　「なんか」意思是「連…都…」，可以帶出說話者輕視的語氣或是表示口氣輕鬆隨便的舉例，。在此表示「沒什麼時間，連旅遊什麼的也很少去」，是一種例舉用法。「ばかり」意思是「淨是…」，用來表示數量非常多。在此語意不符。

答案：1

# 許可・勧告・受身・敬語・伝聞

1 てほしい、もらいたい　　4 使役形＋もらう
2 ことはない　　　　　　　5 って
3 （さ）せる　　　　　　　6 ということだ

 MP3 T-16

## 1 てほしい
「希望…」、「想要…」；「想請你…」

接續與說明 [V-て＋ほしい]。表示對他人的某種要求或希望。否定的說法有：「ないでほしい」跟「てほしくない」兩種。

例句

学園祭には、たくさんの人に来てほしいですね。

真希望會有很多人來校慶參觀呀。

比較

## ● てもらう

「（我）請（某人為我做）…」

接續與說明 [V-て＋もらう]。表示請求別人做某行為，且對那一行為帶著感謝的心情。也就是接受人由於給予人的行為，而得到恩惠、利益。一般是接受人請求給予人採取某種行為的。這時候接受人跟給予人大多是地位、年齡同等的同輩。句型是「接受人は（が）給予人に（から）…を動詞てもらう」。或給予人也可以是晚輩。

例句

先輩にごちそうしてもらいました。

學長請我吃飯。

## 2 ことはない
「不要…」、「用不著…」

接續與說明 [V-る＋ことはない]。表示鼓勵或勸告別人，沒有做某一行為的必要。相當於「…する必要はない」。

例句

部長の評価なんて、気にすることはありません。
用不著去在意部長的評價。

比較

● ほかない、ほかはない

「只有…」、「只好…」、「只得…」

接續與說明 [V-る＋ほか（は）ない]。表示雖然心裡不願意，但又沒有其他方法，只有這唯一的選擇，別無它法。相當於「…以外にない」、「…より仕方がない」等。

例句

犯人が見つからないので、捜査の範囲を広げるほかはない。
因為抓不到犯人，只好擴大搜索範圍了。

## 3 （さ）せる
「讓…」、「叫…」

接續與說明 [V-させる]。表示使役。使役形的用法有：（1）某人強迫他人做某事，由於具有強迫性，只適用於長輩對晚輩或同輩之間。這時候如果是他動詞，用「ＸがＹにＮをV-（さ）せる」。如果是自動詞用「ＸがＹを／にV-（さ）せる」；（2）某人用言行促使他人（用を表示）自然地做某種動作；（3）允許或放任不管。

子供<ruby>こども<rt></rt></ruby>に部屋<ruby>へや<rt></rt></ruby>を掃除<ruby>そうじ<rt></rt></ruby>させた。

我叫小孩打掃房間。

比較

### ● （さ）せられる

「被迫…」、「不得已…」

接續與說明 [ V -させられる]。表示被迫。被某人或某事物強迫做某動作，且不得不做。含有不情願、感到受害的心情。這是從使役句的「 X が Y に N を V -(さ)せる」變成為「 Y が X に N を V -(さ)せられる」來的，表示 Y 被 X 強迫做某動作。

例句

彼<ruby>かれ<rt></rt></ruby>と食事<ruby>しょくじ<rt></rt></ruby>すると、いつも僕<ruby>ぼく<rt></rt></ruby>がお金<ruby>かね<rt></rt></ruby>を払<ruby>はら<rt></rt></ruby>わせられる。

每次要跟他吃飯，都是我付錢。

## 4 使役形＋もらう

「請允許我…」、「請讓我…」

接續與說明 [ V -させてもらう]。使役形跟表示請求的「もらえませんか、いただけませんか、いただけますか、ください」等搭配起來，表示請求允許的意思；如果使役形跟「もらう、くれる、いただく」等搭配，就表示由於對方的允許，讓自己得到恩惠的意思。

例句

明日<ruby>あした<rt></rt></ruby>ちょっと早<ruby>はや<rt></rt></ruby>く帰<ruby>かえ<rt></rt></ruby>らせていただきたいのですが。

希望您明天能讓我早些回去。

比較

### ● （さ）せる

「讓…」、「叫…」

**接續與說明** [V-させる]。表示使役。使役形的用法有：（1）某人強迫他人做某事，由於具有強迫性，只適用於長輩對晚輩或同輩之間。這時候如果是他動詞，用「XがYにNをV-させる」。如果是自動詞用「XがYを／にV-させる」；（2）某人用言行促使他人（用を表示）自然地做某種動作；（3）允許或放任不管。

**例句**

今日は生徒に少し難しい問題を解かせました。
きょう　せいと　すこ　むずか　もんだい　と

今天我讓學生去解稍微難一點的題目。

---

# 5 って
「他說…」；「聽說…」、「據說…」

**接續與說明** [引語＋って]。表示引用自己聽到的話，相當於表示引用句的「と」，重點在引用；另外也可以跟表示說明的「んだ」搭配成「んだって」表示從別人那裡聽說了某信息。

**例句**

北海道では、もう初雪が降ったって。
ほっかいどう　　　　はつゆき　ふ

聽說北海道已經下了今年第一場雪了。

**比較**

● **そうだ**

「聽說…」、「據說…」

**接續與說明** [N／Naだ＋そうだ]；[A／V＋そうだ]。表示不是自己直接獲得的，而是從別人那裡、報章雜誌或信上等，得到該信息的。表示信息來源的時候，常用「…によると」（根據）或「…の話では」（說是）等形式。

**例句**

新聞によると、今度の台風はとても大きいそうだ。
しんぶん　　　　　　こんど　たいふう　　　　　　おお

報上說這次的颱風會很強大。

# 6 ということだ

「…也就是說…」、「這就是…」

接續與說明 [簡體句＋ということだ]。表示根據前項的信息、狀態得到某種結論。

例句

やきもちを焼くということは、彼女は君に気があるということだ。

吃醋就表示她有對你有意思。

比較

## ● わけだ

「當然…」、「怪不得…」

接續與說明 [Nの／Nである＋わけだ]；[Naな／Naである＋わけだ]；[A／V＋わけだ]。表示按事物的發展，事實、狀況合乎邏輯地必然導致這樣的結果。跟著重結果的必然性的「…はずだ」相比較，「…わけだ」側著重理由或根據。

例句

もう12時か。どうりで眠いわけだ。

已經12點了啊？怪不得這麼想睡。

144

做對了，往 😊 走，做錯了往 ✖ 走。

次の文の＿＿＿＿にはどんな言葉を入れたらよいか。1・2から最も適当なものをひとつ選びなさい。

**實力測驗**

Q哪一個是正確的？
答案＞＞在下一頁

**1**
思いやりのある子に（　　　）。
1.育ってもらう
2.育ってほしい

**譯**
1.てもらう：（我）請（某人為我做）…
2.てほしい：希望…

解答》請看下一頁

**2**
時間は十分あるから急ぐ（　　　）。
1.ことはない　2.ほかはない

**譯**
1.ことはない：用不著…
2.ほかはない：只好…

解答》請看下一頁

**3**
姉は父にプレゼントをして（　　　）。
1.喜ばせた　2.喜ばせられた

**譯**
1.（さ）せる：叫…
2.（さ）せられる：被迫…

解答》請看下一頁

**4**
ここ1週間くらい（　　　）お陰で、体がだいぶ良くなった。
1.休ませた　2.休ませてもらった

**譯**
1.（さ）せる：叫…
2.使役形＋もらう：請允許我…

解答》請看下一頁

**5**
田中君、急に用事を思い出したもんだから、少し時間に遅れる（　　　）。
1.って　2.そうだ

**譯**
1.って：聽說…
2.そうだ：據說…

解答》請看下一頁

**6**
ご意見がないということは、皆さん、賛成（　　　）ね。
1.ということです　2.わけです

**譯**
1.ということだ：也就是說…
2.わけだ：怪不得…

解答》請看下一頁

なるほどの解説を確認して、
次のページへ進もう！

バンザーイ!!

**1** 比較

「てほしい」意思是「希望…」，表示說話者的希望。在此表示「我希望能將他培育成善解人意的孩子」。「てもらう」意思是「要…」，表示要別人替自己做某件事情。不過這句話只是表示說話者的心願，希望小孩長大後能善解人意，所以不能用「てもらう」這種斷定的說法。

答案：2

**2** 比較

「ことはない」意思是「用不著…」，表示沒有必要做某件事情。在此表示「時間還很充裕所以不用著急」。「ほかはない」意思是「只好…」，表示沒有其他的辦法，只能硬著頭皮去做某件事情。這個句子如果套進「ほかはない」，就會變成「時間還很充裕所以只好著急了」，語意顯然是前後矛盾，所以在這邊應該選「ことはない」才對。

答案：1

**3** 比較

「喜ばせる」是「喜ぶ」的使役形，意思是「讓…高興」。利用「XはYに…（さ）せる」的句型來表達X讓Y做出某個行為，或是有某種情緒。在此表示「姊姊送父親禮物，讓他很高興」。「喜ばせられる」是「喜ぶ」的使役被動形。利用「YはXに…（さ）せられる」來表達Y被X強迫做某件事情。如果選「喜ばせられた」，那高興的人會是姊姊，所以在此語意不符。

答案：1

**4** 比較

「使役形＋もらう」用來請求獲得對方的允許。「休ませてもらう」意思是「讓我休息」。在此表示「多虧你讓我休息一個禮拜左右，我的身體狀況好轉了許多」。「休ませた」是「休む」的使役形，意思是「讓…休息」。這個句子有「お陰で」（多虧…）表示說話者承蒙他人恩惠，所以用「休ませてもらった」才符合題意。

答案：2

**5** 比較

　　「って」和「そうだ」的意思都是「聽說…」，表示消息的引用。兩者不同的地方在於前者是口語說法，語氣較輕鬆隨便，而後者相較之下較為正式。從表示理由的「もんだから」可以看出這個句子是口語句（原形應為「ものだから」），所以要選擇同樣是口語表現的「って」才有一致的感覺。在此表示「田中說突然想起有急事待辦，所以會晚點到」。

答案：1

**6** 比較

　　「ということだ」意思是「就表示…」，用在說話者根據前面事項導出結論。在此表示「沒有意見的話，就表示大家都贊成了吧」。「わけだ」前面接用言連體形，意思是「難怪…」，表示依照前面的事項，勢必會導出後項的結果。在此接續方式有誤。

答案：1

# 授受表現

 **MP3** T-17

## 1 **(授受關係)あげる**
「給予…」、「給…」

接續與說明 授受物品的表達方式。表示給予人（説話人或説話一方的親友等），給予接受人有利益的事物。句型是「給予人は（が）接受人に…をあげます」。給予人是主語，這時候接受人跟給予人大多是地位、年齡同等的同輩。

例句

私は李さんにＣＤをあげた。

我送了ＣＤ給李小姐。

比較

● **くれる**

「給…」

接續與說明 表示他人給説話人（或説話一方）物品。這時候接受人跟給予人大多是地位、年齡相當的同輩。句型是「給予人は（が）接受人に…をくれる」。給予人是主語，而接受人是説話人，或説話人一方的人（家人）。給予人也可以是晚輩。

例句

李さんは私にチョコをくれました。

李小姐給了我巧克力。

## 2 (授受關係)くださる

「給…」、「贈…」

**接續與說明** 對上級或長輩給自己（或自己一方）東西的恭敬説法。這時候給予人的身份、地位、年齡要比接受人高。句型是「給予人は（が）接受人に　…をくださる」。給予人是主語，而接受人是説話人，或説話人一方的人（家人）。

**例句**

先生は私にご著書をくださいました。
老師送我他的大作。

### 比較
### ● いただく

「承蒙…」、「拜領…」

**接續與說明** 表示從地位、年齡高的人那裡得到東西。這是以説話人是接受人，且接受人是主語的形式，或説話人站是在接受人的角度來表現。句型是「接受人は（が）給予人に…をいただく」。用在給予人身份、地位、年齡都比接受人高的時候。比「もらう」説法更謙虚，是「もらう」的謙讓語。

**例句**

鈴木先生にいただいた皿が、割れてしまいました。
鈴木老師送給我的盤子碎掉了。

## 3 (授受關係)さしあげる

「給予…」、「給…」

**接續與說明** 授受物品的表達方式。表示下面的人給上面的人物品。句型是「給予人は（が）接受人に…をさしあげる」。給予人是主語，這時候接受人的地位、年齡、身份比給予人高。是一種謙虚的説法。

私たちは先生にお土産をさしあげました。

我送老師當地的特產。

比較

● **あげる**

「給予…」、「給…」

接續與說明 授受物品的表達方式。表示給予人（說話人或說話一方的親友等），給予接受人有利益的事物。句型是「給予人は（が）接受人に…をあげます」。給予人是主語，這時候接受人跟給予人大多是地位、年齡同等的同輩。

例句

彼女の誕生日に、絹のスカーフをあげました。

她生日，我送了絲巾給她。

---

**4** **(授受關係)てあげる**

「（為他人）做…」

接續與說明 [V-て＋あげる]。表示自己或站在自己一方的人，為他人做前項有益的行為。基本句型是「給予人は（が）接受人に（を・の…）…を動詞てあげる」。這時候接受人跟給予人大多是地位、年齡同等的同輩。是「てやる」的客氣說法。

例句

私は友達に本を貸してあげました。

我借給了朋友一本書。

比較

● **てくれる**

「（為我）做…」

接續與說明 [V-て＋くれる]。表示他人為我，或為我方的人做前項有益的事。用在帶著感謝的心情，接受別人的行為時。這時候接受人跟給予人大多是地位、年齡同等的同輩。句型是「給予人は（が）接受人に（を・の…）…を動詞てくれる」。給予人是主語，而接受人是說話人，或說話人一方的人。給予人也可以是晚輩。

例句

はな こ    わたし  かさ  か
花子は私に傘を貸してくれました。
花子借傘給我。

## 5 (授受關係)てくださる

「（為我）做…」

接續與說明 [V-て＋くださる]。表示他人為我，或為我方的人做前項有益的事。用在帶著感謝的心情，接受別人的行為時。這時候給予人的身份、地位、年齡要比接受人高。句型是「給予人は（が）接受人に（を・の…）…を動詞てくださる」。給予人是主語，而接受人是說話人，或說話人一方的人。是「…てくれる」的尊敬說法。

例句

せんせい      ぶん わたし  ま
先生は30分も私を待ってくださいました。
老師竟等了我30分鐘。

比較

● ていただく

「承蒙…」

接續與說明 [V-て＋いただく]。表示接受人請求給予人做某行為，且對那一行為帶著感謝的心情。用在給予人身份、地位、年齡都比接受人高的時候。句型是「接受人は（が）給予人に（から）…動詞ていただく」。這是「…てもらう」的自謙形式。

例句

せんせい    すいせんじょう  か
先生に推薦状を書いていただきました。
我請老師寫了推薦函。

做對了，往😊走，做錯了往❌走。

次の文の_____にはどんな言葉を入れたらよいか。1・2から最も適当なものをひとつ選びなさい。

**實力測驗**

Q哪一個是正確的？
答案>>在下一頁

**1** 私は中山君にチョコを（　　）。

1.くれた　2.あげた

**譯**
1.くれる：給…
2.あげる：給予…

解答》請看下一頁

**2** 先生が私に時計を（　　　）。
1.いただきました
2.くださいました

**譯**
1.いただく：拜領…
2.くださる：贈…

解答》請看下一頁

**3** 私はお客様に資料を（　　　）。
1.さしあげました
2.あげました

**4** 私は中山君にノートを（　　　）。
1.見せてあげた
2.見せてくれた

**譯**
1.さしあげる：給予…
2.あげる：給予…

解答》請看下一頁

**譯**
1.てあげる：（為他人）做…
2.てくれる：（為我）做…

解答》請看下一頁

**5** 先生は、間違えたところを（　）。
1.直してくださいました
2.直していただきました

**なるほどの解説を確認して、
次のページへ進もう！**

**譯**
1.てくださる：（為我）做…
2.ていただく：承蒙…

解答》請看下一頁

## 1 比較

　　「あげる」意思是「給予⋯」，句型「ＡはＢにＸをあげる」表示Ａ給Ｂ「Ｘ」這個東西。在此表示「我給了中山同學巧克力」。「くれる」意思是「給」，句型「ＡはＢにＸをくれる」同樣表示Ａ給Ｂ「Ｘ」這個東西，不過這個Ｂ一定是己方，表示收到他人的東西，有領受的感謝之意。在這邊給予東西的是「私」，所以要用「あげた」。

答案：2

## 2 比較

　　「くださる」是尊敬語，用在上位者給自己東西，句子的主語是上位者，目的語是下位者。句型「ＡはＢにＸをくださる」，表示Ａ給Ｂ Ｘ這個東西。另一方面，「いただく」，是謙讓語，也用在上位者給自己東西，不過領受東西的主語是下位者。句型「ＡはＢにＸをいただく」，表示Ｂ給Ａ「Ｘ」這個東西。這一題用「先生が」來表示主語在老師身上，所以用「くださる」才正確。在此表示「老師送給我手錶」。

答案：2

## 3 比較

　　「さしあげる」和「あげる」的意思都是「給予」，不過前者的敬意比後者高，用在下位者給上位者東西，所以可以翻譯為「呈遞」、「敬贈」。由於「お客様」地位比自己來得高，所以這題要用敬語「さしあげる」比較恰當，在此表示「我呈上資料給客戶」。值得一提的是，「あげる」原本也有表示敬意，只是隨著時代的變遷，近幾年敬意越來越薄弱，現在下位者給上位者東西時不能使用。

答案：1

## 4 比較

　　「てあげる」前面接動詞て形，意思是「為⋯做⋯」，句型「ＡはＢにＶてあげる」表示Ａ為了Ｂ做某件事。在此表示「我讓中山同學看了筆記本」。「てくれる」前面接動詞て形，意思是「幫我做⋯」，句型「ＡはＢにＶてくれる」表示Ａ為了Ｂ做某件事，而這個Ｂ是指己方，也就是說別人為自己做了某件事。這題做事情的人是「私」，所以要用「見せてあげた」。

答案：1

**なるほどの解説**

**5** 比較

　　「てくださる」前面接動詞て形，是一種敬意的表現。句型「ＡはＢにＶてくださる」，表示Ａ（上位者）幫Ｂ做事，句子的主語是上位者。另一方面，「ていただく」前面接動詞て形，也用在上位者替自己做某件事情，不過接受幫助的主語是下位者。句型「ＡはＢにＶていただく」，表示Ｂ（上位者）幫Ａ做事。這一題用「先生は」來表示主語在老師身上，所以用「てくださる」才正確。在此表示「老師幫我修正了錯的地方」。

答案：1

## (授受關係)てさしあげる
「（為他人）做…」

接續與說明 [V-て＋さしあげる]。表示自己或站在自己一方的人，為他人做前項有益的行為。基本句型是「給予人は（が）接受人に（を・の…）…を動詞てさしあげる」。給予人是主語。這時候接受人的地位、年齡、身份比給予人高。是「てあげる」更謙虛的説法。由於有將善意行為強加於人的感覺，所以直接對上面的人説話時，最好改用「お…します」。但不是直接當面説就沒關係。

例句

私は部長を空港まで送ってさしあげました。

我送部長到機場。

比較

● **てあげる**

「（為他人）做…」

接續與說明 [V-て＋あげる]。表示自己或站在自己一方的人，為他人做前項有益的行為。基本句型是「給予人は（が）接受人に（を・の…）…を動詞てあげる」。這時候接受人跟給予人大多是地位、年齡同等的同輩。是「てやる」的客氣説法。

例句

私は夫にネクタイを一本買ってあげた。

我給丈夫買了一條領帶。

## (授受關係)てもらう
「（我）請（某人為我做）…」

接續與說明 [V-て＋もらう]。表示請求別人做某行為，且對那一行為帶著感謝的心情。也就是接受人由於給予人的行為，而得到恩惠、利益。

一般是接受人請求給予人採取某種行為的。這時候接受人跟給予人大多是地位、年齡同等的同輩。句型是「接受人は（が）給予人に（から）…動詞てくださる」。或給予人也可以是晚輩。

例句

田中さんに日本人の友達を紹介してもらった。

我請田中小姐為我介紹日本的朋友。

比較

● てやる

「給…（做…）」

接續與說明 ［V-て＋やる］。表示以施恩或給予利益的心情，為下級或晚輩（或動、植物）做有益的事。基本句型是「給予人は（が）接受人に（を・の…）…を動詞てやる」。又表示因為憤怒或憎恨，而做讓對方不利的事「給…（做…）」的意思。

例句

（私は）弟と遊んでやったら、とても喜びました。

我陪弟弟玩，他非常高興。

# 8 (授受關係)てやる

「給…（做…）」

接續與說明 ［V-て＋やる］。表示以施恩或給予利益的心情，為下級或晚輩（或動、植物）做有益的事。基本句型是「給予人は（が）接受人に（を・の…）…を動詞てやる」。又表示因為憤怒或憎恨，而做讓對方不利的事。

例句

自転車を直してやるから、持ってきなさい。

我幫你修腳踏車，去騎過來吧。

## ● てくれる

「（為我）做…」

接續與說明 [V-て＋くれる]。表示他人為我，或為我方的人做前項有益的事。用在帶著感謝的心情，接受別人的行為時。這時候接受人跟給予人大多是地位、年齡同等的同輩。句型是「給予人は（が）接受人に（を・の…）…を動詞てくれる」。給予人是主語，而接受人是説話人，或説話人一方的人。給予人也可以是晩輩。

例句

田中さんが仕事を手伝ってくれました。
田中先生幫我做事。

# 9 (授受關係)もらう
「接受…」、「取得…」、「從…那兒得到…」

接續與說明 表示接受別人給的東西。這是以説話人是接受人，且接受人是主語的形式，或説話人站是在接受人的角度來表現。句型是「接受人は（が）給予人に…をもらう」。這時候接受人跟給予人大多是地位、年齡相當的同輩。或給予人也可以是晩輩。

例句

私は友達に木綿の靴下をもらいました。
朋友給了我棉襪。

## ● やる

「給予…」、「給…」

接續與說明 授受物品的表達方式。表示給予同輩以下的人，或小孩、動植物有利益的事物。句型是「給予人は（が）接受人に…をやる」。這時候接受人大多為關係親密，且年齡、地位比給予人低。或接受人是動植物。

例句

私は子供にお菓子をやった。

我給了孩子點心。

## 10 (授受關係)やる

「給予…」、「給…」

接續與說明 接受物品的表達方式。表示給予同輩以下的人，或小孩、動植物有利益的事物。句型是「給予人は（が）接受人に…をやる」。這時候接受人大多為關係親密，且年齡、地位比給予人低。或接受人是動植物。

例句

高校生の息子に、英語の辞書をやった。

我送就讀高中的兒子英文字典。

比較

● くれる

「給…」

接續與說明 表示他人給說話人（或說話一方）物品。這時候接受人跟給予人大多是地位、年齡相當的同輩。句型是「給予人は（が）接受人に…をくれる」。給予人是主語，而接受人是說話人，或說話人一方的人（家人）。給予人也可以是晚輩。

例句

友達が私におもしろい本をくれました。

朋友給了我一本有趣的書。

次の文の_____にはどんな言葉を入れたらよいか。1・2から最も適当なものをひとつ選びなさい。

實力測驗

Q哪一個是正確的？
答案>>在下一頁

**6** 私は先生の車を車庫に（　　　）。
1.入れてあげました
2.入れてさしあげました

**7** 李さんは読めない漢字があったので、花子さんに（　　　）。
1.教えてもらいました
2.教えてやりました

譯
1.てあげる：（為他）做…
2.てさしあげる：（為他人）做…
解答》請看下一頁

譯
1.てもらう：（我）請（某人為我做）…
2.てやる：給…（做…）
解答》請看下一頁

**8** 私は犬に薬を付けて（　　　）。
1.やりました
2.くれました

**9** その犬は、骨を（　　　）うれしそうに尻尾を振りました。
1.もらうと　2.やると

譯
1.てやる：給…（做…）
2.てくれる：（為我）做…
解答》請看下一頁

譯
1.もらう：接受…
2.やる：給予…
解答》請看下一頁

**10** 応接間の花に水を（　　　）ください。
1.くれて　2.やって

なるほどの解説を確認して、次のページへ進もう！

譯
1.くれる：給…
2.やる：給予…
解答》請看下一頁

# なるほどの解説

**6** 比較

「てさしあげる」和「てあげる」前面接動詞て形，意思都是「為了…做…」，表示己方或是某人替對方做某件事情，不過「てさしあげる」敬意比「てあげる」還高。這一題由於「先生」是上位者，所以用「入れてさしあげました」比較能表示敬意，在此表示「我幫老師把車停進了車庫」。

答案：2

**7** 比較

「てもらう」意思是「請…幫…」，句型「AはBにVてもらう」表示A請求B幫己方做某件事情。「てやる」前面接動詞て形，用在己方幫對方做事情。這一題有個前提是「李小姐有不會唸的漢字」，題意應該是她想請別人教她，而不是她要教別人漢字的唸法。所以應該要用「てもらう」，表示「她請花子小姐教她」。

答案：1

**8** 比較

「てやる」前面接動詞て形，用在己方幫對方做事情。在此表示「我幫狗塗了藥」。「てくれる」前面接動詞連用形，用在對方幫己方做事情，帶有感謝的意思。故語意不符。

答案：1

**9** 比較

「もらう」意思是「得到」，主語從別人那裡收到東西。「やる」意思是「給」，主語給別人東西。這一題應該要用「もらうと」才符合題意，表示「那隻小狗一得到骨頭，就會搖尾巴，看起來很高興」。

答案：1

**10** 比較

如果授受動詞「給予」的對象是植物（例如「花」），動詞就要用「やる」。在此表示「把會客室的花澆一下」。「花に水をやる」是「澆花」的固定說法。「くれる」意思雖然也是「給」，但這是表示對方給予己方東西，不是說話者給予別人東西。故語意不符。

答案：2

# その他（其他）

 MP3 T-18

## 1 から…にかけて

「從…到…」

接續與說明 ［Ｎ＋から＋Ｎ＋にかけて］。表示兩個地點、時間之間一直連續發生某事或某狀態的意思。跟「…から…まで」相比，「…から…まで」著重在動作的起點與終點，「…から…にかけて」只是籠統地表示跨越兩個領域的時間或空間。

例句

この辺りからあの辺りにかけては、畑が多いです。

這頭到那頭，有很多田地。

比較

● …から…まで

「從…到…」

接續與說明 ［Ｎ＋から＋Ｎ＋まで］。表示地點的起點和終點，也就是範圍。「から」前面的名詞是開始的地點、時間，「まで」前面的名詞是結束的地點、時間。

例句

会社は月曜日から金曜日までです。

公司上班是從週一到週五。

**2** きる、きれる、きれない

「…完」；「充分」、「完全」、「到極限」；「…不了…」、「不能完全…」

接續與說明 [R-＋きる]；[R-＋きれる]；[R-＋きれない]。有接尾詞作用。接意志動詞的後面，表示行為、動作做到完結、竭盡、堅持到最後。相當於「終わりまで…する」。接在無意志動詞的後面，表示程度達到極限。相當於「十分に…する」。

例句

三日間（みっかかん）も寝（ね）ないで仕事（しごと）をして、疲（つか）れきってしまった。

工作三天沒睡覺，累得精疲力竭。

比較

● かけた、かけの、かける

「剛…」、「開始…」

接續與說明 [R-＋かけた]；[R-＋かけの]；[R-＋かける]。表示動作，行為已開始，正在進行中，但還沒結束。相當於「…している途中」。

例句

今（いま）ちょうどデータの処理（しょり）をやりかけたところです。

現在正開始處理資料。

**3** こと

做各種形式名詞用法

接續與說明 [Nの＋こと]；[Naな＋こと]；[A／V＋こと]。做各種形式名詞用法。前接名詞修飾短句，使其名詞化，成為後面的句子的主語或目的語。「こと」跟「の」有時可以互換。但只能用「こと」的有：表達「話す、伝える、命ずる、要求する」等動詞的內容、後接的是「です、だ、である」、固定的表達方式「ことができる」等。

# 趣味は詩を読んだり書いたりすることです。

我的興趣是讀詩和寫詩。

比較

## ● たところ

「…，結果…」，或是不翻譯

**接續與說明** [V-た＋ところ]。這是一種順接的用法。表示因某種目的去作某一動作，但在偶然的契機下得到後項的結果。前後出現的事情，沒有直接的因果關係，後項有時是出乎意料之外的客觀事實。相當於「…した結果」。

例句

# 事件に関する記事を載せたところ、たいへんな反響がありました。

去刊登事件相關的報導，結果得到熱烈的回響。

---

 **自動詞**
動詞本身就可以完整表示主語的某個動作

**接續與說明** 「自動詞」沒有受詞，動詞本身就可以完整表示主語的某個動作。自動詞是某物因為自然的力量而發生，或施加了某動作後的狀態變化。重點在某物動作後的狀態變化。也表示某物的性質。

例句

# 最近は水がよく売れているんですよ。

最近水的銷路很好喔。

比較

## ● 他動詞

表有人為意圖發生的動作

跟「自動詞」相對的，有動作的涉及對象，用「…を…ます」這種形式，名詞後面接「を」來表示動作的目的語，這樣的動詞叫「他動詞」。「他動詞」是人為的，有人抱著某個目的有意識地作某一動作。

例句

私はドアを開けました。

我開了門。

# 5 たところ
## 「…，結果…」，或是不翻譯

接續與說明 [V -た＋ところ]。這是一種順接的用法。表示因某種目的去作某一動作，但在偶然的契機下得到後項的結果。前後出現的事情，沒有直接的因果關係，後項有時是出乎意料之外的客觀事實。相當於「…した結果」。

例句

新しい雑誌を創刊したところ、とてもよく売れている。

發行新的雜誌，結果銷路很好。

比較

● せいか

「可能是（因為）…」、「或許是（由於）…的緣故吧」

接續與說明 [Nの＋せいか]；[Naな＋せいか]；[A／V＋せいか]。表示原因或理由。表示發生壞事或不利的原因，但這一原因也説不清，不很明確。相當於「…ためか」。

例句

物価が上がったせいか、生活が苦しいです。

也許是因為物價上漲，生活才會這麼困苦。

## 6 たび、たびに
「每次…」、「每當…就…」、「每逢…就…」

接續與說明 [Nの＋たびに]；[V-る＋たびに]。表示前項的動作、行為都伴隨後項。相當於「…するときはいつも」。

例句

試合のたびに、彼女がお弁当を作ってくれる。
每次比賽時，女朋友都會幫我做便當。

比較
## • につき
「因…」、「因為…」

接續與說明 [N＋につき]。接在名詞後面，表其原因、理由。一般用在書信中比較鄭重的表現方法。相當於「…のため、…という理由で」。

例句

5時以降は不在につき、4時半くらいまでにお越しください。
因為5點以後不在，所以請在4點半之前過來。

## 7 つけ
「是不是…來著」、「是不是…呢」

接續與說明 [N／Naだ（った）＋っけ]；[A-かった＋っけ]；[V-た＋っけ]；[…んだ（った）＋っけ]。用在想確認自己記不清，或已忘掉的事物時。「っけ」是終助詞，接在句尾。也可以用在一個人自言自語，自我確認的時候。是對平輩或晚輩使用的口語說法，對長輩最好不要用。

例句

このニュース、彼女に知らせたっけ。
這個消息，有跟她講嗎？

# ● って

「他說…」；「聽說…」、「據說…」

接續與說明 [引語＋って]。表示引用自己聽到的話或是報導等等，相當於表示引用句的「と」，重點在引用；另外也可以跟表示說明的「んだ」搭配成「んだって」表示從別人那裡聽說了某信息。

例句

駅の近くにおいしいラーメン屋があるって。
據說在車站附近有家美味的拉麵店。

次の文の＿＿＿＿にはどんな言葉を入れたらよいか。1・2から最も適当なものをひとつ選びなさい。

**實力測驗**
Q哪一個是正確的？
答案》在下一頁

**1**
恵比寿から代官山（　　　）は、おしゃれなショップが多いです。
1.にかけて　2.まで

譯
1.にかけて：從…到…
2.まで：從…到…
解答》請看下一頁

**2**
マラソンのコースを全部走り（　　　）。
1.きりました　2.かけました

譯
1.きる：…完
2.かける：開始…
解答》請看下一頁

**3**
（　　　）は本当にすばらしいです。
1.生きること　2.生きたところ

譯
1.こと：…這件事
2.たところ：…，結果…
解答》請看下一頁

**4**
すみません、カードがたくさん（　　　）財布がほしいのですが。
1.入れる　2.入る

譯
1.他動詞：有人為意圖發生的動作
2.自動詞：完整表示主語的某個動作
解答》請看下一頁

**5**
A社にお願いした（　　　）、早速引き受けてくれた。
1.ところ　2.せいか

譯
1.たところ：…，結果…
2.せいか：可能是（因為）…
解答》請看下一頁

**6**
あいつは、会う（　　　）皮肉を言う。
1.につき　2.たびに

譯
1.につき：因…
2.たびに：**每次**…
解答》請看下一頁

**7**
天気予報では、午後から涼しくなる（　　　）。
1.って　2.っけ

譯
1.って：聽說…
2.っけ：是不是…來著
解答》請看下一頁

なるほどの解説を確認して、次のページへ進もう！

**1** 比較

　「から…にかけて」涵蓋的區域較廣，只能大略地指出範圍。「から…まで」則是明確地指出範圍的起點和終點。這一句應該要用「から…にかけて」才能表達「從惠比壽到代官山一帶有很多時髦的店」。如果是用「から…まで」限定範圍，就會帶有「從惠比壽到代官山之間有很多時髦的店，但是只有惠比壽到代官山這中間而已，再過去就沒了」的感覺，所以語意不太符合。

答案：1

**2** 比較

　「きる」前面接動詞連用形，表示徹底完成一個動作。「走りきりました」意思是「跑完」。在此表示「馬拉松全程都跑完了」。「かける」前接動詞連用形，表示做某個動作做到一半。不過句子中有出現「全部」，表示全程，所以用「走りかけました」（跑到一半）是不正確的。

答案：1

**3** 比較

　形式名詞「こと」接在短句後面，作用是把前面所說的變成名詞。在此表示「人活著這件事真是太好了」。【V-たところ】意思是「…結果」，表示做了前項動作後發生了後項的事情，在此由於後項是個人評價，故語意不符。

答案：1

**4** 比較

　自動詞「入る」和格助詞「が」一起使用，原本的意思是「進入」，此外也有「容納」的語意。在此表示「不好意思，我想要買個可以放很多張卡的錢包」。他動詞「入れる」意思是「把…放進…」，和格助詞「を」合用。由於前面的格助詞是用「が」而不是「を」，所以這題要選自動詞「入る」才正確。

答案：2

**5**

　　【動詞過去形＋ところ】意思是「結果…」，表示做了前項動作後就發生了後項的事情。在此表示「去拜託Ａ公司，結果對方馬上就答應了」。「せいか」意思是「或許是因為…」，基本上是表示發生了不好的事態，但是說話者自己也不太清楚原因出在哪裡，只能做個大概的猜測。不過這個句子是正面的好事，而且前項和後項不是因果關係，所以不適合用「せいか」。

答案：1

**6**

　　「たびに」意思是「每當…」，表示在做前項動作時都會發生後項的事情。在此表示「每次跟那傢伙碰面，他就冷嘲熱諷的」。「につき」意思是「由於」，說明事情的理由，是書面正式用語，前面要接名詞，故在此接續方式及語意都不正確。

答案：2

**7**

　　「って」意思是「聽說…」，表示消息的引用。在此表示「聽氣象預報說，下午以後天氣會轉涼」。「っけ」意思是「…來著」，用在說話者印象模糊、記憶不清時進行確認，或是自言自語時。在此接續方式有誤。

答案：1

# 8 ところだった

「（差一點兒）就要…了」、「險些…了」；「差一點就…可是…」

接續與說明 [V-る＋ところだった]；[V-て＋いたところだった]。表示差一點就造成某種後果，或達到某種程度是對已發生的事情的回憶或回想。

例句

もう<ruby>少<rt>すこ</rt></ruby>しで<ruby>車<rt>くるま</rt></ruby>にはねられるところだった。

差點就被車子撞到了。

比較

## ● ところだ

「剛要…」、「正要…」

接續與說明 [V-る＋ところだ]。表示將要進行某動作，也就是動作、變化處於開始之前的階段。

例句

<ruby>今<rt>いま</rt></ruby>から<ruby>寝<rt>ね</rt></ruby>るところだ。

現在正要就寢。

# 9 について（は）、につき、についても、についての

「有關…」、「就…」、「關於…」

接續與說明 [N＋について]；[N＋につき]；[N＋についてのN]。表示前項先提出一個話題，後項就針對這個話題進行說明。相當於「…に関して、に対して」。

例句

<ruby>中国<rt>ちゅうごく</rt></ruby>の<ruby>文学<rt>ぶんがく</rt></ruby>について<ruby>勉強<rt>べんきょう</rt></ruby>しています。

我在學中國文學。

## ● において、においては、においても、における

「在…」、「在…時候」、「在…方面」

接續與說明 [N＋において]；[N＋におけるN]。表示動作或作用的時間、地點、範圍、狀況等。是書面語。口語一般用「で」表示。

例句

我が社においては、有能な社員はどんどん昇進できます。

在本公司，有才能的職員都會順利升遷的。

---

## にわたって、にわたる、にわたり、にわたった

「經歷…」、「各個…」、「一直…」、「持續…」。或不翻譯。

接續與說明 [N＋にわたって]；[N＋にわたり]。前接時間、次數及場所的範圍等詞。表動作、行為涉及到的時間範圍，或空間範圍非常之大。

例句

わが社の製品は、50年にわたる長い間、人々に愛用されてきました。

本公司的產品，長達50年間深受大家的喜愛。

---

比較

## ● をつうじて

「透過…」、「通過…」；「在整個期間…」、「在整個範圍…」

接續與說明 [N＋をつうじてV]；[N＋をつうじて]。表示利用某種媒介（如人物、交易、物品等），來達到某目的（如物品、利益、事項等）。相當於「…によって」；又後接表示期間、範圍的詞，表示在整個期間或整個範圍內。相當於「…のうち（いつでも／どこでも）」。

例句

彼女を通じて、間接的に彼の話を聞いた。

透過她，間接地知道他所說的。

## 11 み

「帶有…」、「…感」

接續與說明 [A-＋み]；[Na-＋み]。「み」是接尾詞，前接形容詞或形容動詞詞幹，表示該形容詞的這種狀態，或在某種程度上感覺到這種狀態。形容詞跟形容動詞轉為名詞的用法。

例句

この包丁は厚みのある肉もよく切れる。

這把菜刀可以俐落地切割有厚度的肉。

比較
● さ

**表示程度或狀態**

接續與說明 [A-＋さ]；[Na-＋さ]。接在形容詞、形容動詞的詞幹後面等構成名詞，表示程度或狀態。也接跟尺度有關的如「長さ、深さ、高さ」等，這時候一般是跟長度、形狀等大小有關的形容詞。

例句

健康の大切さが分かりました。

了解了健康的重要性。

# 12 もの、もん

「因為…嘛」

接續與說明 [N／Naだ＋もの]；[A／V（んだ）＋もの]。助詞「もの（もん）」接在句尾，多用在會話中。表示說話人很堅持自己的正當性，而對理由進行辯解。敘述中語氣帶有不滿、反抗的情緒。跟「だって」使用時，就有撒嬌的語感。更隨便的說法是：「もん」。多用於年輕女性或小孩子。

例句

哲学の本なんて読みたくないよ。難しすぎるもん。
人家看不懂哲學書，因為太難了嘛！

比較

## ● ものだから

「就是因為…，所以…」

接續與說明 [N／Naな＋ものだから]；[A＋ものだから]；[V＋ものだから]。表示原因、理由。常用在因為事態的程度很厲害，因此做了某事。含有對事出意料之外、不是自己願意等的理由，進行辯白。結果是消極的。相當於「…から、…ので」。比較隨便的說法是「もんだから」。

例句

足が痺れたものだから、立てませんでした。
因為腳麻，所以站不起來。

# 13 わけだ

「當然⋯」、「怪不得⋯」

接續與說明 [Nの／Nである＋わけだ]；[Naな／Naである＋わけだ]；[A／V＋わけだ]。表示按事物的發展，事實、狀況合乎邏輯地必然導致這樣的結果。跟著重結果的必然性的「⋯はずだ」相比較，「⋯わけだ」側著重理由或根據。

例句

彼はうちの中にばかりいるから、顔色が青白いわけだ。

因為他老待在家，難怪臉色蒼白。

比較
## ● にちがいない

「一定是⋯」、「准是⋯」

接續與說明 [N／Na（である）＋にちがいない]；[A／V＋にちがいない]。表示說話人根據經驗或直覺，做出非常肯定的判斷。相當於「⋯きっと⋯だ」。

例句

あの煙は、仲間からの合図に違いない。

那道煙霧，肯定是朋友發出的暗號。

# 24 実力テスト

做對了，往😊走，做錯了往❌走。

次の文の_____にはどんな言葉を入れたらよいか。1・2から最も適当なものをひとつ選びなさい。

## 實力測驗
Q哪一個是正確的？
答案>>在下一頁

**8** 彼女は危うく連れて行かれる（　　　）。
1.ところだ　2.ところだった

**譯** 1.ところだ：剛要…
2.ところだった：（差一點兒）就要…了
解答》請看下一頁

**9** 論文のテーマ（　　　）、説明してください。
1.について　2.において

**譯** 1.について：針對…
2.において：在…
解答》請看下一頁

**10** 10年（　　　）苦心の末、新製品が完成した。
1.をつうじて　2.にわたる

**譯** 1.をつうじて：在整個期間…
2.にわたる：經歴…
解答》請看下一頁

**11** 多くの困難を乗り越えてきた彼の言葉には、実に重（　　　）がある。
1.み　2.さ

**譯** 1.み：帶有…
2.さ：表示程度或状態
解答》請看下一頁

**12** 運動はできないよ。退院した直後（　　　）。
1.だもの　2.ものだから

**譯** 1.もの：…嘛
2.ものだから：就是因為…，所以…
解答》請看下一頁

**13** 3年間留学していたのか。どうりで英語がペラペラ（　　　）。
1.なわけだ　2.に違いない

**譯** 1.わけだ：難怪…
2.に違いない：肯定…
解答》請看下一頁

**なるほどの解説を確認して、次のページへ進もう！**

**8** 比較

「ところだった」意思是「差點就…」，表示驚險的事態，只差一點就要發生不好的事情。在此表示「她差點就被人擄走了」。「ところだ」意思是「剛要…」，表示主語即將採取某種行動，或是即將發生某個事情。從「危うく」可以得知她被擄走是實際上沒有發生的事情，所以不能選「ところだ」。

答案：2

**9** 比較

「について」意思是「針對…」，表示以前項為主題，進行書寫、討論、發表、提問、說明等動作。在此表示「請說明論文的主題」。「において」意思是「在…」，是書面用語，相當於「で」。在此語意不符。

答案：1

**10** 比較

「にわたる」後面接名詞，表示大規模的時間、空間範圍。在此表示「嘔心瀝血長達十年，最後終於完成了新產品」。「をつうじて」意思是「透過…」，表示經由前項來達到情報的傳遞。如果前面接的是和時間有關的語詞，則表示在這段期間內一直持續後項的狀態，後面應該接的是動詞句或是形容詞句，在此接續方式有誤。

答案：2

**11** 比較

「み」和「さ」都可以接在形容詞、形容動詞語幹後面，將形容詞或形容動詞給名詞化。兩者的差別在於「み」表示帶有這種狀態，和感覺、情感有關，偏向主觀。「さ」是偏向客觀的，表示帶有這種性質，或表示程度，和事物本身的屬性有關。「重み」比「重さ」還更有說話者對於「重い」這種感覺而感嘆的語氣，在這裡是「重要性」的意思。在這邊表示「他克服過許多困難，所說的話頗有份量」。

答案：1

**12** 比較

　　「もの」意思是「…嘛」，帶有撒嬌、任性、不滿的語氣，多為女性或小孩使用，用在說話者針對理由進行辯解。前接名詞時的接續方式是「Ｎ＋だ＋もの」。在此表示「人家不能運動，因為剛出院嘛」。「ものだから」意思是「就是因為…」，用來解釋理由，通常用在情況嚴重時，表示出乎意料或身不由己。前面不接名詞，故在此接續方式有誤。

答案：1

**13** 比較

　　「わけだ」意思是「難怪…」，表示說話者本來覺得很不可思議，但知道事物背後的原因後便能理解認同。在此表示「到國外留學了3年啊。難怪英文那麼流利」。「に違いない」意思是「肯定…」，表示說話者的推測，語氣十分確信肯定。從句子中的「どうりで」（怪不得）可以知道說話者知道這個人英文流利的事實，所以表示推測的「に違いない」在這邊就不適當。

答案：1

**MEMO**

# N2
## Bun Pou Hikaku Ji-Ten

# 格助詞（関連・素材・対応・情報源・判断材料）

1 をめぐって、をめぐる
2 をもとに、をもとにして
3 に応じて
4 にかけては、にかけても
5 にこたえて、にこたえ、にこたえる

6 に沿って、に沿い、に沿う、に沿った
7 によると、によれば
8 からして
9 からすれば、からすると
10 から見ると、から見れば、から見て（も）

 **T-19**

## 1 をめぐって、をめぐる
「圍繞著…」、「環繞著…」

接續與說明 [N＋をめぐって、をめぐる]。表示後項的行為動作，是針對前項的某一事情、問題進行的。相當於「について、…に関する」。

例文

町の再開発をめぐって、問題が起こった。

對於城鎮重新開發的一事上，發生了問題。

比較

## • について
「有關…」、「就…」、「關於…」

接續與說明 [N＋について]。表示前項先提出一個話題，後項就針對這個話題進行說明。相當於「に関して」。

例文

アジアの国々について、よく知っている日本人は少ないです。

十分瞭解亞洲各國的日本人並不多。

**2** **を基に（して）**
「以…為根據」、「以…為參考」、「在…基礎上」

接續與說明 [N＋を基に（して）]。表示將某事物做為啟示、根據、材料、基礎、土台等。後項的行為、動作是根據或參考前項來自行發展的。相當於「に基づいて」、「を根拠にして」。

例文

私は日本での経験を基に、帰国後は両国のために働きたい。

我要以在日本學得的經驗，回國後為兩國做出貢獻。

比較

● **に基づいて**

「根據…」、「按照…」、「基於…」

接續與說明 [N＋に基づいて]。表示以某事物為根據或基礎。在不離開前項的情況下，進行後項的。相當於「を基にして」。

例文

計画に基づいて、新しい街づくりが始まりました。

根據計畫，開始進行新市街的改建。

**3** **に応じて**
「根據…」、「按照…」、「順應…」

接續與說明 [N＋に応じて]。表示按照、根據。前項作為依據，後項根據前項的情況而發生變化。意思類似於「に基づいて」。

例文

働きに応じて、報酬をプラスしてあげよう。

依工作的情況來加薪！

比較

## ● によって

**(1)「根據…」、「按照…」；(2)「由於…」、「因為…」**

接續與說明 [N+によって]。(1)表示所依據的方法、方式、手段。(2)表示句子的因果關係。後項的結果是因為前項的行為、動作而造成、成立的。「により」大多用於書面。相當於「が原因で」。

例文

① その村は、漁業によって生活しています。
那個村莊，以漁業為生。

② この地域は台風により、大きな被害を受けました。
這區域因颱風，遭到極大的災害。

---

## にかけては、にかけても
「在…方面」、「關於…」、「在…這一點上」

接續與說明 [N+にかけては、にかけても]。表示「其它姑且不論，僅就那一件方面、領域來說」的意思。用來誇耀自己的能力或讚美某人的能力。後項多接對技術或能力讚賞。

例文

パソコンの調整にかけては、自信があります。
在修理電腦這方面，我很有信心。

比較

## ● に関して
「關於…」、「關於…的…」

接續與說明 [N+に関して]。表示就前項有關的問題，做出「後項行為。有關後項多用「言う」（說）、「考える」（思考）、「研究する」（研究）、「討論する」（討論）等動詞。多用於書面。

フランスの絵画に関して、研究しようと思います。

我想研究法國畫。

# 5 に応えて、に応え、に応える
「應…」、「響應…」、「回答」、「回應」

接續與說明 [N＋に応えて、に応え、に応える]。接「期待」、「要求」、「意見」、「好意」等名詞後面，表示為了使前項能夠實現，後項是為此而採取行動或措施。相當於「に応じて」。

例文

農村の人々の期待に応えて、選挙に出馬した。

為了回應農村的鄉親們的期待而出來參選。

比較

## に沿って、に沿い、に沿う
「沿著…」、「順著…」、「按照…」

接續與說明 [N＋に沿って、に沿い、に沿う]。接在河川或道路等長長延續的東西，或操作流程等名詞後，表示沿著河流、街道，或按照某程序、方針。前項給出一個基準性的意見或計畫，表示「為了適合…、為了不違背…」的意思。相當於「に合わせて、…にしたがって」。

例文

川に沿って、桜の木が植えられている。

沿著河川，種植櫻花。

做對了，往😊走，做錯了往❌走。

次の文の＿＿＿＿＿にはどんな言葉を入れたらよいか。1・2から最も適当なものをひとつ選びなさい。

實力測驗

Q哪一個是正確的？
答案>>在下一頁

**1** 遺産相続（　　　）、兄弟が激しく争った。

1.をめぐって　　2.について

❌

**譯** 1.をめぐって：圍繞著…
2.について：針對…

解答》請看下一頁

**2** 写真に（　　）、年齢を推定しました。
1.に基づいて
2.を基にして

❌

**譯** 1.に基づいて：基於…
2.を基にして：以…為依據

解答》請看下一頁

**3** 客の注文（　　　）、カクテルを作る。

1.に応じて　　2.によって

❌

**譯** 1.に応じて：按照…
2.によって：由於…

解答》請看下一頁

**4** 幼児の扱い（　　　）、彼女はプロ中のプロですよ。

1.にかけては　2.に関して

❌

**譯** 1.にかけては：在…可是…
2.に関して：關於…

解答》請看下一頁

**5** 彼はアンコール（　　　）、「故郷の民謡」を歌った。

1.にそって　　2.にこたえて

❌

**譯** 1.にそって：按照…
2.にこたえて：回應…

解答》請看下一頁

**なるほどの解説を確認して、次のページへ進もう！**

**1** 比較

比較：「をめぐって」意為「圍繞著…」，表示環繞著前項事物做出討論、辯論、爭執等動作，在此表示「圍繞著遺產繼承問題，兄弟鬩牆」；「について」意為「針對…」，表示就某前項事物來提出說明、撰寫、思考、發表、調查等動作，故語意以「をめぐって」為恰當，正確答案為1。

答案：1

**2** 比較

正確答案為1「に基づいて」。「を基にして」意為「以…為依據」，表示以前項為依據，離開前項來自行發展後項的動作，；「に基づいて」意為「基於…」，表示基於前項，在不離前項的原則下，進行後項的動作。這句話意思是「根據照片推測年齡」。由於推測年齡，無法離開照片來進行，所以正確答案是「に基づいて」。

答案：1

**3** 比較

「に応じて」意為「按照…」，表示隨著前項的情況，後項也會隨之改變，在此表示「因應顧客的需求，製作雞尾酒」；「によって」意為「根據」，表示所依據的方法、方式、手段等。又有「由於」之意，表示帶有因果關係，表示因為前項，後項才得以成立，在此兩者語意都不符，故正確答案為1。

答案：1

**4** 比較

「にかけては」意為「在…可是…」，表示前項為某人的拿手事物，後項對這一事物表示讚賞。在此表示「在幼保方面，她可是專家中的專家」；「に関して」意為「關於…」，前接問題、議題等，後項則接針對前項做出的行動，故語意不符，答案應選1。

答案：1

**5** 比較

正確答案為2「にこたえて」。「にこたえて」意為「回應…」，表示因應前項，而有了後項動作，在此表示「為了回應安可聲，他唱了故鄉的民謠」；「にそって」意為「按照…」，多接在表期待、方針、使用說明等語詞後面，來當作一個基準性的意見或計畫的，而這句話的前項看不到這樣的語詞。故語意不符。

答案：2

# 6 に沿って、に沿い、に沿う
「沿著…」、「順著…」、「按照…」

接續與說明 [N＋に沿って、に沿い、に沿う]。接在河川或道路等長長延續的東西，或操作流程等名詞後，表示沿著河流、街道，或按照某程序、方針。相當於「に合わせて、…にしたがって」。

例文

目的にそって、資金を運用する。
按照目的，使用資金。

比較

● をめぐって、をめぐる

「圍繞著…」、「環繞著…」

接續與說明 [N＋をめぐって、をめぐる]。表示後項的行為動作，如討論、爭論、對立等，是針對前項的某一事情、問題進行的。前項多是爭論或爭議的中心主題、追究的對象。相當於「について、…に関する」。

例文

彼の理事長への就任をめぐって、問題が起こった。
針對他就任理事長一事，產生了問題。

# 7 によると、によれば
「據…」、「據…說」、「根據…報導…」

接續與說明 [N＋によると、によれば]。表示消息、信息的來源，或推測的依據。前項常接判斷的依據，例如「判斷、經驗、記憶、想法、見解」等內容語詞。後面常跟著表示傳聞的「そうだ、らしい、ということだ、とのことだ、んだって」之類的詞相呼應。

天気予報によると、明日は雨が降るそうです。

根據氣象預報，明天會下雨。

## ● に基づいて

「根據…」、「按照…」、「基於…」

接續與說明 [N＋に基づいて]。表示以某事物為根據或基礎。相當於「を
もとにして」。

違反者は法律に基づいて処罰されます。

違者依法究辦。

## 8 からして
「從…來看…」

接續與說明 [N＋からして]。表示判斷的依據。後項大多是跟判斷、評
價、推測相關的表達方式。

① 今までの確率からして、宝くじに当たるのは難しそうです。

從至今的機率來看，要中彩券似乎是很難的。

② この手紙は、筆跡からして太郎が書いたものに違いない。

從信中的筆跡來看，是太郎寫的沒錯。

## ● からといって

（1）「雖說…可是…」、「即使…，也不能…」等；（2）「說是（因
為）…」

接續與說明 [N／Naだ＋からといって]；[A／V＋からといって]。

（1）表示不能僅僅因為前面這一點理由，就做後面的動作。大多是對對方的批評或規勸，也用在對事實關係上的注意或訂正。

後面接否定的表達方法，如「わけではない、とはかぎらない、とはいえない、てはいけません」。相當於「という理由があっても」。

（2）表示引用別人陳述的理由。（1）跟（2）口語中都常說成「からって」。

例文

① 嫌いだからといって、野菜を食べないと体に悪いよ。

雖說討厭，但不吃蔬菜對身體是不好的喔！

② 田中さんなら具合が悪いからって、先に帰っちゃったよ。

田中先生的話，他說是身體不舒服，就先回去了。

---

**9 からすれば、からすると**
**(1)「從…來看」；(2)「從…立場…來說」**

接續與說明 [N＋からすれば、からすると]。(1)表示判斷的依據。後項的判斷是根據前項的材料。後項大多是跟判斷、評價、推測相關的表達方式。相當於「から考えると」。(2)表示從前項的觀點跟立場，來判斷後項。

例文

① あの口ぶりからすると、彼はもうその話を知っているようだ。

從他的口氣來看，他好像已經知道那件事了。

② わが国の立場からすると、この協定は不公平と言わざるを得ない。

從我國的立場來看，這協定是不公平的。

比較

● **によると、によれば**

「據…」、「據…說」、「根據…報導…」

接續與說明 [N＋によると、によれば]。表示消息、信息的來源，或推測的依據。前項常接判斷的依據，例如「判斷、經驗、記憶、想法、見解」等內容語詞。後面常跟著表示傳聞的「そうだ、らしい、ということだ、とのことだ、んだって」之類的詞相呼應。

例文

アメリカの文献によると、この薬は心臓病に効くそうだ。

根據美國的文獻，這種藥物對心臟病有效。

---

 **10 から見ると、から見れば、から見て**

「從…來看」；「從…來說」；「根據…來看…的話」；「就算從…來看」

接續與說明 [N＋から見ると、から見れば、から見て]。表示判斷的依據、角度。也就是客觀地「從某一立場、觀點來判斷的話」或「從某一個基準、材料來考量的話」之意。後項多接判斷、推測、意見相關的內容。相當於「からすると」。

例文

雲の様子から見ると、日中は雨が降りそうです。

從雲朵的樣子來看，白天好像會下雨。

比較

● **によると、によれば**

「據…」、「據…說」、「根據…報導…」

接續與說明 [N＋によると、によれば]。表示消息、信息的來源，或推測的依據。前項常接判斷的依據，例如「判斷、經驗、記憶、想法、見解」等內容語詞。後面常跟著表示傳聞的「そうだ、らしい、ということだ、とのことだ、んだって」之類的詞相呼應。

例文

みんなの話によると、窓からボールが飛び込んできたそうだ。

據大家所說，球是從窗戶飛進來的。

# 実力テスト

做對了，往  走，做錯了往  走。

次の文の_____にはどんな言葉を入れたらよいか。1・2から最も適当なものをひとつ選びなさい。

**實力測驗**

Q 哪一個是正確的？

答案＞＞在下一頁

**6**

説明書の手順（　　）、操作する。

1.に沿って　　2.をめぐって

**譯**

1.に沿って：按照…

2.をめぐって：圍繞著…

解答≫請看下一頁

**7**

警察の説明（　　）、犯人はまだこの付近にいるそうです。

1.によると　　2.に基づいて

**譯**

1.によると：根據…

2.に基づいて：依據…

解答≫請看下一頁

**8**

彼は、アクセント（　　　）、東北出身だろう。

1.からといって　2.からして

**譯**

1.からといって：雖説…可是…

2.からして：從…來看…

解答≫請看下一頁

**9**

あの人の成績（　　　）、大学合格はとても無理だろう。

1.によれば　　2.からすれば

**譯**

1.によれば：據…

2.からすれば：從…來看

解答≫請看下一頁

**10**

営業の成績（　　）、彼はとても優秀なセールスマンだ。

1.から見ると　　2.によると

**譯**

1.から見ると：從…來看

2.によると：據…

解答≫請看下一頁

なるほどの解説を確認して、次のページへ進もう！

## なるほどの解説

**6** 比較

　　「に沿って」意為「按照…」，多接在表期待、方針、使用說明等語詞後面，在此表示「按照說名書的操作步驟，來操作」；「をめぐって」意為「圍繞著…」，表示以前項為中心，圍繞著此事項發生了各種討論、爭議、對立等。故語意不符，正確答案為1。

答案：1

**7** 比較

　　「によると」意為「根據…」，表示傳聞，前項為消息來源，在此表示「根據警察的說法指出，犯人似乎還在這附近」；「に基づいて」表示「依據…」，以前項為基礎，執行後項，故語意不符，正確答案為1。

答案：1

**8** 比較

　　正確答案是2的「からして」。「からして」從前項來推測出後項。這句話知道也是表示判斷的依據。句中「從他的口音〈來看〉」「可能是東北人」。「からといって」意為「（不能）僅因…就…」，表示「即使有某理由或情況，也…」的意思。對於「因為前項所以後項」的簡單推論或行為持否定的意見，用在對對方的批評或意見。後項多為否定的表現，語意不符。

答案：2

**9** 比較

　　正確答案是2「からすれば」。「からすれば」表示判斷的依據。後項的判斷是根據前項的材料。；「によれば」表示消息、信息的來源，或推測的依據。這句話前項「〈從〉他的成績〈來看〉」，知道是判斷的材料，進而有後項的推測「考上大學很困難了」。所以這句要選的是判斷的依據「からすれば」，而不是「消息、信息的來源」。

答案：2

**10** 比較

　　「から見ると」表示從前項客觀的材料（某一立場、觀點），來進行後項的判斷，而且一般這一判斷的根據是親眼看到，可以確認的；「によると」表示前項是後項的消息、根據的來源。這一句前項的「營業成績」是客觀的判斷材料，而且是親眼看到的，因此，有後項的「他是很優秀的銷售員」的判斷。由此來看，並不是表示「によると」的消息來源。正確答案是1。

答案：1

# 接続助詞（時の表現）

1 うえで
2 にあたって、にあたり
3 に際して、に際し、に際しての
4 に先立ち、に先立つ、に先立って
5 ないうちに

6 あげく（に）
7 末（に、の）
8 か…ない（かの）うちに
9 次第
10 たびに

MP3 T-20

## 1 上（で）

「在…之後」、「以後…」、「之後（再）…」

**接續與說明** [Nの＋上（で）]；[V-た＋上（で）]。表示兩動作間時間上的先後關係。表示先進行前一動作，後面再根據前面的結果，採取下一個動作。前項大多為「確認或手續」相關的語詞。不僅單純表示先做前項再做後項，還強調以前項為條件，才能進行後項的語意。相當於「てから」。

**例文**

じょう し
上司と話し合った上で、結論を出したいと思います。

我想先跟上司商量之後，再提出結論。

### 比較

## ● 末（に）

「經過…最後」、「結果…」、「結局最後…」

**接續與說明** [Nの＋末（に）]；[V-た＋末（に）]。表示花了很長的時間，有了最後的結果，或做最後的決定、判定。是動作、行為等的結果。意味著「某一期間的結束」。書面語。反映出說話人的心情跟印象。後句中常用副詞「結局、ついに、やっと」等。

**例文**

こう じ ちょう じ かん さ ぎょう かんりょう
工事は、長時間の作業のすえ、やっと完了しました。

工程經過很長的作業時間，最後終於完成了。

## に当たって、に当たり

「在…的時候」、「當…之時」、「當…之際」

**接續與說明** [N／V-る＋に当たって、に当たり]。表示做某重要行動之前，要進行後項。也就是某一行動，已經到了事情重要的階段。可用在新事態的開始或結束的情況。前項一般接「入学、卒業、受験、結婚、就職、入院、退院…」等名詞或相應的動詞。一般用在致詞或感謝致意的書信中。相當於「に際して、…をするときに」。

**例文**

## このおめでたいときにあたって、一言お祝いを申し上げたい。

在這可喜可賀的時候，我想說幾句祝福的話。

比較

● **において**

**「在…」、「在…時候」、「在…方面」**

**接續與說明** [N＋において]。表示某事情（主要是抽象的事情或是特別的活動）成立的時間、地點、範圍、狀況、領域、場面等。是書面語。口語一般用「で」表示。

**例文**

## 我が社においては、有能な社員はどんどん出世することができます。

在本公司，有才能的職員都會順利升遷的。

## に際し（て）

「在…之際」、「當…的時候」

**接續與說明** [N／V-る＋に際し（て）]。表示以某事為契機，也就是動作的時間或場合。可以用在新事態要開始，也可以用在某種事態要結束的情況，重點強調狀態。意思是「在（事情）之前」，跟「…にあたって」近似。有複合詞的作用。是書面語。

チームに加入するに際して、自己紹介をお願いします。

入隊時請您先自我介紹。

● **につけ（て）**

「每當…就…」、「一…就…」

接續與說明 [V-る＋につけ（て）]。前接「見る、聞く、考える」等動詞，表示前項是後項的感覺、情緒等的產生條件或起因，後項敘述的是自然產生的事態或感情。所以後項多為「思い出される、感じられる」為等自發性的動作，不接表示意志的詞，如「見る、聞く、行く」

彼の家を訪問するにつけ、昔のことを思い出されます。

每當到他家去拜訪，就想起以前的事。

---

**4**  **に先立ち、に先立つ、に先立って**

「在…之前，先…」、「預先…」、「事先…」

---

接續與說明 [N／V-る＋に先立ち、に先立つ、に先立って]。一般用在敘述在進入主要事情之前，要進行某一附加程序。也就是用在述說做某一動作前應做的事情，後項是做前項之前，所做的準備或預告，重點強調順序。相當於「（の）前に」。

契約に先立ち、十分に話し合った。

在締結合同之前，要先充分商量好。

● **に際し（て）**

「在…之際」、「當…的時候」

接續與說明 [N／V-る＋に際し（て）]。表示以某事為契機，也就是動作的時間或場合。可以用在新事態要開始，也可以用在某種事態要結束的情況，重點強調狀態。意思是「在（事情）之前」，跟「…にあたって」近似。有複合詞的作用。是書面語。

例文

このイベントを開催<ruby>かいさい</ruby>するに際<ruby>さい</ruby>して皆様<ruby>みなさま</ruby>には多大<ruby>ただい</ruby>なるご協力<ruby>きょうりょく</ruby>をいただきました。
在舉辦這次的比賽時，得到大家的鼎力相助。

---

# 5 ないうちに
### 「在未…之前，…」、「趁沒…」

接續與說明 [V＋ないうちに]。表示在前面的被預測不好的環境、狀態還沒有產生變化的情況下，做後面的動作。含有不知道什麼時候會發生，但從狀況來看，有可能發生前項，所以在前項發生之前，先做後項之意。相當於「…前に」。

例文

雨<ruby>あめ</ruby>が降<ruby>ふ</ruby>らないうちに、帰<ruby>かえ</ruby>りましょう。
趁還沒有下雨，回家吧！

比較

## • に先立<ruby>さきだ</ruby>ち、に先立<ruby>さきだ</ruby>つ、に先立<ruby>さきだ</ruby>って
### 「在…之前，先…」、「預先…」、「事先…」

接續與說明 [N／V-る＋に先立ち、に先立つ、に先立って]。一般用在敘述在進入主要事情之前，要進行某一附加程序。也就是用在述說做某一動作前應做的事情，後項是做前項之前，所做的準備或預告，重點強調順序。相當於「（の）前に」。

例文

新<ruby>あたら</ruby>しい機器<ruby>きき</ruby>を導入<ruby>どうにゅう</ruby>するに先立<ruby>さきだ</ruby>って、説明会<ruby>せつめいかい</ruby>が開<ruby>ひら</ruby>かれた。
在引進新機器之前，先開說明會。

次の文の＿＿＿＿＿にはどんな言葉を入れたらよいか。1・2から最も適当なものをひとつ選びなさい。

實力測驗
Q哪一個是正確的？
答案≫在下一頁

**1** ご予約（　　）、ご来店ください。
1.の上で　　　2.の末に

**譯**
1.の上で：在…之後
2.の末に：經過…最後
解答≫請看下一頁

**2** 結婚を決める（　　）、重要なことが一つあります。
1.にあたって　2.において

**譯**
1.にあたって：在…之時
2.において：在…方面
解答≫請看下一頁

**3** 出発（　　）、一言ごあいさつを申し上げます。
1.につけ　　　2.に際して

**譯**
1.につけ：每當…就…
2.に際して：在…之際
解答≫請看下一頁

**4** 新幹線の開通（　　）、何度も試験運行を行いました。
1.に先立ち　　　2.に際して

**譯**
1.に先立ち：預先…
2.に際して：在…之際
解答≫請看下一頁

**5** 道路が混雑し（　　）、出発したほうがいい。
1.に先立ち　　　2.ないうちに

**譯**
1.に先立ち：事先…
2.ないうちに：在還沒有之前先…
解答≫請看下一頁

**なるほどの解説を確認して、次のページへ進もう！**

**1** 比較

　　這裡的「の上で」表示先確實做好前項「先預約」這一手續，以此為條件，才能再進行後項「蒞臨本店」這一動作；「の末に」強調「花了很長的時間，有了最後的結果」，暗示在過程中「遇到了各種困難，各種錯誤的嘗試」等。「先預約」並沒有「遇到了各種困難」的語意。所以答案是1。

答案：1

**2** 比較

　　「にあたって」意為「在…之時」，表示在做前項某件特別、重要的事情之前，要進行後項，在此表示「決定結婚之際，有一件事情十分重要」。「結婚」符合特別、重要的事情；「において」意為「在…方面」，使用於時間、地點、狀況，表示一個範圍，所以用在這裡不恰當，正確答案為1。

答案：1

**3** 比較

　　正確答案為2「に際して」。「に際して」意為「在…之際」，用於開始做某件特別事，或是表示該事情正在進行中，在此表示「在出發時，請允許我講幾句話」；「につけ」意為「每當…就…」，表示每當看到或想到，就聯想起的意思，後接「思い出、後悔」等跟感情或思考有關的內容。故語意不符。

答案：2

**4** 比較

　　「に先立ち」意為「預先…」，表示在做前項之前，先做後項的事前工作，在此表示「在新幹線開通之前，事先試行了好幾次」；「に際して」意為「在…之際」，表示眼前在前項這樣的場合、機會，進行後項的動作。這裡需要一個進入主要事情之前，要進行某一附加程序的「に先立ち」。故正確答案為1。

答案：1

**5** 比較

　　正確答案為2「ないうちに」。「ないうちに」意為「在還沒有之前先…」，表示趁著某種情況發生前做某件事，在此表示「趁著路上還沒塞車時出發比較好」；「に先立ち」意為「事先…」，表示在做某件大事之前應該要先把預備動作做好，若前接動詞，則要改成動詞連體形，故接續方式有誤，語意也不符。

答案：2

## 6 あげく（に）
「到最後」、「,結果…」

接續與說明 [Nの＋あげく（に）]；[V-た＋あげく（に）]。表示事物最終的結果。也就是經過前面一番波折達到的最後結果。前句大都是因為前句，而造成精神上的負擔或是帶來一些麻煩。多用在消極的場合。常跟「いろいろ、さんざん」一起使用。相當於「結果」。接前後兩個句子，有接續助詞作用。

例文

さんざん手間をかけて準備したあげく、失敗してしまいました。

花費多年準備，結果卻失敗了。

比較
## ● うちに
「在…之內」、「趁…時」

接續與說明 [Nの／Naな／A-い／V-る／V-ない＋うちに]。表示在前面的環境、狀態持續的期間，做後面的動作。跟時間相比，比較著重在狀態的變化。

例文

両親が元気なうちに親孝行しましょう。

趁父母還健在時，要好好孝順。

## 7 末（に、の）
「經過…最後」、「結果…」、「結局最後…」

接續與說明 [Nの＋末（に、の）]；[V-た＋末（に、の）]。表示「經過一段時間，最後…」之意，是動作、行為等的結果。花了很長的時間，有了最後的結果，或做最後的決定、判定。意味著「某一期間的結束」。較不含感情色彩。書面語。

彼は、長い裁判の末に無罪になった。

他經過長期的訴訟，最後被判無罪。

比較

## ● あげく（に）

「到最後」、「，結果…」

接續與説明 [Nの＋あげく（に）]；[V-た＋あげく（に）]。表示事物最終的結果。也就是經過前面一番波折達到的最後結果。前句大都是因為前句，而造成精神上的負擔或是帶來一些麻煩。多用在消極的場合。常跟「いろいろ、さんざん」一起使用。相當於「結果」。接前後兩個句子，有接續助詞作用。

例文

彼は、せっかく大学に入ったのに遊びほうけたあげく、とうとう退学させられた。

他好不容易才考上大學，卻玩過頭，最後遭退學了。

## 8 か…ない（かの）うちに

「剛剛…就…」、「一…（馬上）就…」、「還沒…就…」

接續與説明 [V-る／V-た＋か＋V-ない＋（かの）うちに]。表示前一個動作才剛開始，在似完非完之間，第二個動作緊接著又開始了。或者兩動作幾乎同時發生。相當於「すると、同時に」。

例文

電車が止まるか止まらないかのうちに、ホームから歓呼の声が上がった。

沒等電車停穩，月台上就爆發出歡呼聲。

比較

## ● とたん（に）

**「剛…就…」、「剛一…，立刻…」、「…那就…」**

接續與說明 [V-た＋とたん（に）]。表示前項動作和變化完成的一瞬間，發生了後項的動作和變化。由於說話人當場看到後項的動作和變化，因此伴有意外的語感。相當於「したら、その瞬間に」。

例文

歌手がステージに出てきたとたんに、みんな拍手を始めた。

歌手一上舞台，大家就拍起手來了。

---

**9** 次第
**「馬上…」、「一…立即」、「後立即…」**

接續與說明 [R-＋次第]。表示某動作剛一做完，就立即採取下一步的行動。或前項必須先完成，後項才能夠成立。後項不用過去式。跟「するとすぐ」意思相同。

例文

バリ島に着き次第、電話をします。

一到巴里島，馬上打電話給你。

比較

## ● とたん（に）

**「剛…就…」、「剛一…，立刻…」、「…那就…」**

接續與說明 [V-た＋とたん（に）]。表示前項動作和變化完成的一瞬間，發生了後項的動作和變化。由於說話人當場看到後項的動作和變化，因此伴有意外的語感。前面要接動詞過去式。後項也大多用過去式。相當於「したら、その瞬間に」。

例文

窓を開けたとたん、ハエが飛び込んできた。

剛一打開窗戶，蒼蠅就飛進來了。

接續與說明 [Nの／V-る＋たびに]。表示前項的動作、行為都伴隨後項。也就是一件事如果發生，當時總是會有相同的另一件事發生的意思。相當於「するときはいつも」。

例文

あいつは、会うたびに皮肉を言う。
每次跟那傢伙碰面，他就冷嘲熱諷的。

比較

● につけ（て）

「一…就…」、「每當…就…」

接續與說明 [V-る＋につけ（て）]。前接「見る、聞く、話す、行く」等表示每當看到或想到什麼就聯想到什麼的意思。後項一般是跟感覺、情緒及思考等有關的內容，後項多接「思い出される、感じられる」等。

例文

ヨーロッパの映画を見るにつけて、現地に行ってみたくなります。
每當看到歐洲的電影，就想去當地看看。

次の文の＿＿＿＿＿にはどんな言葉を入れたらよいか。1・2から最も適当なものをひとつ選びなさい。

**實力測驗**

Q 哪一個是正確的？
答案>>在下一頁

**6**
親の反対を押し切って結婚した（　　）、2ヶ月で離婚した。
1.あげくに　　2.うちに

譯
1.あげくに：到最後
2.うちに：趁…時

解答》請看下一頁

**7**
あきらめずに実験を続けた（　）、とうとう開発に成功した。
1.末に　　2.あげくに

譯
1.末に：結果…
2.あげくに：到最後

解答》請看下一頁

**8**
「おやすみなさい」と言ったか言わない（　　）、もう眠ってしまった。
1.かのうちに　　2.とたんに

譯
1.かのうちに：剛剛…就…
2.とたんに：剛…就…

解答》請看下一頁

**9**
契約を結び（　　）、工事を開始します。
1.とたんに　　2.次第

譯
1.とたんに：在…同時…
2.次第：一…立即

解答》請看下一頁

**10**
百点を取る（　　）、お母さんが必ずごほうびをくれる。
1.たびに　　2.につけ

譯
1.たびに：毎逢…就…
2.につけ：毎當…就會…

解答》請看下一頁

なるほどの解説を確認して、次のページへ進もう！

**6** 比較

這裡的「あげくに」表示前項經過了不顧父母的反對，花了那麼大的代價，最後卻是後項的兩個月就離婚了。含有在精神上已經受到了一番波折之後，又遭受到更重的打擊的語意；「うちに」表示在某一狀態持續的期間，進行某種行為或動作。有「等到發生變化就晚了，趁現在…」的含意。由於「結婚した」是動詞夕形，所以接續不對，語意也不符。正確答案是1。

答案：1

**7** 比較

「末に」表示花了前項很長的時間，有了後項最後的結果，後項可以是積極的，也可以是消極的。較不含感情的說法。「あげくに」表示經過前面一番波折達到的最後結果，後項是消極的結果。含有不滿的語氣。

答案：1

**8** 比較

「か…ないかのうちに」表示前項動作才剛開始，後項動作就緊接著開始，或前後項動作幾乎同時發生；「とたんに」表示前項動作完全結束後，馬上發生後項的動作。由於「か…ない（かの）うちに」接續方法是重複兩個動詞「【動詞辭書形／動詞夕形】＋か＋【同一動詞否定形】＋（かの）うちに」，看到這句話前項有兩個動詞「言ったか言わない」（才說就…），而「とたんに」前面接的是動詞夕形。因此答案是1。

答案：1

**9** 比較

正確答案是2「次第」。「次第」意為「一…立即」表示「一旦實現了某事，就立刻…」前項是說話跟聽話人都期待的事情。前面要接動詞連用形，後項不用過去式，在此表示「契約一簽，就立即開工」；「とたんに」意為「剛一…就…」，表示前項動作完成瞬間，幾乎同時發生了後項的動作。兩件事之間基本上沒有時間間隔。而「簽契約」跟「開工」之間基本上無法在瞬間完成，再加上前面要接動詞過去式，後項也大多用過去式。因此，正確答案是2

答案：2

## 10 比較

　　「たびに」意為「每逢…就…」，表示「每當前項發生，那後項勢必跟著發生」。在此表示「每次考一百分，媽媽就一定會給我獎勵」；「につけ」意為「每當…就會…」，表示每當處於某種事態下，心理就自然會產生某種狀態。而「媽媽就一定會給我獎勵」並不是自然而起的心理狀態。所以正確答案是1的「たびに」。

答案：1

# 接続助詞（原因・理由の表現）

<table>
<tr><td>1 以上（は）</td><td>5 ことから</td></tr>
<tr><td>2 上は</td><td>6 せいで、せいだ</td></tr>
<tr><td>3 ことだから</td><td>7 だけに</td></tr>
<tr><td>4 あまり（に）</td><td>8 ばかりに</td></tr>
</table>

 MP3 T-21

## 1 以上（は）

**(1)「既然…」；(2)「既然…，就…」**

接續與說明 [V＋以上（は）]；[N＋である以上（は）]；[Na＋である以上（は）]。(1)前句表示某種決心或責任，後句是根據前面而相對應的決心、義務或奉勸的表達方式；(2)在前句的狀態、身份、立場的情況下，理所當然會有後句的情況。有接續助詞作用。相當於「からは」、「からには」。後面多接「なければならない、てはいけない、べきだ、当然だ、当たり前だ」或是「つもりだ、ようと思う」

例文

① 両親から独立した以上は、仕事を探さなければならない。
既然離開父母自立更生，就得找工作才行。

② 夫婦である以上、お互いに助け合うべきだ。
既然結為夫婦，就應該要互相幫助。

比較

### ● かぎり（では）

**「在…的範圍內」、「就…來說」、「據…調…」**

接續與說明 [Nの＋かぎり（では）]；[V-る／V-ている／V-た＋かぎり（では）]。接認知行為動詞如「知る（知道）、見る（看見）、調べる（調查）、聞く（聽說）」等後面，表示憑著自己的知識、經驗等有限的範圍做出判斷，或提出看法。文末多接「ようだ、そうだ、はずだ」等表示推測或判斷的表達方式。相當於「…の範囲内では」。

例文

私の知るかぎりでは、彼はまだ独身のはずです。

據我所知，他應該還是單身的。

## 2 上は
「既然…」、「既然…就…」

接續與說明 [V-る／V-た＋上は]。前接表示某種決心、責任等行為的詞，後續表示必須採取跟前面相對應的動作。後句是說話人的判斷、決定或勸告。含有「被逼到絕境，沒有逃避的場所了，除了這個方法，沒有別的方法了」的覺悟。後面大多接「なければならない、てはいけない、はずだ、つもりだ」等表達方式。有接續助詞作用。相當於「以上（は）」、「からには」。

例文

秘密を知った上は、生かしてはおけない。

既然秘密被知道了，就無法留活口了。

比較

### ● 上（に）

「而且…」、「不僅…，而且…」、「在…之上，又…」

接續與說明 [Nの／Nである＋上（に）]；[Naな＋上（に）]；[A／V＋上（に）]。表示追加、補充同類的內容。也就是前項本來就很充分了，後面還有比前項更甚的情況。用在消極跟積極的評價上。相當於「だけでなく」。

例文

先生にしかられた上に、トイレ掃除までさせられた。

不僅被老師罵，還被罰掃廁所。

# 3 ことだから

「因為是…，所以…」

接續與說明 [Nの＋ことだから]。表示自己判斷的依據。主要接表示人物或組織相關的詞後面，前項是根據說話雙方都熟知的人物或組織的性格、行為習慣等，做出後項相應的判斷。句尾常用「だろう、に違いない」等推測的表達方式。

例文

責任感の強い彼のことだから、役目をしっかり果たすだろう。
因為是責任感強的他，所以一定能完成使命吧！

比較

## ● ものだから

「就是因為…，所以…」

接續與說明 [N／Naな／A／V＋ものだから]。表示原因、理由。常用在因為事態的程度很厲害，因此做了某事。含有對事出意料之外、不是自己願意（沒辦法，自然而然變這樣）等的理由，進行辯白。結果是消極的。相當於「から、…ので」。如果關係親密，口語可以說成「もんで、もんだから」。

例文

このケーキはおいしいものだから、つい食べ過ぎてしまう。
因為蛋糕實在是太好吃了，不小心就吃多了。

# 4 あまり（に）

(1)「由於過度…」、「因過於…」、「過度…」；(2)「太過於」

接續與說明 (1)[Nの＋あまり（に）]；(2)[V-る／V-た＋あまり（に）]。(2)表示由於前句某種感情、感覺的程度過甚，而有後句的狀

態。(2)前項程度太超過了，而導致後項不好的結果。前句表示原因，後
句的結果一般是消極的。

一般前接表示感情或狀態的名詞，如「心配、悲しみ、驚き、忙し
さ」，如果前接單純表示動作的動詞時，多接「すぎる」，句末不接
「意志、希望、推測」等表現。相當於「あまりに…ので」。

### 例文

① 葬式で、悲しみのあまり、わあわあ泣いてしまった。

葬禮時，由於過度悲傷，而哇哇大哭起來。

② お酒を飲みすぎたあまりに、動けなくなってしまった。

由於飲酒過度，身體無法動彈。

### 比較

## ● だけに

**(1)「到底是…」、「正因為…」；(2)「正是因為…所以更加…」、「由於
…，所以特別…」**

**接續與說明** [N／A／V＋だけに]；[Naな＋だけに]。表示原因。(1)表示
由於前項的情況，理所當然產生後項相應的結果。也就是「～ので、そ
れにふさわしく」，後項會有「当然～だ」這樣的推測的結果。著重在
強調前面的原因。(2)正因為前項，理所當然地才有比一般程度更深的後
項的狀況。相當於「だから」。

### 例文

① 彼は役者としての経験が長いだけに、演技がとてもうまい。

正因為有長期的演員經驗，所以演技棒極了！

② 信じていただけに、裏切られたときはショックだった。

正因為太相信了，所以被他背叛時特別震驚。

# 5 実力テスト

做對了，往 😊 走，做錯了往 ❌ 走。

次の文の_____にはどんな言葉を入れたらよいか。1・2から最も適当なものをひとつ選びなさい。

**實力測驗**

Q哪一個是正確的？
答案》在下一頁

**1**
留学する（　　）、言葉だけでなくその国の文化も学ぶつもりだ。
1.かぎり　　2.以上は

**譯**
1.かぎり：在…的範圍內
2.以上は：既然…

解答》請看下一頁

**2**
大損になってしまった。こうなった（　　）首も覚悟している。
1.上は　　2.上に

**譯**
1.上は：既然…
2.上に：不僅…，而且…

解答》請看下一頁

**3**
実力のある彼の（　　）、きっと予選を勝ち抜くだろう。
1.ことだから　2.ものだから

**譯**
1.ことだから：因為是…，所以…
2.ものだから：就是因為…，所以…

解答》請看下一頁

**4**
驚きの（　　）、腰が抜けてしまった。
1.だけに　　2.あまり

**譯**
1.だけに：正因為…
2.あまり：由於過度…

解答》請看下一頁

**なるほどの解説を確認して、次のページへ進もう！**

**1** 比較

　　正確答案是2「以上は」。「以上は」在這裡表示既然有某種決心「出國留學」，就要有相對應的做後項的決心「不僅是學語言，也要學習該國文化」。

　　「かぎり」考題的前項是「留學」，並沒有提到憑著個人有限的根據，而且後項的「不僅是學語言，也要學習該國文化」是決心，不是做出判斷或提出看法。語意不符。

答案：2

**2** 比較

　　「上は」意為「既然…」，含有「由於遇到某種立場跟狀況，所以當然要…」之意。在此，「上は」表示在前項遇到很糟糕的情況下「損失這麼大」，而有了後項被逼迫或不得已的「要有被革職的覺悟」；「上に」意為「不僅…，而且…」，表示追加、補充同類的內容，先舉一個事例之後，再進一步舉出另一個事例。語意不符。正確答案為1的「上は」。

答案：1

**3** 比較

　　這句話中譯是「有實力的他」、「預選一定能通過」。看到「彼」的後面有「の」，後面有推測的表達方式「だろう」，知道要用前接與人物相關的詞，透過所提到的人「有實力」，來進行後項的判斷的「ことだから」；至於「ものだから」是把前項當理由，說明自己為什麼做了後項，把自己的行為正當化之意。語意不符。

答案：1

**4** 比較

　　正確答案是2「あまり」。這裡的「あまり」表示由於前項的某種感情的過度，也就是過度驚嚇，而有後項手腳發軟這一狀況；如果用「だけに」的第一個意思「正因為…」的話，受到驚嚇，不一定理所當然會有「手腳發軟」的結果。如果用第二個意思「正是因為…所以更加…」的話，意思變成「由於受到驚嚇，所以特別手腳發軟」，後項的「手腳發軟」沒有比一般程度更深的狀況。所以語意不符。而且「だけに」前面要直接接體言，不需多接「の」，接續也不對。

答案：2

## 5 ことから

(1)「從…來看」；(2)「因為…」、「因此…」

接續與說明 [Nである／Naな／Naである／A／V＋ことから]。（1）表示判斷的理由。根據前項的情況，來判斷出後面的結果或結論。是說明事情的經過跟理由的句型。（2）由於前項的起因跟由來，而有後項的狀態。（1）（2）都相當於「ので」。

例文

① ガラスが割れていることから、泥棒が入ったと分かった。
從玻璃碎了一地來看，知道遭小偷闖空門了。

② この池は亀が多くいることから、「亀の池」とよばれている。
因為這池子有許多烏龜，所以被稱為「龜池」。

比較

● **ことだから**

「因為是…，所以…」

接續與說明 [Nの＋ことだから]。表示自己判斷的依據。主要接表示人物或組織相關的詞後面，前項是根據說話雙方都熟知的人物或組織的性格、行為習慣等，做出後項相應的判斷。句尾常用「だろう、に違いない」等推測的表達方式。

例文

主人のことだから、また釣りに行っているのだと思います。
我想我老公一定又去釣魚吧！

## 6 せいで、せいだ

「由於…」、「因為…的緣故」、「都怪…」

接續與說明 [Nの＋せいで、せいだ]；[Naな＋せいで、せいだ]；[A／V＋せいで、せいだ]。表示原因。表示發生壞事或會導致某種不利的情況

的原因，還有責任的所在。含有責備對方的語意。「せいで」是「せい
だ」的中頓形式。相當於「が原因だ、…ため」。

あなたのせいで、ひどい目に遭いました。

都怪你，我才會這麼倒霉。

- **おかげで**

「**由於…**」、「**多虧…**」、「**托…的福**」

接續與說明 [Nの／A＋おかげで]；[Naな／だった＋おかげで]；[V-た＋
おかげで]。

表示因為某種原因、理由，而導致良好的結果。但是有時也有嘲諷、諷
刺的意思。一般如果是導致不良的結果，就用「せいで」的形式。

例文

① 薬のおかげで、傷はすぐ治りました。

多虧藥效良好，才能馬上治好傷勢。

② バスが路上で故障したおかげで、遅刻してしまった。

因為公車在半途中故障，所以遲到了。

---

**7** **だけに**

「**到底是…**」、「**正因為…，所以更加…**」、「**由於…，所以特別…**」

接續與說明 [N／A／Vだけに]；[Naなだけに]。表示原因。表示正因為
前項，理所當然地才有比一般程度更深的後項的狀況。相當於「だから
なおのこと」。

例文

彼は政治家としては優秀なだけに、今回の汚職は大変残念で
す。

正因為他是一名優秀的政治人物，所以這次的貪污事件更加令人遺憾。

## • だけあって

「不愧是…」、「到底是…」、「無怪乎…」

接續與說明 [N（である）／Naな／Na（である）／A／V＋だけあって]。表示名實相符，後項結果跟自己所期待或預料的一樣，因而心生欽佩。一般用在積極讚美的時候。副詞「だけ」在這裡表示與之名實相符。前項表示地位、職業之外，也可以表示評價或特徵。相當於「にふさわしく」。

例文

国際交流が盛んなだけあって、この大学には外国人が多い。

不愧是積極於國際交流，這所大學外國人特別多。

---

# 8 ばかりに

「就因為…」、「都是因為…，結果…」

接續與說明 [Naな／Naである／Nである＋ばかりに]；[V／A＋ばかりに]。表示就是因為某事的緣故，造成後項不良結果或發生不好的事情。說話人含有後悔或遺憾的心情。相當於「が原因で、（悪い状態になった）」。

例文

大学に合格したいばかりに、問題用紙を盗んだらしい。

聽說他因為太想考上大學了，結果偷了考卷。

---

## • だけに

(1)「到底是…」、「正因為…」；(2)「正是因為…所以更加…」、「由於…，所以特別…」

**接續與說明** [Naな／Naである／N／Nである＋だけに]；[V／A＋だけに]。表示原因。(1)表示由於前項的情況，理所當然產生後項相應的結果。也就是「～ので、それにふさわしく」，後項會有「当然～だ」這樣的推測的結果。著重在強調前面的原因。(2)正因為前項，理所當然地才有比一般程度更深的後項的狀況。相當於「だから」。

**例文**

① この問題は難しいだけに、正解率が低い。

這問題到底是太難了，所以答對率很低。

② 苦労しただけに、今回の受賞はうれしい。

正因為辛苦付出了，所以對這次的得獎就更加高興。

次の文の＿＿＿＿にはどんな言葉を入れたらよいか。1・2から最も適当なものをひとつ選びなさい。

**實力測驗**

Q 哪一個是正確的？

答案>>在下一頁

---

**5** 些細な（　　）、けんかが始まった。

1.ことだから　　2.ことから

**譯**
1.ことだから：因為是…，所以…
2.ことから：從…來看

解答》請看下一頁

---

**6** 政府の無策の（　　　）、景気がずっと良くならなかった。

1.おかげで　　　2.せいで

**譯**
1.おかげで：多虧…
2.せいで：都怪…

解答》請看下一頁

---

**7** 信じていた（　　）、裏切られたときはショックだった。

1.だけに　　　2.だけあって

**譯**
1.だけに：正因為…
2.だけあって：不愧是…

解答》請看下一頁

---

**8** 保険金を手に入れたい（　　）、夫を殺してしまった。

1.ばかりに　　2.だけに

**譯**
1.ばかりに：就因為…
2.だけに：正因為…

解答》請看下一頁

---

なるほどの解説を確認して、次のページへ進もう！

**5** 比較

　　正確答案是2「ことから」。這句話看到「雞毛蒜皮的事情」跟「吵架」，判斷前項是事情的起因，而有後項的狀況，符合的是「ことから」。至於表示說話人到目前為止的經驗，來推測前項，大致確實會有後項的意思的「ことだから」前面接的名詞一般為人或組織，而接中間要接「の」。正確答案是2。

答案：2

**6** 比較

　　正確答案是2「せいで」。「せいで」意為「都怪…」，表示「之所以造成這樣不好的情況，都是因為…」之意。含有指責對方的語氣。在此表示「都怪政府束手無策，景氣一直好不起來」；「おかげで」意為「多虧…」，表示原因或理由，「因為有…的幫助或恩惠，所以得到了好結果」。

答案：2

**7** 比較

　　「だけに」意為「正因為…」表示正因為前項，理所當然地才有比一般程度更深的後項的狀況。後項不管是正面或負面的評價都可以。這裡是「正因為太相信了，被背叛時，更感到震驚不已」；「だけあって」意為「不愧是…」，表示後項是根據前項合理推斷出的結果，後項是正面的評價。「だけに」也用在跟預料、期待相反的結果；「だけあって」用在結果是跟自己預料的一樣。這句話的後項，是跟期待相反的，所以正確答案是1的「だけに」。

答案：1

**8** 比較

　　「ばかりに」意為「就因為…」，表示就是因為前項的緣故，導致後項壞的結果或狀態，後項是一般不可能做的行為，在此表示「我就是想拿到保險理賠，才謀殺親夫」；「だけに」意為「正因為…」，表示正因為前項，理所當然地導致後來的狀況，或因為前項，理所當然地才有比一般程度更深的後項。語意不符，正確答案為1。

答案：1

# 接続助詞（条件の表現）

1 といえば
2 ときたら
3 （か）と思うと、（か）と思ったら
4 ものなら
5 ないかぎり

6 ないことには
7 を抜きにして（は）、は抜きにして
8 抜きで、抜きに、抜きの、抜きには
9 をきっかけに（して）、をきっかけとして
10 を契機に（して）、を契機として

 T-22

## 1 といえば
「談到…」、「提到…就…」、「說起…」等，或不翻譯

接續與說明 [N／Na（だ）＋といえば]；[A／V＋といえば]。用在承接某個話題，從這個話題引起自己的聯想，或對這個話題進行說明。也可以說「というと」（提到）。

例文

に ほん えい が かんとく　　　　　　　　　　　　　　　　くろさわあきら　ゆうめい
日本の映画監督といえば、やっぱり黒澤明が有名ですね。
說到日本電影的導演，還是黑澤明有名吧。

比較

## ● とすれば
「假設…的話…」、「如果…的話…」

接續與說明 [N／Naだ＋とすれば]；[A／V＋とすれば]。表示順接的假定條件。後項中多包含表示判斷、推測和疑問的表達方式。比「とすると」更為主觀的判斷或評價。後項表示意志、請求的語詞時，只能用「としたら」。

例文

なか　ひと　せんたく　　　　　　　　　　　　　わたし　あか　　　　えら
この中から一つ選択するとすれば、私は赤いのを選びます。
如果要我從中選一個的話，我會選紅色的。

## 2 ときたら
**(1)「提到…」、「說起…」;(2)「說到…」、「要說…」**

接續與說明 [N＋ときたら]。(1)表示提起一個話題，後項對這一話題的敘述或評價。這話題對說話人來說，是身邊的。後項多帶有不滿、責備、自嘲等負面評價;(2)前項提出一個極端事例，後項是與其相適應的措施。也就是在這種場合和狀況下，還是這樣為好。

例文

① 二階の学生ときたら、毎日夜遅くまで騒いで、困ったものです。

說到二樓的學生，每天晚上都要吵到三更半夜。真叫人頭痛。

② 魚料理ときたら、やっぱり白ワインでなくちゃ。

說到魚料理，還是得配白酒喝。

比較
### ● といえば
**「談到…」、「提到…就…」、「說起…」等，或不翻譯**

接續與說明 [N／Na（だ）＋といえば];[A／V＋といえば]。用在承接某個話題，從這個話題引起自己的聯想，或對這個話題進行說明。也可以說「というと」（提到）。

例文

富士山といえば、なんといっても桜だ。

說到富士山，就想到櫻花。

## 3 （か）と思うと、（か）と思ったら
**「剛一…就…」、「剛…馬上就…」**

接續與說明 [V-た＋（か）と思うと、（か）と思ったら]。表示前後兩個對比的事情，在短時間內相繼發生，後面接的大多是說話人意外和驚訝的表達。相當於「した後すぐに」。

さっきまで泣いていたかと思ったら、もう笑っている。

剛剛才在哭，這會兒又笑了。

比較

● **とたん（に）**

「剛…就…」、「剛一…，立刻…」、「…那就…」

接續與說明 [V-た＋とたん（に）]。表示前項動作和變化完成的一瞬間，發生了後項的動作和變化。由於說話人當場看到後項的動作和變化，因此伴有意外的語感。相當於「したら、その瞬間に」。

例文

疲れていたので、ベットに入ったとたんに、眠ってしまった。

因為太累了，一上床就立刻睡著了。

---

## 4 ものなら

「如果能…的話」、「要是能…就…吧」

接續與說明 [V-る＋ものなら]。(1)前接包含可能意義的動詞，表示對辦不到的事的假定。如果前項可能的話，就進行後項。說話人認為前項是不可能的，但卻期待這前項的事物。(2)用「…ものなら、…てみろ（てみなさい）」的形式，說話人認為對方絕對辦不到，帶著向對方挑戰，且僥倖期待的心情，放任對方去做。口語中常說成「もんなら…」

例文

① 昔に戻れるものなら戻りたい。

如果能回到過去，真想回去。

② トップの成績になれるものなら、なってみろよ。

成績能考第一的話，你就考考看啊！

比較

● **ものだから**

「就是因為…，所以…」

220

接續與說明 [N／Naな／A／V＋ものだから]。表示原因、理由。常用在因為事態的程度很厲害，因此做了某事。含有對事出意料之外、不是自己願意等的理由，進行辯白。結果是消極的。相當於「から、…ので」。

例文

足がしびれたものだから、立てなかった。
因為腳麻，所以站不起來。

## 5 ない限り
「除非…，否則就…」、「只要不…，就…」

接續與說明 [V＋ない限り]。表示只要某狀態不發生變化，結果就不會有變化。含有如果那樣做了，就會有好結果的語氣。後項多跟「できない、わけがない、無理だ」等表示否定、不可能、困難的表達方式。經常以「よほどのことがない限り」等慣用的形式使用。相當於「…ないなら、…なければ」。

例文

犯人が逮捕されない限り、私たちは安心できない。
只要沒有逮捕到犯人，我們就無法安心。

比較

● ないうちに

「在未…之前，…」、「趁沒…」

接續與說明 [V＋ないうちに]。表示在前面的被預測不好的環境、狀態還沒有產生變化的情況下，做後面的動作。含有不知道什麼時候會發生，但從狀況來看，有可能發生前項，所以在前項發生之前，先做後項之意。相當於「…前に」。

例文

値が上がらないうちに、マンションを買った。
乘還沒有漲價之前，趕快買房子。

# 7 実力テスト

做對了，往走，做錯了往走。

次の文の_____にはどんな言葉を入れたらよいか。1・2から最も適当なものをひとつ選びなさい。

## 實力測驗

Q 哪一個是正確的？
答案>>在下一頁

**1**
北海道（　　）、函館の夜景が有名ですね。
1.といえば　　2.とすれば

**2**
ワイン（　　）、私に任せてよ。
1.といえば　　2.ときたら

**譯**
1.といえば：說到…
2.とすれば：如果…

解答》請看下一頁

**譯**
1.といったら：提起…
2.ときたら：要說

解答》請看下一頁

**3**
息子は、さっき学校から帰った（　　）、もう遊びに出かけていった。
1.かと思うと　　2.とたんに

**4**
面と向かって言える（　　）、言ってみなさい。
1.ものなら　　2.ものだから

**譯**
1.かと思うと：剛一…就…
2.とたんに：剛…就…

解答》請看下一頁

**譯**
1.ものなら：如果能…就…
2.ものだから：都是因為…

解答》請看下一頁

**5**
きちんと謝罪し（　　）、君を許さない。
1.ないかぎり　　2.ないうちに

**なるほどの解説を確認して、次のページへ進もう！**

**譯**
1.ないかぎり：如果不…
2.ないうちに：趁沒…

解答》請看下一頁

## なるほどの解説

**1** 比較

　「といえば」意為「說到…」，用於提出某個之前提到的話題，在此表示「說到北海道，函館的夜景十分有名呢」；「とすれば」意為「如果…」，為假設表現，帶有邏輯性，表示如果假定前項為如此，即可導出後項的結果，故語意不符，正確答案為1。

答案：1

**2** 比較

　正確答案為2「ときたら」。「ときたら」意為「說到」，有說話人對前項的話題一直等待機會向別人說，而終於等到機會說出後項的意思。在此表示「說到葡萄酒，就看我的吧！」；而「といえば」並沒有這層意思。所以，這裡以「ときたら」為適當。

答案：2

**3** 比較

　「(か)と思うと」表示前後性質不同或是對比的事物，在短時間內相繼發生。因此，前後動詞常用「泣く→笑う、決まる→変更する、帰る→出かける…」等對比的表達方式；「とたんに」單純的表示某事情結束了，幾乎同時發生了不同的事情，沒有對比的意味。這句話看到前項的「兒子從學校回來」，跟後項的「已經出去玩了」，從「帰る→出かける」知道是對比的事物，答案是1。

答案：1

**4** 比較

　「ものなら」意為「如果能…就…」，常用於挑釁對方，前接包含可能意義的動詞，通常後接表示希望或命令的語句，在此表示「如果能當面說出口的話你就說說看啊」；「ものだから」意為「都是因為…」，常用於為自己找藉口，意為「就是因為…才…」，故語意不符，正確答案為1。

答案：1

**5** 比較

　　「ないかぎり」意為「如果不…」表示只要某狀態不發生變化，結果就不會有變化。在這裡表示「如果不好好謝罪，就不原諒你」，而且「就不原諒你」，含有表示否定、不可能、困難的語意；而「ないうちに」意為「趁沒…」表示在前面的狀態還沒有產生變化，做後面的動作。語意不符。正確答案為1。

答案：1

# 6 ないことには

「要是不…」；「如果不…的話，就…」

接續與說明 [V-ない＋ことには]。（1）表示如果不實現前項，也就不能實現後項。要實現後項，前項是第一必要的條件。含有，前項不成立的話，後項就沒辦法開始，或沒有辦法進行下一階段的語意。句尾接否定的形式。常接「～てみる」的形式。

（2）表示，沒有變成前項的狀態，就會變成後項的狀態。後項一般是消極的、否定的結果。相當於「なければ」、「ないと」。

例文

① 自分でやってみないことには、何ともいえない。
如果自己不先做做看，是無法下定論的。

② はやく保護しないことには、この動物は絶滅してしまいます。
如果盡快不加以保護，這種動物將瀕臨絕種。

比較

● からといって

（1）「（不能）僅因…就…」、「即使…，也不能…」等；（2）「說是（因為）…」

接續與說明 [Ｎ／Ｎａだ＋からといって]；[Ａ／Ｖ＋からといって]。
（1）表示不能僅僅因為前面這一點理由，就做後面的動作。大多是對對方的批評或規勸，也用在對事實關係上的注意或訂正。後面接否定的表達方法，如「わけではない、とはかぎらない、とはいえない、てはいけません」。相當於「という理由があっても」。（2）表示引用別人陳述的理由。（1）跟（2）口語中都常說成「からって」）

例文

① 誰も見ていないからといって、勝手に持っていってはだめですよ。
即使沒人看到，也不能高興拿就拿走啊！

② 用事があるからといって、彼女は早々に退社した。
說是有事，她早早就下班了。

**7** は抜きにして

「除去…」、「免去…」

接續與說明 [N＋は抜きにして]。「抜き」是「抜く」的名詞形。表示去掉某一事項，做後面的動作。

例文

挨拶は抜きにして、本題に入りましょう。
不用客套了，就直接進入主題吧！

比較

● **はもとより**

「不用說…就連…也」

接續與說明 [N＋はもとより]。表示前項自不用說，後項也不例外。相當於「はもちろん」的意思。

例文

本人はもとより、家族にとっても迷惑な話だ。
不用說本人，就連家人也會感到困擾的。

**8** 抜きで、抜きに、抜きの、抜きには、抜きでは

「省去…」、「沒有…」；「如果沒有…」、「沒有…的話」

接續與說明 [N＋抜きで、抜きに、抜きの、抜きには、抜きでは]。「抜きで、抜きに」表示除去或省略一般應該有的部分。把原本裡面有的東西取出來，沒有放入本來裡面有的東西。用在強調這種特殊的場合。相當於「なしで、なしに」；「抜きには、抜きでは」表示「如果沒有…，就做不到…」。相當於「なしでは、なしには」。

前置きは抜きで、ただちに本題に入りましょう。

我們省去開場白，立即進入主題吧！

比較

## に先立ち、に先立つ、に先立って

**「在…之前，先…」、「預先…」、「事先…」**

接續與說明 [N／V-る＋に先立ち、に先立つ、に先立って]。一般用在敘述在進入主要事情之前，要進行某一附加程序。也就是用在述說做某一動作前應做的事情，後項是做前項之前，所做的準備或預告，重點強調順序。相當於「（の）前に」。

例文

面接に先立ち、会社説明会が行われた。

面試前，先舉行公司說明會。

## 9 をきっかけに（して）、をきっかけとして
**「以…為契機」、「自從…之後」、「以…為開端」**

接續與說明 [N＋をきっかけに（して）、をきっかけとして]。表示某事產生的原因、機會、動機等。相當於「を契機に」。

例文

2月の下旬に再会したのをきっかけにして、二人は交際を始めた。

自從2月下旬再度重逢之後，兩人便開始交往。

比較

## をもとに（して）

**「以…為根據」、「以…為參考」、「在…基礎上」**

接續與說明 [N＋をもとに（して）]。表示將某事物做為**啟**示、根據、材料、基礎等。後項的行為、動作是根據或參考前項來進行的。相當於「に基づいて」、「を根拠にして」。

例文

彼女のデザインをもとに、青いワンピースを作った。

以她的設計為基礎，裁製了藍色的連身裙。

# 10 を契機に（して）、を契機として

「趁著…」、「自從…之後」、「以…為動機」

接續與説明 [N＋を契機に（して）、を契機として]。表示某事產生或發生的原因、動機、機會、轉折點。相當於「をきっかけに」。

例文

子どもが誕生したのを契機として、煙草をやめた。

自從生完小孩，就戒了煙。

比較

## • にあたって、にあたり

「在…的時候」、「當…之時」、「當…之際」

接續與説明 [N／V-る＋にあたって、にあたり]。表示做某重要行動之前或同時，要進行後項。也就是某一行動，已經到了事情重要的階段。可用在新事態的開始或結束的情況。前項一般接「入学、卒業、受験、結婚、就職、入院、退院…」等名詞或相應的動詞。一般用在致詞或感謝致意的書信中。相當於「に際して、…をするときに」。

例文

社長を説得するにあたって、慎重に言葉を選んだ。

説服社長的時候，措辭要很謹慎。

# 8 実力テスト

做對了，往走，做錯了往走。

次の文の_____にはどんな言葉を入れたらよいか。1・2から最も適当なものをひとつ選びなさい。

## 實力測驗
Q 哪一個是正確的？
答案>>在下一頁

**6** まず付き合ってみ（　　）、どんな人か分かりません。
1.からといって　2.ないことには

譯
1.からといって：即使…也不能…
2.ないことには：如果不…就…
解答》請看下一頁

**7** 細かい問題（　　）、双方は概ね合意に達しました。
1.はもとより　2.を抜きにして

譯
1.はもとより：不用說…
2.を抜きにして：除掉…
解答》請看下一頁

**8** おすしは、わさび（　　）お願いします。
1.抜きで　2.に先立ち

譯
1.抜きで：省略…
2.に先立ち：事先…
解答》請看下一頁

**9** 病気になったの（　　）、人生を振り返った。
1.をきっかけに　2.をもとにして

譯
1.をきっかけに：以…為契機
2.をもとにして：依據…
解答》請看下一頁

**10** 政権交代（　　）、さまざまな改革が進められている。
1.を契機に　2.にあたって

譯
1.を契機に：以…為契機
2.にあたって：在…之時
解答》請看下一頁

なるほどの解説を確認して、次のページへ進もう！

**229**

**6** ⓫⓬

　　正確答案為2「ないことには」。「ないことには」意為「如果不…就…」，在此表示若不交往看看，就不會知道對方是怎樣的人，看到前面的「～てみる」的形式，再加上後面的「分かりません」的否定表現，知道答案是1；「からといって」意為「即使…也不能…」，表示「不能只因為前面這一點理由，就做後面的動作」，所以語意不符。又由於「付き合ってみ」後面無法接「から」，所以接續方式也不對。

答案：2

**7** ⓫⓬

　　正確答案為2「を抜きにして」。「を抜きにして」意為「除掉…」，表示將前項排除在外，在此表示「撇開小問題不談，雙方已大致達成共識」；「はもとより」意為「不用說」，表示前後兩項都不例外，故語意不符。

答案：2

**8** ⓫⓬

　　「抜きで」意為「省略…」，指把原本有的東西拿掉，在此表示「麻煩你壽司不要加芥末」；「に先立ち」意為「事先…」，表示在做前項之前，先做後項的事前工作，故語意不符，正確答案為1。

答案：1

**9** ⓫⓬

　　「をきっかけに」意為「以…為契機」，表示前項觸發了後項行動的開端；「をもとに」意為「依據…」，表示以前項為素材，進行後項的動作，在此表示「自從生病之後，重新審視自己的人生」，故正確答案為1。

答案：1

**10** ⓫⓬

　　「を契機に」意為「以…為契機」，表示某事物正好是個機會，借以進行後項動作，在此表示「以政權輪替為契機，進行各式各樣的改革」；「にあたって」意為「在…之時」，表示在做前項某件特別、重要的事情之前或同時，要進行後項，故語意不符，正確答案為1。

答案：1

# 接続助詞（逆接の表現）

1 といっても
2 ながら（に・も）
3 ものの
4 からといって
5 にしても

6 にしろ
7 にせよ、にもせよ
8 にしては
9 にもかかわらず

 MP3 T-23

## 1 といっても
「雖說…，但…」、「雖說…，也並不是很…」

**接續與說明** [N／Na／A／V＋といっても]。表示實際上並不像聽話人所想的那樣。承認前項的說法，但同時在後項做部分的修正，或限制的內容，說明實際上程度沒有那麼嚴重。後項多是說話者的判斷。

**例文**

ダイエットといっても、ただ食べないだけじゃないです。
雖說是減重，但也不是什麼都不吃。

**比較**

## にしても

**(1)「就算…，也…」；(2)「即使…，也…」**

**接續與說明** (1)[N＋にしても]；(2)[N（である）／A／V＋にしても]。(1)前接人物名詞的時候，表示站在別人的立場推測別人的想法。(2)表示表示即使假設承認前項的事態，並在後項中敘述的事情與預料的不同。相當於「も、…としても」。

**例文**

① 彼にしても、ここまで腐ってるとは思わないでしょう。
就算是他，也沒想到腐敗到這種程度吧。

② お互い立場はちがうにしても、助け合うことはできます。
各自的立場即使不同，也能互助合作。

**2** **ながら（に／も）**
「雖然…，但是…」、「儘管…」、「明明…卻…」

接續與說明 [N／Na＋ながら]；[A-い＋ながら]；[R-＋ながら]。連接兩個矛盾的事物。表示後項與前項所預想的不同。一般如果是前項的話，不應該有後項，但是確有後項。相當於「（な）のに」。

例文

子どもながらも、なかなかよく考えている。
雖然是個小孩，但是想的卻很周到。

比較
● **どころか**

「…裡還…」、「非但…」、「簡直…」

接續與說明 [N／Na（な）＋どころか]；[A-い＋どころか]；[V-る＋どころか]。（1）表示程度的對比，從根本上推翻前項，並且在後項提出跟前項程度相差很遠，或內容相反的事實。用在當事實跟期待、預料或印象完全不同的時候，強調程度的對比、反差。（2）也用在當期待或預料以否定的形式出現的時候。這時，為了強調後項，而舉出具對比的前項，甚至程度低的前項，並進行否定。

例文

① 食事どころか、休憩する暇もない。
別說吃飯了，就連休息時間都沒有。
② あの人は貧乏どころか、大金持ちですよ。
那人哪裡窮，簡直是大富翁呢！

# 3 ものの

「雖然…但是…」

接續與說明 [Nの／Nな／Nである／Naな／Nである／A／V＋ものの]。表示姑且承認前項，但由此引出的後項的結果卻難以如願或出現相反的情況。有時後項一般是對於自己所做、所說或某種狀態沒有信心，很難實現等的說法。相當於「けれども、…が」。

例文

自分の間違いに気付いたものの、なかなか謝ることができない。

雖然發現自己不對，但一直沒辦法道歉。

比較

## ● とはいえ

「雖然…但是…」

接續與說明 [N／Na（だ）＋とはいえ]；[A／V＋とはいえ]。表示逆接轉折。表示先肯定那事雖然是那樣，但是實際上卻是後項的結果。也就是後項的說明，是對前項既定事實的否定或是矛盾。後項一般為說話人的意見、判斷的內容。書面用語。

例文

暦の上では春とはいえ、まだまだ寒い日が続く。

雖然日曆上已進入春天，但是寒冷的天氣依舊。

# 4 からといって

(1)「（不能）僅因…就…」、「即使…，也不能…」等； (2)「說是（因為）…」

接續與說明 [N／Naだ＋からといって]；[A／V＋からといって]。

(1) 表示不能僅僅因為前面這一點理由，就做後面的動作。大多是對對方的批評或規勸，也用在對事實關係上的注意或訂正。

後面接否定的表達方法，如「わけではない、とはかぎらない、とはいえない、てはいけません」。相當於「という理由があっても」。 (2) 表示引用別人陳述的理由。 (1) (2) 口語中都常說成「からって」。

例文

① 本が好きだからといって、一日中読んでいたら体に悪いよ。
即使愛看書，但整天抱著書看對身體也不好呀！

② 仕事があるからといって、彼は途中で帰った。
說是有工作，他中途就回去了。

比較

● といっても

「雖說…，但…」、「雖說…，也並不是很…」

接續與說明 [N／Na／A／V＋といっても]。表示承認前項的說法，但同時在後項做部分的修正，或限制的內容，說明實際上程度沒有那麼嚴重。後項多是說話者的判斷。

例文

ベストセラーといっても、面白いかどうか分かりません。
雖說是暢銷書，但不知道是否有趣。

# 5 にしても

**(1)「即使…，也…」、「就算…，也…」；(2)「即使…，也…」**

接續與說明 (1)[N＋にしても]；(2)[N（である）／A／V＋にしても]。(1)前接人物名詞的時候，表示站在別人的立場推測別人的想法。(2)表示表示即使假設承認前項的事態，並在後項中敘述的事情與預料的不同。相當於「も、…としても」。

例文

① 彼にしても、まさかうまくいくとは思っていなかっただろう。
即使是他，也沒想到竟然會如此順利吧。

② 明後日は期末試験ですが、テストの直前にしても、ぜんぜん休まないのは体に悪いと思います。
後天就是期末考了，就算是考試當前，完全不休息對身體是不好的。

比較
## ● としても

**「即使…，也…」、「就算…，也…」**

接續與說明 [N／Na＋（だ）としても]；[A／V＋としても]。表示假設前項是事實或成立，後項也不會起有效的作用，後項立場及情況也不會有所改變，或者後項的結果，與前項的預期相反。相當於「その場合でも」。

例文

みんなで力を合わせたとしても、彼に勝つことはできない。
就算大家聯手，也沒辦法贏他。

# 実力テスト

做對了，往  走，做錯了往 ✗ 走。

次の文の_____にはどんな言葉を入れたらよいか。1・2から最も適当なものをひとつ選びなさい。

**實力測驗**
Q哪一個是正確的？
答案》在下一頁

**1**

会社（　　）、社員は私と妻の二人だけです。

1.にしても　　2.といっても

**譯**

1.にしても：就算…也…
2.といっても：雖說…實際上是…

解答》請看下一頁

**2**

最近の財布は、小さい（　　）抜群の収納力があります。

1.ながらも　　2.どころか

**譯**

1.ながらも：雖然…但是…
2.どころか：何止…

解答》請看下一頁

**3**

祖父は体は丈夫な（　　）、最近目が悪くなってきた。

1.とはいえ　　2.ものの

**譯**

1.とはいえ：雖說…
2.ものの：雖然…可是…

解答》請看下一頁

**4**

一度や二度失敗した（　　）、自分の夢を諦めてはいけません。

1.からといって　　2.といっても

**譯**

1.からといって：（不能）僅因…就…
2.といっても：雖說…，但…

解答》請看下一頁

**5**

退職まで残りわずか三ヶ月となりましたが、もうすぐ退職する（　　）、最後の日まできちんと働きます。

1.にしても　　2.としても

**なるほどの解説を確認して、次のページへ進もう！**

**譯**

1.にしても：就算…也…
2.としても：就算…

解答》請看下一頁

**1** 比較

　　正確答案為2「といっても」。「といっても」意為「雖說…實際上是…」，表示後項的實際狀況與前項的合理推測結果不同，在此表示「雖說是間公司，但員工也只有我和妻子兩人」；「にしても」意為「就算…也…」，帶有讓步的語氣，前項與後項為矛盾關係，後項多為意見、批判、評價等表現，由於前項的「　社」並不符「讓步的語氣」，故正確答案為「といっても」。

答案：2

**2** 比較

　　「ながら」意為「雖然…但是…」，表示一般如果是前項的話，不應該有後項，但是確有後項的矛盾關係，在此表示「最近的皮夾小歸小，卻能放進很多東西」；「どころか」意為「何止…」，表示程度的對比，比起前項，後項更為如何。又表示為了強調後項，而舉出具對比的前項，並進行否定。在此應選1才符合語意。

答案：1

**3** 比較

　　正確答案為2「ものの」。「ものの」意為「雖然…可是…」，在此表示「雖然祖父身體很好，但是最近眼睛越來越差了」；「とはいえ」意為「雖說…」，用於否定前項的既有印象，通常後接說話者的意見或評斷，在這裡兩者語意上都可以，但是「とはいえ」在接續上不對。

答案：2

**4** 比較

　　正確答案為1「からといって」。「からといって」在這裡表示不能僅僅因為「一次或兩次的失敗」這樣的理由，就有後面的否定說法「（不能）放棄了自己的夢想」；「といっても」是「雖然…，但實際上…」的意思，實際上並沒有聽話人所想的那麼多，程度那麼高。前項不是理由。語意不符。

答案：1

**5** 比較

　　正確答案為1「にしても」。「にしても」意為「即使…也…」，帶有讓步的語氣，表示即使承認前項，後項的事情跟預料是不同的。在此意思是「雖然離退休只剩三個月了，即使再過不久就要退休，也要認真工作直到最後一天」，有說明自己的決心的含意；「としても」意為「就算…」，帶有假定的語氣，表示假設前項是事實，後項立場及情況也不會有所改變。正確答案以1為恰當。

答案：1

## 6 にしろ

「無論…都…」、「就算…，也…」、「即使…，也…」

**接續與說明** [N（である）／Na（である）／A／V＋にしろ]。表示退一步承認前項，並在後項中提出跟前面相反或相矛盾的意見。是「にしても」的鄭重的書面語言。也可以說「にせよ」。相當於「かりに…だとしても」。常跟「いくら、どんな（に）」等疑問詞一起使用。

**例文**

体調は幾分よくなってきたにしろ、まだ出勤はできません。
即使身體好了些，也還沒辦法去上班。

**比較**

## ● にかかわらず

**(1)「不管…都…」、「儘管…也…」；(2)「無論…與否…」**

**接續與說明** (1)[N＋にかかわらず]；(2)[V-る、V-ない／A-い、A-くない＋にかかわらず]。（1）表示「與這些差異無關，不因這些差異，而有任何影響」的意思。前面多接「年齡、天氣、性別、能力」等含有差異性的名詞；(2)接兩個表示對立的事物，表示跟這些無關，都不是問題，不受影響。說話者要說的是後項。前接的詞多為意義相反的二字熟語，或同一用言的肯定與否定形式。

**例文**

① 人は貧富にかかわらず、すべて平等であるべきだ。
人不分貧富，都應該一律平等。

② 見る、見ないにかかわらず、ＮＨＫの受信料は払わなければならない。
不管看或不看都得要支付NKH的收視費。

# 7 にせよ、にもせよ

「無論…都…」、「就算…，也…」、「即使…，也…」、「也好…也好…」

接續與說明 [N（である）／Ｎａ（である）／Ａ／Ｖ＋にせよ、にもせよ]。表示退一步承認前項，並在後項中提出跟前面相反或相矛盾的意見。是「にしても」的鄭重的書面語言。也可以說「にしろ」。相當於「かりに…だとしても」。

例文

困難があるにせよ、引き受けた仕事はやりとげるべきだ。

即使有困難，一旦接下來的工作就得完成。

比較

## • にしては

「照…來說…」、「就…而言算是…」、「從…這一點來說，算是…的」、「作為…，相對來說…」

接續與說明 [N（である）／Ｎａ（である）／Ｖ＋にしては]。表示「按其比例」的意思。也就是跟前項提的標準相差很大，後項結果跟前項預想的相反或出入很大。含有疑問、諷刺、責難及意外的語氣。通常前項是具體性的語詞。相當於「の割には」。

例文

社長の代理にしては、頼りない人ですね。

做為代理社長來講，他不怎麼可靠呢。

# 8 にしては

「照…來說…」、「就…而言算是…」、「從…這一點來說，算是…的」、「作為…，相對來說…」

接續與說明 [N（である）／Ｎａ（である）／Ｖ＋にしては]。表示「按其比例」的意思。也就是跟前項提的標準相差很大，後項結果跟前項預想的相反或出入很大。含有疑問、諷刺、責難及意外的語氣。通常前項是具體性的語詞。相當於「の割には」。大多可以跟「（な）のに」互換，但是「（な）のに」的前項是既定的事實，而「にしては」沒有這樣的意思。

この字（じ）は、子（こ）どもが書（か）いたにしては上手（じょうず）です。

這字出自孩子之手，算是不錯的。

## ● だけあって

「不愧是…」、「到底是…」、「無怪乎…」

接續與說明 [N（である）／Naな／Na（である）／A／V＋だけあって]。表示名實相符，後項結果跟自己所期待或預料的一樣，因而心生欽佩。一般用在積極讚美的時候。副詞「だけ」在這裡表示與之名實相符。前項表示地位、職業之外，也可以表示評價或特徵。相當於「にふさわしく」。

さすが作家（さっか）だけあって、文章（ぶんしょう）がうまい。

不愧是作家，文筆真好。

## 9 にもかかわらず

「雖然…，但是…」、「儘管…，卻…」、「雖然…，卻…」

接續與說明 [N／A／V＋にもかかわらず]；[Naである＋にもかかわらず]。表示逆接。後項事情常是跟前項相反或相矛盾的事態。表示很吃驚地認為本來應該是相反的結果或判斷，但卻沒有那樣。也可以做接續詞使用。作用與「（な）のに」近似。

彼（かれ）は収入（しゅうにゅう）がないにもかかわらず、ぜいたくな生活（せいかつ）をしている。

他雖然沒有收入，生活卻很奢侈。

## ● もかまわず

「（連…都）不顧…」、「不理睬…」、「不介意…」

接續與說明 [N（に）＋もかまわず]；[Vの（に）＋もかまわず]。表示對某事不介意，不放在心上。也就是不用顧慮前項事物的現況，以後項為優先的意思。常用在不理睬旁人的感受、眼光等。相當於「も気にしないで…」。

例文

相手の迷惑もかまわず、電車の中で隣の人にもたれて寝ている。

也不管會造成人家的困擾，在電車上睡倒在鄰座的人身上。

次の文の_____にはどんな言葉を入れたらよいか。1・2から最も適当なものをひとつ選びなさい。

**實力測驗**

Q 哪一個是正確的？

答案>>在下一頁

**6** どんな小さな虫（　　）、命を持っているんだよ。

1.にかかわらず　　2.にしろ

**譯**

1.にかかわらず：無論…

2.にしろ：即使…也…

解答》請看下一頁

**7** いかなる理由がある（　　）、ミスはミスです。

1.にせよ　2.にしては

**譯**

1.にせよ：即使是…

2.にしては：雖說…卻…

解答》請看下一頁

**8** 彼はプロのバスケットボール選手（　　）、小柄だ。

1.だけあって　　2.にしては

**譯**

1.だけあって：不愧是…

2.にしては：就…而言…

解答》請看下一頁

**9** 速達で送った（　　）、到着までに2週間もかかりました。

1.にもかかわらず　　2.もかまわず

**譯**

1.にもかかわらず：雖然…但是…

2.もかまわず：也不管…

解答》請看下一頁

なるほどの解説を確認して、次のページへ進もう！

バンザーイ!!

**6** 比較

　　正確答案為2「にしろ」。「にしろ」意為「即使…也…」，為一種假定表現，後項多為說話者的主張、判斷、評價、批判等，在此表示「不管是多小的蟲子，都是一個生命」；「にかかわらず」意為「無論…」，帶有「不論是哪一個」、「不論如何」的意思，故語意不符。

答案：2

**7** 比較

　　「にせよ」意為「即使是…」，表示即使假設承認前項所說的事態，後面所說的事態與前項相反或矛盾的。在此表示「縱使有再多的理由，犯錯就是犯錯」；「にしては」意為「雖說…卻…」，表示從前項來判斷，後項應該如何，但事實卻不是如此，故語意不符，正確答案為1。

答案：1

**8** 比較

　　正確答案為2「にしては」。「にしては」意為「就…而言…」，用於評論人或事情，有「依照前項來判斷，後項應該…但卻…」的語感，在此表示「身為一個職籃選手，他的個子算矮」；「だけあって」意為「不愧是…」，表示後項是根據前項合理推斷出的結果。所以，如果這句話是「職籃選手的話，應該是個頭高大的」，但問題句不是這個意思。答案是2。

答案：2

**9** 比較

　　「にもかかわらず」意為「雖然…但是…」，表示由前項可推斷出後項，但後項事實卻與之相反，在此表示「雖然寄快捷，但花了兩週東西才送到」；「もかまわず」意為「也不管…」，表示通常會注意前項，卻毫不在意，故語意不符，正確答案為1。

答案：1

# 接続助詞（状態・変化の表現）

1 ことなく　　　　　　　　6 にともなって
2 きり　　　　　　　　　　7 ほど
3 きり…ない
4 一方（で）
5 つつ、つつも

**MP3 T-24**

## 1 ことなく
「不…」、「不…（就）…」、「不…地…」

接続與説明 [V-る＋ことなく]。表示沒有進行前項被期待的動作，就開始了後項的動作。含有原來有做前項的可能性，但並沒有那樣做的意思。

例文

かれ いちど にほん つち ふ よ さ
彼は一度も日本の土を踏むことなく、この世を去った。

他一次也沒踏上日本國土，就撒手人寰了。

比較

ぬ　　　　ぬ　　　　　ぬ　　　　ぬ　　　　　ぬ
・ 抜きで、抜きに、抜きの、抜きには、抜きでは
「省去…」、「沒有…」；「如果沒有…」、「沒有…的話」

接続與説明 [N＋抜きで、抜きに、抜きの、抜きには、抜きでは]。「抜きで、抜きに」表示除去或省略一般應該有的部分。把原本裡面有的東西取出來，沒有放入本來裡面有的東西。用在強調這種特殊的場合。相當於「なしで、なしに」；「抜きには、抜きでは」表示「如果沒有…，就做不到…」。相當於「なしでは、なしには」。

例文

いもうと け さ ちょうしょく ぬ がっこう い
妹は今朝は朝食抜きで学校に行った。

妹妹今天沒吃早餐就去學校了。

# 2 きり、っきり
**(1)「只有…」；(2)「一直…」、「全心全意地…」**

接續與說明 (1)[N＋きり、っきり]；(2)[R-＋きり、っきり]。接在「一度、一人」等名詞後面，表限定。也就是只有這些的範圍，除此之外沒有其他。與「だけ」意思相同。(2)表示不做別的事，一直做這一件事。

**例文**

① 今度は二人きりで、会いましょう。
下次就我們兩人出來見面吧！

② 病気の子どもを一ヶ月間つきっきりで看病していました。
一直守護在生病的孩子身邊一個月，照顧他。

比較
## ● しか

**「只有…」、「僅有…」**

接續與說明 [N＋しか]。表示限定。後接否定，用以提示一件事物而排斥其他事物。有消極的語感。

**例文**

お弁当は一つしか買いませんでした。
只買一個便當。

# 3 きり…ない
**「之後，再也沒有…」、「之後就…」**

接續與說明 [V-た＋きり…ない]。表示前項動作完成之後就結束了，預料中應該發生的後項，沒有發生。含有意外的語感。也可以說「これっきり、それっきり、あれっきり」。

**例文**

兄は出かけたきり、もう5年も帰ってこない。
哥哥離家之後，已經五年沒回來了。

## ● まま

**(1)「…著」、「（原封不動）就」；(2)「隨意…」、「任憑…那樣」**

接續與說明 [Nの／Naな／A-い／V-た＋まま（で）]；[V-る＋まま（に）]。(1)「まま（で）」表示附帶狀況。表示在前項狀態還持續時，進行了後項的動作，或發生了後項的事態。某狀態沒有變化，一直持續著。動詞多接過去式。(2)「まま（に）」表示按前接詞的內容行事。

例文

テレビをつけたまま寝<sup>ね</sup>てしまった。

開著電視就睡著了。

---

# 4 一方<sup>いっぽう</sup>（で）

**「在～的同時，還～」、「一方面～，一方面～」**

接續與說明 [V-る＋一方（で）]。(1)表示同一個主語，在做某事的同時，又做另一件事，前項跟後項的行為、狀態是並列成立的。(2)表示兩個完全對立的事物，前項跟後項的行為、狀態是互為矛盾、相反的。

例文

① 自分<sup>じぶん</sup>の仕事<sup>しごと</sup>をこなす一方<sup>いっぽう</sup>で、部下<sup>ぶか</sup>の面倒<sup>めんどう</sup>も見<sup>み</sup>なければならない。

一方面要做好自己的工作，另一方面還要照顧部屬。

② この薬<sup>くすり</sup>はよく効<sup>き</sup>く一方<sup>いっぽう</sup>で、副作用<sup>ふくさよう</sup>が強<sup>つよ</sup>い。

這個藥很有效，另一方面副作用也很大。

## ● 反面<sup>はんめん</sup>

**「另一面」、「相反」**

接續與說明 [Nである＋反面]；[Naな／Naである＋反面]；[A-い＋反面]；[V-る＋反面]。表示同一種事物，同時兼具兩種不同性格的兩個方面。除了前項的一個事項外，還有後項的相反的一個事項。相當於「である一方」。

商社は、給料がいい反面、仕事がきつい。

貿易公司雖然薪資好，但另一方面工作也吃力。

---

# 5 つつ、つつも
**(1)「一邊…一邊…」、「…的同時…」；(2)「儘管…」、「雖然…」**

**接續與說明** [R-＋つつ、つつも]。(1)「つつ」是表示同一主體，在進行某一動作的同時，也進行另一個動作；(2)跟「も」連在一起，表示連接兩個相反的事物。相當於表示逆接的「のに」、「にもかかわらず」、「ながらも」。

**例文**

① 景色を楽しみつつ、ゆっくり山を登った。

一邊欣賞風景，一邊慢慢爬山。

② 彼女は道を間違えたと思いつつも、引き返せないでいた。

她心裡明明知道走錯路了，卻無法再走回頭路。

---

**比較**

## ● とともに

「和…一起」、「…的同時…」、「隨著…」

**接續與說明** [N／V-る＋とともに]。表示後項的動作或變化隨著前項同時進行或發生。接在表示動作、變化的動詞原形或名詞後面。

**例文**

ビルの建設が進むとともに町の風景も変化した。

隨著高樓大廈的建設發展，街道的景觀也跟著有所改變。

# 6 にともなって

「伴隨著…」、「隨著…」、「和…一起…」

**接續與說明** [N／V-る＋（の）にともなって]。表示隨著事物的變化而有後項的變化。前項跟表示程度變化或事物進展的詞，表示自然的變化。前項跟事物的進展、變更、開始的詞語，表示附隨著某件事情發生的事。前項跟後項有時間差。此變化可增可減，沒有一定的方向。

**例文**

世の中の動きに伴って、考え方を変えなければならない。
隨著社會的變化，想法也得要改變。

---

比較

## • とともに

「和…一起」、「…的同時…」「隨著…」

**接續與說明** [N／V-る＋とともに]。表示後項的動作或變化隨著前項馬上進行或發生。「とともに」的變化是有一定的方向的。接在表示動作、變化的動詞原形或名詞後面。

**例文**

スタートの銃声とともに、選手たちは一斉に走り出した。
槍聲一響，選手們一起拔腿往前跑。

# 7 ほど

(1)「越…越…」；(2)「得」、「得令人」

**接續與說明** (1)[N／Naな／A-い／V-る＋ほど]；(2)[N／A-い／V-る＋ほど]。(1)表示後項隨著前項的變化，而產生程度的變化；(2)用在比喻或舉出具體的例子，來表示動作或狀態處於某種程度。

**例文**

① 年をとるほど、物覚えが悪くなります。
年紀越大，記憶力越差。

②お腹が死ぬほど痛い。

肚子痛死了。

比較

---

## に従って、従い

「伴隨…」、「隨著…」

接續與說明 [N／V-る＋に従って、に従い]。(1)表示隨著前項的動作或作用的變化，後項也跟著發生相應的變化。(2)前項提出根據或基準，敘述(自己的)意志，或忠告對方。也表示接受指示、命令、規劃，按照其吩咐去做。相當於「につれて」、「にともなって」、「に応じて」、「とともに」等。

例文

① 薬品を加熱するに従って、色が変わってきた。

隨著溫度的提升，藥品的顏色也起了變化。

② 係員の誘導に従って、避難してください。

請依照工作人員的指示，進行避難。

# 実力テスト

做對了，往😊走，做錯了往❌走。

次の文の＿＿＿＿にはどんな言葉を入れたらよいか。1・2から最も適当なものをひとつ選びなさい。

**實力測驗**

Q哪一個是正確的？

答案>>在下一頁

**1**
親に報告する（　　）、二人は結婚届を出してしまった。

1.ことなく　　2.抜きで

**譯**

1.ことなく：不…（就）…

2.抜きで：省去…

解答》請看下一頁

**2**
人生は一度（　　）だから楽しまなきゃ損ですよ。

1.しか　　2.きり

**譯**

1.しか：只有…

2.きり：只有…

解答》請看下一頁

**3**
彼女とは一度会った（　　）、その後会っていない。

1.きり　　2.まま

**譯**

1.きり（ない）：之後，再也沒有…

2.まま：…著

解答》請看下一頁

**4**
子供が川に落ちたのを見て、警察に連絡する（　　）、救助に向かった。

1.反面　　2.一方

**譯**

1.反面：另一面

2.一方：在…的同時，還…

解答》請看下一頁

**5**
人間は小さな失敗を重（　　）、成長していくものだ。

1.とともに　　2.つつ

**譯**

1.とともに：…的同時…

2.つつ：…的同時…

解答》請看下一頁

**6**
株価の変動（　　）、配当金も増減する。

1.にともなって　　2.とともに

**譯**

1.にともなって：隨著…

2.とともに：和…一起

解答》請看下一頁

**7**
実力がない人（　　）、自慢したがるものだ。

1.ほど　　2.に従って

**譯**

1.ほど：越是…就…

2.に従って：隨著

解答》請看下一頁

なるほどの解説を確認して、次のページへ進もう！

バンザーイ

**1** 比較

　　這句話表示在沒有「告知父母」的情況下，「兩人就去登記結婚了」，知道要用沒有進行前項被期待的動作，就開始了後項的動作的「ことなく」（不…（就）…）；至於「抜きで」意為「省去…」，表示把原本裡面有的東西取出來，沒有放入本來裡面有的東西。前面要接「體言」，接續不對。正確答案是1的「ことなく」。

答案：1

**2** 比較

　　正確答案是2「きり」。「きり」跟「しか」都表示限定，但是「しか」後面要接否定的表達方式，而且有消極的語感。而這一句話後項，並沒有跟否定相呼應，也沒有消極的語感。正確答案是2。

答案：2

**3** 比較

　　「きり」在這裡後接否定，表示前項的的動作完成之後「跟她曾經見過一面」，預料應該要發生的後項，卻沒有發生「之後沒再見面」；「まま」是「在前項狀態還持續時，進行了後項的動作」，而這一句後項的動作，是沒有發生的「之後沒再見面」。語意不符。正確答案是1的。

答案：1

**4** 比較

　　正確答案是2「一方」。「一方」表示看到小孩掉落河中，一方面聯絡警察，一方面進行救援。前項及後項兩個動作是並行的，不一定相反的，這裡用的是表示並列的意思；「反面」表示同一種事物，兼具兩種相反性質。而「聯絡警察跟進行救援」並不是相反性質的事物，所以不符文意。

答案：2

## なるほどの解説

**5** 比較

　　正確答案是2的「つつ」。「つつ」意為「…的同時…」。表示兩種動作同時進行，也就是前項的主要動作進行的同時，還進行後項動作。只能接動詞連用形，不能接在名詞和形容詞後面。在此意為「人在不斷犯小錯的同時，也跟著成長」；「とともに」也意為「…的同時…」。但是接在表示動作、變化的動詞原形或名詞後面，表示前項跟後項同時進行的狀態。「とともに」接續不對，再加上「重ね」也不是動作、變化的動詞，

答案：2

**6** 比較

　　「にともなって」意為「隨著…」，前項跟事物的進展、變更、開始的詞語，表示附隨著某件事情發生的事。在此是「隨著股價的變化，股息也跟著增減」；「とともに」意為「和…一起」，接在表示動作、變化的動詞原形或名詞後面，表示前項和後項馬上進行的狀態。「とともに」的變化是有一定的方向，而「にともなって」的變化，可以增也可以減，可以多也可以少，並不是一定的方向。所以正確答案為1的「にともなって」。

答案：1

**7** 比較

　　「ほど」意為「越是…就…」，「に従って」意為「伴隨著…」，兩者都是隨著前項的變化，後項也產生變化。其中，「に従って」是隨著前項的動作或作用而產生變化。但是，「実力がない人」表示有那一狀態的人物，並不是動作或作用，所以正確答案為1「ほど」。

答案：1

# 副助詞 （並立・添加・程度・強調・対比の表現）

MP3 T-25

## やら…やら

「啦…啦」、「又…又…」

接續與說明 [N／A-い／V-る]＋やら＋[N／A-い／V-る]＋やら。表示從一些同類事項中，列舉出幾項。大多用在有這樣，又有那樣，有時候還真受不了的情況。多有心情不快的語感。

例文

近所に工場ができて、騒音やら煙やらで、悩まされているんですよ。

附近開了家工廠，又是噪音啦，又是黑煙啦，真傷腦筋！

比較

● とか…とか

(1)「啦…啦」、「…或…」

接續與說明 (1)[N]＋とか＋[N]＋とか；(2)[V-る]＋とか＋[V-る]＋とか。「とか」上接人或物相關的名詞之後，表示從各種同類的人事物中選出一、兩個例子來說，或羅列一些事物。暗示還有其它。是口語的說法。

例文

赤とか青とか、いろいろな色を塗りました。

或紅或藍，塗上了各種的顏色。

# 2 上（に）
うえ

「而且…」、「不僅…，而且…」、「在…之上，又…」

**接續與說明** [Nの＋上（に）]；[Nである＋上（に）]；[Naな＋上（に）]；[A／V＋上（に）]。表示追加、補充同類的內容。也就是前項本來就很充分了，後面還有比前項更甚的情況。用在消極跟積極的評價上。

**例文**

主婦は、家事の上に育児もしなければなりません。
しゅふ　　　　　　かじ　うえ　いくじ

家庭主婦不僅要做家事，而且還要帶孩子。

比較

## ● にくわえ（て）

「而且…」、「加上…」、「添加…」

**接續與說明** [N＋にくわえ（て）]。表示在現有前項的事物上，再加上後項類似的別的事物。某件事到此並沒有結束，再加上別的事物。稍有書面語的感覺。

**例文**

賞金にくわえて、ハワイ旅行もプレゼントされた。
しょうきん　　　　　　　　　　　りょこう

贈送獎金以外，還贈送了夏威夷旅遊。

# 3 も…ば…も、も…なら…も

「既…又…」、「也…也…」

**接續與說明** [N]＋も＋[Vば／A-ければ／Naならば／Nならば]＋ば、[N]＋も；[N]＋も（が）＋[Vば／A-ければ／Naならば／Nならば]＋なら、[N]＋も。(1)把類似的事物並列起來，用意在強調。(2)並列對照性的事物，表示還有很多情況。

例文

① あのレストランは値段(ねだん)も手頃(てごろ)なら、料理(りょうり)もおいしい。

那家餐廳價錢公道，菜也好吃。

② 人生(じんせい)、喜(よろこ)びもあれば苦(くる)しみもある。

人生有樂也有苦。

---

比較

● やら…やら

「啦…啦」、「又…又…」

接續與說明 [N／A-い／V-る]＋やら＋[N／A-い／V-る]＋やら。表示從一些同類事項中，列舉出幾項。大多用在有這樣，又有那樣，真受不了的情況。多有心情不快的語感。

例文

先月(せんげつ)は、家(いえ)が泥棒(どろぼう)に入(はい)られるやら、電車(でんしゃ)で財布(さいふ)をすられるやら、さんざんだった。

上個月家裡不僅遭小偷，錢包也在電車上被偷，真是悽慘到底！

---

## 4 ばかりか…も、ばかりでなく…も

「豈止…，連…也…」、「不僅…而且…」

接續與說明 [N／Naな／A／V＋ばかりか、ばかりでなく]。表示除前項的情況之外，還有後項程度更甚的情況。後項的程度超過前項。「ばかりか」主要表示說話人感嘆或吃驚等的心情或感情。「ばかりでなく…も」還有表示建議、忠告、委託的用法，意思是「只有前項的還不夠，也需要後項」。

例文

① あの店(みせ)は、子(こ)どもばかりか、私(わたし)たち大人(おとな)にまでお菓子(かし)をくれた。

那家店不僅是小孩，甚至連我們大人都給糖果。

② 人(ひと)の批判(ひはん)ばかりでなく、自分(じぶん)の意見(いけん)も言(い)うようにしてください。

不要老是批評，也請說說自己的意見。

## ● どころか

### 「哪裡還…」、「非但…」、「簡直…」

接續與說明 [N／Na（な）＋どころか]；[A-い＋どころか]；[V-る＋どころか]。（1）表示程度的對比，從根本上推翻前項，並且在後項提出跟前項程度相差很遠，或內容相反的事實。用在當事實跟期待、預料或印象完全不同的時候，強調程度的對比、反差。（2）也用在當期待或預料以否定的形式出現的時候。這時，為了強調後項，而舉出具對比的前項，甚至程度低的前項，並進行否定。

例文

① 貯金どころか、借金ばかりの生活です。

每天都得靠借錢過活，哪裡還能存錢！

②「企画どうだった？何か問題なかった？」「問題ないどころか、大成功だよ」。

「企畫進行得如何？有問題嗎？」「何止沒問題，簡直是大成功了」。

---

## 5 かぎり（では）

### 「在…的範圍內」、「就…來說」、「據…調查」

接續與說明 [V-る／V-ている／V-た＋かぎり（では）]。接認知行為動詞如「知る、読む、見る、調べる、聞く」等後面，表示憑著自己的知識、經驗等有限的範圍做出判斷，或提出看法。相當於「…の範囲内では」。句尾常接「ようだ、そうだ、はずだ」等推測或判斷的表達方式。

例文

私の知るかぎりでは、彼は最も信頼できる人間です。

據我所知，他是最值得信賴的人。

# ● に限って、に限り

「只有…」、「唯獨…是…的」、「獨獨…」

接續與說明 [N＋に限って、に限り]。表示特殊限定的事物或範圍。說明唯獨某事物特別不一樣。是說話人的想法。相當於「だけは、…の場合だけは」。

例文

## 忙しいときに限って、このパソコンは調子が悪くなる。

獨獨在忙的時候，這台電腦就老出問題。

# 12 実力テスト

做對了，往 😊 走，做錯了往 ✗ 走。

次の文の_____にはどんな言葉を入れたらよいか。1・2から最も適当なものをひとつ選びなさい。

## 實力測驗

Q 哪一個是正確的？

答案》在下一頁

**1**

彼は酒癖が悪くて、酒を飲んだら泣く（　）わめく（　）大変だ。

1.やら…やら　　2.とか…とか

**譯**

1.やら…やら：…啦…啦
2.とか…とか：…啦…啦

解答》請看下一頁

**2**

ただいま、一日コース（　　　）、半日コースも参加者募集中です。

1.の上に　　2.にくわえて

**譯**

1.の上に：不僅…，而且…
2.にくわえて：而且…

解答》請看下一頁

**3**

旅行したいが、金（　）暇（　）ない。

1.もなければ…も　　2.やら…やら

**譯**

1.もなければ…も：既…又…
2.やら…やら：…啦…啦

解答》請看下一頁

**4**

朝ご飯はご飯（　　　　）、パンも食べます。

1.ばかりでなく　　2.どころか

**譯**

1.ばかりでなく：不僅…而且…
2.どころか：哪裡還…

解答》請看下一頁

**5**

私が読んだ（　　）、書類に誤りはないようですが。

1.かぎりでは　　2.にかぎって

**譯**

1.かぎりでは：在…的範圍內
2.にかぎって：只有…

解答》請看下一頁

**なるほどの解説を確認して、次のページへ進もう！**

**1** 比較

「やら…やら」意為「…啦…啦」，為列舉用法，說話者大多抱持不滿的心情，從這些事項當中舉出幾個當例子，在此表示「他的酒癖真差，一喝酒又是哭又是叫的，真是傷透腦筋」；「とか…とか」也表示列舉，但是只是單純的例舉。所以這句話以含有討厭、麻煩語意的1「やら…やら」為正確。

答案：1

**2** 比較

正確答案是2「にくわえて」。「にくわえて」表示在原本「招募一日遊的參加者」的事情上，再添加上「招募半日遊的參加者」，前項因為有後項的加入，而產生招募內容更豐富的結果。

「上に」表示「前項本來就很充分了，後面還有比前項更甚的情況」之意。但是這一句後項的「招募半日遊的參加者」並沒有比前項的「招募一日遊的參加者」有更甚，所以意思不符。

答案：2

**3** 比較

「も…ば…も」意為「既…又…」，為並列關係，在前項加上同類的後項，在此表示「雖然想旅行，但既沒有錢又沒有時間」；「やら…やら」意為「…啦…啦」，為列舉用法，說話者大多抱持不滿的心情，從這些事項當中舉出幾個當例子，故正確答案為1較為恰當。

答案：1

**4** 比較

「ばかりでなく」意為「不僅…而且…」表示「本來光前項就夠了，可是還有後項」，含有前項跟後項都…的意思，強調後項的意思。好壞事都可以用。在此意為「早上不僅吃飯，還吃麵包」；「どころか」意為「哪裡還…」表示「並不是如此，而是」後項是跟預料相反的，令人驚訝的內容。這句話的後項「還吃麵包」，並沒有此意。正確答案是1的「ばかりでなく」。

答案：1

**なるほどの解説**

**5** 比較

　　這句話看到前項是憑著說話人「我閱讀」這一經驗，判斷後項的「資料似乎沒有錯誤」，後項中又看到推測的表達方式「ようだ」（似乎）知道答案是1；「にかぎって」表示唯獨在前項的情況，發生後項的事情，不僅語意不符，前面也要接體言，當然不正確了。

答案：1

## 6 に限って、に限り
「只有…」、「唯獨…是…的」、「獨獨…」

接続與説明 [N＋に限って、に限り]。表示特殊限定的事物或範圍。說明唯獨某事物特別不一樣。後項多為表示不愉快的內容。相當於「だけは、…の場合だけは」。

例文

時間に空きがあるときに限って、誰も誘ってくれない。
獨獨在空閒的時候，沒有一個人來約我。

比較

## につけ（て）
「每當…就…」、「一…就…」

接続與説明 [V-る＋につけ（て）]。前接「見る、聞く、考える」等動詞，表示前項是後項的感覺、情緒等的產生條件或起因，後項敘述的是自然產生的事態或感情。所以後項多為「思い出される、感じられる」為等自發性的動作，不接表示意志的詞，如「見る、聞く、行く」。

例文

この音楽を聞くにつけ、楽しかった月日を思い出されます。
每當聽到這個音樂，就會回想起過去美好的時光。

## 7 のみならず
「不僅…，也…」、「不僅…，而且…」、「非但…，尚且…」

接続與説明 [N＋のみならず]；[Nである／Naである＋のみならず]；[V／A＋のみならず]。表示添加。用在不僅限於前接詞的範圍，還有後項進一層的情況。相當於「…ばかりでなく、…も…」。

例文

この薬は、風邪のみならず、肩こりにも効力がある。
這帖藥不僅對感冒有效，對肩膀酸痛也很有效。

## • にかかわらず

### (1)「不管…都…」、「儘管…也…」；(2)「無論…與否…」

接續與說明 (1)[N＋にかかわらず]；(2)[V-る、V-ない／A-い、A-くない＋にかかわらず]。 (1) 表示「與這些差異無關，不因這些差異，而有任何影響」的意思。前面多接「年齢、天氣、性別、能力」等含有差異性的名詞；(2)接兩個表示對立的事物，表示跟這些無關，都不是問題，不受影響。前接的詞多為意義相反的二字熟語，或同一用言的肯定與否定形式。

例文

金額の多少にかかわらず、寄付は大歓迎です。

無論金額的多寡，都很歡迎樂捐。

---

# 8 さえ（も）

## 「連…」、「甚至…」

接續與說明 [N（＋助詞）＋さえ（も）]；[疑問詞…か＋さえ（も）]。「も」的意思，用在理所當然的事（前項）都不能了，其他的事（後項）就更不用說了。列出前項程度低的極端例子，後項大多用否定的形式。含有吃驚或詫異的心情。相當於「すら」。

例文

来週出張だけど、まだ宿泊の手配さえしていません。

下週就要出差了，竟然連住宿都還沒安排好。

## • にしろ

### 「無論…都…」、「就算…，也…」、「即使…，也…」

接續與說明 [Nである／Na／A-い／V-る＋にしろ]。表示退一步承認前項，並在後項中提出跟前面相反或相矛盾的意見。是「にしても」的鄭重的書面語言。也可以說「にせよ」。相當於「仮に…だとしても」。

例文

仕事中にしろ、電話ぐらい取りなさいよ。

就算在工作中，也要接一下電話啊！

# 9 ほど、ほどだ

**(1)「左右」、「上下」；(2)「甚至能…」、「甚至達到…程度」**

接續與說明 (1) [數量詞＋ほど]；(2) [Na／A／V＋ほどだ]。(1) 接在數量詞的後面，表示大致的數量。；(2) 為了説明前項達到什麼程度，在後項舉出具體的事例來。

例文

① 終わるまでに、一週間ほどかかります。

到完成，得花一個星期左右。

② 今朝は寒くて、池に氷が張るほどだった。

今天早上冷到池塘的水面上結了一層冰。

比較

## ● ばかり

**(1)「左右」、「上下」；(2)「只」、「淨」、「光」**

接續與說明 (1) [數量詞＋ばかり]；(2) [N＋助詞＋ばかり]。(1) 接在數量詞的後面，表示大致的數量。(2) 表示只有這個沒有別的，相同行為或狀態反覆的樣子。

例文

① 三日ばかり待ってください。

請等我三天左右。

② 彼はいつも文句ばかり言って、ちっとも動かない。

他老愛抱怨，都不動手做。

# 10 というより

「與其說…，倒不如說…」

接續與說明 [N／Na／A／V＋というより]。表示在相比較的情況下，後項的說法比前項更恰當。後項是對前項的修正、補充。

例文

彼女は女優<ruby>優<rt>じょゆう</rt></ruby>というより、モデルという<ruby>感<rt>かん</rt></ruby>じですね。

與其說她是女演員，倒不如說她感覺像個模特兒。

比較

## ● にしては

「照…來說…」、「就…而言算是…」

接續與說明 [N／Na／V＋にしては]。表示「按其比例」的意思。也就是跟前項提的標準相差很大，後項結果跟前項預想的相反或出入很大。含有疑問、諷刺、責難及意外的語氣。通常前項是具體性的語詞。相當於「の割には」。大多可以跟「（な）のに」互換，但是「（な）のに」的前項是既定的事實，而「にしては」沒有這樣的意思。

例文

この<ruby>成績<rt>せいせき</rt></ruby>は、<ruby>初心者<rt>しょしんしゃ</rt></ruby>にしては<ruby>上等<rt>じょうとう</rt></ruby>だ。

這樣的成績就初學者而言算是很好的。

# 11 どころか

「哪裡還…」、「非但…」、「簡直…」

接續與說明 [N／Na（な）＋どころか]；[A-い＋どころか]；[V-る＋どころか]。（1）表示程度的對比，從根本上推翻前項，並且在後項提出跟前項程度相差很遠，或內容相反的事實。用在當事實跟期待、預料或印象完全不同的時候，強調程度的對比、反差。（2）也用在當期待或預料以否定的形式出現的時候。這時，為了強調後項，而舉出具對比的前

項，甚至程度低的前項，並進行否定。

例文

① 祖父は元気どころか、ずっと入院しています。
祖父哪裡健康，一直住院呢！
② お金が足りないどころか、財布は空っぽだよ。
哪裡是不夠錢，錢包裡連一毛錢也沒有。

比較

● ことから

「從…來看」、「因為…」、「因此…」

接續與說明 [Nである／Naな／Naである／A／V＋ことから]。（1）表示判斷的理由。根據前項的情況，來判斷出後面的結果或結論。是說明事情的經過跟理由的句型。（2）由於前項的起因跟由來，而有後項的狀態。（1）（2）都相當於「ので」。

例文

指紋が一致したことから、犯人は田中に特定された。
從指紋一致來看，犯人被鎖定為田中。

做對了，往 😄 走，做錯了往 ❌ 走。

次の文の＿＿＿＿にはどんな言葉を入れたらよいか。1・2から最も適当なものをひとつ選びなさい。

實力測驗

Q 哪一個是正確的？
答案＞＞在下一頁

---

**6**

忙しいとき（　　）、次から次に
問い合わせの電話が来ます。

1.につけ　　2.に限って

**譯**

1.につけ：每當…就會…
2.に限って：獨獨…

解答》請看下一頁

---

**7**

あのバンドはアジア（　　）
ヨーロッパでも人気があります。

1.のみならず　　2.にかかわらず

**譯**

1.のみならず：不只…
2.にかかわらず：不管…都…

解答》請看下一頁

---

**8**

最近は忙しくて、子どもと話す時
間（　　）ない。

1.にしろ　　2.さえ

**譯**

1.にしろ：就算…，也…
2.さえ：連…

解答》請看下一頁

---

**9**

40度（　　）熱が出た。

1.ほど　　　2.ばかり

**譯**

1.ほどだ：…左右
2.ばかり：…左右

解答》請看下一頁

---

**10**

あの人は、厳しい（　　）怖
い。

1.というより　　2.にしては

**譯**

1.というより：與其說…倒不如說是…
2.にしては：就…而言…

解答》請看下一頁

---

**11**

給食はうまい（　　）、まるで豚
の餌だ。

1.ことから　　2.どころか

**譯**

1.ことから：由於…
2.どころか：非但…

解答》請看下一頁

---

なるほどの解説を確認して、
次のページへ進もう！

バンザーイ！！

**6** 比較

　　正確答案為2「に限って」。「に限って」意為「獨獨…」，表示在某種情況下時偏偏就會發生後項事件，多表示不愉快的內容，在此表示「唯獨在很忙的時候，詢問的電話就會接二連三地打來」；「につけ」意為「每當…就會…」，「来ます」也不是自發性的動作。所以，正確答案為2。

答案：2

**7** 比較

　　「のみならず」意為「不只…」，帶有「範圍擴大到…」的語意，在此表示「該樂團不只在亞洲，連在歐洲都很受歡迎」；「にかかわらず」意為「不管…都…」，帶有「不論如何」的語意，故語意不符，正確答案為1。

答案：1

**8** 比較

　　正確答案為2「さえ」。「さえ」意為「連…」前項列出程度低的極端例子，意思是「連這個都這樣」其他更別說了。後項多為否定性的內容。在此表示「最近太忙了，連跟小孩說話的時間都沒有」；「にしろ」意為「就算…，也…」，表示退一步承認前項，並在後項中提出跟前面相反的意見。語意不符。而且「にしろ」後面也不能接「ない」。

答案：2

**9** 比較

　　「數詞+ほど」跟「數詞+ばかり」都意為「…左右」。兩者接在數量詞的後面，都表示大致的數量。但是「數詞+ばかり」有少的語意，但「數詞+ほど」並沒有這個含意，所以正確答案為「ほど」。

答案：1

**10** 比較

　　「というより」意為「與其說…倒不如說…」，在此表示「那個人與其說是嚴厲，不如說是可怕」；「にしては」意為「就…而言…」，用於評論他人或事情，有「依照前項來判斷，後項應該…但卻…」的語感，故語意不符，正確答案為1。

答案：1

**11** 比較

　　正確答案為2「どころか」。「どころか」意為「非但…」，表示實際狀況與預想情況恰恰相反，在此表示「營養午餐哪裡好吃了，簡直就是餵豬的餿水」；「ことから」意為「由於…」，表示依據前項來判斷出後項的結果，而後項的「簡直就是餵豬的餿水」是與前面相反的事實，不是經過判斷後的結果。故語意不符。

答案：2

# その他の助詞表現
## （無関係・保留・代替・範囲・根拠）

1 にかかわらず
2 もかまわず
3 を問わず、は問わず
4 はともかく（として）

5 にかわって、にかわり
6 のもとで、のもとに
7 ことに（は）
8 上で（は）

 **T-26**

## 1 にかかわらず
(1)「不管…都…」、「儘管…也…」；(2)「無論…與否…」

接續與說明 (1)[N＋にかかわらず]；(2)[V-る、V-ない／A-い、A-くない＋にかかわらず]。　(1)表示「與這些差異無關，不因這些差異，而有任何影響」的意思。前面多接「年齡、天氣、性別、能力」等含有差異性的名詞；(2)接兩個表示對立的事物，表示跟這些無關，都不是問題，不受影響。前接的詞多為意義相反的二字熟語，或同一用言的肯定與否定形式。

例文

① 晴雨にかかわらず、試合は行われる。

比賽不拘晴雨，照常舉行。

② お酒を飲む飲まないにかかわらず、一人当たり２千円を払っていただきます。

不管有沒有喝酒，每人都要付兩千日圓。

比較

● **にもかかわらず**

「雖然…，但是…」、「儘管…，卻…」、「雖然…，卻…」

接續與說明 [N／A／V＋にもかかわらず]；[Naである＋にもかかわらず]。表示逆接。後項事情常是跟前項相反或相矛盾的事態。表示很吃驚地認為本來應該是相反的結果或判斷，但卻沒有那樣。也可以做接續詞使用。作用與「（な）のに」近似。

彼は70歳という高齢にもかかわらず、子どもをもうけた。

他儘管已70高齡了，還能生孩子。

## 2 もかまわず
「（連…都）不顧…」、「不理睬…」、「不介意…」

接續與說明 [N（に）＋もかまわず]；[Vの（に）＋もかまわず]。表示對某事不介意，不放在心上。也就是不用顧慮前項事物的現況，以後項為優先的意思。常用在不理睬旁人的感受、眼光等。相當於「も気にしないで…」。

例文

警官の注意もかまわず、赤信号で道を横断した。

不理會警察的警告，照樣闖紅燈。

比較

## ● はともかく（として）
「姑且不管…」、「先不管它」

接續與說明 [N＋はともかく（として）]。表示提出兩個事項，前項暫且不作為議論的對象，先談後項。暗示後項是更重要的。相當於「はさておき」。

例文

結果はともかく、よくがんばったね。

不管結果如何，你已經很努力了。

## 3 を問わず、は問わず
「無論…」、「不分…」、「不管…，都…」、「不管…，也不管…，都…」

接續與說明 [N＋を問わず、は問わず]。表示沒有把前接的詞當作問題、跟前接的詞沒有關係。多接在「男女」、「昼夜」這種對義的單字後面。相當於「…に関係なく」。

男女を問わず、10歳未満の子どもは誰でも入れます。

無論是男是女，未滿十歲的小孩都能進去。

## ● のみならず

「不僅…，也…」、「不僅…，而且…」、「非但…，尚且…」

接續與說明 [N／V＋のみならず]；[Naである＋のみならず]；[A-い＋のみならず]。表示添加。用在不僅限於前接詞的範圍，還有後項進一層的情況。相當於「…ばかりでなく、…も…」。

資料を分析するのみならず、あらゆる角度から検討すべきだ。

不僅要分析資料，而且也應該從各個角度來進行檢討。

## 4 はともかく（として）

「姑且不管…」、「先不管它」

接續與說明 [N＋はともかく（として）]。表示提出兩個事項，前項暫且不作為議論的對象，先談後項。暗示後項是更重要的，以後項為談論的中心內容的。相當於「はさておき」。

味はともかく、見た目にはとてもうまそうだ。

先不提味道，看起來好像挺好吃的。

## ● に代わって、に代わり

### 「替…」、「代替…」、「代表…」

**接續與說明** [N＋に代わって、に代わり]。表示應該由某人做的事，改由其他的人來做。是前後兩項的替代關係。相當於「の代理で」。

**例文**

# 病気の父に代わって、息子が式典に参列した。

兒子代替生病的父親，出席參加典禮。

# 14 実力テスト

做對了，往😊走，做錯了往❌走。

次の文の_____にはどんな言葉を入れたらよいか。1・2から最も適当なものをひとつ選びなさい。

**實力測驗**

Q哪一個是正確的？
答案≫在下一頁

**1**

能力（　　　）、初任給は16万円です。

1.にかかわらず　2.にもかかわらず

**譯**

1.にかかわらず：不管…都…
2.にもかかわらず：雖然…，但是…

解答≫請看下一頁

**2**

他人の迷惑（　　）、高校生たちが車内で騒いでいる。

1.もかまわず　2.はともかく

**譯**

1.もかまわず：也不管…
2.はともかく：姑且不論…

解答≫請看下一頁

**3**

この果物は季節（　　）一年中楽しむことができます。

1.を問わず　　2.のみならず

**譯**

1.を問わず：不論…
2.のみならず：不光是…

解答≫請看下一頁

**4**

理由（　　　）、暴力はいけない。

1.にかわって　2.はともかく

**譯**

1.にかわって：代替…
2.はともかく：先不論…

解答≫請看下一頁

**なるほどの解説を確認して、次のページへ進もう！**

**1** 比較

　「にかかわらず」意為「不管…都…」。表示與這些差異無關,不因這些差異,而有任何影響的意思。在這裡表示「不管能力如何,起薪都是16萬日圓」;「にもかかわらず」意為「雖然…,但是…」。表示前項跟後項是相反的兩個事態。但「能力」跟「起薪16萬日圓」並不是相反的結果,所以正確答案是1「にかかわらず」。

答案:1

**2** 比較

　「もかまわず」意為「也不管…」表示通常會注意前項,卻毫不在意,在此表示「一群高中生也不管會不會造成他人的困擾,在車內吵鬧著」;「はともかく」意為「姑且不論…」,用於比較前後事項,而後項又比前項還重要,故語意不符,正確答案為1。

答案:1

**3** 比較

　「を問わず」意為「不論…」,表示前項不管怎樣、不管為何,後項都能因應成立,在此表示「這水果不分季節,一年四季都能享用」;「のみならず」意為「不光是…」,表示不只前項事物,連後項都是如此,故語意不符,正確答案為1。

答案:1

**4** 比較

　正確答案為2「はともかく」。「はともかく」意為「先不論…」,用於比較前項與後項,有「前項雖然也是不得不考慮的,但是後項更重要」的語感,在此表示「先不管理由為何,暴力就是不應該的」;「にかわって」意為「代替…」,意為代替前項做某件事,故語意不符。

答案:2

## 5 に代わって、に代わり

「替…」、「代替…」、「代表…」

**接續與說明** [N＋に代わって、に代わり]。表示應該由某人做的事，改由其他的人來做。是前後兩項的替代關係。相當於「の代理で」。

**例文**

社長に代わって、副社長が挨拶をした。
副社長代表社長致詞。

**比較**

- ### 抜きで、抜きに、抜きの、抜きには、抜きでは

「省去…」、「沒有…」；「如果沒有…」、「沒有…的話」

**接續與說明** [N＋抜きで、抜きに、抜きの、抜きには、抜きでは]。「抜きで、抜きに」表示除去或省略一般應該有的部分，相當於「なしで、なしに」；「抜きには、抜きでは」表示「如果沒有…，就做不到…」。相當於「なしでは、なしには」。

**例文**

この商談は、社長抜きにはできないよ。
這樁買賣，沒有社長是沒辦法談成的。

## 6 のもとで、のもとに

(1)「在…之下（範圍）」：(2)「在…下」

**接續與說明** [N＋のもとで、のもとに]。「のもとで」表示在受到某影響的範圍內，而有後項的情況；「のもとに」又表示在某人的影響範圍下，或在某條件的制約下做某事。

**例文**

太陽の光のもとで、稲が豊かに実っています。
稲子在太陽光之下，結實纍纍。

## ● をもとに

### 「以…為根據」、「以…為參考」、「在…基礎上」

接續與說明 [N＋をもとに]。表示將某事物做為啟示、根據、材料、基礎等。後項的行為、動作是根據或參考前項來進行的。相當於「に基づいて」、「を根拠にして」。

例文

いままでに習った文型をもとに、文を作ってください。

請參考至今所學的文型造句。

---

# 7 ことに（は）
## 「…的是」、「非常…（的是）」

接續與說明 [Naな／A-い／V-た＋ことに（は）]。表示說話人在敘述實際發現的某事之前的心情。說話人先表達出驚訝或某種感情之後，接下來敘述具體的事情。前接表示瞬間感情活動的詞。

例文

残念なことに、この区域では携帯電話が使えない。

可惜的是，這地區無法使用手機。

## ● ことから

### 「從…來看」、「因為…」、「因此…」

接續與說明 [Nである／Naな／Naである／A／V＋ことから]。（1）表示判斷的理由。根據前項的情況，來判斷出後面的結果或結論。是說明事情的經過跟理由的句型。（2）由於前項的起因跟由來，而有後項的狀態。（1）（2）都相當於「ので」。

例文

顔がそっくりなことから、双子であることを知った。

因為長得很像，所以知道是雙胞胎。

**8** 上（うえ）では

「從…來看」、「在…上」、「鑑於…上」

接續與說明 [Nの＋上では]。表示「根據這一信息來看」的意思。前面接表示數據、地圖等。

例文

暦（こよみ）の上（うえ）ではもう春（はる）なのに、まだまだ寒（さむ）い日（ひ）が続（つづ）いている。

從日曆上看，已經是春天了，但是每天還是很冷。

比較

● 上（うえ）で

「在…之後」、「以後…」、「之後（再）…」

接續與說明 [V-た＋上で]。表示兩動作間時間上的先後關係。表示先進行前一動作，後面再根據前面的結果，採取下一個動作。前項常用「確認、手続き、結論」等詞語。相當於「てから」。

例文

話（はな）し合（あ）って結論（けつろん）を出（だ）した上（うえ）で、みんなに説明（せつめい）します。

討論出結論後，再跟大家說明。

# 実力テスト

做對了，往 😊 走，做錯了往 ✗ 走。

次の文の_____にはどんな言葉を入れたらよいか。1・2から最も適当なものをひとつ選びなさい。

**實力測驗**

Q 哪一個是正確的？

答案>>在下一頁

**5** 出生率の低迷が続く日本では、人間（　　）ロボットが働く時代が到来するだろう！

1.抜きでは　　2.にかわって

**譯**

1.抜きでは：沒有…

2.にかわって：代替…

解答》請看下一頁

**6** 彼女は、厳しい父母（　　）育った。

1.のもとで　2.をもとに

**譯**

1.のもとで：在…之下

2.をもとに：以…為依據

解答》請看下一頁

**7** 驚いた（　　）、犯人は教師だった。

1.ことには　　2.ことから

**譯**

1.ことには：…的是

2.ことから：從…來看

解答》請看下一頁

**8** 数字の（　　）同じ1敗だが、同じ負けでも内容は大きく異なる。

1.上で　　　2.上では

**譯**

1.上で：在…之後

2.上では：從…來看

解答》請看下一頁

**なるほどの解説を確認して、次のページへ進もう！**

**5** 比較

　故正確答案為2「にかわって」。「にかわって」意為「代替…」，意為代替前項做某件事，在此表示「在出生率持續低迷的日本，機器人代替人類做事的時代即將來臨」；「抜きでは」意為「沒有…」，表示若沒有前項，後項本來期待的或預期的事也無法成立，語意不符。

答案：2

**6** 比較

　「のもとで」意為「在…之下」，有「受到…的影響」之意，在此表示「她在嚴格的父母親的管教下成長」；「をもとに」意為「以…為依據」，表示以前項為參考來做後項的動作，故語意不符，正確答案為1。

答案：1

**7** 比較

　「ことには」（…的是）前接瞬間感情活動的詞，表示說話人先表達出驚訝後，接下來敘述具體的事情。這句話是「令人吃驚的是，犯人竟然是教師」；「ことから」（因為）表示根據前項的情況，來判斷出後面的結果，這句話需要的是表示「非常…（的事）」的句型，不是判斷的理由，所以正確答案是1「ことには」。

答案：1

**8** 比較

　正確答案是2「上では」。表前提的「上では」意為「從…來看」，前面接數據、地圖等相關詞語，表示「根據這一信息來看」的意思。在此表示「從數字來看，同樣是1敗，但是一樣是失敗，內容卻大異其趣」；表示目的的「上で」意為「在…之後」，表示「首先，做好某事之後，再…」表達在前項成立的基礎上，才會有後項，也就是「前項→後項」的順序。語意不符。

答案：2

**Chapter**

**助動詞**（意志・義務・許可・禁止・提案の表現）

1 まい
2 べき（だ）
3 というものではない、というものでもない

4 ようではないか
5 ことだ

★★★★★

**T-27**

## 1 まい

**(1)「不…」、「不打算…」；(2)「不會…吧」、「也許不…吧」**

接續與說明 [V-＋まい]。(1)表示說話的人不做某事的意志或決心。」常跟「絶対、決して、二度と、もう」一起使用。相當於「ないつもりだ」。但是「まい」意志較強。書面語；(2)表示否定的推測，說話人推測、想像，「大概不會…」之意。相當於「ないだろう」。

例文

① 絶対タバコは吸うまいと、決心した。
我決定絕不抽煙。

② こんな話をしても誰も信じてはくれまい。
這種話沒有人會相信的。

比較

## • ものか

**「哪能…」、「怎麼會…呢」、「決不…」、「才不…呢」**

接續與說明 [Naな／A-い／V-る＋ものか]。表示強烈的否定情緒。或是說話人絕不做某事的決心，或是強烈否定對方的意見。句尾聲調下降。比較隨便的說法是「もんか」。一般男性用「ものか」，女性用「ものですか」。常跟「なんか、など」一起使用。

彼の味方になんか、なるものか。
我才不跟他一個鼻孔出氣呢！

## 2 べき（だ）

「必須…」、「應當…」

接續與說明 [N／Naである＋べき（だ）]；[A-くある＋べき（だ）]；[V-る＋べき（だ）]。表示那樣做是應該的、正確的。常用在勸告、禁止及命令的場合。是說話人的意見，表示「做…是正確的」。書面跟口語雙方都可以用。相當於「するのが当然だ」。

例文

人間はみな平等であるべきだ。
人人應該平等。

比較

● ものだ

「就是…」、「本來就是…」、「應該…」

接續與說明 [Naな／A-い／V＋ものだ]。表示常識性、普遍的事物的必然的結果。也就是一般論的，事物本來的性質。

例文

① どんなにがんばっても、うまくいかないときがあるものだ。
有時候無論怎樣努力，還是無法順利的。
② 若い人はお年寄りに席を譲るものだ
年輕人應該讓座位給年紀大的人。

# 3 というものでは（も）ない

「可不是…」、「並不是…」、「並非…」

**接續與說明** [N（だ）／Nではない／V／A／Na（だ）／Naではない／＋というものでは（も）ない]。表示對某想法或主張，覺得不是非常恰當。由於內心其實是反對的，因此做出委婉的否定。相當於「というわけでは（も）ない」。

**例文**

才能があれば成功するというものではない。

有才能並非就能成功。

比較

・ **というしまつだ**

「（結果）竟然…」

**接續與說明** [V-る＋というしまつだ]。表示「經過了…的過程，最後變成…」，前項是敘述事態的情況，後項是敘述結果竟然如此（不良的結果）。

**例文**

彼女は甘やかすとわがままを言い、厳しくすると泣き出すというしまつだ。

她只要一寵就任性，一嚴格就哭了。

# 4 （よ）うではないか

「讓…吧」、「我們（一起）…吧」

**接續與說明** [V（よ）う＋ではないか]。表示說話人以堅定的語氣（讓對方沒有拒絕的餘地）進行提案，或帶頭提議對方跟自己共同做某事，或是一種委婉的命令。也用在自己決定要做某事的意志表現。口語常說成「（よ）うじゃないか」。不用在對長輩上。一般男性使用。男女共用的話多說「（よ）うではありませんか」。

みなで一致団結して、困難を乗り越えようではないか。
<ruby>一致団結<rt>いっちだんけつ</rt></ruby> <ruby>困難<rt>こんなん</rt></ruby> <ruby>乗<rt>の</rt></ruby> <ruby>越<rt>こ</rt></ruby>

讓我們同心協力共度難關吧！

比較

● **ませんか**

「要不要…吧」

接續與說明 [R-＋ませんか]。表示行為、動作是否要做，在尊敬對方抉擇的情況下，有禮貌地勸誘對方做某事。

例文

明日、いっしょに映画を見ませんか。
<ruby>明日<rt>あした</rt></ruby> <ruby>映画<rt>えいが</rt></ruby> <ruby>見<rt>み</rt></ruby>

明天要不要一起去看電影？

# 5 ことだ
「就得…」、「要…」、「應當…」、「最好…」

接續與說明 [V-る／V-ない＋ことだ]。表示一種間接的忠告或命令。說話人忠告對方，某行為是正確的或應當的，或某情況下將更加理想。口語中多用在上司、長輩對部屬、晚輩或用在同輩之間。相當於「したほうがよい」。

例文

大会に出たければ、がんばって練習することだ。
<ruby>大会<rt>だいかい</rt></ruby> <ruby>出<rt>で</rt></ruby> <ruby>練習<rt>れんしゅう</rt></ruby>

如果想出賽，就要努力練習。

比較

● **ものだ**

(1)「真是…」、「居然…」；(2)「就該…」、「應該…」。(3)（感慨地回憶過去）

接續與說明 （1,2）[Naな／A-い／V＋ものだ]；（3）[V-た＋ものだ]。

(1)表示說話人對某一事件或事物的情況感到吃驚或感嘆。常跟「よく（も）」一起使用。(2)表示提醒或忠告。在社會上前項是常識、理所當然，理應如此。有對某一價值觀強加於別人的語意，常轉為間接的命令或禁止。（3）表示回憶或懷念過去，經常經歷的事情。含有過去常做，現在已經不做了的感慨語氣。由於敘述的是習慣性的事情，所以常跟副詞「よく」一起使用。口語常用「もんだ」。

例文

① こんな重いものをよく一人で持てるものだ。

那麼重的東西，竟然一個人就拿起來了。

② 人の家に行く時は、手土産の一つも提げていくものだ。

到別人家拜訪作客，就該帶個見面禮。

③ 若い頃はよくこの小道を歩いたものだ。

年輕時，經常走這條小路呢！

次の文の＿＿＿＿にはどんな言葉を入れたらよいか。1・2から最も適当なものをひとつ選びなさい。

### 實力測驗

Q 哪一個是正確的？
答案≫在下一頁

**1**
今年の冬は、あまり雪は降る
（　　　　）。
1.まい　　　2.ものか

**譯**
1.まい：不會…
2.ものか：才不要…

解答≫請看下一頁

**2**
困難でも、武力に頼らず、話し合いで解決する（　　）。
1.べきだ　2.ものだ

**譯**
1.べきだ：應當…
2.ものだ：本來就該…

解答≫請看下一頁

**3**
金さえあれば、幸せ（　　　　）。
1.というものでもない
2.というしまつだ

**譯**
1.というものでもない：並非如此
2.というしまつだ：竟然…

解答≫請看下一頁

**4**
今諦めるのはまだ早い。もう一度頑張ってみ（　　　）。
1.ようじゃないか　2.ませんか

**譯**
1.ようじゃないか：我們（一起）…吧
2.ませんか：要不要…吧

解答≫請看下一頁

**5**
どんなに苦しくても、ここは一つ待つ（　　）な。
1.ものだ　　2.ことだ

**譯**
1.ものだ：應該…
2.ことだ：最好…

解答≫請看下一頁

なるほどの解説を確認して、
次のページへ進もう！

**1** 比較

　「まい」意為「不會…」，是否定的推測表達方法。在此表示「今年的冬天，大概不怎麼下雪吧」；「ものか」意為「才不要…」，表示說話者帶著感情色彩，強烈的否定語氣，為反詰用法，故語意不符，正確答案為1。

答案：1

**2** 比較

　「べきだ」意為「應當…」，是說話人意見，表示「做…是正確的」。；「ものだ」意為「本來就該…」，是一般論的，事物本來的性質的。這句話是「不管多難，都應該不用武力，好好協商」。也就是說，實際上，無法良好協商，只能用武力來強行，所以不是「本來的性質」，不能用「ものだ」。要用表示「做…是正確的」說話人的意見「べきだ」。正確答案是1。

答案：1

**3** 比較

　「というものでもない」意為「並非如此」，用於委婉地表達某件事不一定正確，在此表示「並不是說有了錢就一定會幸福」；「というしまつだ」意為「（結果）竟然…」，表示因某人的行為而使自己很不好做事，並感到麻煩。語意不符。正確答案為1。

答案：1

**4** 比較

　「ようじゃないか」以堅定的語氣（讓對方沒有拒絕的餘地），帶頭提議對方跟自己一起做某事；「ませんか」有禮貌地勸誘對方做某事。一般用在對個人或少數人的勸誘上。因此，看到這句話前面的「現在放棄還太早」，透露出說話人意志相當堅定，所以後面必需選擇「ようじゃないか」，才能表現出，帶頭提議對方跟自己「讓我們再加油一次吧」這種委婉而堅定的意思來。答案是1。

答案：1

**5** 比較

　正確是2「ことだ」。這句話是「不管多苦，現在暫且等待」，知道是說話人在忠告某人，現在暫且等待會時機比較好，知道答案是「ことだ」（最好…）；至於「ものだ」（應該）雖也有忠告的意思，但「現在暫且等待」並不是一般的常識、理所當然要這樣做的意思。而且這句話也沒有硬要別人接受說話人的價值觀之意。

答案：2

# 助動詞 （判断・推量・可能性・難易の表現）

1 を…とする　　　　　　　　　　　　6 得る、得る
2 に相違ない　　　　　　　　　　　　7 かねない
3 にほかならない　　　　　　　　　　8 っこない
4 ざるを得ない　　　　　　　　　　　9 がたい
5 よりほかない、よりほかはない　　　10 かねる

 **MP3** **T-28**

## 1 を…とする
「把…視為…（的）」、「把…當做…（的）」

接續與說明　[N]＋を＋[N]＋とする。表示把一種事物當做或設定為另一種事物，或表示決定、認定的內容。「とする」的前面接表示地位、資格、名分、種類或目的的詞。

例文

この競技では、最後まで残った人を優勝とする。

這個比賽，是以最後留下的人獲勝。

比較

### • について
「有關…」、「就…」、「關於…」

接續與說明　[N＋について]。表示前項先提出一個話題，後項就針對這個話題進行說明。相當於「に関して」。

例文

江戸時代の商人について物語を書きました。

撰寫了一個有關江戶時期商人的故事。

## 2 に相違<ruby>相違<rt>そう い</rt></ruby>ない

「一定是…」、「肯定是…」

接續與說明 [Na（である）／N（である）／A／V＋に相違ない]。表示說話人根據經驗或直覺或推論，冷靜、理性地做出非常肯定的判斷。跟「だろう」相比，確定的程度更強。跟「に違いない」意思相同，只是「に相違ない」比較書面語。

例文

<ruby>犯人<rt>はんにん</rt></ruby>は、<ruby>窓<rt>まど</rt></ruby>から<ruby>侵入<rt>しんにゅう</rt></ruby>したに<ruby>相違<rt>そう い</rt></ruby>ありません。

犯人肯定是從窗戶進來的。

比較

### ● にほかならない

「完全是…」、「不外乎是…」、「其實是…」、「無非是…」

接續與說明 [N＋にほかならない]。表示斷定的說事情發生的理由跟原因，就是「それ以外のなにものでもない」（不是別的，就是這個）的意思。是一種對事物的原因、結果的斷定語氣。強調說話人的判斷或解釋。

例文

<ruby>女性<rt>じょせい</rt></ruby>の<ruby>給料<rt>きゅうりょう</rt></ruby>が<ruby>低<rt>ひく</rt></ruby>いのは、<ruby>差別<rt>さ べつ</rt></ruby>にほかならない。

女性的薪資低，其實就是男女差別待遇。

## 3 にほかならない

「完全是…」、「不外乎是…」、「其實是…」、「無非是…」

接續與說明 [N＋にほかならない]；[句子から／句子ため＋にほかならない]。表示斷定的說事情發生的理由跟原因，就是「それ以外のなにも

のでもない」（不是別的，就是這個）的意思。是一種對事物的原因、結果的斷定語氣。強調說話人的判斷或解釋。

例文

合格<sub>ごうかく</sub>できたのは、努力<sub>どりょく</sub>の結果<sub>けっか</sub>にほかならない。

能考上，無非是努力的結果。

比較

## ● というものでは（も）ない

「可不是…」、「並不是…」、「並非…」

接續與說明 [N（だ）／Nではない／V／A／Na（だ）／Naではない／＋というものでは（も）ない]。表示對某想法或主張，覺得不是非常恰當。由於內心其實是反對的，因此做出委婉的否定。相當於「というわけでは（も）ない」。

例文

上司<sub>じょうし</sub>の言<sub>い</sub>うことを全部肯定<sub>ぜんぶこうてい</sub>すればいいというものではない。

可不是認同上司說的每一句話就好。

## 4 ざるを得<sub>え</sub>ない
「不得不…」、「只好…」、「被迫…」

接續與說明 [V-＋ざるを得ない]。表示除此之外，沒有其他的選擇。含有說話人雖然不想這樣，但無可奈何這樣的心情。是一種深思熟慮後的行為結果。有時也表示迫於某壓力或情況，而不情願地做某事。「ざる」是「ず」的連體形。「得ない」是「得る」的否定形。相當於「しなければならない」。

例文

上司<sub>じょうし</sub>の命令<sub>めいれい</sub>だから、やらざるを得<sub>え</sub>ない。

由於是上司的命令，也只好做了。

## ● ずにはいられない

「不得不…」、「不由得…」、「禁不住…」

接續與說明 [V-＋ずにはいられない]。表示自己的意志無法克制，情不自禁地做某事。有主動的，積極的語感。相當於「ないでは我慢できない」。

例文

すばらしい風景を見ると、写真を撮らずにはいられません。
一看到美麗的風景，就禁不住拍下照片。

---

## 5 よりほかない、よりほかはない
「只有…」、「只好…」、「只能…」

接續與說明 [V-る＋よりほか（は）ない]。表示問題處於某種狀態，只有一種辦法，沒有其他解決的方法。因此，要轉變態度積極地面對這種狀態。相當於相當於口語常說的「しかない」，但語氣上沒有「しかない」柔和。

例文

分からないことは、一つ一つ先輩に聞くよりほかはない。
不懂的事，只好一一請教學長了。

## ● …ざるを得ない

「不得不…」、「只好…」、「被迫…」

接續與說明 [V-＋ざるを得ない]。表示除此之外，沒有其他的選擇。有時也表示迫於某壓力或情況，而違背良心地做某事。「ざる」是「ず」的連體形。「得ない」是「得る」的否定形。相當於「しなければならない」。

例文

これだけ証拠があっては、罪を認めざるを得ません。
都有這麼多證據了，就只能認罪了。

次の文の_____にはどんな言葉を入れたらよいか。1・2から最も適当なものをひとつ選びなさい。

**實力測驗**

Q 哪一個是正確的？
答案>>在下一頁

---

**1** これを一つの区切り（　　）、これまでの成果を広く知ってもらおうと思います。

1.について　　2.として

**譯**

1.について：針對…
2.として：把…當作

解答》請看下一頁

---

**2** これだけの人材がそろえば、わが社は大きく飛躍できる（　　）。

1.に相違ない　2.にほかならない

**譯**

1.に相違ない：肯定是…
2.にほかならない：全靠…

解答》請看下一頁

---

**3** 実験が成功したのは、あなたのがんばりがあったから（　　）。ありがとう。

1.にほかならない　2.というものではない

**譯**

1.にほかならない：不是別的，正是…
2.というものではない：並非…

解答》請看下一頁

---

**4** 天気が悪いので、今日の山登りは中止にせ（　　）。

1.ずにはいられない 2.ざるを得ない

**譯**

1.ずにはいられない：禁不住…
2.ざるを得ない：只好…

解答》請看下一頁

---

**5** 落ち込んでも仕方ないので、前向きに生きていく（　　）。

1.よりほかない　2.ざるを得ない

**譯**

1.よりほかない：只好…
2.ざるを得ない：不得不…

解答》請看下一頁

---

なるほどの解説を確認して、次のページへ進もう！

**なるほどの解説**

**1** 比較

　　正確答案為2「として」。「を…として」意為「把…當作」，表示視前項為某種事物進而採取後項行動，在此表示「我想把這個當作是一個分界點，將至今的成果廣為宣傳」；「について」意為「有關…」，表示就前項事物來進行說明、思考、調查、詢問、撰寫等動作，故語意不符。文法上也不符。

答案：2

**2** 比較

　　「に相違ない」意為「肯定是…」，表示說話者自己冷靜、理性的推測，且語氣強烈，在此表示「如果能聚集這樣的好人才，我社一定能有蓬勃的發展」；「にほかならない」意為「全靠…」，帶有「只有這個」「正因為…」的語氣，多用於對事物的原因、結果的斷定。故語意不符，正確答案為1。

答案：1

**3** 比較

　　「にほかならない」意為「不是別的，正是…」，帶有「只有這個」「正因為…」的語氣，多用於表示贊成與肯定，在此表示「實驗之所以成功，全是因為你的努力」；「というものではない」意為「並非…」，用於表示對某想法，心理覺得不恰當，而給予否定。正確答案為1。

答案：1

**4** 比較

　　正確答案是2「ざるを得ない」。「ざるを得ない」意為「只好…」，表示因某種原因，說話人雖然不想這樣，但無可奈何去做某事，是非自願的行為，在此表示「因為天氣不好，今天的登山活動不得不中止」；「ずにはいられない」意為「禁不住…」，帶有一種情不自禁地做某事之意。「登山活動中止」是非自願的行為，不是一種自然衝動的反應。所以正確答案是2。

答案：2

**5** 比較

　　「よりほかない」意為「只好…」跟「ざるをえない」意為「只能…」，都表示除此之外沒有其他辦法，這句話中譯是「一直意志消沉也無濟於事，只好積極地活下去了」。這句話需要的是，「よりほかない」有要轉變態度積極面對的心態的語意，而「ざるをえない」有「如果可以其實不想…但又只能…」的無奈語感，所以「よりほかない」符合語意。另外「ざるをえない」接續方式也錯誤，正確答案為1。

答案：1

# 6 得る、得る

「可能」、「能」、「會」

接續與說明 [R-＋得る]。表示根據情況，判斷是否可以採取這一動作，或是否有發生這種事情的可能性。如果是否定形，就表示不能採取這一動作，沒有發生這種事情的可能性。但不用在人的能力的有無上。接「ある」「起こる」「できる」等無意志的自動詞後面，只表示有…的可能，也就是「…できる、…の可能性がある」。「あり得ない」也常出現在口語。

例文

コンピューターを使えば、大量のデータを計算し得る。

利用電腦，就能統計大量的資料。

比較

## ● かねる

「難以…」、「不能…」、「不便…」

接續與說明 [R-＋かねる]。表示由於主觀上的原因，如某種心理上的排斥感，或客觀上原因，如道義上的責任等，而難以做到某事。含有「即使想做，即使努力了，也不可能的意思」的含意。語氣較婉轉，常用於婉言謝絕或不好意思等場合。只能接在意志動詞後面。慣用句有「決めるに決めかねる」（難以決定）、「見るに見かねる」（不忍目睹）相當於「ちょっと…できない、…しにくい」。

例文

その案には、賛成しかねます。

那個案子我無法贊成。

# 7 かねない

「很可能…」、「也許會…」、「說不定將會…」

接續與說明 [R-＋かねない]。「かねない」本來是「かねる」的相反意思。表示有可能出現不希望發生的某種事態。有時用在主體道德意識薄弱，或自我克制能力差等原因，而有可能做出異於常人的某種事情。含有說話人的擔心、不安跟警戒的心情。一般用在負面的評價。

如果是人物或組織多用「なら…かねない」的句型，含有從過去的言行舉止，判斷有可能發生不好的事情的含意。一般不用在自己身上，但自己無法控制的事情可以使用。相當於「する可能性がある、…するかもしれない」。

例文

あいつなら、お金のためには人を殺しかねない。

那傢伙的話，為了錢甚至很可能會殺人。

比較

● かねる

「難以…」、「不能…」、「不便…」

接續與說明 [R-＋かねる]。表示由於主觀上的原因，如某種心理上的排斥感，或客觀上原因，如道義上的責任等，而難以做到某事。含有「即使想做，即使努力了，也不可能的意思」的含意。

例文

このような仕事はお引き受けしかねます。

這樣的工作，我無法承接。

# 8 っこない

「不可能…」、「決不…」

接續與說明 [R-＋っこない]。表示強烈否定，某事發生的可能性。與「なんか、なんて」「こんな、そんな、あんな（に）」相呼應。相當

於「わけはない」、「はずがない」。一般用於口語。用在關係比較親近的人之間。相當於「絶対に…ない」。

例文

こんな長い文章は、すぐには暗記できっこないです。

這麼長的文章，我不可能馬上背得起來的。

比較

## ● かねない

### 「很可能…」、「也許會…」、「說不定將會…」

接續與説明 [R-＋かねない]。「かねない」本來是「かねる」的相反意思。表示有可能出現不希望發生的某種事態。有時用在主體道德意識薄弱，或自我克制能力差等原因，而有可能做出異於常人的某種事情。含有說話人的擔心、不安跟警戒的心情。一般用在負面的評價。如果是人物或組織多用「なら…かねない」的句型，含有從過去的言行舉止，判斷有可能發生不好的事情的含意。一般不用在自己身上，但自己無法控制的事情可以使用。相當於「する可能性がある、…するかもしれない」。

例文

手帳に日時をメモしておかないと、うっかり忘れかねない。

不把日期寫在筆記本，很可能一不小心就給忘了。

## 9 がたい

### 「難以…」、「很難…」、「不能…」

接續與説明 [R-＋がたい]。表示做該動作難度非常高，或幾乎是不可能。即使想這樣做也難以實現。為書面用語。不能用在表示能力不足時。相當於「するのが難しい」。前面多接「信じる、理解する、認める、許す、言う」等跟認知、發言有關的意志動詞。「得がたい」（難得）等慣用表現也不少。

例文

彼女との思い出は忘れがたい。

很難忘記跟她在一起時的回憶。

# ● にくい

「不容易…」、「難…」

接續與說明 [R-＋にくい]。表示該行為、動作不容易做，該事情不容易發生，或不容易發生某種變化。還有性質上很不容易有那樣的傾向。主要指因物理上、技術上的因素，而沒辦法把某動作做好。沒與「…やすい」相對。意志跟非意志動詞都可以接。

例文

この道はハイヒールでは歩きにくい。

這條路穿高跟鞋不好走。

# 10 かねる

「難以…」、「不能…」、「不便…」

接續與說明 [R-＋かねる]。表示由於主觀上的原因，如某種心理上的排斥感，或客觀上原因，如道義上的責任等，而難以做到某事。含有「即使想做，即使努力了，也不可能的意思」的含意。語氣較婉轉，常用於婉言謝絕或不好意思等場合。只能接在意志動詞後面。慣用句有「決めるに決めかねる」（難以決定）、「見るに見かねる」（不忍目睹）相當於「ちょっと…できない、…しにくい」。

例文

ただいまのご質問は、ちょっとお答え申し上げかねます。

您現在的問題，恕我無法回答。

# ● がたい

「難以…」、「很難…」、「不能…」

**接續與說明** [R-＋がたい]。表示做該動作難度非常高，或幾乎是不可能。即使想這樣做也難以實現。為書面用語。不能用在表示能力不足時。相當於「するのが難しい」。前面多接「信じる、理解する、認める、許す、言う」等跟認知、發言有關的意志動詞。「得がたい」（難得）等慣用表現也不少。

**例文**

# あのまじめな彼が犯人だなんて、信じがたいことだ。

做事那麼認真的他，竟然是犯人，真叫人不敢相信。

次の文の_____にはどんな言葉を入れたらよいか。1・2から最も適当なものをひとつ選びなさい。

## 實力測驗

Q 哪一個是正確的？

答案》在下一頁

---

**6** この問題は、あなたの周りでも十分起こり（　　）ことなのです。

1.うる　　　2.かねる

譯
1.うる：可能
2.かねる：難以…

解答》請看下一頁

---

**7** 無責任な彼のことだから、約束しても忘れ（　　）よ。

1.かねる　2.かねない

譯
1.かねる：難以…
2.かねない：很可能…

解答》請看下一頁

---

**8** 一億円もするマイホームなんて、私に買え（　　）。

1.っこない　　2.かねない

譯
1.っこない：不可能…
2.かねない：很可能…

解答》請看下一頁

---

**9** 弱い者をいじめるなど、許し（　　）行為だ。

1.がたい　　　2.にくい

譯
1.がたい：難以…
2.にくい：不容易…

解答》請看下一頁

---

**10** ご使用後の商品の返品はお受け致し（　　）。

1.がたいです　　2.かねます

譯
1.がたいです：難以…
2.かねます：難以…

解答》請看下一頁

---

なるほどの解説を確認して、
次のページへ進もう！

**6** 比較

　　「うる」（可能）表示根據情況有發生這種事情的可能性；「かねる」（難以）用在說話人難以做到某事。看到這句話「這個問題，在你周遭也非常…發生」知道是根據情況，在判斷問題有可能在你的周遭發生，知道要選擇的是「うる」（可能）。而跟「かねる」說話人不能做到某事是沒有關係的，所以答案是1。

答案：1

**7** 比較

　　答案是2「かねない」。「かねない」（很可能）表示有可能出現不希望發生的某種事態，只能用在說話人對某事物的負面評價；「かねる」（難以）表示由於主觀的心理排斥因素，或客觀道義等因素，難以做到某事。這句話是「因為是沒責任感的他，所以很可能忘了約會」，知道後項是不希望發生的事態，而且含有負面的評價。知道答案是2的「かねない」，而1的「かねる」語意不符。

答案：2

**8** 比較

　　答案是1「っこない」。「っこない」意為「不可能…」，接在動詞連用形後面，表示強烈的否定「絕對不會…」的意思，這句話前面跟「なんて」相呼應，意為「要價到一億日圓的房子，我不可能買得起」；「かねない」意為「很可能…」表示所提到的事物的狀態、性質等，可能導致不好的結果，含有說話人的擔心、不安和警戒的心情。這句話需要的是一個強烈的否定，而不是導致不好的結果。

答案：1

**9** 比較

　　「がたい」主要是由於心理因素，而沒有辦法做該動作；「にくい」主要是指由於物理上的或技術上的因素，而沒有辦法把某動作做好，或難以進行某動作。看到這一句，首先看到對於「霸凌弱者」這樣的「行為」，知道是心理上的因素，而不是物理或技術因素。又看到認識動詞「許し」就可以馬上選擇「がたい」，來表示「難以原諒」這一動作了。所以答案是1。

答案：1

**10** 比較

　　正確答案是2「かねます」。「かねる」表示主觀如心理上的排斥感，或客觀如某種規定、道義上的責任等，而難以做到某事，常用在婉轉的謝絕時；「がたい」表示心理上或認知上很難，幾乎不可能實現某事。這句話看到「被用過的商品的退還」這件事，知道是店家於客觀上的規定，而無法讓客人「退貨」，所以婉轉謝絕。正確答案是2「かねます」。

答案：2

# 助動詞（様態・傾向・限定・程度の表現）

MP3 T-29

## 1 かのようだ
「像…一様的」、「似乎…」

接續與說明 [V／A／Naである／Naだった／N／Nである／Nだった＋かのようだ]。由終助詞「か」後接「のようだ」而成。經常以「かのような」、「かのように」的形式出現。表示不確定的比喻或判斷。實際上不是那樣，可是感覺的或做的卻像是那樣的狀態。多用來說明跟實際互相矛盾或假想的事物。相當於「まるで…ようだ」。常跟「まるで、あたかも、いかにも、さも」等比喻相關的副詞一起使用。

例文

せんせい
先生は、まるで実物を見たことがあるかのように話します。

老師像是看過實物般地敘述著。

比較

● **ようだ**

「像…似的」、「宛如…一樣」、「似乎…」

接續與說明 [Nの＋ようだ]；[V-る／V-た＋ようだ]。表示比喻、例舉，是委婉的、不確切的判斷或推測。是說話人對事物的外表，或自己的感覺（視覺、聽覺、味覺等），來進行推測性的判斷。詞尾變化跟形容動詞相同。

例文

でんしゃ おく                    み        なに じこ
電車が遅れているところを見ると、何か事故があったようだ。

從電車誤點來看，似乎發生了什麼事故。

# 2 げ

「…的感覺」、「好像…的樣子」

接續與說明 [Na／A-／R-＋げ]。表示帶有某種樣子、傾向、心情及感覺。書寫語氣息較濃。相當於「そう」。

例文

可愛(かわい)げのない女(おんな)の人(ひと)は嫌(きら)いです。

我討厭一點都不可愛的女人。

比較

## ● っぽい

「…的傾向」

接續與說明 [N／R＋っぽい]。表示前接詞的某種傾向或特點比較明顯,有時候會帶有否定評價的語氣。跟「っぽい」比起來,「らしい」具有肯定評價的語氣。

例文

彼女(かのじょ)は子(こ)どもっぽい性格(せいかく)だ。

她個性像個小孩。

# 3 つつある

「正在…」

接續與說明 [R-＋つつある]。接繼續動詞後面,表示某一動作或作用正向著某一方向持續發展。表示動作、狀況、狀態的變化,按一定的方向持續著。經常和「だんだん、次第に、徐々に、少しずつ、ほぼ、ようやく」等副詞一起使用。有時候相當於「ている」,是書面語。

例文

昔(むかし)の良(よ)き伝統(でんとう)がどんどん失(うしな)われつつある。

過去的優良傳統,正逐漸消失中。

## ● （よ）うとしている

「即將要…」

接續與說明 [V（よ）う＋としている]。表示某動作或變化，再過不久就要開始或是結束。一般多使用「始まる、終わる」等跟人的意向沒有關係的無意向動詞。

例文

会議が始まろうとしているとき、携帯に電話がかかってきた。

會議正要開始時，手機響了。

---

 **にすぎない**

「只是…」、「只不過…」、「不過是…而已」、「僅僅是…」

接續與說明 [V／A＋にすぎない]；[Naである／Naだった＋にすぎない]；[N（である）／Nだった＋にすぎない]。表示程度有限。總是帶有這並不重要的「不足以…，沒有什麼大不了的」的消極評價及輕蔑語氣。相當於「ただ…であるだけだ」。

例文

これは少年犯罪の一例にすぎない。

這只不過是青少年犯案中的一個案例而已。

## ● にほかならない

「完全是…」、「不外乎是…」、「其實是…」、「無非是…」

接續與說明 [N＋にほかならない]。表示斷定的說事情發生的理由跟原因，就是「それ以外のなにものでもない」（不是別的，就是這個）的意思。是一種對事物的原因、結果的斷定語氣。強調說話人的判斷或解釋。

例文

肌がきれいになったのは、化粧品の美容効果にほかならない。

肌膚會這麼漂亮，其實是因為化妝品的美容效果。

**5** **てしょうがない**
「得不得了」、「非常…」、「得沒辦法」

接續與說明 [A-くて＋しょうがない]；[V-て＋しょうがない]；[Naで＋しょうがない]。前接表示心情或身體狀態的詞，表示心情或身體，處於難以抑制，不能忍受的狀態。是「てしようがない」的簡約形式，是「てしかたがない」口語表達方式。相當於「非常に」。

例文

彼女のことが好きで好きでしょうがない。
我喜歡她，喜歡得不得了。

比較

● **てたまらない**

「非常…」、「得受不了」、「得不行」、「十分…」

接續與說明 [A-くて＋たまらない]；[Naで＋たまらない]。前接表示感覺、感情的詞，表示說話人強烈的感情、感覺、慾望等。也就是說話人心情或身體，處於難以抑制，不能忍受的狀態。相當於「非常に」。

例文

名作だと言うから読んでみたら、退屈でたまらなかった。
說是名作，看了之後卻覺得無聊透頂。

**6** **抜く**
「做到底」

接續與說明 [R-＋抜く]。表示把必須做的事，徹底做到最後，含有經過痛苦而完成的意思。相當於「最後まで…する」。

例文

苦しかったが、ゴールまで走り抜きました。
雖然很苦，但還是跑完全程。

## 切る（き）

「…完」；「充分」、「完全」、「到極限」；「不了…」、「不能完全…」

接續與說明 [R-＋切る]。有接尾詞作用。接意志動詞的後面，表示行為、動作做到完結、竭盡、堅持到最後。相當於「終わりまで…する」。接在無意志動詞的後面，表示程度達到極限，如「疲れきる」。相當於「十分に…する」。

例文

砂糖を使い切りました。
さとう　つか　き

砂糖用完了。

## 7　だけのこと（は、が）ある

「到底沒白白…」、「值得…」、「不愧是…」、「也難怪…」

接續與說明 [N／Na／V＋だけのこと（は、が）ある]。表示與其做的努力、所處的地位、所經歷的事情等名實相符，對其後項的結果、能力等給予高度的讚美。前項表示地位、職位之外，也可表示評價或特徵。後項多為正面的評價。

例文

彼の研究成果はすばらしく、さすが出版されるだけのことはある。
かれ　けんきゅうせいか　　　　　　　　　　　しゅっぱん

他的研究成果太傑出了，的確是有出版的價值。

## どころではない

「哪有…」、「不是…的時候」、「哪裡還…」

[N／V-ている／A-い＋どころではない]。表示遠遠達不到某種程度，或大大超出某種程度。前面要接想像或期待的行為、動作。後項正負面評價皆可。

例文

怖いどころではなく、恐怖のあまり涙が出てきました。

何止是害怕，根本被嚇得飆淚了。

次の文の＿＿＿＿にはどんな言葉を入れたらよいか。1・2から最も適当なものをひとつ選びなさい。

**實力測驗**

Q哪一個是正確的？
答案>>在下一頁

**1**

喧嘩した翌日、妻はまるで何事もなかった（　　）振舞っていた。
1.かのように　2.ように

**譯**
1.かのように：像…一樣的
2.ように：像…似的

解答》請看下一頁

**2**

こんなことで一々怒るなんて、あなたも大人（　　）ないですね。
1.っぽい　　　2.げ

**譯**
1.っぽい：…的傾向
2.げ：…的感覺

解答》請看下一頁

**3**

地球は次第に温暖化し（　　）。
1.つつある　2.ようとしている

**譯**
1.つつある：正在…
2.ようとしている：即將要…

解答》請看下一頁

**4**

君の話は、単なる言い訳に
（　　　）。
1.にすぎない　2.にほかならない

**譯**
1.にすぎない：只不過是
2.にほかならない：全靠…

解答》請看下一頁

**5**

赤ん坊をお風呂に入れると、気持ちよくて（　　　）という顔をしていた。
1.しょうがない　2.たまらない

**譯**
1.しょうがない：…得不得了
2.たまらない：非常…

解答》請看下一頁

**6**

どんなことがあっても、生き
（　　）んだよ。
1.きる　　2.抜く

**譯**
1.きる：…完
2.抜く：做到底…

解答》請看下一頁

**7**

きれい！さすが人気モデル（　　）。
1.だけのことはある
2.どころではない

**譯**
1.だけのことはある：不愧是…
2.どころではない：哪有…

解答》請看下一頁

なるほどの解説を確認して、次のページへ進もう！

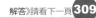

**1** 比較

「かのようだ」實際上不是那樣，可是感覺卻像是那樣；「ように」根據自己的感覺，或所看到的事物，來進行判斷。這句話看到「吵架的第二天，妻子〈好像〉什麼事情都沒發生一樣，泰然自若」中，「吵架」跟「泰然自若」是兩個矛盾的事物，符合「かのようだ」的「實際上不是那樣，可感覺卻像是那樣」的語意，知道答案是1。

答案：1

**2** 比較

正確答案是2的「げ」。「げ」意為「…的感覺」。是接尾詞，表示外觀上給人的感覺「好像…的樣子」。在這裡表示，對於看到前項的「為了這種事就發脾氣」的樣子，而有感覺「你也太不像個大人了吧」之意；「っぽい」意為「…的傾向」。是針對某個事物的狀態或性質，表示有某種傾向，某種要素強之意，含有跟實際情況不同之意。這句話後面接「一種感覺」較為恰當。再加上「っぽい」後面不能直接接「ない」。所以正確答案是2。

答案：2

**3** 比較

「つつある」意為「現在在進行中」，接在動詞詞幹後面，強調某件事情或某個狀態正朝著一定的方向，一點一點在變化中，也就是變化在進行中，在此表示「地球正逐漸溫暖化」；「ようとしている」意為「即將要…」，表示某狀態、狀況就要開始或是結束。「地球逐漸溫暖化」是「一點一點往一定的方向，在變化中」之意，而不是「某狀態要開始或結束」，所以正確答案為1的「つつある」。

答案：1

**4** 比較

「にすぎない」意為「只不過是」，表示帶輕蔑語氣說程度不過如此而已，在此表示「你說的只不過是藉口罷了」；「にほかならない」意為「全靠…」，帶有「只有這個」「正因為…」的語氣，多用於表示贊成與肯定，故語意不符，正確答案為1。

答案：1

**5** 比較

「てしょうがない」意為「…得不得了」，表示身體的某種感覺非常強烈，或是情緒到了一種無法抑制的地步，為一種持續性的感覺；「てたまらない」意為「非常…」，表示某種身體感覺或情緒十分強烈，特別是用在生理方面，強調當下的感覺。在此表示「嬰兒被放入澡盆，就一副非常舒服的表情」。這是一種當下的生理感覺，而不是持續的感覺。所以正確是2「たまらない」。另外，「てたまらない」有「最棒」的意思，「てしょうがない」沒有這層意思。

答案：2

**6** 比較

正確答案為2的「抜く」。「抜く」意為「做到底…」，表示跨越重重困難，堅持一件事到底，在此表示「不管發生什麼事，都要活下去」；「きる」意為「完全，到最後」之意。表示沒有殘留部分，完全徹底執行某事的樣子。過程中沒有含痛苦跟困難。而「抜く」表示即使困難，也要努力從困境走出來的意思。正確答案為2。

答案：2

**7** 比較

「だけのことはある」意為「不愧是…」，表示「的確是名副其實的」。含有「不愧是、的確、原來如此」等佩服、理解的心情。在此前接職業，表示「真美！不愧是超人氣的模特兒」；「どころではない」對於期待或設想的事情，表示「根本不具備做那種事的條件」強調處於困難、緊張的狀態。語意不符。正確答案是1的「だけのことはある」。

答案：1

# 助動詞 （感情・意外・常識・事情の表現）

 MP3 T-30

## 1 ことか

「得多麼…啊」、「啊」、「呀」

接續與說明 [疑問詞＋Naな＋ことか]；[疑問詞＋A／V＋ことか]。表示該事物的程度如此之大，大到沒辦法特定。含有非常感慨的心情。常跟「どんなに、どれだけ、何度、なんと」等副詞，或「いくら、何人」等疑問詞一起使用。也常說成「ことだろう、ことでしょう」。意思相當於「非常に…だ」。

例文

それを聞いたら、お母さんがどんなに悲しむことか。

聽了那個以後，母親會多傷心啊！

比較

## ● ことだ

「就得…」、「要…」、「應當…」、「最好…」

接續與說明 [V-る／V-ない＋ことだ]。表示一種間接的忠告或命令。說話人忠告對方，某行為是正確的或應當的，或某情況下將更加理想。口語中多用在上司、長輩對部屬、晚輩或用在同輩之間。意思相當於「したほうがよい」。

例文

不平があるなら、はっきり言うことだ。

如果有什麼不滿，最好要說清楚。

**2** **ずにはいられない**
「不得不…」、「不由得…」、「禁不住…」

接續與說明 [V-＋ずにはいられない]。表示自己的意志無法克制，情不自禁地做某事。有主動的，積極的語感。相當於「ないでは我慢できない」。

例文

かわいいらしい食器を見つけたので、買わずにはいられなかった。
看到可愛的碗盤，不禁就想買。

比較

• **よりほか（は）ない**

「只有…」、「只好…」、「只能…」

接續與說明 [V-る＋よりほか（は）ない]。表示問題處於某種狀態，只有一種辦法，沒有其他解決的方法。因此，要轉變態度積極地面對這種狀態。相當於口語常說的「しかない」，但語氣上沒有「しかない」柔和。

例文

売り上げをアップさせるには、笑顔でサービスするよりほかはない。
想提高銷售額，只有面帶微笑服務顧客一途了。

**3** **ないではいられない**
「不能不…」、「忍不住要…」、「不禁要…」、「不…不行」、「不由自主地…」

接續與說明 [V-ない＋ではいられない]。表示意志力無法控制，自然而然地內心衝動想做某事。相當於「ないでは我慢できない」。

例文

紅葉がとてもきれいで、歓声を上げないではいられなかった。
楓葉真是太美了，不禁歡呼了起來。

比較

## ● ざるを得<ruby>え</ruby>ない

「不得不…」、「只好…」、「被迫…」

接續與說明 [V-＋ざるを得ない]。表示除此之外，沒有其他的選擇。含有說話人雖然不想這樣，但無可奈何這樣的心情。是一種深思熟慮後的行為結果。有時也表示迫於某壓力或情況，而不情願地做某事。「ざる」是「ず」的連體形。「得ない」是「得る」的否定形。相當於「しなければならない」。

例文

<ruby>上<rt>じょう</rt></ruby><ruby>司<rt>し</rt></ruby>の<ruby>命令<rt>めいれい</rt></ruby>だから、やら<ruby>ざるを得<rt>え</rt></ruby>ない。

因為是上司的命令，不得不做。

---

# 4 ものがある

「有價值」、「確實有…的一面」、「非常…」

接續與說明 [Naな／A-い／V-る＋ものがある]。表示強烈斷定。由於說話人看到或聽到了某些特徵，而發自內心的肯定。

例文

あのお<ruby>坊<rt>ぼう</rt></ruby>さんの<ruby>話<rt>はなし</rt></ruby>には、<ruby>聞<rt>き</rt></ruby>くべきものがある。

那和尚說的話，確實有一聽的價值。

比較

## ● ことがある

「有時…」、「偶爾…」

接續與說明 [V-る／V-ない＋ことがある]。表示有時或偶爾發生某事。有時跟「ときどき」（有時）、「たまに」（偶爾）等，表示頻度的副詞一起使用。由於發生頻率不高，所以不能跟頻度高的副詞如「いつも」（常常）、「たいてい」（一般）等使用。

例文

友人とお酒を飲みに行くことがあります。

我有跟朋友去喝酒過。

---

## 5 どころではない

「哪有…」、「不是…的時候」、「哪裡還…」

接續與說明 [N／V-ている／A-い＋どころではない]。表示遠遠達不到某種程度，或大大超出某種程度。前面要接想像或期待的行為、動作。後項正負面評價皆可。

例文

資金が足りなくて、計画を実行するどころではない。

資金不夠，計畫哪有辦法進行啊。

### 比較

## ● よりほか（は）ない

「只有…」、「只好…」、「只能…」

接續與說明 [V-る＋よりほか（は）ない]。表示問題處於某種狀態，只有一種辦法，沒有其他解決的方法。因此，要轉變態度積極地面對這種狀態。相當於相當於口語常說的「しかない」，但語氣上沒有「しかない」柔和。

例文

努力するよりほかに成功する道はない。

努力是唯一的成功之路。

# 6 というものだ

「也就是…」、「就是…」

接續與說明 [N／V-る＋というものだ]。表示對某事物提出自己的感想或判斷。前項是某事物，後項是針對前項提出感想或判斷。有時可以用在充滿感慨之情。

例文

真冬の運河に飛び込むとは、無茶というものだ。

寒冬跳入運河，是件荒唐的事。

比較

## ● ということだ

**(1)「也就是…」、「這就是…」；(2)「聽說…」、「據說…」**

接續與說明 [N／V／A／Na／文句＋ということだ]。(1)表示結論或總結說話的內容。表示說話人根據前項的情報或狀態得到某種結論，或對前面的內容加以解釋。有時候是在聽了對方的話後，向對方確認。(2)表示傳聞。可以使用直接或間接的形式，而且可以跟各種時態的動詞連用。

例文

① ご意見がないということは、皆さん、賛成ということですね。

沒有意見的話，就是大家都贊成的意思了。

② 天気予報によると、今度の台風は大型だということです。

據氣象報告說，這一次是超大型的颱風。

# 7 次第だ

「全憑…」、「要看…而定」、「決定於…」

接續與說明 [N＋次第だ]。表示行為動作要實現，全憑「次第だ」前面的名詞的情況而定。也就是「によって決まる」。

計画がうまくいくかどうかは、君たちの働き次第だ。

計畫能否順利進行，全看你們怎麼做了。

比較

## に基づいて

「根據…」、「按照…」、「基於…」

接續與說明 [N＋に基づいて]。表示以某事物為根據或基礎。相當於「を基にして」。

例文

違反者は法律に基づいて処罰されます。

依法處罰違反者。

次の文の＿＿＿＿にはどんな言葉を入れたらよいか。1・2から最も適当なものをひとつ選びなさい。

**實力測驗**

Q哪一個是正確的？
答案＞＞在下一頁

---

**1**

これまで何度彼と別れようと思った（　）。

1.ことだ　　2.ことか

**譯**

1.ことだ：最好…
2.ことか：得多麼…啊

解答》請看下一頁

---

**2**

こんな嫌なことがあった日は、酒でも飲ま（　　　　）。

1.ずにはいられない　2.よりほかない

**譯**

1.ずにはいられない：禁不住…
2.よりほかない：只有…

解答》請看下一頁

---

**3**

あまりに痛かったので、叫ば（　　）。

1.ざるをえなかった
2.ないではいられなかった

**譯**

1.ざるをえなかった：只得…
2.ないではいられなかった：忍不住要…

解答》請看下一頁

---

**4**

彼女の演技には人をひきつける（　）。

1.ものがある　2.ことがある

**譯**

1.ものがある：很…
2.ことがある：有時

解答》請看下一頁

---

**5**

センター試験が目前ですから、正月休み（　　　　）んですよ。

1.どころではない　2.よりほかない

**譯**

1.どころではない：實在不能…
2.よりほかない：只好

解答》請看下一頁

---

**6**

温泉に入って、酒を飲む。これぞ極楽（　　　　）。

1.ということだ　2.というものだ

**譯**

1.ということだ：這就是…
2.というものだ：實在是…

解答》請看下一頁

---

**7**

世の中は、万事金（　　）。

1.次第だ　　2.に基づく

**譯**

1.次第だ：要看…而定
2.に基づく：根據…

解答》請看下一頁

---

なるほどの解説を確認して、次のページへ進もう！

**1** 比較

答案是2「ことか」。這句話的意思是「到目前為止，有好幾次想跟他分手」。這裡要來的是一個以感嘆的語氣，來表示程度很高，也就是「好幾次都多想…」的意思，知道答案是「ことか」。再加上看到句子前面有疑問詞「何度」，就更確定了；而「ことだ」（最好…）的間接的忠告或命令，在語意上不符。

答案：2

**2** 比較

「ずにはいられない」意為「禁不住…」，表示自己無法克制，情不自禁地做某事之意。在此表示「遇到厭煩事的日子，只好借酒澆愁了」；「よりほかない」意為「只有…」，表示問題處於某種狀態，只有一種辦法，沒有其他解決的方法，要積極地面對這樣的狀態。「借酒澆愁」並沒有積極面對問題，而是不自禁的動作，所以正確答案是1的「ずにはいられない」。

答案：1

**3** 比較

正確答案是2「ないではいられなかった」。「ないではいられない」意為「忍不住要…」，帶有一種忍不住想去做某件事的情緒或衝動，在此表示「由於太痛了，所以不禁叫了出來」；「ざるをえない」意為「只得…」，表示不得不去做某件事，是深思熟慮後的行為。「痛得叫出來」為一種個人自然的衝動反應，不是深思熟慮後去做某行為。

答案：2

**4** 比較

「ものがある」意為「很…」，用於表達說話者見物思情，有所感觸，在此表示「她的演技非常吸引人」；「ことがある」意為「有時」，用於表示事物發生的頻率不是很高，故除了語意不符之外，在文法上助詞的「には」也不能接「ことがある」。正確答案為1。

答案：1

**5** 比較

「どころではない」意為「哪裡還…」，在此強調沒有餘力或錢財去做，遠遠達不到某程度。在此表示「大考將至，過年實在是沒有時間休息」；「よりほかない」意為「只好」，表示除此之外沒有其他辦法，故語意不符，正確答案為1。

答案：1

**6** 比較

正確答案為2「というものだ」。「というものだ」意為「實在是…」，表示說話者針對某個行為提出自己的感想或評論，在此表示「泡溫泉，喝酒。真是一大享受」；「ということだ」意為「這就是…」，為說話人根據前項的情報或狀態得到某種結論或總結說話內容。這句話的「泡溫泉，喝酒」符合「というものだ」的前項「針對某個行為」，而提出後項的感想「一大享受」，而不是「ということだ」的結論或傳聞的意思。

答案：2

**7** 比較

「次第だ」意為「要看…而定」，前項的事物是決定事情的要素，由此而發生各種變化，在此表示「這個世界，萬事都取決於金錢。」；「に基づく」意為「根據…」，前項多接「考え方、計画、資料、経験」之類的詞語，表示以前項為根據或基礎。這句話的前項是決定事情的要素「金錢」，知道正確答案為1的「次第だ」。

答案：1

# Bun Pou Hikaku Ji-Ten

# 第一部

## 助詞文型（一）

# 格助詞（手段・基準・限定）

MP3 T-31

## 1 にて、でもって
### 以…、用…；因…；…為止

接續與說明 [N＋にて]；[N＋でもって]。「にて」表示時間、年齡跟地點，相當於「で」。也可接手段、方法、原因、限度、資格或指示詞，後接所要做的事情或是突發事件，屬於客觀的說法，宣佈、告知的語氣強；「でもって」是由格助詞「で」跟「もって」所構成，用來加強「で」的詞意。表示方法、手段跟原因。〈日文意思〉～で、～の時に、～において、～によって。

例文

## もう時間なので本日はこれにて失礼致します。
時間已經很晚了，所以我就此告辭了。

比較

### にて

　　表示限定時，後接所要做的事情「告辭了」。常用「これにて」（就此）的慣用方式，「にて」後發音變化成「で」，所以相當於「これで」的意思。

### にあって

　　「處於…狀況之下」之意。前接時間、地點及狀況等詞，表示處於前面這一特別的事態、狀況之中，所以有後面的事情。順接、逆接都可以。屬於主觀的說法。

## 2 をもって
以此…、用以…；至…為止

接續與說明 [N＋をもって]。表示行為的手段、方法、材料、根據、中介物等；另外，表示限度或界線，接在「以上、本日、今回」之後，用來宣布一直持續的事物，到那一期限結束了。常見於會議、演講等場合或正式的文件上。〈日文意思〉で（手段／終点・界）。

例文

雪国の厳しさを身をもって、体験した。
親身體驗了雪國生活的嚴峻。

比較

### をもって

前接「體言」。助詞要用「を」。表示使用「親身」這一手段、方法或材料，來達成後面的「體驗雪國生活的嚴峻」這一目的。

### にあって

「處於…狀況之下」「在…之中」的意思。助詞要用「に」。前面接場合、地點、立場、狀況或階段，表示因為有了前項這一重要的階段的成立，才會有後項所敘述事件的成立。順接、逆接都可以用這個句型。

## 3 （の）如何で、（の）如何によって
根據…、要看…如何、取決於…

接續與說明 [N（の）＋如何で]；[N（の）＋如何によって]。表示依據。也就是根據前面的狀況如何，來進行後面。後面會如何變化，那就要看前面的情況、內容來決定了。「いかん」是「如何」之意，「で」是格助詞。〈日文意思〉～がどうかで（決まる）。

例文

成績の如何によって、今後の進路が決まる。
依照成績優劣決定往後的人生前程。

## （の）如何<sub>いかん</sub>によって

表示決定結果的條件。注意前面可加「の」。表示根據前項「成績」的優劣，決定後項的「未來的方向」。

## 次第<sub>しだい</sub>

「要看⋯如何」。表示事情能否實現，是根據「次第」前面的情況如何而定的，是被它所左右的。前面不需要加「の」，後面也不接「によって」。

---

## 4 に即<sub>そく</sub>して、に即<sub>そく</sub>したN
依⋯、根據⋯、依照⋯、基於⋯

接續與說明 [N＋に即して]；[N＋に即したN]。以某項規定、規則來進行處理。常接表示事實、體驗、規範等名詞後面，表示以之為基準，來進行後項。如果後面出現名詞，一般用「に即したN」的形式。〈日文意思〉～に従って、に基づいて。

例文

## 現状<sub>げんじょう</sub>に即<sub>そく</sub>して、計画<sub>けいかく</sub>を立<sub>た</sub>ててください。
請提出符合現狀的計畫。

比較

## に即<sub>そく</sub>して

注意助詞用「に」，表示就某規定、事實或經驗來進行處理。也就是根據現狀，把現狀也考量進去，來進行後項的擬訂計畫。也常用「～に即していうと」的形式。

## を踏<sub>ふ</sub>まえて

「根據、在⋯基礎上」之意。表示將某事作為判斷的根據、加入考量，或作為前提，來進行後項。後面常跟「～（考え直す）必要がある」相呼應。注意助詞用「を」。

# 5 に至るまで
…至…、直到…

接續與說明 [N＋に至るまで]。表示事物的範圍已經達到了極端程度。由於強調的是上限，所以接在表示極端之意的詞後面。〈日文意思〉～に達するまで／～から～まで全部。

例文

**あの店は、自慢のソースはもちろん、パイ生地やドレッシングに至るまで、すべて手作りしています。**

那家店不只是值得自豪的醬汁，甚至連麵包的麵糰與調味料，全部都由廚師親手製作的。

比較

## に至るまで

　句型是「に至るまで」，表示限定的範圍。用在說明每個小細節、每個角落的範圍，也就是不只是自豪的醬汁，甚至連麵包的麵糰與調味料每個小細節，都包括在裡面的意思。除了地點之外，還可以接人事物。常與「から」相呼應。這是正解。

## …から…にかけて

　「從…到…」「自…至…」之意。籠統地表示，跨越兩個領域的時間或空間。由於是強調兩個地點、時間之間，一直連續發生某事或某狀態的意思，所以不接時間或是空間以外的詞。

# 6 を限りに
從…之後就不（沒）…、以…為分界

接續與說明 [N＋を限りに]。前接某契機、時間點，表示在此之前一直持續的事，從此以後不再繼續下去。多含有從說話的時候開始算起，結束某行為之意。後接表示結束的詞常有「やめる、別れる、引退する」等。正、負面的評價皆可使用。另有表示竭盡所能的「…の限度まで…する」的用法。〈日文意思〉～を最後に／～の限界まで。

例文

私は今日を限りに、タバコをやめる決意をした。

我決定了從今天開始戒菸。

比較

### を限りに

　　強調「結尾」的概念。這裡是從前接的時間點「今天」開始，結束之前都一直持續的抽煙的行為。

### を皮切りに

　　「從…開始」「以…為開端」的意思。強調「起點」的概念，以前接的時間點為開端，發展後面一連串興盛發展的事物。後面常接「地點+を回る」。

---

## 7　を皮切りに（して）、を皮切りとして
### 以…為開端開始…、從…開始

接續與說明　[N＋を皮切りに（して）] ; [N＋を皮切りとして]。前接某個時間點，表示以這為起點，開始了一連串同類型的動作。後項一般是繁榮飛躍、事業興隆等內容。〈日文意思〉～を（一連の物事の）始めにして。

例文

当劇団は評判がよく、明日の公演を皮切りに、今年は10都市をまわる予定である。

該劇團廣受好評，並以明日的公演揭開序幕，今年預定至十個城市巡迴表演。

比較

### を皮切りに

　　助詞要用「を」。強調「起點」的概念。以前面所接的時間點「明天的公演」為開端，發展後面一連串興盛發展的事物，也就是「今年預定至十個城市巡迴表演」。

## （が）あっての

表示「有了…之後…才能…」的意思。強調一種「必要條件」的概念。表示因為有前項的條件，後項才能夠存在。含有如果沒有前面的條件，就沒有後面的結果了。注意助詞要用「が」。

---

## 8 にあって（は・も）
**在…之下、處於…情況下；即使身處…的情況下**

接續與說明 [N＋にあって（は／も）]。前接場合、地點、立場、狀況或階段，表示因為處於前面這一特別的事態、狀況之中，所以有後面的事情，這時候是順接。另外，使用「あっても」則表示，雖然身處某一狀況之中，卻有後面的跟所預測不同的事情，這時候是逆接。接續關係比較隨意。屬於主觀的說法。說話者處在當下，描述感受的語氣強。書面用語。〈日文意思〉～に／～で（時、場所、狀況）。

例文

### どんな困難な状況にあっても、必ず解決策はある。
無論遇到多麼困難的狀況，都必定會有解決之策。

比較

## にあっても

「即使身處…的情況下」。前接名詞「狀況」，表示雖然身處困難的狀況之中，還是會有像後面這樣跟預料不同的「解決之策」。這裡需要逆接的表達方式。

## にして

「直到…才…」之意。強調「階段」的概念。表示到了前項那一個階段，才產生後項。前面常接「～才、～回目、～年目」等，後面常接難得可貴的事項。

# 9 にして
### 雖然…但是…；在…時才（階段）

接續與說明 [N＋にして]。有兩種用法。（一）表示兼具兩種性質和屬性。可以是並列，也可以是逆接，也就是「是…而且也…」之意；（二）前接時間、次數等，則表示到了某階段才初次發生某事，也就是「直到…才…」之意。常用「Nにしてようやく」、「Nにして初めて」的形式。〈日文意思〉～で。

例文

結婚 7 年目にして、ようやく子供ができた。
結婚第七年，終於有了孩子了。

比較

## にして

句型「にして」，強調「階段」的概念。表示到了前項這個階段「結婚第七年」，才初次產生後項，難得可貴、期盼已久的事「終於有了孩子」。可以是並列，也可以是逆接。

## に応じて

「根據…」之意。強調「根據某變化來做處理」的概念。表示以前項為依據，後項隨著前項而發生相對應的變化。後面常接相應變化的動詞，如「変える / 加減する」。修飾後面的名詞時用「～に応じた～」。

# 10 をもってすれば、をもってしても
### 只要用…；即使以…也…

接續與說明 [N＋をもってすれば]；[N＋をもってしても]。原本「をもって」表示行為的手段、工具或方法、原因和理由；限度和界限等意思。「をもってすれば」後為順接，從「行為的手段、工具或方法」衍生為「只要用…」的意思；「をもってしても」後為逆接，從「限度和界限」成為「即使以…也…」的意思。〈日文意思〉用いれば／用いても。

# あの子の実力をもってすれば、全国制覇は間違いない。

他只要充分展現實力，必定能稱霸全國。

## をもってすれば

強調「只要是（有／用）～的話就～」，表示只要有前項「充分展現他的實力」的話，就能達到後項「必定能稱霸全國」的目的。屬於順接，所以後面常接正面積極的句子。

## をもってしても

強調「即使是（有／用）～但也～」，屬於逆接，所以後面常接事情卻不如意的句子。

次の文の＿＿＿＿にはどんな言葉を入れたらよいか。1・2から最も適当なものをひとつ選びなさい。

## 實力測驗

**Q** 哪一個是正確的？
答案＞＞在右頁

**1**

書面＿＿＿＿ご対応させていただく場合の手続きは、次の通りです。
　　1 にあって　　2 にて

**譯**
1 にあって：…處於…狀況之下
2 にて：以…

解答≫請看右頁

**2**

略儀ながら書中＿＿＿＿ごあいさつ申し上げます。
　　　1 にあって　　2 をもって

**譯**
1 にあって：處於…狀況之下
2 をもって：以此…

解答≫請看右頁

**3**

睡眠の＿＿＿＿によって、体調の善し悪しも違います。
　　　1 しだい　　　2 いかん

**譯**
1 しだい：要看…如何
2 いかん：「いかんによって」根據…

解答≫請看右頁

**4**

子供のレベルに＿＿＿＿授業をしなければ、意味がありません。
　　　1 即した　　　2 踏まえた

**譯**
1 即した：「に即した」根據…（的）
2 踏まえた：「を踏まえて」在…基礎上

解答≫請看右頁

**5**

彼はテレビからパソコンに＿＿＿＿、すべて最新のものをそろえている。
　　　1 かけて　　　2 いたるまで

**譯**
1 かけて：「〜から〜にかけて」從…到…
2 いたるまで：「に至るまで」…至…

解答≫請看右頁

なるほどの解説を確認して、
次のページへ進もう！

# なるほどの解説

**1**

> 體言

書面にてご対応させていただく場合の手続きは、次の通りです。

→ 實行後項時所用的方法

→ 要做的事情，客觀且告知的語氣強

以書面回覆之相關手續如下所述。 答案 2

---

**2**

> 體言

略儀ながら書中をもってごあいさつ申し上げます。

→ 手段、方法

→ 達成目的或行為

請容許以簡略書信問候。 答案 2

---

**3**

> 體言，可加の

睡眠のいかんによって、体調の善し悪しも違います。

→ 決定結果的根據

→ 受根據所影響的結果

身體狀況的好壞視睡眠品質如何而定。 答案 2

---

**4**

> 體言

子供のレベルに即した授業をしなければ、意味がありません。

→ 以事實作為基準

→ 進行處理的事項

授課內容若未配合孩子的程度就沒有意義。 答案 1

---

**5**

> 體言

彼はテレビからパソコンにいたるまで、すべて最新のものをそろえている。

→ 從理所當然，到每個細節的事物

→ 全部概括毫不例外

他擁有從電視到電腦的各式最新設備。 答案 2

**實力測驗**

**Q** 哪一個是正確的？

答案＞＞在右頁

**6**

今年１２月を_____、退職することにしました。

1 限りに　　2 皮切りに

**譯** 1 限りに：「を限りに」從…之後就不（沒）…

2 皮切りに：「を皮切りに」從…開始

解答＞＞請看右頁

**7**

彼女は１年間休養していたが、３月に行うコンサートを_____芸能界に復帰します。

1 あっての　　2 皮切りに

**譯** 1 あっての：「（が）あっての」有了…之後…才能…

2 皮切りに：「を皮切りに」從…開始

解答＞＞請看右頁

**8**

いかなる厳しい状況_____、冷静さを失ってはならない。

1 にあっても 2 にして

**譯** 1 にあっても：即使處於…情況下

2 にして：直到…才…

解答＞＞請看右頁

**9**

アメリカは44代目に_____はじめて黒人大統領が誕生した。

1 して　　　　2 おうじて

**譯** 1 して：「にして」直到…才…

2 おうじて：「におうじて」根據…

解答＞＞請看右頁

**10**

現代の科学をもって_____、証明できないとも限らない。

1 しても　　　2 すれば

**譯** 1 しても：「をもってしても」即使是（有／用）…但也…

2 すれば：「をもってすれば」只要是（有／用）…的話就…

解答＞＞請看右頁

なるほどの解説を確認して、次のページへ進もう！

**6**

體言

今年１２月を限りに、退職することにしました。

→ 以此時間點，做為結束後項的分界點

→ 從今以後不再持續的事物，正負面評價皆可使用

決定於今年十二月要離職了。　　　　　　　　　　　　答案 1

---

**7**

體言

彼女は１年間 休 養していたが、３月に行うコンサートを
皮切りに芸能界に復帰します。

→ 以此時間點為開端

→ 開始一連串同類型的動作，通常是事業興隆等內容

她雖靜養了一整年，但即將以三月份舉行的演唱會作為重返演藝圈的序幕。　答案 2

---

**8**

體言

いかなる厳しい状況にあっても、冷静さを失っては
ならない。

→ 多接狀況、立場、階段的名詞

→ 雖身處前項，卻有跟預測不同的後項

無論遇上什麼樣的嚴苛狀況，都必須保持冷靜。　　　　答案 1

---

**9**

體言

アメリカは44代目にしてはじめて黒人大統領が誕生した。

→ 時間、人生階段

→ 難得可貴、期盼已久的事。常和「初めて」相呼應

美國到了第44屆，初次誕生了黑人總統。　　　　　　答案 1

---

**10**

體言

現代の科学をもってすれば、証明できないとも限らない。

→ 行為的手段、工具或方法

→ 只要用前項，後項就有機會成立，常接正面積極的句子

只要運用現代科技，或許能夠加以證明。　　　　　　答案 2

# 副助詞（主題・例示）

 **MP3** **T-32**

## 1 すら、ですら
就連…都；甚至連…都

接續與說明 [N＋すら／ですら]。舉出一個極端的例子，表示連他（它）都這樣了，別的就更不用提了。有導致消極結果的傾向。和「さえ」用法相同，但因為含有輕視的語氣，所以只能用在負面的評價。如果接在主格後面，多為「ですら」的形式。用「すら…ない」（連…都不）是舉出一個極端的例子，來強調不能…的意思。〈日文意思〉～さえ。

例文

# 貧しすぎて、学費すら支払えない。
貧窮得連學費都無法繳納。

比較

## すら

有強調主題的作用。舉出前項「學費」當作一個極端的例子，強調就連前項都不能的意思。後面跟否定相呼應「支払えない」。有導致消極結果的傾向。後只接負面評價。

## さえ

「只要（就）…」之意。強調「只要有前項最基本的條件，就能實現後項」。跟假設條件的「ば、たら、なら」前後相呼應。表示只要有某事，就夠了，其餘都是小問題的意思。後可接正、負面評價。

## 2 だに
### 一…就…；連…也（不）…

接續與說明 [V-る／R-／N＋だに]。前接名詞時，舉一個極端的例子，表示「就連…也（不）…」的意思。後常和否定形相呼應；前接「考える、想像する、思う、聞く、思い出す」等心態動詞時，則表示光只是做一下前面的心裡活動，就會出現後面的狀態了，如果真的實現，就更是後面的狀態了。有時表示消極的感情，這時後面多為「怖い、つらい」等表示消極的感情詞。

例文

## 地震のことなど想像するだに恐ろしい。
只要一想像發生地震的慘狀就令人不寒而慄。

比較

### だに

前接「想像する」表示心態動詞，表示光只是做一下前面「想像」的心裡活動，就會出現後面的「不寒而慄」狀態了，如果真的實現，就更是後面的狀態了。

### すら

「就連…都」之意。舉出一個極端的例子，表示連他（它）都這樣了，別的就更不用提了，後接否定。有導致消極結果的傾向。和「さえ」用法相同，因為含有輕視的語氣，所以只能用在負面評價。

## 3 たる（者）
### 作為…的…

接續與說明 [N＋たる（者）]。「たる」是由「であり」演變而來的。前接高評價的事物、高地位的人、國家或社會組織，表示照社會上的常識、認知來看，應該會有合乎這種身分的影響或做法，所以後常和表示義務的「べきだ、なければならない」等相呼應。「たる」給人有莊

嚴、慎重、誇張的印象。書面用語。〈日文意思〉～の立場にある者。

例文

**親たる者、夢を追う我が子の背中を黙って見守るべきである。**
身為父母者，應該默默地守護著追逐夢想的兒女背影。

比較

## たる（者）

　　強調「價值跟資格」的概念。前接一定評價跟高地位的人「父母」，表示照社會上的常識、認知來看，為人父母的應該「默默地守護著追逐夢想的兒女背影」。

## なる

　　「變成」之意。強調「變化」的概念，表示事物的變化。是一種無意圖，物體本身的自然變化。

# 4 ときたら
説到…來、提起…來

接續與說明 [N＋ときたら]。表示提起話題，說話人帶著譴責和不滿的情緒，對話題中的人或事進行批評。批評對象一般是說話人身邊，關係較密切的人物或事。用於口語。有時也用在自嘲的時候。〈日文意思〉～は～。

例文

**あの連中ときたら、いつも騒いでばかりいる。**
説起那群傢伙呀，總是吵鬧不休。

比較

## ときたら

　　強調「帶著負面的心情提起話題」的概念。消極地承接某人提出的話題，而對話題中的人或事「那群傢伙呀」帶著譴責和不滿的情緒進行批評。比「といえば」還要負面、被動。

## といえば

　　「說到…」之意。強調「提起話題」的概念，表示在某一場合下，某人積極地提出某話題，或以自己心裡想到的事情為話題，後項是對有關此事的敘述，或又聯想到另一件事。也用「というと」的說法。

---

## 5 とは
### 連…也、沒想到…、…這…、竟然會…

接續與說明 [N／引用語・句＋とは]。表示對看到或聽到的事實（意料之外的），感到吃驚或感慨的心情。前項是已知的事實，後項是表示吃驚的句子。有時候會省略後半段，單純表現出吃驚的語氣。口語用「なんて」的形式。可以跟「というのは」相替換；〈日文意思〉～というのは／～は。

例文

## こんなところで会うとは思わなかったね。
沒想到我們竟會在這裡相遇哪！

比較

## とは

　　強調「感嘆或驚嘆」的概念。對意料之外看到或遇到的事實「竟會在這裡相遇」，感到吃驚。後項是表示吃驚的句子「沒想到」。

## ときたら

　　「提起…來」之意。強調「帶著負面的心情提起話題」的概念。消極地承接某人提出的話題，而後項是對話題中的人或事進行批評。含有說話人帶著譴責和不滿的情緒。注意「ときたら」前面只接體言。

## 6 ともあろう者が
### 身為…卻…、堂堂…竟然…、名為…還…

接續與說明 [N＋ともあろうものが]。表示具有聲望、職責、能力的人或機構，其所作所為，就常識而言是與身份不符的。後項帶有驚訝、憤怒、不信及批評的語氣。前接表示社會地位、身份、職責、團體等名詞，後接表示人、團體等名詞，如「者、人、機関」。〈日文意思〉～それほどの人物が。

例文

日本のトップともあろう者がどうしていいのか分からないなんて、情けないものだ。
連日本的領導人竟然都會茫然不知所措，實在太窩囊了。

比較

### ともあろう者が

前接表示具有社會地位「日本的領導人」，後接「者」。表示具有聲望、職責、能力的「日本的領導人」，「竟然都會茫然不知所措」，這怎麼能叫做「日本的領導人」呢。後項帶不信及批評的語氣。

### たる（者）

「作為…的人…」之意。強調「立場」的概念。前接高評價的事物、高地位的人、國家或社會組織，表示照社會上的常識、認知來看，應該會有像後項那樣合乎這種身分的影響或做法。「たる」給人有莊嚴、慎重、誇張的印象。

# 7 には、におかれましては

在…來說

**接續與說明** [N＋には]；[N＋におかれましては]。前接地位、身份比自己高的人，表示對該人的尊敬。語含最高的敬意，用於鄭重的書信。「におかれましては」是更鄭重的表現方法。〈日文意思〉～は（敬意の対象を表す）。

**例文**

## あじさいの花が美しい季節となりましたが、皆様方におかれましてはいかがお過ごしでしょうか。

時值繡球花開始展露嬌姿之季節，敬祝各位平安祥樂。

**比較**

## におかれましては

前接地位、身份比自己高的人「各位」，表示對該尊敬的「各位」，進行後項的問候近況或對方的健康等。語含最高的敬意。

## にて

「以…、用…；因…；…為止」之意。表示時間、年齡跟地點，相當於「で」；也表示手段、方法、原因或限度，後接所要做的事情或是突發事件。屬於客觀的說法，宣佈、告知的語氣強。

# 8 といったN

…等的…、…這樣的…

**接續與說明** [N、N＋といったN]。表示列舉。一般舉出兩項以上相似的事物，表示所列舉的這些不是全部，還有其他。〈日文意思〉～のような／～などの（例示する意を表す）。

例文

私は寿司、カツどんといった和食が好きだ。

我很喜歡吃壽司與豬排飯這類的日式食物。

比較

## といった

　　表示列舉。一般舉出兩項相似的事物「壽司與豬排飯」，表示所列舉的這些不是全部，還有其他喜歡的日式食物。

## といって

　　【これ・疑問詞】+といって，表示「沒有特別的」之意。前接「これ、なに、どこ」等詞，後面要接否定，表示沒有特別值得舉出，沒有特別好提出的東西之意。

---

**9** **といって、といったN…ない**
沒有特別的…、沒有值得一提的…

---

接續與說明 [N＋といって]；[N＋といったN…ない]。前接「これ、なに、どこ」等詞，後接否定，表示沒有特別值得一提的東西之意。〈日文意思〉～に取り上げるような～はない。

例文

私はこれといった趣味もありません。

我沒有任何嗜好。

比較

## といった…ない

　　前接「これ、なに、どこ」等詞，接名詞，後面跟否定相呼應，表示沒有特別值得舉出的「嗜好」之意。

## といえば

　　「說到…」之意。強調「提起話題」的概念，表示在某一場合下，某人積極地提出某話題，或以自己心裡想到的事情為話題，後項是對有關此事的敘述，或又聯想到另一件事。也用「というと」的說法。

**實力測驗**

**Q** 哪一個是正確的？

答案>>在右頁

## 1
自分で歩くこと＿＿＿＿＿できないのに、マラソンなんてとんでもない。
　　　1 さえ　　　　2 すら

**譯** 1 さえ: 只要（就）…
　　2 すら: 就連…都…

解答>>請看右頁

## 2
彼の名前を耳にする＿＿＿＿＿、身震いがする。
　　　1 だに　　　2 すら

**譯** 1 だに: 一…就…
　　2 すら: 就連…都…

解答>>請看右頁

## 3
彼はリーダー＿＿＿＿＿者に求められる素質を具えている。
　　　　1 なる　　　　2 たる

**譯** 1 なる: 成為
　　2 たる: 「たる（者）」作為…的…

解答>>請看右頁

## 4
近頃の若者＿＿＿＿＿、わがままといったらない。
　　　1 といえば　　2 ときたら

**譯** 1 といえば: 說到…
　　2 ときたら: 提起…來

解答>>請看右頁

## 5
彼女がこんなに綺麗になる＿＿＿＿＿、想像もしなかった。
　　　　1 とは　　　　2 ときたら

**譯** 1 とは: 沒想到…
　　2 ときたら: 提起…來

解答>>請看右頁

なるほどの解説を確認して、
次のページへ進もう！

## なるほどの解説

**1**

別的就更不用提了，
後只接負面評價

（體言）

自分（じぶん）で歩（ある）くことすらできないのに、マラソンなんてとんでもない。

↳ 極端的例子　　↳ 接否定時，強調「就連…都不能…」

連自己都沒辦法走路了，怎麼可能去參加馬拉松賽跑呢！　　答案　2

---

**2**

（動詞連體形）

彼（かれ）の名前（なまえ）を耳（みみ）にするだに、身震（みぶる）いがする。

↳ 影響後項的事件　　↳ 受影響而引起的消極感情

一聽到他的名字，就覺得渾身不舒服。　　答案　1

---

**3**

（體言）

彼（かれ）はリーダーたる者（もの）に求（もと）められる素質（そしつ）を具（そな）えている。

↳ 高地位，主格是人物，常接者（もの）　　↳ 與地位相當，該有的素質

他擁有身為領導者應當具備的特質。　　答案　2

---

**4**

（體言）

近頃（ちかごろ）の若者（わかもの）ときたら、わがままといったらない。

↳ 以不滿的情緒進行批評的對象　　↳ 對話題中的人進行譴責或批評

說到最近的年輕人，都很任性放肆。　　答案　2

---

**5**

（用言終止形）

彼女（かのじょ）がこんなに綺麗（きれい）になるとは、想像（そうぞう）もしなかった。

↳ 意想不到的事項　　↳ 常接吃驚，且表示思考、心理運作的句子

做夢都想像不到她竟然會變得如此美麗。　　答案　1

**實力測驗**

**Q** 哪一個是正確的？

答案＞＞在右頁

---

**6**

首相＿＿＿＿者が、あんな暴言を吐くなんて。

　　　1 たる　　　2 ともあろう

**譯** 1 たる：「たる（者）」作為…的…
　　2 ともあろう：「ともあろう者が」堂堂…竟然…

解答≫請看右頁

---

**7**

貴社＿＿＿＿、所要の対応を行うようお願い申し上げます。

　　1 におかれましては 2 にて

**譯** 1 におかれましては：在…來說
　　2 にて：以…

解答≫請看右頁

---

**8**

上野動物園ではパンダやラマと＿＿＿＿珍しい動物も見られますよ。

　　1 いって　　　2 いった

**譯** 1 いって：「といって」沒有特別的…
　　2 いった：「といった」…等的…

解答≫請看右頁

---

**9**

特にこれ＿＿＿＿好きなお酒もありません。

　　1 といって　2 といえば

**譯** 1 といって：沒有特別的…
　　2 といえば：說到…

解答≫請看右頁

---

なるほどの解説を確認して、次のページへ進もう！

## なるほどの解説

**6**

體言

首相(しゅしょう)ともあろう者(もの)が、あんな暴言(ぼうげん)を吐(は)くなんて。

└→ 具有聲望、身份的人

└→ 所作所為與身份不符,驚訝及批評的語氣

沒有想到他貴為首相竟然口吐粗言。　　　　　　　　　答案　2

**7**

體言 → 地位、身份比自己高的人,表尊敬

貴社(きしゃ)におかれましては、所要(しょよう)の対応(たいおう)を行(おこな)うようお願(ねが)い申(もう)し上(あ)げます。

└→ 後接為請求或詢問健康、近況、祝賀等的問候語

敬祈貴公司能惠予善加處理本件。（在這句中不翻譯）　　　答案　1

**8**

體言

上野動物園(うえのどうぶつえん)ではパンダやラマといった珍(めずら)しい動物(どうぶつ)も見(み)られますよ。

└→ 舉出兩個相同類型的事例

└→ 前面兩個事例都屬於這範圍,暗示還有其他一樣的例子

在上野動物園裡可以看到貓熊以及駝馬等各類珍禽異獸喔！　　答案　2

**9**

これ或疑問詞

特(とく)にこれといって好(す)きなお酒(さけ)もありません。

└→ 後接否定,常接も相呼應,表示沒有特別值得一提的東西

也沒有什麼特別喜好的酒類。　　　　　　　　　　　　答案　1

# 副助詞（程度・強調・列舉・反覆）

 **MP3** T-33

## 1 からある
足有…之多…、…值…以上

接續與說明 [N（數量詞）＋からある]。前面接表示數量的詞，強調數量之多。一般重量、長度跟大小用「からある」，價錢用「からする」。〈日文意思〉～（數量）を越える。

例文

## 120キロからある大物のマグロを釣った。
釣到一尾重達一百二十公斤的大鮪魚。

比較

### からある

前面接表示數量的詞，強調數量之多。一般重量、長度跟大小用「からある」，價錢用「からする」。

### だけある

前接「體言」。接「書面／身／誠意／実力」時，表示手段、方法，用這個做某事。但一般不能用在使用身邊具體的工具上，而達成後面的目的或完成後面的動作。

## 2 てまで、までして
甚至…、即使…也要、甚至於到…地步

接續與說明 [V-て＋まで]；[N＋までして]。表示為了達到某個目的，而採取極端的行動。前項接一個極端的事情，後項多為表示人的意志、判斷、評價、主張的句子。含有說話人批評「為某事而那樣做是不好的、要是自己是不願意這麼做」的語氣。大多用在負面的意思上。〈日文意思〉～それほどをして。

例文

# 家族の幸せを犠牲にしてまで、仕事をしたいのか。
難道不惜犧牲家人的幸福也要拚命工作嗎？

比較

## てまで

表示為了達到某個目的，而採取極端的行動「不惜犧牲家人的幸福」。後項多為表示人的意志「要拚命工作」等句子。大多用在負面的意思上。

## さえ

「只要（就）…」之意。強調「只要有前項最基本的條件，就能實現後項」。跟假設條件的「ば、たら、なら」前後相呼應。表示只要有某事，就夠了，其餘都是小問題的意思。

## 3 といったら
說了…就，說到…就

接續與說明 [N＋といったら]。有兩種用法。（一）表示無論誰說什麼，都絕對要進行後項的動作。是一種強調的說法，通常這時候「といったら」前後會是同一個動詞；（二）先提出一個討論的對象，後接對此產生的感嘆、吃驚、失望等感情表現。〈日文意思〉誰がなんと言っても～。

# やるといったら絶対にやる。死んでもやる。

一旦決定了要做就絕對要做到底，即使必須拚死一搏也在所不辭。

## といったら

　　前後使用同一個動詞「やる」，表示無論誰說什麼，都絕對要進行後項的「絕對要做到底」這一動作。是一種強調的說法。

## という

　　「叫做…的…」之意。表示人或物的稱謂；也可像【「石の上にも三年」という諺語】一樣，表示後一體言的具體內容；又前接數量詞時，表示強調數量之多或少。

---

# 4　…であれ…であれ
即使是…也…、無論…都…

[N＋であれ…N＋であれ]。表示不管前項是什麼情況，後項的事態都還是一樣。後項多為說話人主觀的判斷或推測的內容。前面有時接「たとえ」。另外，前面也可接雖處在某逆境，後接滿足的表現，表示雖然不盡完美卻甘之如飴的意思，用於較正式的書面或較拘謹的口語中。〈日文意思〉～でも～でも。

# 幹部であれ、普通の職員であれ、責任は同じだ。

無論身為幹部或是一般職員，都必須要肩負同樣的責任使命。

## …であれ…であれ

　　表示舉幾個例子，所有都適用的意思。也就是前項的情況「無論身為幹部或是一般職員」，後項的事態都還是一樣「都必須要肩負同樣的責任使命」。後項是說話人主觀的判斷。

## …にしても…にしても

「ＡであれＢであれ」句型中，Ａ跟Ｂ都要用名詞，如果是動詞，就要用「…にしても…にしても」的句型。表示同一種類或相對的兩項事物，都可以說明後述的內容，或兩項事物無一例外。「無論是 還是 」之意。

---

## 5 といい…といい
**不論…還是、…也好…也好**

接續與說明 [N＋といい…N＋といい]。表示列舉。為了作為例子而舉出兩項，後項是對此做出的評價。含有不只是所舉的這二個例子，還有其他也如此之意。用在批評和評價的場合，帶有吃驚、灰心、欽佩等語氣。〈日文意思〉～も～も、どちらも。

例文

# この村は、気候といい、食べ物といい、生活するには、最高のところだ。
這個村子，無論是氣候還是食物，都是最好的生活居所。

比較

### …といい…といい

表示列舉。為了用作例子而舉出兩項「無論是氣候或食物」，後項是對此做出「最佳的居住處所」評價。帶有欽佩等語氣。

### …だの…だの

「…啦…啦」。表示單純的列舉。是對具體事項一個個的列舉。內容多為負面的。

## 6 といわず…といわず
### 無論是…還是…、…也好…也好…

接續與說明 [N＋といわず…N＋といわず]。表示所舉的兩個相關或相對的事例都不例外。也就是「といわず」前所舉的兩個事例，都不例外會是後項的情況，強調「全部都…」的概念。〈日文意思〉～ばかりか、全て／～も～も区別なく。

例文

## 昼といわず、夜といわず、借金を取り立てる電話が相次いでかかってくる。
討債電話不分白天或是夜晚連番打來。

比較

### …といわず…といわず
「不論…還是…」。表示列舉。表示前面所舉的兩個相關或相對的事例，都不例外地發生後項的情況。隱含不僅只所舉的，其他幾乎全部都是。

### …といい…といい
「AといわずBといわず」句型中，表示不僅是A跟B「全部都」的狀態。「AといいBといい」中的A跟B是從全體來看的一個側面。表示列舉的兩個事例都不例外，後項是對此做出的評價。「也好也好」之意。

## 7 つ…つ
### 一邊…一邊…、時而…時而…

接續與說明 [R-＋つ…R-＋つ]。可用同一動詞的主動態跟被動態，如「刺激する、刺激される」這種重複的形式，表示兩方相互之間的動作。也可以用「浮く（漂浮）、沈む（下沈）」兩個意思對立的動詞，表示兩種動作的交替進行。書面用語。多作為慣用句來使用。〈日文意思〉～たり～たり。

# なんだかんだ言っても、肉親は持ちつ持たれつの関係にある。

雖然嘴裡嫌東嫌西的，畢竟血濃於水還是相互扶持的血親關係。

## …つ…つ

用同一動詞的主動態跟被動態，如「持つ─持たれる」這種重複的形式，表示兩方相互之間的動作，也就是直系血親的「互相扶持」的意思。書面用語。多作為慣用句來使用。

## …なり…なり

「或是…或是」之意。表示從列舉的同類或相反的事物中，選其中一個。暗示列舉之外，還有其他更好的選擇。後項大多是命令、建議等句子。一般不用在過去的事物。

**實力測驗**

**Q** 哪一個是正確的？

答案＞＞在右頁

**1**

父が2メートル＿＿＿＿＿＿クリスマスツリーを買ってきた。
1 からある　　2 だけある

**譯** 1 からある：足有…之多…
2 だけある：「だけあって」不愧是…

解答》請看右頁

**2**

薬を飲んで＿＿＿＿＿＿して痩せたいのですか。
1 まで　　　　2 さえ

**譯** 1 まで：「てまで」即使…也要…
2 さえ：只要（就）…

解答》請看右頁

**3**

あきらめない＿＿＿＿＿＿、何が何でもあきらめません。
1 という　　　2 といったら

**譯** 1 という：叫做…的
2 といったら：說到…就…

解答》請看右頁

**4**

コップ＿＿＿＿＿＿、グラス＿＿＿＿＿＿、飲めればそれでいいよ。
1 として／として　2 であれ／であれ

**譯** 1 として／として：沒有此用法。
2 であれ／であれ：「であれ…であれ」即使是…也…

解答》請看右頁

**5**

話し方＿＿＿＿＿＿雰囲気＿＿＿＿＿＿、タダ者じゃないね。
1 だの／だの　2 といい／といい

**譯** 1 だの／だの：「…だの…だの」…啦…啦
2 といい／といい：「…といい…といい」…也好…也好

解答》請看右頁

**6**

休日＿＿＿＿＿＿平日＿＿＿＿＿＿、お客さんがいっぱいだ。
1 といわず／といわず　2 によらず／によらず

**譯** 1 といわず／といわず：「といわず…といわず」無論是…還是…
2 によらず／によらず：沒有「によらず…によらず」這樣的句型。

解答》請看右頁

**7**

灯篭は浮き＿＿＿＿＿＿沈み＿＿＿＿＿＿流されていった。
1 なり／なり　2 つ／つ

**譯** 1 なり／なり：「…なり…なり」…也好…也好
2 つ／つ：「…つ…つ」時而…時而…

解答》請看右頁

なるほどの解説を確認して、
次のページへ進もう！

**1**

體言

父が２メートルからあるクリスマスツリーを買ってきた。

↳ 數量詞，而且是超乎常理的數量

父親買回來一株高達兩公尺的聖誕樹。

答案 1

---

**2**

動詞連用形

薬を飲んでまでして痩せたいのですか。

↳ 極端的行動 ↳ 表示意志的句子，含批評的語氣

真的不惜吃藥也想要瘦下來嗎？

答案 1

---

**3**

用言終止形

あきらめないといったら、何が何でもあきらめません。

↳ 堅決的意志 ↳ 無論如何都要進行的後項動作，強調的説法

一旦決定不半途而廢，就無論如何也決不放棄。

答案 2

---

**4**

體言　　　　體言

コップであれ、グラスであれ、飲めればそれでいいよ。

↳ 常接事態沒有變化的內容

型態相對的兩個例子

無論是一般杯子也好，或玻璃杯也罷，只要能作為飲用容器什麼都行喔！

答案 2

---

**5**

體言　　　　體言

話し方といい雰囲気といい、タダ者じゃないね。

↳ 對此做出的評價

列舉兩個例子，含不只是所舉的例子，其他也如此之意

無論是他的談吐或是氣質，在在顯示出絕非泛泛之輩。

答案 2

---

**6**

體言　　　　體言

休日といわず平日といわず、お客さんがいっぱいだ。

↳ 強調不管何時，都不例外地發生後面的情況

兩個相對的例子

無論是假日或平日，都擠滿了客人。

答案 1

---

**7**

動詞連用形，意思對立的動詞

灯篭は浮きつ沈みつ流されていった。

主體　同一主體在進行前項時，同時交替進行後項

水燈在載浮載沉緩緩地流走了。

答案 2

# 副助詞 （限定・非限定・附加）

MP3 T-34

## 1 ただ…のみ
只有…、只…、唯…

接續與說明 [ただ＋V-る／A-い／Naである／N（である）＋のみ]。表示限定除此之外，沒有其他。「ただ」跟後面的「のみ」相呼應，有加強語氣的作用。「のみ」是嚴格地限定範圍、程度，是規定性的、具體的。「のみ」是書面用語，意思跟「だけ」相同。〈日文意思〉その一つに限定して。

例文

しけん お けっか ま
**試験は終わった。あとはただ結果を待つのみ。**
考試終於結束了，接下來只等結果揭曉而已。

比較

### ただ…のみ

　　表示內容或事態，限定除此之外，沒有其他。也就是除了「等結果揭曉」這一事態以外，沒有其他的事了。

### ならではだ

　　「正因為…才」之意。表示對「ならでは」前面的某人事物的讚嘆，正因為是這人事物才會這麼好。是一種高度評價的表現方式，所以在公司或商店的廣告詞上，常可以看到。後接名詞時則用「ならではの」的形式。

## 2 ならではの
正因為…才有（的）、只有…才有（的）、若不是…是不…（的）

接續與說明 [N＋ならではの]。表示對「ならではの」前面的某人事物的讚嘆，正因為是這人事物才會這麼好。是一種高度評價的表現方式，所以在公司或商店的廣告詞上，常可以看到。〈日文意思〉ただ～だけができる。

例文

### これはおふくろの手作りならではの味だ。
這個味道只有媽媽才做得出來。

比較

### ならではの

表示對「ならでは」前面的「おふくろの手作り」的讚嘆，給予高度的評價，正因為這是「母親手作的」才會這麼好。

### ながらの

「一樣、…狀」之意。表示原來的樣子不變，從以前就是那樣。是一種固定的表達方式。

## 3 をおいて…ない
除了…之外

接續與說明 [N＋をおいて…ない]。表示沒有可以跟前項相比的事物，在某範圍內，這是最積極的選項。多用於給予很高評價的場合。〈日文意思〉～以外に～ない。

# あなたをおいて、彼<sub>かれ</sub>を説得<sub>せっとく</sub>できる人<sub>ひと</sub>はいない。

除了你以外，沒有其他人能夠說服他。

## をおいて

　　表示進行後項的「能夠說服他」這一動作，沒有可以跟前項「你」相比的人選了。在某些人選當中，這是最佳的選項。多用於給予很高評價的場合。

## をもって

　　「以此…；至…為止」之意。表示行為的手段、方法、材料、根據、中介物等；另外，表示限度或界線。接在「以上、本日、今回」之後，用來宣布一直持續的事物，到那一期限結束了。

---

# **4** ただ…のみならず
不僅…而且、不只是…也

[ただ＋V-る／A-い／Naである／N（である）＋のみならず]。表示不僅只前項這樣，後接的涉及範圍還要更大、還要更廣，後常和「も」相呼應。是書面用語。〈日文意思〉「ただ～だけでなく～も～」の書面語。

# 彼<sub>かれ</sub>はただ勇敢<sub>ゆうかん</sub>であるのみならず、優しい心<sub>こころ</sub>の持<sub>も</sub>ち主<sub>ぬし</sub>でもある。

他不只勇敢，而且秉性善良。

## ただ…のみならず

　　表示句中的「他」不僅只是限定副詞「のみ」前面的「勇敢である」，也是涉及的範圍還更大的「優しい心の持ち主でもある」，後面常和「も」相呼應。是書面用語。

## は言うまでもなく

「不用說…（連）也」。表示前項很明顯沒有說明的必要，後項較極端的事例也不例外。是一種遞進、累加的表現。常和「も、さえも、まで」等相呼應。

---

## 5 …と…（と）が相まって
### …加上…、與…相結合、與…相融合

接續與說明 [N＋と＋N（と）が相まって]。表示某一事物，再加上前項這一特別的事物，產生了更加有力的效果之意，所以後面常接正面積極的結果。書面用語，也用「～とあいまって」的形式。〈日文意思〉～と～が一つになって。

例文

### 父は才能と努力が相まって成功した。
父親是以其才華與努力相輔相成之下終獲成功的。

比較

## と…（と）が相まって

句型「と…（と）が相まって」，表示某一事物「才華」，再加上前項這一特別的事物「努力」，產生了更加有力的效果之意「終獲成功」。前項是原因，後項是結果。這是正解。

## とともに

「和…一起」之意。表示後項的動作或變化，跟著前項同時進行或發生。

# 6 にとどまらず
不僅…還…、不限於…、不僅僅…

接續與說明 [N（格助詞）＋にとどまらず]。表示不僅限於前面的範圍，更有後面廣大的範圍。前接一窄狹的範圍，後接一廣大的範圍。有時候「にとどまらず」前面會接格助詞「だけ、のみ」來表示強調，後面也常和「も、まで、さえ」等相呼應。〈日文意思〉～だけでなく、更に広い範囲／その範囲には収まらず

例文

テレビの悪影響は子供たちのみにとどまらず、大人にも及んでいる。

電視節目所造成的不良影響，不僅及於孩子們，甚至連大人亦難以倖免。

比較

## にとどまらず

表示不僅限於某個範圍。前接一窄狹的範圍「孩子們」，後接一廣大的範圍「大人」。這裡前面接「のみ」來更進一步強調。後面和「も」相呼應。

## はおろか

「不用說…就是…也」之意。表示前項的一般情況沒有說明的必要，以此來強調後項較極端的事態也不例外。含有說話人吃驚、不滿的情緒，是一種負面評價。後面多接否定詞。

## 7  はおろか
不用說…就是…也…

接續與說明 [N＋はおろか]。後面多接否定詞。表示前項的一般情況沒有說明的必要，以此來強調後項較極端的事例也不例外。含有說話人吃驚、不滿的情緒，是一種負面評價。後項常用強調助詞「も、さえ、すら、まで」。不能用來指使對方做某事，所以不接命令、禁止、要求、勸誘等句子。〈日文意思〉～はもちろん～も～（ない）。

例文

### この国のトイレは、ドアはおろか、カベさえもない。
くに

這個國家的廁所，別說是門，就連牆壁也沒有。

比較

### はおろか

後面多接否定詞。表示前項「廁所的門」這一般情況沒有說明的必要，以此來強調後項較極端的事例「就連牆壁也沒有」也不例外。含有說話人吃驚、不滿的情緒，是一種負面評價。後項可接強調助詞「さえ」。

### を問わず
と

「無論…」之意。表示沒有把前接的詞當作問題、跟前接的詞沒有關係。多接在「男女」、「昼夜」這種對義的單字後面。中文意思是：「無論…」、「不管…，也不管…，都…」等。

## 8  は言うに及ばず、は言うまでもなく
い　　およ　　　　　　　　い
不用說…（連）也、不必說…就連…

接續與說明 [N＋は言うに及ばず]；[N＋は言うまでもなく]。表示前項很明顯沒有說明的必要，後項較極端的事例也不例外。是一種遞進、累加的表現，正、反面評價皆可使用。常和「も、さえも、まで」等相呼應。古語是「は言わずもがな」。〈日文意思〉～はもちろん、～更に～も。

# 年始は言うに及ばず、年末も当然お休みです。

元旦時節自不在話下，歲末當然也都有休假。

## は言うに及ばず

　　表示前項「元旦時節」很明顯沒有說明的必要，後項較極端的事例「歲末」也不例外都有休假。常和「も」相呼應。

## のみならず

　　「不僅…，也…」之意。表示添加。用在不僅限於前接詞的範圍，還有後項進一層的情況。

---

# 9 もさることながら
### 不用說…、…（不）更是…

接續與說明 [N＋もさることながら]。前接基本的內容，後接強調的內容。含有雖然不能忽視前項，但是後項比之更進一步。一般用在積極的、正面的評價。另外，也可用「～もさることながら、～は～でしょうか」的發問方式，提問前先承認前項，進而顯現後項的重要性，表示委婉間接肯定後項的語感。〈日文意思〉～ももちろんだが、それだけでなく／～も無視できないが、～も～。

例文

# このドラマは、内容もさることながら、俳優の演技もすばらしいです。

這部連續劇不只內容精采，演員的演技也非常精湛。

## もさることながら

　前接基本的内容「連續劇的内容」，後接強調的内容「演員的演技」。含有雖然承認「連續劇的内容」好，但是後項「演員的演技」比之更進一步地好。一般用評價這件事是好的、正面的。

## はさておき

　「暫且不說…」之意。表示現在先不考慮前項，而先談論後項。

# 6 実力テスト

做對了，往😄走，做錯了往❌走。

次の文の_____にはどんな言葉を入れたらよいか。1・2から最も適当なものをひとつ選びなさい。

**實力測驗**

**Q** 哪一個是正確的？
答案＞＞在右頁

## 1

私の役割は、ただみなの意見を一つにまとめること_____です。
　　　1 のみ　　　　2 ならでは

**譯** 1 のみ：「ただ…のみ」只有…
　　　2 ならでは：正因為…才

解答≫請看右頁

## 2

街はクリスマス_____のロマンティックな雰囲気にあふれている。
　　　1 ならでは　　2 ながら

**譯** 1 ならでは：正因為…才…
　　　2 ながら：邊…邊…

解答≫請看右頁

## 3

同僚で英語ができる人といえば、鈴木さんを_____いない。
　　　1 もって　　　2 おいて

**譯** 1 もって：「をもって」以此…
　　　2 おいて：「をおいて…ない」除了…之外沒有

解答≫請看右頁

## 4

キンモクセイはただその香り_____、花も美しい。
　　　1 は言うまでもなく2 のみならず

**譯** 1 は言うまでもなく：不用說…（連）也
　　　2 のみならず：「ただ…のみならず」不僅…而且…

解答≫請看右頁

## 5

悔しさと情けなさ_____、自然に涙がこぼれてきました。
　　　1 が相まって 2 とともに

**譯** 1 が相まって：「…と…（と）が相まって」…加上…
　　　2 とともに：和…一起…

解答≫請看右頁

なるほどの解説を確認して、
次のページへ進もう！

**1**

體言

私の役割は、ただみなの意見を一つにまとめることのみ

です。

→ 限定的具體範圍，除此範圍外，都不列入考量，可接正、負面的內容

我所扮演的角色只是將各位的意見綜合彙整起來而已。　　　答案　1

**2**

體言

街はクリスマスならではのロマンティックな雰囲気に

あふれている。 → 對前面的主題，進行讚嘆 → 高評價的內容

街上到處瀰漫著聖誕節特有的浪漫氛圍。　　　答案　1

**3**

體言

同僚で英語ができる人といえば、鈴木さんをおいていない。

→ 從某範圍中

→ 挑選出第一優先的選項，給予高度的評價

在同事中能夠說英文的人，就只有鈴木小姐了。　　　答案　2

**4**

體言

キンモクセイはただその香りのみならず、花も美しい。

→ 主題所具備的好特質之一

→ 還有其他的好特質，後常和「も」相呼應

丹桂的花朵不只是芬芳，而且也很美麗。　　　答案　2

**5**

體言

悔しさと情けなさが相まって、自然に涙がこぼれてきました。

→ 所產生的效果更強大的內容

→ 兩個交互作用的事物

心有不甘與感到窩囊之情兩相交織，眼淚不聽使喚地汩汩而下。

答案　1

## 実力テスト

做對了，往😊走，做錯了往❌走。

次の文の_____にはどんな言葉を入れたらよいか。1・2から最も適当なものをひとつ選びなさい。

---

**實力測驗**

**Q** 哪一個是正確的？

答案>>在右頁

---

**6**

彼女は雑誌の編集_____、表紙のデザインも手掛けています。

　　1 はおろか　　2 にとどまらず

---

**7**

ハリケーンのせいで、財産_____家族をも失った。

　　1 はおろか　　2 を問わず

---

**譯**

1 はおろか：不用說…就是…也…
2 にとどまらず：不僅…還…

解答》請看右頁

---

**譯**

1 はおろか：不用說…就是…也…
2 を問わず：無論…

解答》請看右頁

---

**8**

有名なレストラン_____、地元の人しか知らない穴場もご紹介します。

　　1 のみならず　　2 は言うに及ばず

---

**9**

技術の高さ_____、その柔軟な発想力には頭が下がります。

　　1 もさることながら　2 はさておき

---

**譯**

1 のみならず：不僅…也…
2 は言うに及ばず：不用說…（連）也…

解答》請看右頁

---

**譯**

1 もさることながら：不用說…更是…
2 はさておき：暫且不說…

解答》請看右頁

---

なるほどの解説を確認して、次のページへ進もう！

## なるほどの解説

**6**

體言

彼女は雑誌の編集にとどまらず、表紙のデザインも
手掛けています。

→ 較窄狹的範圍

→ 較廣大的範圍,常和
「も、まで、さえ」
等相呼應

她不單負責雜誌的編輯工作,連封面設計亦不假他人之手。　　答案 2

---

**7**

體言

ハリケーンのせいで、財産はおろか家族をも失った。

↓ 程度較輕不用說明的事項

→ 強調程度較重的事項,
常跟「も、さえ」等相
呼應

在颶風狂襲下,不只喪失了財產,也失去了家人。　　答案 1

---

**8**

→ 很明顯沒有
說明的必要　　體言

有名なレストランは言うに及ばず、地元の人しか知らな
い穴場もご紹介します。

→ 較極端的事例也不例
外,常和「も、さえ
も、まで」等相呼應

不只是著名的餐廳,也將介紹只有當地人才知道的私房景點。　　答案 2

---

**9**

體言　　→ 基本的內容

技術の高さもさることながら、その柔軟な発想力には
頭が下がります。

→ 強調的內容,多用在
積極、正面的評價

他不只是技術高明,其巧妙的創意亦令人欽佩萬分。　　答案 1

# 副助詞（比較・選擇・無關係・除外）

MP3 T-35

## 1 くらいなら、ぐらいなら
與其…不如…（比較好）、與其忍受…還不如…

接續與說明 [V-る＋くらいなら]；[V-る＋ぐらいなら]。表示與其選擇前者，不如選擇後者。說話人對前者感到非常厭惡，認為與其選叫人厭惡的前者，不如後項的狀態好。常用「くらいなら～方がましだ、くらいなら～方がいい」的形式，為了表示強調，後也常和「むしろ（寧可）」相呼應。「ましだ」表示兩方都不理想，但比較起來還是後面一方好一些。〈日文意思〉～ことをがまんするより。

例文

## 浮気（うわき）するぐらいなら分（わ）かれたほうがいい。
如果要移情別戀倒不如分手好。

比較

### ぐらいなら

表示雖然兩者都不理想，但與其選擇前者「移情別戀」，不如選擇後者「分手」。表示說話人對前者「移情別戀」感到非常厭惡。

### というより

「與其說…，還不如說…」之意。表示在比較過後，後項的說法比前項更恰當。後項是對前項的修正、補充或否定。常和「むしろ」相呼應。相當於「…ではなく」。

## 2 にひきかえ
和…比起來、相較起…、反而…

接續與說明 [V／A／Naな／Naである／Naだった／N（な）／Nである／Nだった＋（の）＋にひきかえ]。比較兩個相反或差異性很大的事物。含有說話人個人主觀的看法。跟「に対して」比起來，「に対して」是站在客觀的立場，冷靜地將前後兩個對比的事物進行比較。書面用語。〈日文意思〉～とは逆に。

例文

昨日にひきかえ、今日は朝からとんだ一日だった。
與昨天的順利相左，今天打從一大早就災厄連連。

比較

### にひきかえ

例句中是把「昨天的順利」跟「今天災厄連連」兩個對照性的事物做對比，表示反差很大。含有說話人個人主觀的看法。

### にもまして

「更加地…」之意。表示兩個事物相比較。比起前項，後項更為嚴重，更勝一籌。

## 3 にもまして
更加地…、加倍的…、比…更…、比…勝過…

接續與說明 [N＋にもまして]。表示兩個事物相比較。比起前項，後項更為嚴重，更勝一籌。〈日文意思〉～よりも、更に／～以上に。

例文

過去十年にもまして、今年はなだれが頻繁に発生した。
今年頻頻發生雪崩，比過去十年總和發生的次數還要多。

## にもまして

　　表示兩個事物相比較。比起雪崩程度本來就很高的前項「過去十年的總和」，後項「今年」更為嚴重，更勝一籌。

## に加えて

　　「而且…」之意。表示在現有前項的事物上，再加上後項類似的別的事物。相當於「…だけでなく…も」。

---

**4** うが…まいが、うと…まいと
不管是…不是…、不管…不…

---

接續與說明　[V-よ＋うが＋V-る／V-ない＋まいが]；[V-よ＋うと＋V-る／V-ない＋まいと]。表示逆接假定條件。這句型利用了同一動詞的肯定跟否定的意向形，表示無論前面的情況是不是這樣，後面都是會成立的，是不會受前面約束的。〈日文意思〉～かどうかに関係なく。

例文

## あなたが信じようが信じまいが、私の気持ちは変わらない。
你相信也好，不相信也罷，我的心意絕對不會改變。

比較

## …うが…まいが

　　句型「うが…まいが」，表示逆接假定條件。表示無論前項「你相信也好，不相信也罷」，後項都不會受前項的約束而成立「我的心意絕對不會改變」。

## かどうか

「是否…」的意思。表示從相反的兩種情況或事物之中選擇其一。「かどうか」前面接的是不知是否屬實的內容。

---

## 5 …なり…なり
### 或是…或是、…也好、…也好

接續與說明 [N＋なり＋N＋なり]；[V-る＋なり＋V-る＋なり]。表示從列舉的同類或相反的事物中，選擇其中一個。暗示在列舉之外，還可以其他更好的選擇。後項大多是表示命令、建議等句子。一般不用在過去的事物。由於語氣較為隨便，不用在對長輩跟上司。〈日文意思〉～でも～でも、好きな方を選んで。

例文

# 拭くなり、洗うなり、シートの汚れをきれいに取ってください。

不管是以擦拭的還是用刷洗的方式，總之請將座墊的髒污清除乾淨。

比較

### …なり、…なり

例句中表示從列舉的同類「擦拭的還是用刷洗的」事物中，選擇其中一個。暗示除列舉之外，還可以其他更好的選擇，如搓洗等。後項是表示命令的句子「將座墊的髒污清除乾淨」。

### …うと、…まいと

表示逆接假定條件。表示無論前面的情況是不是這樣，後面都是會成立的，是不會受前面約束的。

# 6 によらず、如何によらず
不管…如何、無論…為何、不按…

接續與說明 [N＋によらず]；[N（の）＋如何によらず]。表示不管前面的理由、狀況如何，都跟後面的規定、決心或觀點沒有關係。也就是後面的行為，不受前面條件的限制。這是「いかん」跟不受某方面限制的「によらず」（不管…），兩個句型的結合。前也常和疑問詞「何、どこ」等相呼應。〈日文意思〉〜に関係なく。

例文

## わが社は学歴によらず、本人の実力で採用を決めている。
本公司並不重視學歷，而是根據應徵者的實力予以錄取。

比較

## によらず

表示不管前面的「學歷」如何，都跟後面的規定「錄取資格」沒有關係。也就是後面的行為，不受前面條件的限制。

## にかかわらず

「不管…都…」之意。表示不拘泥於某事物。接兩個表示對立的事物，表示跟這些無關，都不是問題。前接的詞多為意義相反的二字熟語，或同一用言的肯定與否定形式。

# 7 はさておき、はさておいて
暫且不說…、姑且不提…

接續與說明 [N＋はさておき]；[N＋はさておいて]。表示現在先不考慮前項，而先談論後項。〈日文意思〉〜は一旦保留して／〜は今は考えの外に置いて。

**仕事の話はさておいて、さあさあ先ず一杯。**
<ruby>仕事<rt>しごと</rt></ruby> <ruby>話<rt>はなし</rt></ruby> <ruby>先<rt>ま</rt></ruby> <ruby>一杯<rt>いっぱい</rt></ruby>

別談那些公事了，來吧來吧，先乾一杯再說！

比較

## はさておいて

　　表示現在先不考慮前項「公事」，而先做後項的動作「乾一杯」。含有說話者認為後者比較優先的語意。

## にもまして

　　「比…更…」之意。表示兩個事物相比較。比起前項，後項更為嚴重、更勝一籌。

---

**8** **をよそに**
不管…、無視…

接續與說明 [N＋をよそに]。表示無視前面的狀況，進行後項的行為。意含把原本跟自己有關的事情，當作跟自己無關，多含責備的語氣。〈日文意思〉～を無視して。

例文

**親の反対をよそに、二人は結婚した。**
<ruby>親<rt>おや</rt></ruby> <ruby>反対<rt>はんたい</rt></ruby> <ruby>二人<rt>ふたり</rt></ruby> <ruby>結婚<rt>けっこん</rt></ruby>

他們兩人不顧父母的反對而逕自結婚了。

## をよそに

表示無視前面的狀況「父母的反對」，進行後項的行為「他們兩人就結婚了」。前面接父母給予的情感的名詞「反対」，表示不顧「父母的反對」這一事情。

## によらず

「不管…如何」之意。表示不管前面的理由、狀況如何，都跟後面的規定、決心或觀點沒有關係。也就是後面的行為，不受前面條件的限制。

## 9 をものともせず（に）
**不當…一回事、把…不放在眼裡、不顧…**

接續與說明 [N＋をものともせず（に）]。表示面對嚴峻的條件，仍然毫不畏懼，含有不畏懼前項的困難或傷痛，仍勇敢地做後項。後項大多接改變現況、解決問題的正面評價的句子。不用在說話者自己，為書面用語。〈日文意思〉～を恐れないで。

例文

## 党内の分裂をものともせず、選挙で圧勝した。
居然不受黨內派系分裂的影響，仍能獲得壓倒性的勝選。

比較

## をものともせず

表示面對嚴峻的條件「黨內派系分裂」，仍然毫不畏懼，含有不把前項的困難或傷痛當一回事，仍勇敢地做後項「選舉」。後項大多接改變現況、解決問題的正面評價的句子「仍能獲得壓倒性的勝選」。

## 如何によらず
（いかん）

　「不管…如何」之意。表示不管前面的理由、狀況如何，都跟後面的規
定、決心或觀點沒有關係。也就是後面的行為，不受前面條件的限制。

# 8 実力テスト

做對了，往走，做錯了往走。

次の文の＿＿＿＿にはどんな言葉を入れたらよいか。1・2から最も適当なものをひとつ選びなさい。

## 實力測驗

**Q** 哪一個是正確的？

答案＞＞在右頁

**1**
謝る＿＿＿＿、最初からそんなことしなければいいのに。
1 ぐらいなら　2 というより

**譯** 1 ぐらいなら: 與其…不如… （比較好）
2 というより: 與其說…，還不如說…姊

解答≫請看右頁

**2**
＿＿＿＿、妹は無口で恥ずかしがり屋です。
1 にもまして　2 にひきかえ

**譯** 1 にもまして: 更加地…
2 にひきかえ: 和…比起來…

解答≫請看右頁

**3**
予想＿＿＿＿好調な出だしで、なによりです。
1 に加えて　2 にもまして

**譯** 1 に加えて: 而且…
2 にもまして: 更加地…

解答≫請看右頁

**4**
景気が＿＿＿＿＿＿＿＿、私の仕事にはあまり関係がない。
1 回復しようとしまいと　2 回復するかどうか

**譯** 1 回復しようとしまいと: 「うが…まいが」不管…不…
2 回復するかどうか: 「かどうか」是否…

解答≫請看右頁

**5**
映画を＿＿＿＿、ショッピングに＿＿＿＿、ちょっとはリラックスしたらどうですか。
1 見るなり／行くなり　2 見ようと／行くまいと

**譯** 1 見るなり／行くなり: 「なり…なり」也好…也好…
2 見ようと／行くまいと: 「うと…まいと」不管…不…

解答≫請看右頁

なるほどの解説を確認して、次のページへ進もう！

# なるほどの解説

**1**

（用言連體形）

謝(あやま)るぐらいなら、最初(さいしょ)からそんなことしなければいいのに。

↳ 與其選擇讓人厭惡的前者　　　↳ 兩方都不理想，但是比較起來，還不如選擇後者

早知道要道歉，不如當初別做那種事就好了嘛！　　　答案　1

**2**

（體言）

姉(あね)にひきかえ、妹(いもうと)は無口(むくち)で恥(は)ずかしがりやです。

↳ 兩個對比的事物，跟は相呼應表示強調　　　↳ 接積極、消極內容，含個人的主觀

妹妹與姊姊的個性迥異，話不多且很害羞。　　　答案　2

**3**

（體言）

予想(よそう)にもまして好調(こうちょう)な出(で)だしで、なによりです。

↳ 程度很高的前項　　　↳ 比前項程度更高的內容

狀況比原本預測的還要棒，真是太好了！　　　答案　2

**4**

（用言意向形）（同一用言未然形（五段・カ變動詞終止形））

景気(けいき)が回復(かいふく)しようとしまいと、私(わたし)の仕事(しごと)にはあまり関係(かんけい)

がない。

↳ 不會影響後面發展的事項　　　↳ 不受前句約束的內容

無論景氣是否恢復，與我的工作沒有太大的相關。　　　答案　1

**5**

（動詞終止形）　列出相同或相反的事物，從中擇一　（動詞終止形）

映画(えいが)を見(み)るなり、ショッピングに行(い)くなり、ちょっとは

リラックスしたらどうですか。

↳ 常接命令、建議或希望的句子，一般不用在過去的事物

要不要去看看電影、逛逛街，稍微放鬆一下呢？　　　答案　1

# 9 実力テスト

做對了，往😊走，做錯了往❌走。

次の文の_____にはどんな言葉を入れたらよいか。1・2から最も適当なものをひとつ選びなさい。

**實力測驗**

**Q** 哪一個是正確的？

答案＞＞在右頁

**6**

彼女は見かけに_____、かなりしっかりしていますよ。

1 かかわらず 2 よらず

**譯**
1 かかわらず:「にかかわらず」不管…都…
2 よらず:「によらず」不管…如何

解答≫請看右頁

**7**

真偽のほど_____、これが報道されている内容です。

1 にもまして 2 はさておき

**譯**
1 にもまして: 比…更…
2 はさておき: 姑且不提…

解答≫請看右頁

**8**

医者の忠告_____、お酒を飲んでしまいました。

1 をよそに 2 によらず

**譯**
1 をよそに: 不管…
2 によらず: 不管…如何…

解答≫請看右頁

**9**

けがを_____、最後まで走りぬいた。

1 ものともせず 2 いかんによらず

**譯**
1 ものともせず:「をものともせず」不當…一回事
2 いかんによらず: 不管…如何…

解答≫請看右頁

なるほどの解説を確認して、次のページへ進もう！

## なるほどの解説

**6**

〔體言〕

彼女は見<sub>み</sub>かけによらず、かなりしっかりしていますよ。
かのじょ

　→ 常接一般認為的常理或條件　　→ 不受前項規範，且常是較
　　　　　　　　　　　　　　　　　　寬裕、較積極的內容

她與外表給人的印象不同，個性相當精明幹練喔。　　　　　　答案　2

---

**7**

〔體言〕

真偽<sub>しんぎ</sub>のほどはさておき、これが報道<sub>ほうどう</sub>されている内容<sub>ないよう</sub>です。

　→ 現在先不考慮前項　　　　　　　　　→ 以後項為優先
先不論是真是假，這就是媒體報導的內容。　　　　　　　　　答案　2

---

**8**

〔體言〕

医者<sub>いしゃ</sub>の忠告<sub>ちゅうこく</sub>をよそに、お酒<sub>さけ</sub>を飲<sub>の</sub>んでしまいました。

　→ 跟自己有關，卻視而不見的情況　　　→ 無視前面走向，所
　　　　　　　　　　　　　　　　　　　　做的行為或結果

他不顧醫師的忠告仍執意喝了酒。　　　　　　　　　　　　　答案　1

---

**9**

〔體言〕

けがをものともせず、最後<sub>さいご</sub>まで<sub>はし</sub>走りぬいた。

　→ 嚴峻的條件　　　　　　　　→ 不畏懼前項的困難，解決問題
　　　　　　　　　　　　　　　　的正面評價

儘管受了傷，還是堅持跑到了終點線。　　　　　　　　　　　答案　1

# 第二部
## 助詞文型（二）

# 接續助詞（時間）

 MP3 T-36

## 1 折、折から
…的時候、正值…之際

接續與說明 [V／A／Naな／Nの＋おり（に）]；[A-＋おりから]；[V-る＋おりから]。表示時候，機會的意思。「折（り）」一般表示以前項的某件好事為契機，因此後項較少出現消極的事情；【動詞・形容詞連體形】+折から。「折から」大多用在書信中，表示季節、時節的意思。先敘述值此天候、季節等之際，後面再接請對方多保重等關心話。兩者說法都很鄭重、客氣。〈日文意思〉～機会に／～の時ですから。

例文

残暑厳しき折から、皆様におかれましてはいかがお過ごしでしょうか。

時序進入溽暑，敬祝各位健康愉快。

比較

### 折から

　　表示「時候、機會」的意思。不同於「際（さい）」的是後面可接偶發事件或是自然現象等非意志表現。「折から」多用在書信中，先敘述值此天候不佳之際，後面再接請對方多保重等關心話。「厳しき」是「厳しい」的文言連用形的表現。

### 際

　　表示「趁…的時後」，含有機會、契機的意思。後面多接積極的意志，不接自然現象、偶發事件等表現。後面很少接否定形。

## 2 ぎわに、ぎわのN
### 臨到…、在即…、迫近…

接續與說明 [R-＋ぎわに]；[R-＋ぎわのN]。表示事物臨近某狀態，或正當要做什麼的時候。常用「瀬戸際（せとぎわ）」（關鍵時刻），注意【Nの+際】時，此時的「際」讀作「きわ」如：「今わの際（いまわのきわ）」（臨終）。〈日文意思〉～する直前に、～する寸前。

例文

白鳥（はくちょう）は、死（し）にぎわに美（うつく）しい声（こえ）で鳴（な）くといわれています。
據說天鵝瀕死之際會發出淒美的聲音。

比較

### ぎわに

表示事物臨近某狀態「瀕死之際」，或正當要做什麼的時候。

### がけ（に）

「臨…時…；…時順便…」之意。がけ（に）是接尾詞，表示在前一行為開始後又做其他事情。

## 3 この…というものだ、ここ…というものだ
### 整整…、整個…來

接續與說明 [この＋V-る／A-くない／N＋というものだ]；[ここ＋V-る／A-くない／N＋というものだ]。前接期間、時間的詞語，表示時間很長，「這段期間一直…」的意思。說話人對前接的時間，帶有感情地表示很長。「というもの」再接一個「は」，更有加深感嘆的語氣。〈日文意思〉～という長い間／～の間、ずっと。

例文

ここ数週間（すうしゅうかん）というもの、休日（きゅうじつ）はひたすら仕事（しごと）に追（お）われていました。
最近連續幾星期的假日都在加班工作。

## この…というものだ

前接期間、時間的詞語「幾星期」，表示時間很長「最近連續幾星期的假日都在加班工作」。說話人對前接的時間，帶有感情地表示很長。

## ということだ

「據說」之意。表示傳聞，直接引用的語感較強。用在具體表示說話、事情、知識等內容。

## 4 てからというもの
### 自從…以後一直、自從…以來

接續與說明 [V-て＋からというもの]。表示以前項行為或事件為契機，從此以後有了很大的變化。含有說話人自己內心的感受。用法、意義跟「てからは」大致相同。書面用語。〈日文意思〉～てから、ずっと～。

例文

けっこん　　　　　　　　　　　　　　　　　　　　　かけい　　かない　　まか
**結婚してからというもの、ずっと家計を家内に任せている。**
自從結婚以後，就將家裡的收支全交給妻子管理。

比較

## てからというもの

表示以前項行為或事件「結婚」為契機，從此以後有了很大的變化「將家裡的收支全交給妻子管理」。含有說話人自己內心的感受、感慨。

## てからでないと

「如果不…就不能…」之意。表示條件關係，如果不先做前項，就不能做後項。

## 5 間際に、間際のN
### まぎわ　　　まぎわ
### 迫近…、…在即

接續與說明 [N／V-る＋間際に]；[N／V-る＋間際のN]。表示事物臨近某狀態，或正當要做什麼的時候。〈日文意思〉～する直前に／～する寸前に。

後ろに問題が続いていることに気づかず、試験終了間際に気づいて慌ててしまいました。

沒有發現考卷背後還有題目，直到接近考試時間即將截止時才赫然察覺，頓時驚慌失措了。

比較

## 間際に

表示事物臨近某狀態「考試時間即將結束時」。含有緊迫的語意。

## に際して

「在…之際」之意。表示以某事為「契機」，進行後項的動作。也就是動作的時間或場合。

---

# 6 を…に控えて
## 臨進…、靠近…、面臨…

接續與說明 [N＋を＋N＋に控えて]。「に控えて」前接時間詞時，表示「を」前面的事情，時間上已經迫近了；前接場所時，表示空間上很靠近的意思，就好像背後有如山、海、高原那樣宏大的背景。也可以省略「【時間、場所】＋に」的部分，只用「N＋を控えて」。〈日文意思〉～を間近にして／～が～に近づいて。

例文

結婚式を明日に控えているため、大忙しだった。
明天即將舉行結婚典禮，所以忙得團團轉。

比較

## を…に控えて

「に控えて」前接時間詞「明日」時，表示「を」前面的事情「結婚典禮」，時間上已經迫近了。

## を…に当たって

「在…的時候」之意。表示某一行動，已經到了事情重要的階段。它有複合格助詞的作用。一般用在致詞或感謝致意的書信中。

# 10 実力テスト

做對了，往😊走，做錯了往❌走。

次の文の_____にはどんな言葉を入れたらよいか。1・2から最も適当なものをひとつ選びなさい。

**實力測驗**

**Q** 哪一個是正確的？

答案>>在右頁

**1**

寒さ厳しき_____から、お風邪など召しませぬよう、お気を付け下さい。

1 折　　　　2 際

譯 1 折:…的時候
2 際: 趁…的時後

解答》請看右頁

**2**

寝_____起こされると、もう眠れません。

1 がけに　　2 ぎわに

譯 1 がけに: 臨…時…
2 ぎわに: 迫近…

解答》請看右頁

**3**

ここ1年_____、転職や大病などいろいろなことがありました。

1 というもの　2 ということ

譯 1 というもの: 「ここ…というもの」整整…
2 ということ: 表示内容。

解答》請看右頁

**4**

息子は働き始め_____、ずいぶんしっかりしてきました。

1 てからでないと 2 てからというもの

譯 1 てからでないと: 如果不…就不能…
2 てからというもの: 自從…以來

解答》請看右頁

**5**

就寝する_____には、あまり食べない方がいいですよ。

1 間際　　　2 に際して

譯 1 間際:「間際に」迫近…
2 に際して: 在…之際

解答》請看右頁

**6**

大学の合格発表を明日に_____、緊張で食事もろくにのどを通りません。

1 当たって　2 控えて

譯 1 当たって:「を…に当たって」在…的時候
2 控えて:「を…に控えて」靠近…

解答》請看右頁

なるほどの解説を確認して、次のページへ進もう！

# なるほどの解説

**1**

叙述值此天候不佳之際 ↑

（用言連體形）

寒さ厳しき折から、お風邪など召しませぬよう、お気を
付け下さい。

→ 請對方多保重等關心話，
説法鄭重、客氣

時序進入嚴寒冬季，請格外留意勿受風寒。

答案 1

**2**

（動詞連用形）

寝ぎわに起こされると、もう眠れません。

↳→ 事物臨近
的狀態

↳→ 在那一狀態下發生的事情

正要入睡時一旦被喚醒，就再也睡不著了。

答案 2

**3**

（接時間）

ここ1年というもの、転職や大病などいろいろなことが
ありました。↳→ 表示在這期間發生的後面的事，含有感嘆
這段時間很長的意思

回顧這一年來，經歷過換了工作與生了大病的重重波折。

答案 1

**4**

（動詞連用形）

息子は働き始めてからというもの、ずいぶんしっかり
してきました。→ 變化點、契機　　　↳ 從此以後有了很大的變化，含
説話人自己內心的感慨

兒子自從開始工作以後，個性就變得穩重多了。

答案 2

**5**

（動詞連體形）

就寝する間際には、あまり食べない方がいいですよ。

↳→ 事物臨近某狀態　　　↳→ 在那一狀態下發生的事情

即將入睡之際不要吃太多比較好喔。

答案 1

**6**

時間上即將迫近的事情 ↑

（體言）（時間）

大学の合格発表を明日に控えて、緊張で食事もろくに
のどを通りません。

↳→ 進行、發生的動作

明天即將公布大學入學錄取榜單，緊張得不太吃得下東西。

答案 2

# 接續助詞（同時・並行）

1 かたがた
2 かたわら
3 がてら
4 が早いか
5 そばから

6 なり
7 や、や否や

 **MP3 T-37**

## 1 かたがた
### 順便…、兼…、一面…一面…、邊…邊…

接續與說明 [N＋かたがた]。表示在進行前面主要動作時，兼做（順便做）後面的動作。也就是做一個行為，有兩個目的。前接動作性名詞，後接移動性動詞。前後的主語要一樣。跟「がてら」詞義基本相同，不同點是「かたがた」可以單獨做接續詞使用，而「がてら」不可以。〈日文意思〉「～がてら」の丁寧な言い方。

例文
### 先日のお詫びかたがた、挨拶に行ってきます。
我要出門去為前陣子的事情致歉，並且順便拜會對方。

比較

## かたがた

表示在進行前面主要動作時「為前陣子的事情致歉」，兼做（順便做）後面的動作「拜會對方」。也就是做一個行為，有兩個目的。前接動作性名詞「お詫び」。後接移動性動詞「行く」。前後句的主詞要一樣。

## 一方

「另一方面…」之意。前句說明在做某件事的同時，後句多敘述可以互相補充做另一件事。前後句的主詞可不同。

## 2 かたわら
### 一邊…一邊…、同時還…

接續與說明 [Nの＋かたわら]；[V-る＋かたわら]。表示在做前項主要活動、工作以外，在空餘時間之中還做別的活動、工作。前項為主，後項為輔，且前後項事情大多互不影響。跟「ながら」相比，「かたわら」用在持續時間較長的事物上。用於書面。〈日文意思〉～する一方で。

例文

耳鼻科を開くかたわら、福祉活動をしている。
他一面開設耳鼻科診所，一面從事慈善活動。

比較

### かたわら

是前後兩項動作的並存的句型。表示在做前項主要活動、工作「開設耳鼻科診所」以外，在空餘時間內還做別的活動、工作「從事慈善活動」。前項為主，後項為輔，且前後項事情大多互不影響。用在持續時間「較長」的事物上。

### かたがた

「順便…」之意。可單獨當接續詞使用。表示在進行前面主要動作時，順便做後面的動作。也就是做一個行為，有兩個目的。前接動作性名詞。用在持續時間「較短」的事物上。

## 3 がてら
### 順便、在…同時、借…之便

接續與說明 [N＋がてら]；[R-＋がてら]。表示在做前面的動作的同時，借機順便也做了後面的動作。也就是做一個行為，有兩個目的。一般多用在做前面的動作，其結果也可以完成後面動作的場合。前接動作性名詞，後面多接「行く、歩く」等移動性相關動詞。〈日文意思〉～しながら、そのついでに。

子供の登校を見送りがてら、お隣へ回覧板を届けてきます。

我去送小孩出門上學，順便把回覽通知送給隔壁鄰居。

## がてら

　　表示在做前面的動作「送小孩出門上學」的同時，借機順便也做了後面的動作「把回覽通知送給隔壁鄰居」。一般多用在做前面的動作，其結果也可以完成後面動作的場合。前接動作性名詞「見送り」，後面多接「来る」等移動性相關動詞。

## ながら

　　「一邊…一邊…」之意。表示同一主體同時進行兩個動作，或者是後項在前項的狀態下進行。

**4** **が早いか**
剛一…就…

[V-る＋が早いか]。表示剛一發生前面的情況，馬上出現後面的動作。前後兩動作連接十分緊密，前一個剛完，幾乎同時馬上出現後一個。由於是客觀描寫現實中發生的事物，所以後句不能用意志句、推量句等表現。〈日文意思〉～と、すぐ。

横になるが早いか、いびきをかきはじめた。

一躺下來就立刻鼾聲大作。

## が早いか

　　表示前後動作連續發生。也就是剛一發生前面的情況「躺下來」，馬上出現後面的動作「鼾聲大作」。前後兩動作連接十分緊密，前一個剛完，幾乎同時馬上出現後一個。

### とたんに

　「剛…就…」之意。表示前項動作和變化完成的一瞬間，發生了後項的動作和變化。由於說話人當場看到後項的動作和變化，因此伴有意外的語感。這個句型要接動詞過去式。

---

## 5 そばから
### 才剛…就…、隨…隨…

接續與說明　[V-る／V-た＋そばから]。表示前項剛做完，其結果或效果馬上被後項抹殺或抵消。常用在反覆進行相同動作的場合。大多用在不喜歡的事情。〈日文意思〉～ても、すぐ。

例文

# 片付けるそばから、子供が散らかしていく。
**才剛收拾完就被孩子弄得亂七八糟。**

比較

## そばから

　表示前項「收拾」剛做完，其結果或效果馬上被後項抹殺或抵消「就被孩子弄得亂七八糟」。多用在反覆進行相同動作的場合。且大多用在不喜歡的事情。

## とたんに

　「剛…就…」之意。表示前項動作和變化完成的一瞬間，發生了後項的動作和變化。兩個行為間沒有間隔。因伴有意外的語感，要接動詞過去式，表示突然、立即的意思。

接續與說明 [V-る＋なり]。表示前項動作剛一完成，後項動作就緊接著發生。後項的動作一般是預料之外的、特殊的、突發性的。後項不能用命令、意志、推量、否定等動詞。也不用在描述自己的行為，並且前後句的動作主題必須相同。【動詞連體形過去式】＋なり。表示發生前項之後，就一直保持在此狀態下，進行後一動作。「一…就一直（沒）…」的意思。〈日文意思〉～その動作の直後に。

例文

# 「あっ、だれかおぼれてる」と言うなり、彼は川に飛び込んだ。

他剛大喊一聲：「啊！有人溺水了！」便立刻飛身跳進河裡。

比較

## なり

　　表示前項動作剛一完成「有人溺水了」，後項動作就緊接著發生「他便立刻飛身跳進河裡」。後項的動作一般是預料之外的、特殊的、突發性的。

## 次第

　　「（一旦）…立刻…」之意。表示某動作剛一做完，就立即採取下一步的行動。或前項必須先完成，後項才能夠成立。後項多為說話人有意識行動的表達方式。這個句型要用動詞連用形。

接續與說明 [V-る＋や]；[V-る＋や否や]。表示前一個動作才剛做完，甚至還沒做完，就馬上引起後項的動作。兩動作時間相隔很短，幾乎同時發生。語含受前項的影響，而發生後項意外之事。多用在描寫現實事物。書面用語。前後動作主體可不同。〈日文意思〉～と、すぐ（人の行為・現象）。

# 授業が終わるや否や、教室を飛び出した。

一上完課就衝出教室。

## や否や

表示前一個動作「上完課」才剛做完，甚至還沒做完，後一個動作就立刻湧現「衝出教室」。兩動作時間相隔很短，幾乎同時發生。語含受前項事物的影響，而發生後項意外之事的意思。

## そばから

「才剛…就…」之意。表示前項剛做完，其結果或效果馬上被後項抹殺或抵消。多用在反覆進行相同動作的場合。且大多用在不喜歡的事情。

# 11 実力テスト

做對了，往走，做錯了往走。

次の文の_____にはどんな言葉を入れたらよいか。1・2から最も適当なものをひとつ選びなさい。

**實力測驗**
**Q** 哪一個是正確的？
答案>>在右頁

**1**

近日中に、お祝い_____伺いに参ります。
　　　　1 かたがた　　2 一方

譯
1 かたがた：順便…
2 一方：另一方面…

解答>>請看右頁

**2**

祖母は農業の_____、書道や華道をたしなんでいる。
　　　1 かたがた　　2 かたわら

譯
1 かたがた：順便…
2 かたわら：一邊…一邊…

解答>>請看右頁

**3**

通勤_____、この手紙を出してくれませんか。
　　　　1 ついでに　　2 がてら

譯
1 ついでに：順便…
2 がてら：順便…

解答>>請看右頁

**4**

ホテルに着く_____、さっそく街にくりだした。
　　　1 がはやいか　2 や

譯
1 がはやいか：剛一…就…
2 や：一…馬上…

解答>>請看右頁

**5**

注意する_____、転んでけがをした。
　　　　1 とたんに　　2 そばから

譯
1 とたんに：剛…就…
2 そばから：才剛…就…

解答>>請看右頁

**6**

お菓子を口に入れる_____、噎せた。
　　　1 次第　　　　2 なり

譯
1 次第：（一旦）…立刻…
2 なり：剛…立刻…

解答>>請看右頁

**7**

大統領が姿を現す_____、大歓声が起こった。
　　　　1 や　　　　2 そばから

譯
1 や：一…馬上就…
2 そばから：才剛…就…

解答>>請看右頁

なるほどの解説を確認して、
次のページへ進もう！

# なるほどの解説

**1**

體言（動作性名詞）

近日中<sub>きんじつちゅう</sub>に、お祝<sub>いわ</sub>いかたがた 伺<sub>うかが</sub>いに参<sub>まい</sub>ります。

↳ 主要動作事項

↳ 進行前項時可順便完成的次要動作，後多接移動性動詞

近日將專程拜訪兼祝賀。

答案 1

**2**

體言+の

祖母<sub>そぼ</sub>は農業<sub>のうぎょう</sub>のかたわら、書道<sub>しょどう</sub>や華道<sub>かどう</sub>をたしなんでいる。

↳ 主要的工作、活動，持續時間較長的事物

↳ 在閒暇之餘，還做的其他活動、工作

祖母從事農作，並且嗜好書法與插花。

答案 2

**3**

體言（動作性名詞）

通勤<sub>つうきん</sub>がてら、この手紙<sub>てがみ</sub>を出<sub>だ</sub>してくれませんか。

↳ 主要動作

↳ 順道完成的事項

可以在上班途中順路幫我寄出這封信嗎？

答案 2

**4**

動詞連體形

ホテルに着<sub>つ</sub>くが早<sub>はや</sub>いか、さっそく街<sub>まち</sub>にくりだした。

↳ 才剛做的某事

↳ 十分緊密的動作，客觀描述，不用意志、推測等表現

才剛到達旅館就立刻出門逛街了。

答案 1

**5**

動詞連體形

注意<sub>ちゅうい</sub>するそばから、転<sub>ころ</sub>んでけがをした。

↳ 才剛做的某事

↳ 馬上抹殺或抵銷前項的內容

才剛提醒要小心就立刻摔倒而受傷了。

答案 2

**6**

動詞連體形

お菓子<sub>かし</sub>を口<sub>くち</sub>に入<sub>い</sub>れるなり、噎<sub>む</sub>せた。

↳ 才剛完成的某事

↳ 預料之外的事情，不接命令、否定等，前後句動作主體相同

才將點心送進嘴裡就噎到了。

答案 2

**7**

動詞連體形

大統領<sub>だいとうりょう</sub>が姿<sub>すがた</sub>を現<sub>あらわ</sub>すや、大歓声<sub>だいかんせい</sub>が起<sub>お</sub>こった。

↳ 剛做完、甚至還沒做完的事

↳ 幾乎同時發生，受前項影響而發生的意外，前後句動作主體可不同

總統一現身便掀起了熱烈歡呼聲。

答案 1

# 接續助詞（目的・理由）

MP3 T-38

## 1 べく
### 為了…而…、想要…、打算…

接續與說明 [V-る＋べく]。表示意志、目的。是「べし」的連用形。表示帶著某種目的，來做後項。語氣中帶有這樣做是理所當然、天經地義之意。雖然是較生硬的說法，但現代日語有使用。後項不接委託、命令、要求的句子。〈日文意思〉～するために。

例文

実情を明らかにすべく、アンケート調査を実施いたします。

我們為了追求真相而進行問卷調查。

比較

### べく

表示意志、目的。是「べし」的連用形。表示帶著某種目的「追求真相」，來做後項「進行問卷調查」。語氣中帶有這樣做是理所當然、天經地義之意。

### ように

「為了…而…，以便達到…」之意。表示為了實現前項，而做後項。是行為主體的希望。這個句型要接動詞連體形。

# 2 んがため（に）
為了…而…、因為要…所以…

接續與說明 [V-ない＋んがため（に）]。表示目的。用在積極地為了實現目標的說法，「んがため（に）」前面是想達到的目標，後面是不得不做的動作。含有無論如何都要實現某事，帶著積極的目的做某事的語意。書面用語，很少出現在對話中。要注意接「する」時為「せんがため」，接「来る」時為「来（こ）んがため」。〈日文意思〉～する目的をもって。

例文

## みんなが平和（へいわ）に暮らさんがため、あらゆる手（て）を尽（つ）くすつもりです。
為了能讓大家和平安穩地過日子，將不惜採取一切方法。

比較

## んがため（に）

前接動詞未然形，表示目的。用在積極地為了實現目標的說法，前項是想達到的目標「大家和平安穩地過日子」，後面是不得不做的動作「將不惜採取一切方法」。含有無論如何都要實現某事，帶著積極的目的做某事的語意。

## べく

「為了…而…」之意。表示意志、目的。是「べし」的連用形。表示帶著某種目的，來做後項。語氣中帶有這樣做是理所當然、天經地義之意。雖然是較生硬的說法。

# 3 （が）故（ゆえ）（に）、（が）故（ゆえ）のN
因為是…的關係；…才有的…

接續與說明 [V／A／Naな／Naである／Naだった／N（の）／Nである／Nだった（が）＋故（に）]；[V／A／Naな／Naである／Naだった／N（の）／Nである／Nだった（が）＋故のN]。表示原因、理由的文言說法。相當於「（の）ため（に）」。書面用語。〈日文意思〉～から。

## 提出 期限が過ぎている故に、無効です。
由於已經超過了繳交截止期限因而導致無效了。

### （が）故に

表示因果關係。後項是結果「導致無效了」，知道前項是理由「已經超過了繳交截止期限」。

### べく

「為了…而…」之意。表示意志、目的。是「べし」的連用形。表示帶著某種目的，來做後項。語氣中帶有這樣做是理所當然、天經地義之意。

---

# 4　こととて
（總之）因為…

[V／A／Naな／Nの＋こととて]。表示順接的理由，原因。常用在表示道歉的理由，前面是理由，後面伴隨著表示道歉、請求原諒的內容，或消極性的結果。是一種正式且較為古老的表現方式。書面用語。〈日文意思〉ほかでもない〜だから。

## 随分昔のこととて、じっくり考えないと思いだせない。
已經是很久以前的事了，得慢慢回憶才想得起來。

### こととて

表示順接的理由，原因。常用在表示道歉的理由，前面是理由「很久以前的事了」，後面伴隨著消極性的結果「得慢慢回憶才想得起來」。

### （が）故に

「因為是…的關係」之意。表示句子之間的因果關係。前項是理由，後項是結果。

## 5 ではあるまいし
又不是…、也並非…

接續與說明 [V-る／V-た／N＋ではあるまいし]。表示「因為不是前項的情況，後項當然就…」，後面多接說話人的判斷、意見跟勸告等。口語說成「じゃあるまいし」雖然是表達方式古老，但也常見於口語中。一般不用在正式的文章中。〈日文意思〉～ではないのだから。

例文

世界の終わりじゃあるまいし、そんなに悲観する必要はない。

又不是到了世界末日，不必那麼悲觀。

比較

## じゃあるまいし

表示讓步原因。「因為又不是前項的情況，後項當然就…」，後面多接說話人的判斷、意見、命令跟勸告等。

## じゃあるまいか

表示推測。「是不是…啊」之意。表示說話人的推測、想像。

## 6 とあって
由於…（的關係）、因為…（的關係）

接續與說明 [V／A／Na／N＋とあって]。由於前項特殊的原因，當然就會出現後項特殊的情況，或應該採取的行動。後項是說話人敘述自己對某種特殊情況的觀察。書面用語，常用在報紙、新聞報導中。〈日文意思〉～ので。

例文

桜が満開の時期とあって、街道は花見客でいっぱいだ。

正值櫻花盛開季節，街上到處都是賞花的遊客。

## とあって

　　由於前項特殊的原因「正值櫻花盛開季節」，當然就會出現後項特殊的情況「街上到處都是賞花的遊客」。後項是說話人敘述自己對某種特殊情況的觀察。

## とすると

　　「假如…的話…」。表示順接的假定條件。表示對當前不可能實現的事物的假設，含有「如果前項是事實，後項就會實現」之意。常伴隨「かりに（假如）、もし（如果）」等。

**7 にかこつけて**
以…為藉口、托故…

接續與說明　[N＋にかこつけて]。前接表示原因的名詞，表示為了讓自己的行為正當化，用無關的事做藉口。〈日文意思〉～を口実にして／～を言い訳にして。

例文

## 父の病気にかこつけて、会への出席を断った。
以父親生病作為藉口拒絕出席會議了。

比較

## にかこつけて

　　前接表示原因的名詞，表示為了讓自己的行為「拒絕出席會議」正當化，用無關的事，不是事實的事「父親生病」做藉口。

## にひきかえ

　　「和…比起來」之意。比較兩個相反或差異性很大的事物。含有說話人個人主觀的看法。

# 8 ばこそ
就是因為…、正因為…

接續與說明 [N／Naであれば＋こそ]；[A-ければ＋こそ]；[V-ば＋こそ]。強調原因。表示強調最根本的理由。正是這個原因，才有後項的結果。強調說話人以積極的態度說明理由。一般用在正面的評價。句尾多用「のだ」、「のです」加強肯定的語氣，書面用語。〈日文意思〉～からこそ。

例文

## 貴社の働きがあればこそ、計画が成功したのです。
きしゃ　はたら　　　　　　　　　　けいかく　せいこう

正因為得到貴公司的大力鼎助，才能使這個企劃順利完成。

比較

## ばこそ

　　強調某種結果的原因。表示正是這個原因「貴公司的大力鼎助」，才有後項的結果「使這個企劃順利完成」。一般用在正面的評價。句尾用「のです」加強語氣。

## ばすら

　　沒有這樣的用法。正確用法應為「就連…都」的意思。是舉出一個極端的例子，表示連他（它）都這樣了，別的就更不用提了。有導致消極結果的傾向。

# 12 実力テスト

做對了，往走，做錯了往走。

次の文の_____にはどんな言葉を入れたらよいか。1・2から最も適当なものをひとつ選びなさい。

## 實力測驗

**Q** 哪一個是正確的？

答案>>在右頁

**1**

彼の本心を聞く_____、二人きりで話してみようと思う。

　　　1 べく　　　　2 ように

**譯**
1 べく：為了…而…
2 ように：為了…而…，以便達到…

解答》請看右頁

**2**

この企画を_____、徹夜で頑張りました。

　　　1 通さんべく　　2 通さんがために

**譯**
1 通さんべく：「べく」為了…而…
2 通さんがために：「んがため（に）」為了…而…

解答》請看右頁

**3**

あまりの寒さ_____、声が出ません。

　　　1 ゆえに　　　2 べく

**譯**
1 ゆえに：因為是…的關係
2 べく：為了…而…

解答》請看右頁

**4**

不慣れな_____、多々失礼があるかと存じますが、どうぞ温かく見守ってください。

　　　1 こととて　　2 ゆえに

**譯**
1 こととて：（總之）因為…
2 ゆえに：因為是…的關係

解答》請看右頁

なるほどの解説を確認して、次のページへ進もう！

## なるほどの解説

**1**

（動詞終止形）

彼の本心を聞くべく、二人きりで話してみようと思う。

→ 想要達成的目的

→ 為了達成目的，所該做的內容，不接委託、命令、要求的句子

我想要跟他單獨談一談，為了聽聽他真正的想法。　　　　　　　　　　答案　1

**2**

（動詞未然形）

この企画を通さんがために、徹夜で頑張りました。

→ 想要達成的目的

→ 迫切想完成目的，所採取的行動

為了要讓這個企劃案通過，通宵達旦地趕工了。　　　　　　　　　　　答案　2

**3**

（體言（の））

あまりの寒さゆえに、声が出ません。

→ 原因、理由　　　　　→ 導致的結果

由於太過寒冷而發不出聲音。　　　　　　　　　　　　　　　　　　　答案　1

**4**

理由 ↑

（體言+の、用言連體形）

不慣れなこととて、多々失礼があるかと存じますが、
どうぞ温かく見守ってください。

→ 因為前項理由，而產生的消極性結果，或是道歉等內容

由於還不熟悉工作，恐怕有諸多失禮之處，還望各位包容指導。　　　答案　1

# 13 実力テスト

做對了，往走，做錯了往✗走。

次の文の＿＿＿＿＿にはどんな言葉を入れたらよいか。1・2から最も適当なものをひとつ選びなさい。

**實力測驗**

**Q** 哪一個是正確的？

答案≫在右頁

---

**5**

神じゃ＿＿＿＿＿、完ぺきな人なんていませんよ。

1 あるまいか　2 あるまいし

✗

**譯** 1 あるまいか:「じゃあるまいか」是不是…了
2 あるまいし:「じゃあるまいし」又不是…

解答≫請看右頁

---

**6**

大人気のお菓子＿＿＿＿＿、開店するや、瞬く間に売り切れた。

1 とすると　　2 とあって

✗

**譯** 1 とすると: 假如…的話
2 とあって: 由於…（的關係）

解答≫請看右頁

---

**7**

何かと忙しいのに＿＿＿＿＿、ついついトレーニングをサボってしまいました。

1 かこつけて　2 ひきかえ

✗

**譯** 1 かこつけて:「にかこつけて」以…為藉口
2 ひきかえ:「にひきかえ」和…比起來

解答≫請看右頁

---

**8**

彼女を思え＿＿＿＿＿、厳しいことを言ったのです。

1 すら　　　2 こそ

✗

**譯** 1 ばすら: 沒有這樣的用法。
2 ばこそ: 正因為…

解答≫請看右頁

---

なるほどの解説を確認して、次のページへ進もう！

## なるほどの解説

**5**

神じゃあるまいし、完ぺきな人なんていませんよ。

（體言）

→ 因為不是前項的情況

→ 後項當然就不必要…，常接
　　説話人的判斷、意見

又不是神仙，不可能有完美無缺的人啦！　　　　　答案　2

---

**6**

大人気のお菓子とあって、開店するや、瞬く間に売り切れた。

（體言）

→ 特殊的原因

→ 因而引起的效應，説話人敍述自
　　己對前面特殊情況的觀察

由於糕點廣受歡迎，才剛開店就立刻銷售一空。　　　　答案　2

---

**7**

用無關的事做藉口，
不是直接的原因

（體言（這裡的「の」，作用相當於「こと」））

何かと忙しいのにかこつけて、ついついトレーニングをサボってしまいました。

→ 前項的藉口，使後項
　　行為正當化

以忙碌作為藉口，常常偷懶沒去參加訓練課程了。　　　答案　1

---

**8**

（用言假定形）

彼女を思えばこそ、厳しいことを言ったのです。

→ 最根本必備的理由

→ 因前項而有後項的結果，常
　　和「のです」相呼應，以加
　　強肯定語氣

就是為了她好才會嚴詞訓誡。　　　　　　答案　2

# 接續助詞 (逆接)

MP3 T-39

## 1 といえども
### 即使…也…、雖說…可是…

接續與說明 [V／A／Na／N＋といえども]。表示逆接轉折。先承認前項是事實，但後項並不因此而成立。也就是一般對於前項這人事物的評價應該是這樣，但其實並不然的意思（後項）。一般用在正式的場合，前面常和「たとえ、いくら」等相呼應。另外，也含有「…ても、例外なく全て…」的強烈語感。〈日文意思〉～けれども／～であっても。

例文

**親といえども子供の手紙を無断で読むことは許されない。**
即使是父母也不容許擅自讀閱孩子的私人信件。

比較

## といえども

「即使…也…」之意。表示逆接轉折。先舉出具有某種資格或能力的人「父母」，但後項並不因此而成立「擅自讀閱孩子的私人信件」。

## としたら

「如果…的話」之意。表示順接的假定條件。在認清現況或得來的信息的前提條件下，據此條件進行判斷。後項是說話人判斷的表達方式。

## 2 とはいえ
**雖然…但是…**

接續與說明 [N／Na（だ）＋とはいえ]；[A／V＋とはいえ]。表示逆接轉折。前後句是針對同一主詞所做的敘述，表示先肯定那事雖然是那樣，但是實際上卻是後項的結果。也就是後項的說明，是對前項既定事實的否定或是矛盾。後項一般為說話人的意見、判斷的內容。書面用語。〈日文意思〉～けれども。

例文

### 日曜日とはいえ、特にやることがない。
雖說是星期天，也沒有什麼特別的事要做。

比較

## とはいえ

表示逆接轉折。表示結果與預想、期待不一致。先肯定那事雖然是那樣「星期天」，但是實際上卻是後項的結果「也沒有什麼特別的事要做」。

## ともなると

「沒有…至少也…」之意。表示判斷。前接時間、年齡、職業、作用、事情等，表示如果發展到如此的情況下，理所當然後項就會有相應的變化。

## 3 ないまでも
**沒有…至少也…、就是…也該…、即使不…也…**

接續與說明 [V-ない＋までも]。前接程度高的，後接程度低的事物。表示雖然沒有做到前面的地步，但至少要做到後面的水準的意思。是一種從較高的程度，退一步考慮後項實現問題的辦法，帶有「せめて、少なくとも」等感情色彩。後項多為表示義務、命令、意志、希望等內容。〈日文意思〉～ないけれども、～なくても。

# 掃除しないまでも、使ったものぐらい片付けなさい。

即使不打掃，至少也得把用過的東西歸回原位！

## ないまでも

　　「沒有…至少也…」的意思。表示雖然沒有做到前面程度高的地步「不打掃」，但至少要做到後面程度低的事物「把用過的東西歸回原位」。是一種從較高的程度，退一步考慮後項實現問題的辦法，後項為表示命令的內容。

## までもない

　　「用不著…」的意思。表示事情尚未到達到某種程度，沒有必要做某事。

---

# 4 ながら（も）
### 雖然…、但是…

[N＋ながら（に／にして／の）]；[N／Na＋ながら（も）][N／Naであり＋ながら（も）]；[A-い＋ながらも]；[R-＋ながらも]。表示逆接。表示後項實際情況，與前項所預料的不同。跟逆接的「ながら」意義、用法相同，但語氣比「ながら」生硬。〈日文意思〉～けれども。

# 彼は、不自由な体ながらも、一生懸命に生きている。

他雖身體有肢障，仍盡己所能活下去。

## ながらも

　　表示逆接。表示雖然是前項「身體有肢障」的情形，但實際情況卻是後項的「盡己所能活下去」。

## つつも

　　表示逆接。「儘管…」之意。表示連接前後兩個相反的或矛盾的事物。口語常用「ながらも」。但是接續要用動詞連用形。

## 5 ならいざ知らず、はいざ知らず
（關於）我不得而知…、姑且不論…、（關於）…還情有可原

接續與說明 [V（の）／A（の）／Na（の）／N（の）＋ならいざ知らず] ; [N＋はいざ知らず]。表示不去談前項的可能性，而著重談後項中的實際問題。後項所提的情況要比前項嚴重或具特殊性。後項的句子多帶有驚訝或情況非常嚴重的內容。「昔はいざしらず」是「今非昔比的意思」。〈日文意思〉〜についてはよくわからないが／はともかくとして。

例文

昔はいざ知らず、今は会社を10も持つ大実業家だ。
不管他有什麼樣的過去，現在可是擁有十家公司的大企業家。

比較

### はいざ知らず

「我不得而知…」之意。表示不去談前項的可能性「過去如何」，而著重談後項中的實際問題「現在可是擁有十家公司的大企業家」。後項的句子帶有驚訝的內容。

### ならでは（の）

「正因為…才」之意。表示對「ならでは」前面的某人事物的讚嘆，正因為是這人事物才會這麼好。是一種高度評價的表現方式，所以在公司或商店的廣告詞上，常可以看到。

## 6 ならまだしも
若是…還說得過去、（可是）…、若是…還算可以…

接續與說明 [V（の）／A（の）／Na（の）／N（の）＋ならまだしも]。表示反正是不滿意，儘管如此但這個還算是好的，雖然不是很積極地肯定，但也還說得過去。〈日文意思〉〜ならまだいいが、しかし〜／〜ならまだ何とかなるが、しかし〜。

# 教室でお茶ぐらいならまだしも、授業中に食事をとるのはやめてほしいです。

倘若只是在教室喝茶那倒罷了，像這樣在上課的時候吃飯，真希望停止這樣的行為。

## ならまだしも

表示對前項的「在教室喝茶」反正就是不滿意，儘管如此比起後項，這個還算是好的，雖然不是很積極地肯定，但也還說得過去。

## ともなると

「要是…那就…」之意。表示如果發展到某程度，用常理來推斷，就會理所當然出現某種情況。後項多是與前項狀況變化相應的內容。

---

# 7　もさることながら
### 不用說…、…（不）更是…

接續與說明 [N＋もさることながら]。前接基本的內容，後接強調的內容。含有雖然不能忽視前項，但是後項比之更進一步。一般用在積極的、正面的評價。另外，也可用「〜もさることながら、〜は〜でしょうか」的發問方式，先承認前項，再提問來顯現後項的重要性，表示委婉間接肯定後項的語感。〈日文意思〉〜ももちろんだが、それだけでなく／〜も無視できないが、〜も〜。

例文

# 子供の頑張りもさることながら、お父さんの奮闘振りもすばらしい。

儘管孩子的努力值得贊許，但父親奮鬥的表現也很了不起。

## もさることながら

前接基本的內容「孩子的努力」，後接強調的內容「父親的奮鬥」。含有雖然不能忽視孩子的努力，但是父親的奮鬥比之更了不起。用在積極的、正面的評價。

## ならいざ知らず

「（關於）我不得而知…」之意。表示不去談前項的可能性，而著重談後項中的實際問題。後項所提的情況要比前項嚴重或具特殊性。後項的句子多帶有驚訝或情況非常嚴重的內容。

---

# 8 ものを
### 可是…、卻…、然而卻…

接續與說明 [V／A／Naな／Naだった＋ものを]。表示說話者以悔恨、不滿、責備的心情，來說明前項的事態沒有按照期待的方向發展。跟「のに」的用法相似，但說法古老。常跟「ば、ても」等一起使用。〈日文意思〉～のに（不滿、非難の気持ちで）。

例文

## 正直に言えばよかったものを、隠すからこういう結果になる。
坦承說出就沒事了，就是隱匿不報才會造成這種下場。

比較

## ものを

表示逆接條件。說明前項的事態「坦承說出」沒有按照期待的方向發展，才會有那樣不如人意的結果「隱匿不報才會造成這種下場」。常跟「ば、ても」等一起使用。

## ところを

「正…之時」之意。表示雖然在前項的情況下，卻還是做了後項。這是日本人站在對方立場，表達給對方添麻煩的辦法，為寒暄時的慣用表現，多用在開場白。

# 9 ところを
正…之時、…之時、…之中

**接續與說明** [V／A／Naな／Nの＋ところを]。表示雖然在前項的情況下，卻還是做了後項。這是日本人站在對方立場，表達給對方添麻煩的辦法，為寒暄時的慣用表現，多用在開場白。後項多為感謝、請求、道歉等內容。也可表現進行前項時，卻意外發生後項使前項內容中斷。〈日文意思〉～時・状況なのに。

**例文**

## お忙しいところをわざわざお越しくださりありがとうございます。
非常感謝您在百忙之中勞駕到此。

**比較**

## ところを

　　表示雖然在前項的情況下「很忙」，卻還是做了後項「特地蒞臨」。這是日本人站在對方立場，表達給對方添麻煩，讓對方為難了，是寒暄時的慣用表現。

## ものを

　　「可是…」之意。表示逆接條件。說明前項的事態沒有按照期待的方向發展，才會有那樣不如人意的結果。常跟「ば」、「ても」等一起使用。

# 10 （か）と思いきや
原以為…、誰知道…

**接續與說明** [V-た／Nの／引用文・句＋（か）と思いきや]。表示按照一般情況推測，應該是前項的結果，但是卻出乎意料地出現了後項相反的結果。含有說話人感到驚訝的語感。多用在輕鬆的對話中，不用在正式場合。〈日文意思〉～かと思ったら、意外にも。

**例文**

## 難しいかと思いきや、意外に簡単だった。
原本以為很困難，沒想到出乎意外的簡單。

# と思<sup>おも</sup>いきや

「原以為…不料卻…」之意。表示按照一般情況推測，應該是前項「困難」，但是卻出乎意料地出現了後項相反的結果「出乎意外的簡單」。含有說話人感到驚訝的語感。

# ときたら

表示提起話題，說話人帶著譴責和不滿的情緒，對話題中的人或事進行批評。批評對象一般是說話人身邊，關係較密切的人物或事。

---

## 11 た-ところが
### …可是…、結果…

**接續與說明** [V-た＋ところが]。表示順態或逆態接續，後項往往是出乎意料的客觀事實。因為是用來敘述已發生的事實，所以後面要接過去式的表現。也可做為接續詞使用。〈日文意思〉～したが、期待に反して。

**例文**

## ソファーを購入<sup>こうにゅう</sup>したところが、ソファーベッドが送<sup>おく</sup>られてきました。
買了沙發，廠商卻送成了沙發床。

**比較**

# たところが

表示順態或逆態接續。表示從前項的「買了沙發」這一狀況來看，送來的應該是沙發才是，卻發生了後項「廠商送成了沙發床」，這一出乎意料的客觀事實。

# ところを

「正…時」之意。表示正當A的時候，發生了B的狀況。後項的B所發生的事，是對前項A的狀況有直接的影響或作用的行為。後面的動詞，常接跟視覺或是發現有關的「見る、見つける」等，或是跟逮捕、攻擊、救助有關的「捕まる、襲う」等詞。這個句型要接體言の、用言連體形。

# 14 実力テスト

做對了，往走，做錯了往 ✕ 走。

次の文の_____にはどんな言葉を入れたらよいか。1・2から最も適当なものをひとつ選びなさい。

## 實力測驗

**Q** 哪一個是正確的？
答案＞＞在右頁

**1**

いくら夫婦_____、最低のマナーは守るべきでしょう。
1 といえども　2 としたら

**譯**
1 といえども: 即使…也…
2 としたら: 要是…那就…
解答》請看右頁

**2**

暖かい_____、ジャケットが要らないというほどではないね。
1 とはいえ　2 ともなると

**譯**
1 とはいえ: 雖然…但是…
2 ともなると: 要是…那就…
解答》請看右頁

**3**

あまり帰省し_____、よく電話はしていますよ。
1 までもなく　2 ないまでも

**譯**
1 までもなく: 用不著…
2 ないまでも: 沒有…至少也…
解答》請看右頁

**4**

申し訳ないと思い_____、彼女にお願いするしかない。
1 つつも　　2 ながらも

**譯**
1 つつも: 儘管…
2 ながらも: 雖然…、但是…
解答》請看右頁

**5**

子供_____、大の大人までが夢中になるなんてね。
1 ならいざ知らず 2 ならでは

**譯**
1 ならいざ知らず: 姑且不論…
2 ならでは: 正因為…才…
解答》請看右頁

なるほどの解説を確認して、次のページへ進もう！

## なるほどの解説

**1**

體言

いくら 夫婦（ふうふ）といえども、最低（さいてい）のマナーは守（まも）るべきでしょう。

↓ 常和「いくら」相呼應

→ 舉出有資格、有能力的人事物

→ 顛覆一般印象的事實

即使是夫妻也應當遵守最起碼的禮儀吧！

答案 1

**2**

用言終止形

暖（あたた）かいとはいえ、ジャケットが要（い）らないというほどでは

ないね。 → 先肯定事情雖然是這樣

→ 但實際上卻是後項的結果，常接說話人的意見、判斷

雖說天氣暖和，卻還沒有熱到不需穿外套的程度喔！

答案 1

**3**

動詞未然形

あまり 帰省（きせい）しないまでも、よく電話（でんわ）はしていますよ。

→ 程度較高的事物

→ 至少要做到程度較低的內容，常接義務、命令、意志、希望等表現

即使很少回老家，但會常常打電話回去喔！

答案 2

**4**

動詞連用形

申（もう）し訳（わけ）ないと思（おも）いながらも、彼女（かのじょ）にお願（ねが）いするしかない。

→ 能夠預料的前項

→ 出乎意料的實際情況，「雖然…，但是…」的逆接表現

儘管覺得很不好意思，也只能請託她幫忙了。

答案 2

**5**

體言

子供（こども）ならいざ知（し）らず、大（だい）の大人（おとな）までが夢中（むちゅう）になるなんてね。

→ 不去談前項的可能性

→ 著重談後項中的實際問題，常是驚訝或情況嚴重的內容

如果是小孩倒還另當別論，已經是大人了竟然還沉迷其中！

答案 1

# 15 実力テスト

做對了，往 😊 走，做錯了往 ✗ 走。

次の文の_____にはどんな言葉を入れたらよいか。1・2から最も適当なものをひとつ選びなさい。

## 實力測驗

**Q** 哪一個是正確的？
答案＞＞在右頁

---

**6**

年配の人_____、若い人まで骨粗鬆症になるなんて、怖いね。
　　　1 ともなると 2 ならまだしも

**譯** 1 ともなると：要是…那就…
2 ならまだしも：若是…還說得過去
解答》看右頁

**7**

この椅子は座り心地_____、デザインも最高です。
　　　1 ならいざ知らず 2 もさることながら

**譯** 1 ならいざ知らず：（關於…）我不得而知
2 もさることながら：不用說…更是…
解答》請看右頁

**8**

もっと早くから始めればよかった_____、だらだらしているから、間に合わなくなる。
　　　1 ものを　　　　2 ものの

**譯** 1 ものを：「ば…ものを」可是…
2 ものの：雖然…但是…
解答》請看右頁

**9**

お休みの_____お邪魔して申し訳ありません。
　　　1 ものを　　　2 ところを

**譯** 1 ものを：可是…
2 ところを：正…之時
解答》請看右頁

**10**

チョコレートか_____、なんとキャラメルでした。
　　　1 ときたら　　　2 と思いきや

**譯** 1 ときたら：提起…來
2 と思いきや：「（か）と思いきや」
　　　原以為…、誰知道…
解答》請看右頁

**11**

荷物を預けた_____、重量オーバーで追加料金の支払いを要求された。
　　　1 ところが　　2 ところを

**譯** 1 ところが：「たところが」…可是…
2 ところを：正…之時
解答》請看右頁

なるほどの解説を確認して、次のページへ進もう！

# なるほどの解説

**6**

體言

年配の人ならまだしも、若い人まで骨粗鬆症になるなん

て、怖いね。
→ 雖然不是很積極地肯定的前項
→ 相較於前項，更不能接受的行為

如果是年長者倒還好說，連年輕人也罹患骨質疏鬆症，真可怕呀！　答案 2

---

**7**

體言

この椅子は座り心地もさることながら、デザインも最高

です。
→ 基本的內容
→ 更進階的內容，常接積極的、正面的評價

這張椅子不僅坐起來舒適，整體設計也無懈可擊。　　　　答案 2

---

**8**

沒有如期發展的事態，常跟
「…ば…よかった」相呼應

用言連體形

もっと早くから始めればよかったものを、だらだらして

いるから、間に合わなくなる。
→ 悔恨、不滿、責備的內容

早點動手做就好了，就是這樣拖拖拉拉的，到最後才會來不及。　答案 1

---

**9**

體言+の

お休みのところをお邪魔して申し訳ありません。

→ 雖然在這種情況之下　　→ 卻還是做了後項、多為感謝、請求、道歉等內容
在休息之時打擾您，真是萬分抱歉。　　　　　　　　　答案 2

---

**10**

體言

出乎意料相反的結果，
常跟表驚訝的詞相呼應

チョコレートかと思いきや、なんとキャラメルでした。

→ 原先預料的結果
原本以為是巧克力，沒想到竟然是焦糖！　　　　　　　答案 2

---

**11**

先舉一件事

動詞過去式

荷物を預けたところが、重量オーバーで追加料金の

支払いを要求された。
→ 往往是出乎意料的客觀事實，「雖然…，但卻…」的表現

把行李送去託運，沒想到竟然被要求支付超重費。　　　答案 1

# 接續助詞（條件・逆接條件）

MP3 T-40

## 1 う-ものなら
如果要…的話，就…

接續與說明 [V-よう＋ものなら]。表示假設萬一發生那樣的事情的話，事態將會十分嚴重。後項一般是嚴重、不好的事態。是一種誇張的表現。〈日文意思〉もし～なら。

例文

昔は親に反抗しようものなら、すぐに叩かれたものだ。
以前要是敢反抗父母，一定會馬上挨揍。

比較

### うものなら

表示萬一發生前項「敢反抗父母」那樣的事情的話，事態將會十分嚴重「一定會馬上挨揍」。後項一般是嚴重、不好的事態。注意前接動詞意向形。

### ものだから

「就是因為…，所以…」之意。表示原因、理由。常用在因為前項的事態的程度很厲害，因此做了後項的某事。含有對事出意料之外、不是自己願意…等的理由，進行辯白。結果是消極的。

## 2 が最後、たら最後
（一旦…）就必須…、（一…）就非得…

接續與說明 [V-たが＋最後]；[V-たら＋最後]。「さいご」漢字是「最後」。表示一旦做了某事，就一定會產生後面的情況，或是無論如何都必須採取後面的行動。後面接說話人的意志或必然發生的狀況。後面多是消極的結果或行為。更口語的說法是「たらさいご」。〈日文意思〉もし〜なら。

例文

### これを逃したら最後、こんなチャンスは二度とない。
要是錯失了這次機會，就再也不會有下一回了。

比較

### たら最後

表示一旦做了某事「錯失了這次機會」，就一定會產生後面的情況「就再也不會有下一回了」。後面接說話人的意志或必然發生的狀況。後面多是消極的結果或行為。

### たところで…ない

「即使…也不…」之意。接在動詞過去形之後，句尾接否定的「ない」，表示即使前項成立，後項的結果也是與預期相反，無益的、沒有作用的，或只能達到程度較低的結果。後項多為說話人主觀的判斷。

## 3 てこそ
只有…才（能）…、正因為…才…

接續與說明 [V-て＋こそ]。由接續助詞「て」後接提示強調助詞「こそ」表示由於實現了前項，從而得出後項好的結果。「てこそ」後項一般接表示褒意或可能的內容。是強調正是這個理由的說法。可以跟[V-ば＋こそ]互換。〈日文意思〉〜を実現することによってはじめて。

# 人は助け合ってこそ、人間として生かされる。

人們必須互助合作才能存活下去。

## てこそ

　　表示由於實現了前項「人們互助合作」，從而得出後項好的結果「人們才能存活下去」。後項一般接表示褒意或可能的內容。是強調「正是這個理由」的說法。

## ては

　　「要是…的話」。表示假定的條件。表示這樣的條件，不好辦、不應該這樣做。如果是前項的條件，那麼就會導致後項不良的、不如意的結果或結論。

---

## 4 とあれば
如果…那就…、假如…那就…

接續與說明　[V／A／Na／Nと＋あれば]。表示如果是為了前項所提的事物，是可以接受的，並採取後項的行動。後句不能出現表示請求或勸誘的句子。說法較為正式，口語中也使用。〈日文意思〉もし～なら。

# 彼は、昇進のためとあれば、何でもする。

他只要事關升遷，什麼事都願意去做。

## とあれば

　　表示假定條件。表示如果是為了前項所提的事物「事關升遷」，那就採取後項的行動「什麼事都願意去做」。後句不能出現表示請求或勸誘的句子。

## とあって

「由於…（的關係）」之意。表示原因和理由承接的因果關係。由於前項特殊的原因，當然就會出現後項特殊的情況，或應該採取的行動。

---

## 5　と（も）なると、と（も）なれば
### 要是…那就…、如果…那就…

接續與說明 [V-る／V-た／N＋と（も）なると]；[V-る／V-た／N＋と（も）なれば]。前接時間、職業、年齡、作用、事情等名詞或動詞，表示如果發展到某程度，用常理來推斷，就會理所當然導向某種結論。後項多是與前項狀況變化相應的內容。也可以說「ともなれば」。〈日文意思〉もし〜なら。

例文

いっかつばら
**一括払いとなると、さすがに負担が大きい。**
採用一次付清的方式繳款，畢竟負擔重。

比較

## と（も）なると

表示如果發展到某個一定的程度「一次付清」，用常理來推斷，就會理所當然出現某種情況「負擔重」。後項多是與前項狀況變化相應的內容。可以成述現實性狀況，也能陳述假定的狀況。

## とあれば

「如果…那就…」之意。表示假定條件。表示如果是為了前項所提的事物，是可以接受的，並採取後項的行動。後句不能出現表示請求或勸誘的句子。

## 6 なくして（は）…ない
### 如果沒有…、沒有…

接續與說明 [V-る／N＋なくして（は）…ない]。表示假定的條件。表示如果沒有前項，後項的事情會很難實現。「なくして」前接一個備受盼望的名詞，後項使用否定意義的句子（消極的結果）。書面用語，口語用「なかったら」。〈日文意思〉～がなければ～ない。

例文

きょうじゅ じょげん けんきゅう せいこう
**教授の助言なくして、この研究の成功はなかった。**
假如沒有教授的提點，這個研究絕對無法成功。

比較

### なくして（は）…ない

表示假定的條件。表示如果沒有前項「教授的提點」，後項的事情會很難實現「這個研究絕對無法成功」。「なくして」前接一個備受盼望的名詞，後項使用否定意義的句子（消極的結果）。

### ないまでも

「沒有…至少也…」之意。前接程度高的，後接程度低的事物。表示雖然沒有做到前面的地步，但至少要做到後面的水準的意思。

## 7 う-が、う-と
### 不管是…、即使…也…

接續與說明 [V-よう／A-かろう／Naだろう／Nだろう＋が]；[V-よう／A-かろう／Naだろう／Nだろう＋と]。表示逆接假定。前常接疑問詞相呼應，表示不管前面的情況如何，後面的事情都不會改變。後面是不受前面約束的。後面要接想完成的某事，或表示決心、要求的表達方式。〈日文意思〉～ても（無関係に）。

# 誰がなんと言おうと、謝る気はない。

不管任何人說什麼，決不願意道歉。

比較

## うと

表示逆接假定。用言前接疑問詞「なんと」，表示不管前面的情況如何「任何人說什麼」，後面的事情都不會改變「絕不願意道歉」。後面是不受前面約束的，接表示決心的表達方式。

## ものなら

句型「ものなら」，「如果要…的話，就…」之意。表示萬一發生那樣的事情的話，事態將會十分嚴重。後項一般是嚴重、不好的事態。是一種誇張的表現。

---

## 8 たりとも
哪怕…也不（可）…、就是…也不（可）…

接續與說明 [N＋たりとも]。前接「一…、小…」等表示最低數量的數量詞，或是「子供、女」程度較輕的詞，表示連最低數量也不能允許，或不允許有絲毫的例外。是一種強調性的全盤否定的說法。另外，後面也常跟表示禁止的「な」相呼應，表示呼籲、告誡的口吻。書面用語。也用在演講、會議等場合。〈日文意思〉～であっても～ない。

例文

## 一秒たりとも無駄にできない。

一分一秒也不容許浪費。

## たりとも

　　前接表示最低數量的數量詞「一秒」，表示連最低數量也不能允許「不容許浪費」。是一種強調性的全盤否定的說法。

## なりと（も）

　　「不管…、不論…」之意。表示無論什麼都可以按照自己喜歡的進行選擇。也就是表示全面的肯定。如果是[N＋なりと（も）]，表示從幾個事物中舉出一個做為例子。「之類」的意思。

---

## 9 た-ところで…ない
### 即使…也不…、雖然…但不、儘管…也不…

　　接續與說明　[V-た＋ところで…ない]。接在動詞・形容詞「た」形之後，表示即使前項成立，後項的結果也是與預期相反，無益的、沒有作用的，或只能達到程度較低的結果，所以句尾也常跟「無駄、無理」等否定意味的詞相呼應。另外句首也常與「いくら、たとえ」相呼應表示強調。後項多為說話人主觀的判斷。〈日文意思〉～ても～ない。

　　例文

### いくら急（いそ）いだところで8時（じ）には着（つ）きそうもない。
無論再怎麼趕路，都不太可能在八點到達吧！

　　比較

## た-ところ…ない

　　表示即使前項成立「無論再怎麼趕路」，後項的結果也是與預期相反，無益的、沒有作用的「都不太可能在八點到達吧」，或只能達到程度較低的結果。後項多為說話人主觀的判斷。

が最後
<ruby>最<rt>さい</rt></ruby><ruby>後<rt>ご</rt></ruby>

「（一旦…）就必須…」之意。表示一旦做了某事，就一定會產生後面的情況，或是無論如何都必須採取後面的行動。後面接說話人的意志或必然發生的狀況。後面多是消極的結果或行為。

---

# 10 であれ、であろうと
### 即使是…也…、無論…都…

接續與說明 [N／疑問詞＋であれ]；[N＋であろうと]。表示不管前項是什麼情況，後項的事態都還是一樣。後項多為說話人主觀的判斷或推測的內容。前面有時接「たとえ」。另外，前面也可接雖處在某逆境，後接滿足的表現，表示雖然不盡完美卻甘之如飴的意思。〈日文意思〉～でも／であっても。

例文

### たとえどんな<ruby>理由<rt>りゆう</rt></ruby>であれ、<ruby>家庭内暴力<rt>かていないぼうりょく</rt></ruby>は<ruby>絶対<rt>ぜったい</rt></ruby>に<ruby>許<rt>ゆる</rt></ruby>せません。
**無論基於什麼理由，絕對不容許發生家庭暴力。**

比較

## であれ

表示不管前項是什麼情況「基於什麼理由」，後項的事態都還是一樣「絕對不容許發生家庭暴力」。後項多為說話人主觀的判斷或推測的內容。前面有時接「たとえ」。

## にして

「直到…才…」之意。強調「階段」的概念。表示到了前項那一個階段，才產生後項。後面常接難得可貴的事項。又表示兼具兩種性質和屬性。可以是並列，也可以是逆接。

做對了，往  走，做錯了往  走。

次の文の_____にはどんな言葉を入れたらよいか。1・2から最も適当なものをひとつ選びなさい。

## 實力測驗

**Q** 哪一個是正確的？

答案＞＞在右頁

### 1

あの犬はちょっとでも近づこう_____、すぐ吠えます。

1 ものなら　2 ものだから

### 譯
1 ものなら：「うものなら」如果要…
的話，就…
2 ものだから：就是因為…，所以…

解答》請看右頁

### 2

あのスナックは_____、もう止まりません。

1 食べたところで2 食べたら最後

### 譯
1 食べたところで：「たところで」即使
…也不…
2 食べたら最後：「たら最後」（一旦…）
就必定…

解答》請看右頁

### 3

目標があっ_____、頑張れるというものです。

1 てこそ　　2 ては

### 譯
1 てこそ：只有…才（能）
2 ては：要是…的話

解答》請看右頁

### 4

大型の台風が来る_____、雨戸も閉めた方がいい。

1 とあって　2 とあれば

### 譯
1 とあって：由於…（的關係）
2 とあれば：如果…那就…

解答》請看右頁

### 5

東京都内の一軒家_____、とても手が出ません。

1 とあれば　2 となれば

### 譯
1 とあれば：要是…那就…
2 となれば：提起…

解答》請看右頁

なるほどの解説を確認して、
次のページへ進もう！

# なるほどの解説

## 1

動詞推量形

あの犬はちょっとでも<ruby>近<rt>ちか</rt></ruby>づこうものなら、すぐ<ruby>吠<rt>ほ</rt></ruby>えます。

→ 萬一發生像前項的事情的話

→ 就會有嚴重、不好的事態，是比較誇張的表現

只要稍微靠近那隻狗就會被吠。 答案 1

## 2

動詞過去式

あのスナックは<ruby>食<rt>た</rt></ruby>べたら<ruby>最後<rt>さいご</rt></ruby>、もう<ruby>止<rt>と</rt></ruby>まりません。

→ 某情況為開端

→ 必然發生的狀況，常接消極的結果

那種零嘴會讓人吃了就還想再吃。 答案 2

## 3

動詞連用形

<ruby>目標<rt>もくひょう</rt></ruby>があってこそ、<ruby>頑張<rt>がんば</rt></ruby>れるというものです。

→ 由於實現了前項

→ 得出後項好的結果，一般接表示褒意或可能的內容

因為有了目標，才能夠堅持下去。 答案 1

## 4

用言終止形

<ruby>大型<rt>おおがた</rt></ruby>の<ruby>台風<rt>たいふう</rt></ruby>が<ruby>来<rt>く</rt></ruby>るとあれば、<ruby>雨戸<rt>あまど</rt></ruby>も<ruby>閉<rt>し</rt></ruby>めた<ruby>方<rt>ほう</rt></ruby>がいい。

→ 接受、認可的事物

→ 因前項而採取的行動、得到的結論

要是強烈颱風即將登陸，還是把木板套窗也關上比較好。 答案 2

## 5

體言

<ruby>東京都内<rt>とうきょうとない</rt></ruby>の<ruby>一軒家<rt>いっけんや</rt></ruby>となれば、とても<ruby>手<rt>て</rt></ruby>が<ruby>出<rt>で</rt></ruby>ません。

→ 某發展設定為開端

→ 理所當然的結論，多是和前項狀況變化相應的內容

要是是東京都內的獨棟房屋，實在是買不起。 答案 2

# 17 実力テスト

做對了，往 😀 走，做錯了往 ❌ 走。

次の文の_____にはどんな言葉を入れたらよいか。1・2から最も適当なものをひとつ選びなさい。

**實力測驗**

**Q** 哪一個是正確的？
答案>>在右頁

## 6

あなた_____、生きていけません。
1 なくしては　2 ないまでも

😀

❌

**譯** 1 なくしては：如果沒有…
2 ないまでも：沒有…至少也…

解答》請看右頁

## 7

残業_____、今日中に終わらせます。
1 言おうものなら　2 しようとも

❌

😀

**譯** 1 言おうものなら：「うものなら」如果要…的話，就…
2 しようとも：「うと」不管是…

解答》請看右頁

## 8

一言一句_____漏らさず書きとりました。
1 たりとも　　2 なりと

😀

❌

**譯** 1 たりとも：哪怕…也不（可）…
2 なりと：不管…

解答》請看右頁

## 9

私がいくら説得した_____、彼は聞く耳を持たない。
1 ところで　　2 が最後

❌

😀

**譯** 1 ところで：「たところで…ない」即使…也不…
2 が最後：（一旦…）就必定…

解答》請看右頁

## 10

オーブンレンジであれば、どのメーカーのもの_____構いません。
1 にして　　　2 であろうと

😀

❌

なるほどの解説を確認して、
次のページへ進もう！

**譯** 1 にして：直到…才…
2 であろうと：無論…還是…

解答》請看右頁

## なるほどの解説

**6**

體言

あなたなくしては、生きていけません。

→ 如果沒有前項備受盼望的事情

→ 事情就會很難實現，後面要使用否定意義的句子

失去了你，我也活不下去。

答案 1

**7**

用言意向形

残業(ざんぎょう)しようとも、今日中(きょうじゅう)に終(お)わらせます。

→ 某情形為開端

→ 想完成的事、決心，逆接，不受前面約束的內容

即使要加班，也要在今天之內做完。

答案 2

**8**

體言

一言一句(いちごんいっく)たりとも漏(も)らさず書(か)きとりました。

→ 低數量的詞

→ 後接否定，表示全盤否定

沒有疏漏任何一字一句地抄寫下來了。

答案 1

**9**

動詞過去式

私(わたし)がいくら説得(せっとく)したところで、彼(かれ)は聞(き)く耳(みみ)を持(も)たない。

→ 假設的動作、狀態

→ 只能達到的低程度的結果，接否定，多為主觀判斷或推測，不接過去式、希望、要求等表現

無論我怎麼說服，他都充耳不聞。

答案 1

**10**

體言

オーブンレンジであれば、どのメーカーのものであろうと構(かま)いません。

→ 某情況設定為開端

→ 不受前項影響、主觀或推測的內容

只要是微波烤箱，無論是哪家廠牌的都沒關係。

答案 2

# 接續助詞（狀態・樣子）

1 ずじまいで、ずじまいだ、ずじまいのN　　5 ながらに、ながらのN
2 っ放しで、っ放しだ、っ放しのN　　　　　6 なしに、ことなしに
3 とばかりに、と言わんばかりに　　　　　　7 に至って（は）、に至っても
4 ともなく、ともなしに

MP3 T-41

## **1** ずじまいで、ずじまいだ、ずじまいのN
（結果）沒…、沒能…、沒…成

接續與說明 [V-ない＋ずじまいで]；[V-ない＋ずじまいだ]；[V-ない＋ずじまいのN]。表示某一意圖，由於某些因素，沒能做成，而時間就這樣過去了。常含有相當惋惜、失望、後悔的語氣。多跟「結局、とうとう」一起使用。語感略帶口語。〈日文意思〉～しないままで終わる。

例文

## いなくなったペットを懸命に探したが、結局、その行方はわからずじまいだった。
雖然拚命尋找失蹤的寵物，最後仍然不知牠的去向。

比較

### ずじまいで

　　表示某一意圖「尋找失蹤的寵物」，由於某些因素，沒能做成，而時間就這樣過去了。常含有相當惋惜的語氣。多跟「結局、とうとう」一起使用。

### ずに

　　「不知道…」之意。「ずに」是否定助動詞「ぬ」的連用形。後接「に」表示否定的狀態。「に」有時可以省略。

**2** っ放しで、っ放しだ、っ放しのN
（放任）置之不理；（持續）一直…（不）…、總是

接續與說明 [R－＋っ放しで]；[R－＋っ放しだ]；[R－＋っ放しのN]。「はなし」是「はなす」的名詞形。表示該做的事沒做，放任不管、置之不理。大多含有負面的評價。另外，表示相同的事情或狀態，一直持續著。前面不接否定形。〈日文意思〉～したまま放置する。

例文

今だに水道の水を出しっぱなしにしている人が大勢います。

迄今仍有非常多人沒有養成隨手關水龍頭的習慣。

比較

っぱなし

「はなし」是「はなす」的名詞形。表示該做的事沒做，放任不管、置之不理「開著水」。大多含有負面的評價。

ながら

「一邊…一邊…」之意。表示同一主體同時進行兩個動作，或者是後項在前項的狀態下進行。

**3** とばかりに、と言わんばかりに
幾乎要說…、簡直就像…、顯出…的神色

接續與說明 [文／N＋とばかりに]；[文／N＋といわんばかりに]。表示心中憋著一個念頭或一句話，雖然沒有說出來，但是從表情、動作上已經表現出來了。含有幾乎要說出前項的樣子，來做後項的行為。後項多為態勢強烈或動作猛烈的句子。常用來描述別人。書面用語。〈日文意思〉いかにも～といった様子で。

例文

今がチャンスとばかりに持ち株を全て売った。

看準了現在正是獲利了結的好時機，而將手上的股票全部賣出。

## とばかりに

　　表示雖然沒有說出來，但簡直就是那個樣子「看準了現在正是獲利了結的好時機」，來做後項動作猛烈的行為「將手上的股票全部賣出」。

## ばかりに

　　「就因為…」之意。表示原因。就是因為某事的緣故，造成後項不良結果或發生不好的事情。說話人含有後悔或遺憾的心情。

---

# 4 ともなく、ともなしに
### 無意地、下意識的、不知…、無意中…

接續與說明　[V-る＋ともなく]；[疑問詞（＋助詞）／V-る＋ともなしに]。表示並不是有心想做後項，卻發生了這種意外的情況。也就是無意識地做出某種動作或行為，含有動作、狀態不明確的意思。有時前後會使用意義相同或相關的動作性動詞，如「見る、言う、聴く、考える」。另外，前接疑問詞時則表示不明確的意思。〈日文意思〉～するつもりはなく／それが～かは不明だが～。

例文

## 見るともなく、ただテレビをつけている。
只是開著電視任其播放，根本沒在看。

比較

## ともなく

　　表示並不是有心想做後項「只是開著電視任其播放」，卻發生了這種意外的情況。也就是無意識地做出某種動作或行為。

## とばかりに

　　「幾乎要說…」之意。表示雖然沒有說出來，但簡直就是那個樣子，來做後項動作猛烈的行為。後續內容多為不良的結果或狀態。常用來描述別人。書面用語。

## 5 ながらに、ながらのN
邊…邊…、…狀（的）

接續與說明 [R－／N＋ながら（に／の）]。表示做某動作的狀態或情景。也就是「在A的狀況之下做B」的意思。〈日文意思〉～そのまま変化しないで続く状態・様子。

例文

彼女（かのじょ）はため息（いき）ながらに一家（いっか）の窮乏（びんぼう）ぶりを訴（うった）えた。
她嘆著氣，陳述了全家人的貧窮窘境。

比較

### ながらに

表示「陳述全家人的貧窮窘境」是在「嘆著氣」的狀態下進行的。

### のままに

「仍舊、老樣子」之意。表示過去某一狀態，到現在仍然持續不變。

## 6 なしに、ことなしに
沒有…、不…而…

接續與說明 [N＋なしに]；[V-る＋ことなしに]。接在表示動作的詞語後面，表示沒有做前項應該先做的事，就做後項。意思跟「ないで、ずに」相近。書面用語，口語用「ないで」。〈日文意思〉～しないままで／～しないで。

例文

出版社（しゅっぱんしゃ）が著者（ちょしゃ）の了解（りょうかい）なしに、勝手（かって）に本（ほん）を出版（しゅっぱん）した。
出版社沒有事先取得作者的同意便擅自出版了該書籍。

## なしに

接在表示動作的詞語「了解」後面，表示沒有做前項應該先做的事「事先取得作者的同意」，就做後項「擅自出版了該書籍」。

## ないで

「不…就…」之意。表示在沒有做前項的情況下，就做了後項的意思。書面語用「ずに」，不能用「なくて」。這個句型要接動詞未然形。

# 7 に至って（は）、に至っても
到…階段（才）；至於、談到；雖然到了…程度

接續與說明 [V-る／N＋に至って（は）]；[V-る／N＋に至っても]。「に至って（は）」表示到達某個極端的狀態，後面常接「初めて、やっと、ようやく」；也表示從幾個消極、不好的事物中，舉出一個極端的事例來。「に至っても」表示即使到了前項極端的階段的意思，屬於「即使…但也…」的逆接用法。後項常伴隨「なお、まだ、未だに」（尚、還、仍然）或表示狀態持續的「ている」等詞。〈日文意思〉～という状態になって／なっても。

例文
## 会議が深夜に至っても、結論は未だに出なかった。
會議討論至深夜仍然沒能做出結論。

比較
## に至って（は）

「到…階段（才）」之意。「に至って（は）」表示從幾個消極、不好的事物中，舉出一個極端的事例來進行說明。

## に至っても

「雖然到了…程度」之意。「に至っても」表示事物即使到了前項極端的階段「會議討論至深夜」，後項還是一樣的狀態「仍然沒能做出結論」。後項常伴隨「未だに」（仍然）等詞。

# 18 実力テスト

做對了，往 😊 走，做錯了往 ❌ 走。

次の文の_____にはどんな言葉を入れたらよいか。1・2から最も適当なものをひとつ選びなさい。

## 實力測驗

**Q** 哪一個是正確的？
答案>>在右頁

---

**1**

結局、彼女の話は最後まで_____じまいだった。
　　　　1 聞けずに　　2 聞けず

**譯** 1 聞けずに：「ずじまいで」（結果）沒…
　　2 聞けず：「ずに」沒…

解答》請看右頁

---

**2**

初めてのテレビ出演で、緊張し_____でした。
　　　　1 ながら　　　2 っぱなし

**譯** 1 ながら：一邊…一邊…
　　2 っぱなし：（放任）置之不理

解答》請看右頁

---

**3**

彼はどうだ_____私たちを見た。
　　　　1 と言わんばかりに 2 ばかりに

**譯** 1 と言わんばかりに：「とばかりに」幾乎要説…
　　2 ばかりに：就因為…

解答》請看右頁

---

**4**

試す_____やってみたら、案外うまくできただけのことです。
　　　　1 ともなく　　2 とばかりに

**譯** 1 ともなく：無意中…
　　2 とばかりに：幾乎要…

解答》請看右頁

---

**5**

彼には生まれ_____、備わっている品格があった。
　　　　1 のままに　　2 ながらに

**譯** 1 のままに：「まま」仍舊、老樣子
　　2 ながらに：邊…邊…

解答》請看右頁

---

**6**

これは仕事とは関係_____、趣味でやっていることです。
　　　　1 なしに　　2 ないで

**譯** 1 なしに：沒有…
　　2 ないで：不…就…

解答》請看右頁

---

**7**

現在に_____、10年前の交通事故の後遺症に悩まされている。
　　　　1 至っても　　2 至っては

**譯** 1 に至っても：雖然到了…程度
　　2 に至っては：到…階段（才）

解答》請看右頁

---

なるほどの解説を確認して、
次のページへ進もう！

## なるほどの解説

**1**

動詞未然形。這裡是能力動詞的「聞ける」

結局、彼女の話は最後まで聞けずじまいだった。

↳ 多跟「結局、とうとう」一起使用 　　→ 沒能達成的目的，含惋
到最後，還是沒能聽完她的說法。　　　　惜的語氣　　　　答案 2

**2**

動詞連用形

初めてのテレビ出演で、緊張しっぱなしでした。

→ 放任不管的事物，常接負
面評價，前不接否定形
第一次參加電視表演，緊張得不得了。　　　　　　　答案 2

**3**

簡體句

彼はどうだと言わんばかりに私たちを見た。

↳ 表情、動作上已表現出來的某種狀態　　→ 多接描述他人氣勢兇
猛的表現
他露出一副「怎麼樣啊？」的趾高氣昂模樣瞧了我們。　答案 1

**4**

動詞終止形

試すともなくやってみたら、案外うまくできただけのこと

です。→ 某動作為開端　　→ 下意識的行為或動作
無意中嘗試看看，沒想到還做得挺順利的。　　　　答案 1

**5**

體言

彼は生まれながらに、備わっている品格があった。

→ 在某狀態之下　　　→ 在前項狀態之下，所做的動作
或狀態
他擁有與生俱備的一種品格特質。　　　　　　　答案 2

**6**

體言

これは仕事とは関係なしに、趣味でやっていることです。

↳ 跳過沒做的事項　　　→ 跳過前項不做，而直接進行的事
這跟工作不相關，純粹是基於興趣而做的。　　　　答案 1

**7**

體言

現在に至っても、１０年前の交通事故の後遺症に悩まされ

ている。→ 極端的情形或階段　　→ 就算在前面事態下，也依然持續的狀態，
常和表示狀態持續的「ている」相呼應
即使到了現在，仍為十年前的交通意外傷害所留下的後遺症所苦。

答案 1

# 接尾語・接頭語

 **MP3 T-42**

## 1 あってのN
有了…之後…才能…、沒有…就不能（沒有）…

接續與說明 [N（が）＋あってのN]。表示因為有前面的事情，後面才能夠存在。含有後面能夠存在，是因為有前面的條件，如果沒有前面的條件，就沒有後面的結果了。〈日文意思〉～があって、はじめて成立する。

例文

**失敗あっての成功ですから、失敗を恥じなくてもよい。**

有失敗才會有成功，所以即使遭遇失敗亦無需感到羞愧。

比較

### あっての

　　表示因為有前項的事情「有失敗」的成立，後項才能夠存在「有成功」。含有後面能夠存在，是因為有前面的條件，如果沒有前面的條件，就沒有後面的結果了。

### からこそ

　　「正因為…才…」之意。表示特別強調其原因、理由。「から」是說話人主觀認定的原因，「こそ」有強調作用。

## がい
**有意義的…、值得的…、…有回報的**

接續與說明 [R-＋がい]。表示做這一動作是值得、有意義的。也就是付出是有所回報，能得到期待的結果的。多接意志動詞。意志動詞跟「がい」在一起，就構成一個名詞。〈日文意思〉その行為をするだけの意義や価値がある。

例文

## やりがいがあると仕事が楽しく進む。
只要是值得去做的工作，做起來便會得心應手。

比較

## がい

表示做這一動作是值得的。付出是有所回報，能得到期待的結果的。接意志動詞「やる」。意志動詞跟「がい」在一起，成「やりがい」就構成一個名詞。

## よう

「不管…」之意。表示不管前項如何，後項都是成立的。後項多使用意志、決心或跟評價有關的動詞「自由だ／勝手だ（自由的／任意的）」。

## **ずくめ**
清一色、全都是；淨是…

接續與說明　[N＋ずくめ]。前接名詞，表示身邊全是這些東西、毫不例外的意思。可以用在顏色、物品、發生的事情等；另外，也表示事情接二連三的發生之意。〈日文意思〉すべて～一色。

例文

## 最近はいいことずくめで、悩みなんか一つもない。
最近盡是遇到好事，沒有任何煩惱。

比較

### ずくめ

強調「在…範圍中都是…」的概念。也就是「最近」這範圍內，清一色都是前項的「好事」。後面可接正、負面評價的名詞。

### だらけ

「全是…」之意。強調「數量過多」的概念。也就是某範圍中，雖然不是全部，但絕大多數都是前項名詞的事物。常伴有「骯髒」、「不好」等貶意，是說話人給予負面的評價。所以後面不接正面、褒意的名詞。

**4**

## **なり（に）、なりのN**
那般…、那樣…、這套…（表符合）

接續與說明　[V／A／Na／N＋なり（に／の）]。表示根據話題中人切身的經驗、個人的能力所及的範圍，含有承認前面的人事物有欠缺或不足的地方，在這基礎上，做後項與之相符的行為。多有有正面的評價的意思。「に」可以省略。要用種謙遜、禮貌的態度敘述某事時，多用「私なりに」。〈日文意思〉～にふさわしい、～に相応した。

# 私<sub>わたし</sub>なりに最善<sub>さいぜん</sub>を尽<sub>つ</sub>くすつもりです。

我自認為已經盡了全力去做。

## なりに

　　表示根據話題中人「我」，切身的經驗、個人的能力所及的範圍，含有承認「我」有欠缺或不足的地方，在這基礎上，做後項與之相符的行為「盡全力去做」。多有有正面的評價的意思。

## ならではの

　　「正因為…才」之意。表示對「ならでは」前面的某人事物的讚嘆，正因為是這人事物才會這麼好。是一種高度評價的表現方式。

---

## 5　ぶり、っぷり
### …的樣子、…的狀態、…的情況

接續與說明 [N＋ぶり]；[R-／N＋ぶり（っぷり）]。前接表示動作的名詞或動詞的連用形，表示前接名詞或動詞的樣子、狀態或情況。而「飲みっぷり、食べっぷり」表示喝酒、吃東西的樣態，前接形容詞「豪快な」，表示看起來非常豪爽的樣子。〈日文意思〉～／～樣子・ありさま・姿。

**あの人の豪快な飲みっぷりはかっこうよかった。**

這個人喝起酒來十分豪爽，看起來非常有氣魄。

比較 ─────────────────────────

## ぷり

　「飲みっぷり、食べっぷり」表示喝酒、吃東西的樣態，前接形容動詞「豪快な」，表示看起來非常豪爽的樣子。

## ぽい

　「看起來好像…」之意。接在名詞、動詞連用形後面作形容詞，表示有這種感覺或有這種傾向。語氣帶有些否定評價的意味。

---

## **6　まみれ**
### 沾滿…、滿是…

接續與說明　[N＋まみれ]。表示物體表面沾滿了令人不快或骯髒的東西，非常骯髒的樣子。另外，也表示處在叫人很困擾的狀況。〈日文意思〉～が付着して汚れている状態。

例文

**あの仏像は何年も放っておかれたので、埃まみれだ。**

那尊佛像已經放置好多年了，沾滿了灰塵。

比較 ─────────────────────────

## まみれ

　表示表面上沾滿了令人不快或骯髒的東西「埃」。

## ぐるみ

　「一起、連…」之意。前接名詞，表示連同該名詞都包括，全部都…的意思。如「家族ぐるみ」（全家）。是接尾詞。

## 實力測驗

**Q** 哪一個是正確的？

答案>>在右頁

**1**

両親_____の私ですから、これからも親孝行していくつもりです。

　　1 あって　　2 からこそ

譯 1 あって：「あっての」有了…之後
　　　才能…

　　2 からこそ：正因為…才…

解答>>請看右頁

**2**

子供たちが生き生きした顔で聞いてくれるので、話_____があります。

　　1 がい　　　2 よう

譯 1 がい：有意義的…

　　2 ようが：不管…

解答>>請看右頁

**3**

彼女はいつも上から下までブランド_____です。

　　1 だらけ　　2 ずくめ

譯 1 だらけ：全是…

　　2 ずくめ：清一色

解答>>請看右頁

**4**

不器用_____、頑張って作ってみたのですが、やっぱり駄目でした。

　　1 なりに　　2 ならでは

譯 1 なりに：那樣…

　　2 ならでは：正因為…才…

解答>>請看右頁

**5**

お相撲さんの食べっ_____には、驚かされました。

　　1 ぽい　　　2 ぷり

譯 1 ぽい：看起來好像…

　　2 ぷり：「っぷり」…的樣子

解答>>請看右頁

**6**

汗_____になって畑仕事をするのが好きです。

　　1 ぐるみ　　2 まみれ

譯 1 ぐるみ：一起、連…

　　2 まみれ：沾滿…

解答>>請看右頁

なるほどの解説を確認して、次のページへ進もう！

# なるほどの解説

**1**

以對後項而言，必然的存在為開端

體言　體言

<ruby>両親<rt>りょうしん</rt></ruby>あっての<ruby>私<rt>わたし</rt></ruby>ですから、これからも<ruby>親孝行<rt>おやこうこう</rt></ruby>していくつもり

有前項才能成立的後項

です。

有父母才有我，所以往後也要孝順他們。　　　　　　　　　　　　　答案　1

**2**

動詞連用形

<ruby>子供<rt>こども</rt></ruby>たちが<ruby>生<rt>い</rt></ruby>き<ruby>生<rt>い</rt></ruby>きした<ruby>顔<rt>かお</rt></ruby>で<ruby>聞<rt>き</rt></ruby>いてくれるので、<ruby>話<rt>はな</rt></ruby>しがいが

跟「がい」在一起則構成名詞，表示
這動作是值得、有意義的

あります。

孩子們都滿臉興味盎然地聆聽著，不枉費花工夫說給他們聽。　　　答案　1

**3**

體言

<ruby>彼女<rt>かのじょ</rt></ruby>はいつも<ruby>上<rt>うえ</rt></ruby>から<ruby>下<rt>した</rt></ruby>までブランドずくめです。

某範圍為開端　　　　　　　　　　在限定的範圍中，淨是某事物，可
好可壞

她總是從頭到腳全身都是名牌裝扮。　　　　　　　　　　　　　　　答案　2

**4**

某人事物作為基礎

體言

<ruby>不器用<rt>ぶきよう</rt></ruby>なりに、<ruby>頑張<rt>がんば</rt></ruby>って<ruby>作<rt>つく</rt></ruby>ってみたのですが、やっぱり

以前項為基礎，做與前項
相符的後項行為

<ruby>駄目<rt>だめ</rt></ruby>でした。

雖然手藝不太靈巧，還是努力試著做，結果仍舊沒有成功。　　　　　答案　1

**5**

動詞連用形

お<ruby>相撲<rt>すもう</rt></ruby>さんの<ruby>食<rt>た</rt></ruby>べっぷりには、<ruby>驚<rt>おどろ</rt></ruby>かされました。

接動詞的樣子　　　　　　　樣子看起來令人感覺…

相撲選手吃飯時的豪邁樣相，真是令人瞠目結舌。　　　　　　　　　答案　2

**6**

體言

<ruby>汗<rt>あせ</rt></ruby>まみれになって<ruby>畑仕事<rt>はたけしごと</rt></ruby>をするのが<ruby>好<rt>す</rt></ruby>きです。

常接骯髒、負面的事物，表示表面上沾滿…

很喜歡在田裡工作到大汗淋漓的感覺。　　　　　　　　　　　　　　答案　2

# 第三部
## 助動詞文型

# 助動詞 （可能・難易・程度）

MP3 T-43

## に難くない
不難…、很容易就能…

接續與說明 [V-る／N＋にかたくない]。從某一狀況來看，不難想像，誰都能明白。前面多用「想像する、理解する」等理解、推測的詞，書面用語。〈日文意思〉～（状況から見て）簡単に～できる。

例文

橋造りに、大変な労力と時間を要することは想像に難くない。

不難想像造橋工程必須耗費驚人的勞力與時間。

比較

### に難くない

「不難、很容易」之意。前面接「想像する」表示從「造橋工程」這一狀況來看，不難想像「必須耗費驚人的勞力與時間」。

### に（は）あたらない

「不需要…」之意。表示沒有必要做某事，那樣的反應是不恰當的。用在說話人對於某事評價較低的時候。

## 2 べくもない
無法…、無從…、不可能…

接續與說明 [V-る＋べくもない]。表示希望的事情，由於差距太大了，當然是不可能發生的意思。也因此，一般只接在跟說話人希望有關的動詞後面，如「望む」「知る」。是生硬的表現方法。〈日文意思〉～当然ながら～できない／～はずがない／～することは、とてもできない。

例文

土地が高い都会では、家などそう簡単に手に入るべくもない。

在土地價格昂貴的城市裡，並非那麼容易可以買到房子的。

比較

### べくもない

表示希望的事情「買房子」，由於跟「在土地價格昂貴的城市裡」這一現實的差距太大了，當然是不可能發生的意思。

### べからず

「不得…、不能…」之意。是「べし」的否定形。表示禁止、命令。是一種強硬的禁止說法，多半出現在告示牌、公佈欄、演講標題上。

## 3 （よ）うにも…ない
即使想…也不能…

接續與說明 [V-（よ）う＋にも…ない]。表示因為某種客觀的原因，即使想做某事，也難以做到。是一種願望無法實現的說法。前面要接動詞的意向形，後面接否定的表達方式。〈日文意思〉～しようと努力してもできない。

# 彼のことは、忘れようにも忘れられない。
就算想忘也忘不了他。

比較 ──────────

## ようにも…ない

　　表示因為某種客觀的原因，即使想做某事「忘記他」，也難以做到。是一種願望無法實現的說法。前面要接動詞的意向形，後面接否定的表達方式。

## に…ない

　　「想…、卻不能…」之意。意思是想做某事也做不成。相當於「そうしたくてもできない」。如：「電車が止まって、帰るにも帰れない」（由於電車停駛，想回也會不去。）。

## 4 というところだ、といったところだ
可說…差不多、可說就是…；頂多…

接續與說明　[V-る／N／引用語・句＋というところだ]；[V-る／N／引用語・句＋といったところだ]。說明在某階段的大致情況或程度；也接在數量不多或程度較輕的詞後面，表示頂多也只有文中所提的數目而已，最多也不超過文中所提的數目。〈日文意思〉およそ～ぐらいだ／～と言える。

例文

# 今年の売り上げは、まあまあといったところだ。
年營收額還算馬馬虎虎過得去。

比較 ──────────

## といったところだ

　　接在數量不多或程度較輕的詞「馬馬虎虎」後面，表示頂多也只有文中所提的數目而已，最多也不超過文中所提的程度。

## とのことだ

「據說…」之意。表示傳聞。敘述從外界聽到的傳聞。直接引用傳聞的語意很強，所以也可以接命令形。句尾不能變成否定形。

### 5 極まる、極まりない
極其…、非常…、…極了

接續與說明 [Na（なこと）＋極まりない]；[A-い＋こと極まりない]。形容某事物達到了極限，再也沒有比這個更為極致了。這是說話人帶有個人感情色彩的說法。說法鄭重，是書面用語。〈日文意思〉～非常に～だ。

例文

**彼の発言は大胆極まりない。**
他的言論實在狂妄至極。

比較

### 極まりない

形容某事物「他的言論」達到了極限「狂妄至極」，再也沒有比這個更為極致了。這是說話人帶有個人感情色彩的說法。

### のきわみ

「Aのきわみ」表示A的程度高到極點，再沒有比A更高的了。「Aきわまりない」表示非常的A，強調A的表現。

**6** の極み（だ）
きわ
真是…極了、十分地…、極其…

接續與說明 [N＋の極み（だ）]。形容事物達到了極高的程度。強調這程度已經超越一般，到達頂點了。大多用來表達說話人激動時的那種心情。前面可接正面或負面、或是感情以外的詞。「感激の極み」、「痛恨の極み」是慣用的形式。〈日文意思〉～非常に～だ。

例文

世界三大珍味をいただけるなんて、贅沢のきわみだ。
せかいさんだいちんみ　　　　　　　　　　　　　　　ぜいたく

得以吃到世界三大珍品，實在極感奢侈之至。

比較

## のきわみだ

　　形容事物達到了極高的程度「奢侈之至」。強調這程度已到達頂點了。大多用來表達說話人激動時的那種心情。前面可接正面或負面的詞。

## ことだ

　　「就得…」之意。表示一種間接的忠告或命令。說話人忠告對方，某行為是正確的或應當的，或某情況下將更加理想。口語中多用在上司、長輩對部屬、晚輩。

**7** の至り（だ）
いた
真是…到了極點、真是…、極其…、無比…

接續與說明 [N＋の至り（だ）]。前接「光榮、感激」等特定的名詞，表示一種強烈的情感，達到最高的狀態。多用在講客套話的時候。通常用在好的一面。〈日文意思〉非常に～だ。

## このようなすばらしい賞をいただき、とても光栄の至りです。

能得到如此好的賞狀，委實令人感到光榮不已。

### の至り（だ）

　　前接「光栄」這一特定的名詞，表示一種強烈的情感，達到最高的狀態「感到光榮不已」。多用在講客套話的時候。通常用在好的一面。

### の極み（だ）

　　「真是…極了」之意。形容事物達到了極高的程度。強調這程度已經超越一般，到達頂點了。大多用來表達說話人激動時的那種心情。前面可接正面或負面、或是感情以外的詞。

---

## 8 にたえない
### 不堪…、忍受不住…、不勝…

接續與說明　[N＋にたえない]；[V-る＋にたえない]。表示情況嚴重得不忍看下去，聽不下去了。這時候是帶著一種不愉快的心情。前面只能接「読む、聞く、見る」等為數不多的幾個動詞；又前接「感慨、感激」等詞，表示強調前面情感的意思。一般用在客套話上。〈日文意思〉〜を抑えることができない〜。

例文

## 美しかった森林が、開発のためすべて切り倒され、見るにたえない。

原本美麗的森林，卻由於開發所需而將樹木盡數砍伐，景象不忍卒睹。

## にたえない

前面接「見る」，表示「美麗的森林，因開發而砍掉所有的樹木」情況嚴重得不忍看下去，聽不下去了。這時候是帶著一種不愉快的心情。

## に難くない

「不難…」之意。表示從某一狀況來看，不難想像，誰都能明白的意思。前面多用「想像する、理解する」等詞，書面用語。

---

## 9 に足る、に足りない
### 可以…、足以…、值得…

接續與說明 [V-る／N＋に足るN]；[V-る／N＋に足りない]。前接「信頼する、尊敬する」等詞，表示很有必要做前項的價值，那樣做很恰當。〈日文意思〉〜に値する／〜に値しない。

例文

**友達は大勢いますが、頼るに足る人は彼しかいない。**
雖然有很多朋友，可是值得信賴的卻只有他一人而已。

比較

## に足る

表示客觀地從品質或是條件，來判斷很有必要做前項「頼る」的價值，那樣做很恰當。

## にたえる

「值得…；禁得起…」之意。可表示有充分那麼做的價值，或表示不服輸、不屈服地忍耐下去。這是從主觀的心情、感情來評斷的。前面只能接「読む、聞く、見る」等為數不多的幾個動詞。

## 實力測驗

Q 哪一個是正確的？

答案＞＞在右頁

### 1

甚大な被害が出ていることは想像に

＿＿＿＿。

1 あたらない　2 難くない

### 譯

1 あたらない：「にあたらない」不需要…

2 難くない：「に難くない」不難…

解答》請看右頁

### 2

彼と同じポジションに就くなんて望む＿＿＿＿。

1 べからず　2 べくもない

### 譯

1 べからず：禁止…

2 べくもない：無法…

解答》請看右頁

### 3

風邪をひいて声が出ないので、話＿＿＿＿話せない。

1 そうにも　2 に

### 譯

1 そうにも：「（よ）うにも…ない」即使想…，也不能…

2 に：「に…ない」想…，卻不能…

解答》請看右頁

### 4

仕事場として用いられる北の部屋は狭小。せいぜい2畳＿＿＿＿だ。

1 というところ　2 とのこと

### 譯

1 というところ：「というところだ」可說…差不多

2 とのこと：「とのことだ」據說…

解答》請看右頁

### 5

周囲への配慮を欠いた彼の行為は、不愉快＿＿＿＿。

1 きわめない 2 きわまりない

### 譯

1 きわめない：沒有這樣的表達方式。

2 きわまりない：極其…

解答》請看右頁

なるほどの解説を確認して、次のページへ進もう！

## なるほどの解説

**1**

甚大(じんだい)な被害(ひがい)が出(で)ていることは想像(そうぞう)に難(かた)くない。 〔體言〕

　↳ 某狀況為開端

　↳ 多接表示思考的詞，如「想像、予想、推測、察する」等

不難想像災情非常慘重。　　　　　　　　　　　　　　答案　2

**2**

彼(かれ)と同(おな)じポジションに就(つ)くなんて望(のぞ)むべくもない。 〔動詞終止形〕

　↳ 希望的事情，但由於差距太大，當然不可能發生

　↳ 一般只接在跟說話人希望有關的動詞後面

不應妄想與他坐上同樣的職位。　　　　　　　　　　　答案　2

**3**

接續為【動詞意向形+うにも+同一可能動詞未然形+ない】

風邪(かぜ)をひいて声(こえ)が出(で)ないので、話(はな)そうにも話(はな)せない。

　↳ 可用某話題或原因為開端

　↳ 想達成卻達不到的目標

因為感冒而發不出聲音，即使想說話也說不出來。　　　答案　1

**4**

〔體言〕

仕事場(しごとば)として用(もち)いられる北(きた)の部屋(へや)は狭小(きょうしょう)。せいぜい2畳(じょう)

というところだ。→ 説明主題的現階段大致情形，最多也不超過的範圍

當作工作場所的北邊的房間很狹窄。頂多只有2坪。　　答案　1

**5**

〔形容動詞語幹〕

周囲(しゅうい)への配慮(はいりょ)を欠(か)いた彼(かれ)の行為(こうい)は、不愉快(ふゆかい)きわまりない。

　↳ 可用某事物為開端

　↳ 形容某事物達到了極限，帶有個人感情色彩的説法

他的舉止絲毫沒有考慮身邊人們的感受，委實令人極度不悅。　答案　2

# 21 実力テスト

做對了，往  走，做錯了往 ✕ 走。

次の文の＿＿＿＿にはどんな言葉を入れたらよいか。1・2から最も適当なものをひとつ選びなさい。

## 實力測驗

**Q** 哪一個是正確的？

答案>>在右頁

### 6

高級ホテルに五つ星レストランとは、贅沢の＿＿＿＿。

    1 きわみです 2 ことです

### 7

このような事態になったのは、すべて私どもの不徳の＿＿＿＿です。

    1 極み     2 至り

**譯** 1 きわみです: 真是…極了
    2 ことです: 就得…

解答>>請看右頁

**譯** 1 極み:「の極みだ」真是…極了
    2 至り:「の至りだ」真是…到了極點

解答>>請看右頁

### 8

彼の身勝手な言い訳は聞くに＿＿＿＿。

    1 たえない    2 難くない

### 9

法律の改正には、国民が納得するに＿＿＿＿説明が必要だ。

    1 足る     2 たえる

**譯** 1 たえない:「にたえない」不堪…
    2 難くない:「に難くない」不難…

解答>>請看右頁

**譯** 1 足る:「に足る」足以…
    2 たえる:「にたえる」値得…

解答>>請看右頁

なるほどの解説を確認して、次のページへ進もう！

**6**

體言

高級ホテルに五つ星レストランとは、贅沢のきわみです。

→ 可用某話題為開端

接名詞表示程度極致，可用來表達好或壞兩方面

高級旅館加上五星級餐廳，可說真是極盡奢華享受。　　　　答案　1

---

**7**

體言

このような事態になったのは、すべて私どもの不徳
の至りです。　→ 可由某話題事由為開端

表達情感的詞

事態演變到這種地步，一切（實在是）都怪我們的督導不周。

答案　2

---

**8**

動詞連體形

彼の身勝手な言い訳は聞くにたえない。

→ 接動詞時表示不堪，常接「見る、聞く」等
動詞，含有用感性角度去評斷事物的語氣

他的巧言辯解，實在讓人聽不下去。　　　　答案　1

---

**9**

動詞終止形

法律の改正には、国民が納得するに足る説明が必要だ。

値得做的行為

可接名詞，表示值得做前面
行為的內容，含以理性角度
去評斷事物的語氣

修訂法律必須事先充分說明，讓國民能夠理解同意。　　　　答案　1

# 助動詞（断定・婉曲・感情）

 **T-44**

## 1 てしかるべきだ
應當…、理應…

接續與說明 [V-て＋しかるべきだ]。表示那樣做是恰當的、應當的。也就是用適當的方法來解決事情。〈日文意思〉～するのが当然である。

例文

**所得が低い人には、税金の負担を軽くするなどの措置がとられてしかるべきだ。**
しょとく ひく ひと ぜいきん ふ たん かる そ ち

應該實施減輕所得較低者之稅負的措施。

比較

## てしかるべきだ

表示「應該減輕所得較低者之稅負」那樣做是恰當的、應當的。也就是用適當的方法來解決事情。

## てやまない

「…不已」之意。接在感情動詞後面，表示發自內心的感情，且那種感情一直持續著。

## 2 でなくてなんだろう
**難道不是…嗎、不是…又是什麼呢**

接續與說明 [N＋でなくてなんだろう]。用一個抽象名詞，帶著感情色彩述說「這個就可以叫做…」的表達方式。常見於小說、隨筆之類的文章中。含有主觀的感受。〈日文意思〉正にこれこそ～だ。

例文

### 賞味期限を改ざんするなんて、悪徳商法でなくてなんだろう。
竟然擅改商品上標示的食用截止日期，這根本就是惡質廠商嘛！

比較

### でなくてなんだろう

用一個抽象名詞「悪徳商法」，帶著感情色彩述強調「這個就可以叫做惡質廠商」的表達方式。常見於小說、隨筆之類的文章中。含有主觀的感受。

### に過ぎない

「不過是…而已」之意。表示程度有限，有這並不重要的消極評價語氣。

## 3 ばそれまでだ、たらそれまでだ
**…就完了、…就到此結束**

接續與說明 [V-ば＋それまでだ]；[V-たら＋それまでだ]。表示一旦發生前項情況，那麼一切都只好到此結束，一切都是徒勞無功之意。前面多採用「も、ても」的形式。〈日文意思〉～たら、それで全てが終わりだ。

例文

### 立派な家も火事が起こればそれまでだ。
即使是蓋得美侖美奐的房屋，一旦發生火災也只能化為灰燼。

## ばそれまでだ

　　表示一旦發生前項情況「美侖美奐的房屋發生火災」，那麼一切都只好到此結束，一切都是徒勞無功「只能化為灰燼」之意。前面多採用「も、ても」的形式。

## だけだ

　　「只能…」之意。表示只有這唯一可行的，沒有別的選擇，或沒有其它的可能性。

## 4 までだ、（た）までのことだ
大不了…而已、也就是…、純粹是…

接續與說明 [V-る＋までだ]；[V-た＋までのことだ]。接動詞連體形時，表示現在的方法即使不行，也不沮喪，再採取別的方法。有時含有只有這樣做了，這是最後的手段的意思。表示講話人的決心、心理準備等。接過去式時，則強調某事情發生的理由、原因；「（た）までのことだ」表示理由限定的範圍。表示說話者單純的行為。含有「說話人所做的事，只是前項那點理由，沒有特別用意」。後接過去式時，則多用來強調原因或理由。〈日文意思〉ただ〜だけだ／〜すれば済むことだ。

例文

和解<ruby>わ<rt></rt></ruby>できないなら訴訟<ruby>そしょう<rt></rt></ruby>を起<ruby>お<rt></rt></ruby>こすまでだ。
如果沒辦法和解，大不了就告上法院啊！

比較

## までだ

　　表示現在的方法「和解」即使不行，也不沮喪，再採取別的方法「告上法院」。有時含有只有這樣做了，這是最後的手段的意思。表示講話人的決心、心理準備等。

## ことだ

「就得…」之意。表示一種間接的忠告或命令。說話人忠告對方，某行為是正確的或應當的，或某情況下將更加理想。口語中多用在上司、長輩對部屬、晚輩。

## 5 ないとも限らない
### 不見得不…、未必不…、也許會…

接續與說明 [V-ない＋とも限らない]。表示某事並非百分之百確實會那樣。一般用在說話人擔心好像會發生什麼事，心裡覺得還是採取某些因應的對策好。看「ないとも限らない」知道「とも限らない」前面多為否定的表達方式。但也有例外，前面接肯定的表現如：「このまま明日死ぬとも限らない」（也許明天就這樣死了）。〈日文意思〉～かもしれない。

例文

**習慣や考え方は人によって異なるので、自分にとっての常識は他人にとっての非常識でないともかぎらない。**

儘管習慣或想法因人而異，但最低限度是千萬不可因為自認為的理所當然，而造成了他人的極度困擾。

比較

## ないともかぎらない

表示某事並非百分之百確實會那樣。一般用在說話人擔心好像會發生什麼事，心裡覺得還是採取某些因應的對策好。

## ないかぎり

「只要不…就…」之意。表示後項的成立限定在某種條件的範圍之內。

## 6 ないものでもない、なくもない
也並非不…、不是不…、也許會…

接續與說明 [V-ない／A-くない／Naでない／Nでない＋ものでもない]；[V／A-く＋なくもない]。表示依後續周圍的情勢發展，有可能會變成那樣、可以那樣做的意思。用較委婉的口氣敘述不明確的可能性。是一種消極肯定的表現方法。多用在表示個人的判斷、推測、好惡等。語氣較為生硬。口語說成「ないもんでもない」。〈日文意思〉〜ないこともない／〜てもいい。

例文

## この量なら夜を徹して行えば、終わらせられないものでもない。

如果是這樣的工作份量，只要通宵趕工應該可以完成。

比較

### ないものでもない

例句中表示「以這樣的工作量」，再依後續情勢發展，有可能會變成「通宵趕工」的意思。用較委婉的口氣敘述不明確的可能性。是一種消極肯定的表現方法。

### ないとも限らない

「不見得不…」之意。表示某事並非百分之百確實會那樣。一般用在說話人擔心好像會發生什麼事，心裡覺得還是採取某些因應的對策好。

## 7 といったらありはしない
…之極、極其…、沒有比…更…的了

接續與說明 [A-い／N＋といったらありはしない]。強調某事物的程度是極端的，極端到無法形容、無法描寫。跟「といったらない」意義相同，但這句型用在正面時表示欽佩，用在負面時表示埋怨的語意。書面用語。〈日文意思〉〜非常に〜だ。

## 倒(たお)れても倒(たお)れてもあきらめず、彼(かれ)はしぶといといったらありはしない。

無論跌倒了多少次依舊堅強地不放棄，他的堅韌精神令人感佩。

比較

## といったらありはしない

例句中強調「他的堅韌精神」的程度是極端的，極端到無法形容、無法描寫的「令人感佩」。這裡是正面表示欽佩的用法，書面用語。

## ということだ

「據說…」之意。表示傳聞。從某特定的人或外界獲取的傳聞。比起「…そうだ」來，有很強的直接引用某特定人物的話之語感。又有明確地表示自己的意見、想法之意。

---

# 8 てやまない
## …不已、一直…

接續與說明 [V-て＋やまない]。接在感情動詞後面，表示發自內心的感情，且那種感情一直持續著。接續也可以是「動詞連用形+たく（たい連用形）+てやまない」的形式。這個句型由古漢語「…不已」的訓讀發展而來。常見於小說或文章當中，會話中較少用。〈日文意思〉ずっと〜し続けている。

例文

## 兵士(へいし)が無事(ぶじ)に帰国(きこく)することを願(ねが)ってやまない。

由衷祈求士兵們能夠平安歸國。

比較

## てやまない

接在感情動詞「願う」的連用形後面，表示發自內心的感情，且那種感情一直持續著。常見於小說或文章當中，會話中較少用。

## てたまらない

意思是「…得不得了」。表示程度嚴重到使說話人無法忍受。是說話人強烈的感覺、感情及希求。一般前接感情、感覺、希求之類的詞。

---

**9** **を禁じえない**
不禁…、禁不住就…、忍不住…

接續與說明　[N＋を禁じえない]。前接帶有情感意義的名詞，表示面對某種情景，心中自然而然產生的，難以抑制的心情。這感情是越抑制感情越不可收拾的。屬於書面用語。口語中不用。〈日文意思〉～という感情が自然に湧き上がる。

例文

ほ　　　　　　　　す べ て　　　　　　かれ たい　　　　　　　しっ と　きん
欲しいものを全て手にした彼に対し、嫉妬を禁じえない。

他要什麼就有什麼，不禁令人感到嫉妒。

比較

きん
**を禁じえない**

前接帶有情感意義的名詞「嫉妬」，表示面對「他要什麼就有什麼」這情景，心中自然而然產生、難以抑制的「嫉妬」心情。這感情是越抑制感情越不可收拾的。

よ ぎ
**を余儀なくされる**

「不得不…」之意。因為大自然或環境等，個人能力所不能及的強大力量，迫使其不得不採取某動作。而且此行動，往往不是自己願意的。表示情況已經到了沒有選擇的餘地，必須那麼做的地步。

# 10 てはかなわない、てはたまらない
…得受不了、…得要命、…得吃不消

接續與說明 [V-ては／A-いくては／Naでは／Nでは＋かなわない]；[V-ては／A-いくては／Naでは／Nでは＋たまらない]。表示負擔過重,無法應付。如果按照這樣的狀況下去不堪忍耐,不能忍受。是一種動作主體主觀上無法忍受的表現方法。用「かなわない」有讓人很苦惱的意思。前面常跟「こう、こんなに」一起使用。〈日文意思〉～たら、とてもがまんできない／～のはいやだ、困る。

例文

## おもしろいと言われたからと言って、同じ冗談を何度も聞かされちゃかなわない。
雖說他說的笑話很有趣,可是重複聽了好幾次實在讓人受不了。

比較

## てはかなわない
　　表示負擔過重,無法應付。如果「有趣的笑話」按照「重複聽了好幾次」的狀況下去,將叫人不能忍受。是一種動作主體主觀上無法忍受的表現方法。

## てはたまらない
　　意思跟「てはかなわない」一樣,可以互相置換。表示照此狀態下去不堪忍耐,不能忍受。「(的話)可受不了」之意。

**實力測驗**

**Q** 哪一個是正確的？

答案>>在右頁

**1**

研究成果はもっと評価されて_____。
　　　1 やまない　　2 しかるべきだ

😊 ❌

譯
1 やまない：「てやまない」…不已
2 しかるべきだ：「てしかるべきだ」應當…

解答》請看右頁

**2**

泥酔して会見に臨むなんて、失態_____。
　　1 に過ぎない2 でなくてなんだろう

❌  😊

譯
1 に過ぎない：不過是…而已
2 でなくてなんだろう：難道不是…嗎

解答》請看右頁

**3**

せっかくの提案も、企画書がよくなければ、_____です。
　　　1 それまで　　2 だけ

😊 ❌

譯
1 それまで：「ばそれまでだ」…就完了
2 だけ：「だけだ」只能…

解答》請看右頁

**4**

失敗したとしても、もう一度一からやり直す_____のことだ。
　　　1 まで　　　　2 こと

❌ 😊

譯
1 まで：「までだ」大不了…而已
2 こと：「ことだ」就得…

解答》請看右頁

**5**

この状況なら、彼が当選し_____。
　　　1 あるともかぎらない
　　　2 ないともかぎらない

😊 ❌

譯
1 あるともかぎらない：沒有這樣的表達方法。
2 ないともかぎらない：不見得不…

解答》請看右頁

なるほどの解説を確認して、次のページへ進もう！

## なるほどの解説

**1**

動詞連用形，這裡的動詞原形是「評価される」

研究成果はもっと評価されてしかるべきだ。
けんきゅうせいか　　　　　　　　ひょうか

↳ 可用某話題為開端　　　↳ 那樣做是恰當的、應當的內容

此一研究成果理當獲得肯定。　　　　　　　　　　　　　　答案　2

---

**2**

體言

泥酔して会見に臨むなんて、失態でなくてなんだろう。
でいすい　　かいけん　のぞ　　　　　しったい

↳ 話題為開端　　　　　↳ 語含個人情感，強調「這不是…是什麼」的內容

喝得酩酊大醉後接受訪問，這不算失態又算是什麼呢？　　　答案　2

---

**3**

形容詞假定形

せっかくの提案も、企画書がよくなければ、それまでです。
　　　　ていあん　　きかくしょ

↳ 前常和「も、ても」相呼應，　↳ 只要一發生，全部
　強調「就算如此」的語意　　　　就徒勞無功

即使是很精采的提案，假如企劃書寫得不好也是枉然。　　　答案　1

---

**4**

動詞連體形

失敗したとしても、もう一度一からやり直すまでのことだ。
しっぱい　　　　　　　いちど　いち　　　　なお

↳ 可用某原因、前提為開端　　↳ 含只有這樣做了，這是
　　　　　　　　　　　　　　　最後的手段之意

即使遭受失敗，只要再一次從頭再來就好了。　　　　　　　答案　1

---

**5**

動詞未然形

この状況なら、彼が当選しないともかぎらない。
　　じょうきょう　かれ　とうせん

↳ 可用某事由為開端　↳ 表示某事並非百分之百確實會那樣

照這個狀況判斷，他未必會落選。　　　　　　　　　　　　答案　2

## 23 実力テスト

做對了，往 😊 走，做錯了往 ✗ 走。

次の文の_____にはどんな言葉を入れたらよいか。1・2から最も適当なものをひとつ選びなさい。

**實力測驗**

**Q** 哪一個是正確的？
答案＞＞在右頁

### 6
日本語でコミュニケーションがとれない_____。
1 ものでもない 2 とも限らない

✗

譯 1 ものでもない：「ないものでもない」
也並非不…
2 とも限らない：「ないとも限らない」
不見得不…
解答》請看右頁

### 7
うちの父は頑固_____。
1 といったらありはしない
2 ということだ

✗

譯 1 といったらありはしない：…之極
2 ということだ：據說…
解答》請看右頁

### 8
事件の早期解決を心から祈って_____。
1 たまない　2 やまない

✗

譯 1 たまない：「てたまない」沒有這樣的
表達方式。
2 やまない：「てやまない」…不已
解答》請看右頁

### 9
あまりに残酷な事件に、憤りを_____。
1 余儀なくされる 2 禁じえない

✗

譯 1 余儀なくされる：「を余儀なくされる」
不得不…
2 禁じえない：「を禁じ得ない」不禁…
解答》請看右頁

### 10
君にそう_____よ。
1 言われちゃかなわない
2 言われちゃしょうがない

✗

譯 1 言われちゃかなわない：「てはかなわない」…得受不了
2 言われちゃしょうがない：「てはしょうがない」沒有這樣的表達方式。有「てしょうがない」…得不得了
解答》請看右頁

なるほどの解説を確認して、
次のページへ進もう！

**6**

動詞未然形

日本語でコミュニケーションが<u>とれ</u>ないものでもない。

→ 表示在前項的設定之下，也有可能達成後項

→ 有可能達到的後項

也不是不能以日語溝通。

答案　1

**7**

體言

うちの父は<u>頑固</u>といったらありはしない。

→ 給予極端的評價。正面時表欽佩，負面時表埋怨的語意

說到我爸爸，真是頑固至極。

答案　1

**8**

動詞連用形

事件の早期解決を心から<u>祈っ</u>てやまない。

→ 話題為開端

→ 表示這樣的感情一直持續，可接正、負面感情動詞

衷心期盼這起事件能夠早日解決。

答案　2

**9**

體言

あまりに残酷な事件に、<u>憤り</u>を禁じえない。

→ 無法壓抑情感的對象

→ 無法壓抑的情感的名詞，可接正、反面的詞

這起慘絕人寰的事件令人不禁難忍悲憤。

答案　2

**10**

用言連用形

君にそう<u>言われ</u>ちゃかなわないよ。

→ 照這樣的狀況下去，是不能忍受的內容。「ちゃ」是「ては」的口語形

被你這麼一說，讓我深感汗顏呀。

答案　1

# 助動詞（意志・義務・不必要）

 **T-45**

## 1 て済む、ないで済む、ずに済む
…就行了、…就可以解決／不…也行、用不著…

接續與說明 ［V-て／A-くて／Nで＋済む］；［V-ない＋で済む］；［V-ない＋ずに済む］。表示某種方式，某種程度就可以，不需要很麻煩，就可以解決問題了；【動詞未然形】+ないで済む、ずに済む。表示不這樣做，也可以解決問題，或避免了原本預測會發生的不好的事情。〈日文意思〉～ばいい／～なくてもいい。

例文

友だちが、余っていたコンサートの券を1枚くれた。それで、私は券を買わずにすんだ。

朋友給了我一張多出來的演唱會的入場券，我才得以不用買入場券。

比較

### ずに済む

表示不這樣做「買入場卷」，也能解決「要花錢買票」的問題。

### てはいけない

「不准…」之意。（1）根據規則或一般的道德，不能做前項。常用在交通標誌、禁止標誌或衣服上洗滌表示等。是間接的表現。（2）根據某種理由、規則，直接跟聽話人表示不能做前項事情。

## 2 ないではおかない、ずにはおかない
不能不…、必須…、一定要…、勢必…

接續與說明 [V-ない＋ではおかない]；[V-ない＋ずにはおかない]。表示一種強烈的情緒、慾望。由於外部的強力，使得某種行為，沒辦法靠自己的意志控制，自然而然地就發生了。有主動、積極的「不做到某事絕不罷休」語感。是書面語。〈日文意思〉必ず～てやる／必ず～させてしまう。

例文

かれ うた き もの かんどう
### 彼の歌は聴く者を感動させずにはおかない。
沒有人在聽了他的歌以後不受到感動的。

比較

## ずにはおかない

「一定會…、必然…」的意思。主語可以是「人或物」，表示一種強烈的情緒、慾望。由於外部的強力「聽了他的歌」，使得某種行為「感動」，沒辦法靠自己的意志控制，自然而然地就發生了。有主動、積極的語感。

## ずにはいられない

「不得不…」之意。主詞是「人」，表示自己的意志無法克制，情不自禁地做某事。

**3** ないでは済まない、ずには済まない、なしでは済まない
不能不…、非…不可

接續與說明 [V-ない＋では済まない]；[V-ない＋ずには済まない]；[N＋なしでは済まない]。表示考慮到當時的情況、社會的規則等等，不這麼做是解決不了問題的語感。主詞可以是「人或物」。另外，也用在自己覺得必須那樣做的時候。跟主動、積極的「ないではおかない」相比，這個句型屬於被動、消極的辦法。〈日文意思〉～なければ事態が解決（解消）しない。

例文

**金を借りといて、返せないじゃ済まないよ。**
向別人借了錢，怎能說還不出來呢？

比較

**ないじゃ済まない**

　　表示考慮到當時的情況、社會的規則等等，強調「不這麼做，是解決不了問題」的語感。另外，也用在自己覺得必須那樣做的時候。跟主動、積極的「ないではおかない」相比，這個句型屬於被動、消極的辦法。

**ないじゃおかない**

　　「不能不…」之意。表示一種強烈的情緒、慾望。由於外部的強力，使得某種行為，沒辦法靠自己的意志控制，自然而然地就發生了。有主動、積極「不做到某事絕不罷休」的語感。是書面語。

**4** を余儀なくさせる
勢必…、必須…

接續與說明 [N＋を余儀なくさせる]。表示大自然或環境等，個人能力所不能及的強大力量，勢必造成某影響力。而且此影響力，往往不是自己願意的。表示情況已經到了沒有選擇的餘地，必須那麼做的地步。〈日文意思〉～するよりほかなくさせる。

しょうひん　お せん　あき　　　　　　　　　　　　　はつばいていし　よぎ
# 商品の汚染が明らかになれば、発売停止を余儀なくさせる。

倘若確定商品已受到污染，不容遲疑地必須立即停止發售。

よ ぎ
## を余儀なくさせる

主詞是「造成影響的原因」時用。以造成影響力的原因為出發點的語感，所以會有強制對方進行的語意。

よ ぎ
## を余儀なくされる

主詞是「受影響物」時用。以受影響的事物為出發點的語感，所以會有被迫不得不採取某動作的語感。

---

# 5 べからず、べからざるN
## 不得…、禁止…、勿…、莫…

接續與說明 [V-る＋べからず]；[V-る＋べからざるN]。是「べし」的否定形。表示禁止、命令。是一種強硬的禁止說法，文言文式的說法，多半出現在告示牌、公佈欄、演講標題上。現在很少見。口語說「てはいけない」。〈日文意思〉～てはならない、～べきではない。

こうえんない　　かんばん　　　　　　はな　と　　　　　　　　　　　か
# 公園内の看板には「花を採るべからず」と書いている。

公園裡的告示板上註明「禁止摘花」。

## べからず

表示「禁止、命令」的意思。是一種強硬的禁止說法，文言文式的說法，多半出現在告示牌、公佈欄、演講標題上。只放在句尾。現在很少見。口語說「てはいけない」。

## べきだ

「必須…、應當…」的意思。表示那樣做是應該的、正確的。常用在勸告、禁止及命令的場合。是一種客觀或原則的判斷。書面跟口語雙方都可以用。

## べし
### 應該…、必須…、值得…

接續與說明 [V-る＋べし]。是一種義務、當然的表現方式，只放在句尾。表示說話人從道理上考慮，覺得那樣做是應該的，理所當然的。用在說話人對一般的事情發表意見的時候。文言的表達方式。〈日文意思〉～「べきだ」的書面語。

例文

### 親たる者、子どもの弁当ぐらい自分でつくるべし。
親自為孩子做便當是父母責無旁貸的義務。

比較

## べし

是一種義務、當然的表現方式，只放在句尾。表示說話人從道理上考慮，覺得那樣做是應該的，理所當然的。用在說話人對一般的事情發表意見的時候。

## べからざる

「禁止…」之意。表示禁止、命令。是一種強硬的禁止說法，文言文式的說法，多半出現在告示牌、公佈欄、演講標題上。現在很少見。

## まじ、まじきN
### 不該有的…、不該出現的…

接續與說明 [V-る＋まじ]；[N＋にあるまじきNだ]。前接職業或地位的名詞，指責話題中人物的行為，不符其身份、資格或立場。後面接續「行為、発言、態度、こと」等名詞。「まじ」只放在句尾，是一種較為生硬的書面用語。〈日文意思〉～てはならない、～べきではない。

例文

### 加工日を改ざんするなんて、高級料亭としてあるまじきことだ。
高級日式餐廳竟然做出竄改食物加工製造日期的舉措，實在不可饒恕。

## まじき

「不該有的…」之意。例句中前接職業或地位的名詞「高級料亭」，後面接續「こと」指責話題中人物的行為，不符其立場「高級日式餐廳」竟做出「竄改食物加工日期」的行為。

## べし

「應該…，必須…」之意。只放在句尾，是一種義務、當然的表現方式。表示說話人從道理上考慮，覺得那樣做是應該的，理所當然的。用在說話人對一般的事情發表意見的時候。文言的表達方式。

---

**8** に（は）当たらない
不需要…、不必…、用不著…；不相當於…

接續與說明 [V-る／Nに（は）＋当たらない]。接動詞終止形時，表示沒有必要做某事，那樣的反應是不恰當的。用在說話人對於某事評價較低的時候，多接「賞賛する、感心する、驚く、非難する」等詞之後；接名詞時，則表示「不相當於…」的意思。〈日文意思〉～必要はない／～には相当しない。

例文

## その程度のことで驚くには当たらない。

區區這種程度的小事，沒什麼好大驚小怪的。

比較

---

## に（は）当たらない

「不需要…」之意。句中前接「驚く」，表示沒有必要做某事「為區區小事大驚小怪的」，那樣的反應是不恰當的。用在說話人對於某事評價較低的時候。

## に足りない

「不足以…」之意。前接「信頼する、尊敬する」等詞，表示沒有必要做前項的價值，那樣做很不恰當。

## には及ばない
不必…、用不著…、不值得…

接續與說明 [V-る／N＋には及ばない]。表示沒有必要做某事，那樣做不恰當、不得要領，經常接表示心理活動或感情之類的動詞之後，如「驚く」（驚訝）、「責める」（責備）。常跟「からといって」（雖然…但…）一起使用。〈日文意思〉～なくてもいい／～必要はない。

例文

**息子の怪我については、今のところご心配には及ばない。**
我兒子的傷勢目前暫時穩定下來了，請大家不用擔心。

比較

### には及ばない

前接表示心理活動「心配」的詞，表示「我兒子的傷勢目前暫時穩定下來了」，沒有必要做某事「擔心」，那樣做不恰當、不得要領。和「言うまでもない」意同。

### まで（のこと）もない

「用不著…」之意。前接動作，表示事情尚未到某種程度，沒必要做到前項那種程度。含有事情已經很清楚了，再說或做也沒有意義。

## まで（のこと）もない
用不著…、不必…、不必說…

接續與說明 [V-る＋まで（のこと）もない]。前接動作，表示沒必要做到前項那種程度。含有事情已經很清楚了，再說或做也沒有意義。〈日文意思〉～なくてもいい、～必要がない。

## 見れば分かりますから、わざわざ説明するまでもない。
看了就知道，用不著特意解釋。

## まで（のこと）もない

前接動作「説明する」，表示沒必要做到前項那種程度。含有事情已經很清楚了，再說或做也沒有意義。

## ものではない

「不要…」之意。表示勸阻、禁止，用在給對方忠告的時候。

# 24 実力テスト

做對了，往走，做錯了往走。

次の文の_____にはどんな言葉を入れたらよいか。1・2から最も適当なものをひとつ選びなさい。

## 實力測驗

**Q** 哪一個是正確的？

答案>>在右頁

**1**
謝って_____なら警察も裁判所もいらない。

　　　1　はいけない　2　済む

**譯** 1 はいけない：「てはいけない」不准…
2 済む：「て済む」…就行了

解答》請看右頁

**2**
今度こそ、本当のことを言わせ____ぞ。
　1　ないではおかない
　2　ないにはいられない

**譯** 1 ないではおかない：不能不…
2 ないにはいられない：不得不…

解答》請看右頁

**3**
君のせいでこんな状態になって、謝ら_____だろう。

　　1　ないじゃおかない2　ずにはすまない

**譯** 1 ないじゃおかない：不能不…
2 ずにはすまない：不能不…

解答》請看右頁

**4**
予算不足は、夏祭りの計画変更を_____。

　1　余儀なくさせた2　余儀なくされた

**譯** 1 余儀なくさせた：「を余儀なくさせる」必須…
2 余儀なくされた：「を余儀なくされる」不得不…

解答》請看右頁

**5**
選手以外の者はキャンパスに入る_____！

　　1　べきだ　　2　べからず

**譯** 1 べきだ：應當…
2 べからず：不得…

解答》請看右頁

なるほどの解説を確認して、次のページへ進もう！

# なるほどの解説

**1**

動詞連用形

謝<small>あやま</small>って済<small>す</small むなら警察<small>けいさつ</small>も裁判所<small>さいばんしょ</small>もいらない。

↳ 後接「なら」時，則表示不這樣做，就能解決問題的話

如果道歉就能解決事情，那就不需要警察跟法院了。　　　　　　　　答案 2

**2**

動詞未然形

今度<small>こんど</small>こそ、本当<small>ほんとう</small>のことを言<small>い</small>わせ ないではおかないぞ。

↓ 前面常接使役動詞　　　　↳ 藉由雙重否定，表達
　　　　　　　　　　　　　　　必定成立的語感

這次一定要說出實情來。　　　　　　　　　　　　　　　　　　　　答案 1

**3**

動詞未然形

君<small>きみ</small>のせいでこんな状態<small>じょうたい</small>になって、謝<small>あやま</small>らずにはすまない

だろう。　　　　　↳ 多為倫理認知、社會規範考量，語含自己認為不
　　　　　　　　　　這麼做是過意不去的語感

都是因為你事情才會變成這樣，非道歉不可了。　　　　　　　　　　答案 2

**4**

體言

予算不足<small>よさんぶそく</small>は、夏祭<small>なつまつ</small>りの計画変更<small>けいかくへんこう</small>を余儀<small>よぎ</small>なくさせた。

↳ 以造成影響力的原因，　　　↳ 前接表示動作的名詞，使役形含被強
　　做為出發點的語感　　　　　　制進行的語意，是叫人不滿的事態

預算不夠，夏季慶典活動的計畫不得不變更了。　　　　　　　　　　答案 1

**5**

動詞終止形

選手以外<small>せんしゅいがい</small>の者<small>もの</small>はキャンパスに入<small>はい</small>る べからず！

↳ 從社會認知來看，是不可允許的內容　　↳ 只放於句尾，或「」裡
　　　　　　　　　　　　　　　　　　　　　作為標語或轉述

選手以外的人，不得進入校園。　　　　　　　　　　　　　　　　　答案 2

**479**

# 25 実力テスト

做對了，往走，做錯了往✗走。

次の文の_____にはどんな言葉を入れたらよいか。1・2から最も適当なものをひとつ選びなさい。

## 實力測驗

**Q** 哪一個是正確的？

答案＞＞在右頁

**6**

イライラしたときこそ努めて冷静に、客観的に自分を見つめる_____。

1 べし　　　2 べからざる

**譯** 1 べし: 應該…
　　2 べからざる: 禁止…

解答＞＞請看右頁

**7**

生徒を殴って大けがをさせるなんて、教師にある_____行為だ。

1 まじき　　2 べし

**譯** 1 まじき: 不該有的…
　　2 べし: 應該…

解答＞＞請看右頁

**8**

無視という行為はいじめ_____のでしょうか？

1 には当たらない　2 に足りない

**譯** 1 には当たらない: 不需要…
　　2 に足りない: 可以…

解答＞＞請看右頁

**9**

今すぐ返事する_____が、よく考えてから返事してください。

1 までもありません　2 には及びません

**譯** 1 までもありません: 用不著…
　　2 には及びません: 不必…

解答＞＞請看右頁

**10**

信号の色の基礎知識。ここでは、改めて_____。

1 ものではない　2 いうまでもない

**譯** 1 ものではない: 不要…
　　2 いうまでもない:「まで（のこと）もない」用不著…

解答＞＞請看右頁

なるほどの解説を確認して、
次のページへ進もう！

**6**

討論話題為開端

イライラしたときこそ努(つと)めて冷静(れいせい)に、客観的(きゃっかんてき)に自分(じぶん)を
見(み)つめるべし。 只放句尾

動詞終止形

從道理上考慮應該要這樣，含有命令、主張或行動的目標的語意

情緒急躁時，更須盡可能冷靜、客觀地審視自己。 答案 1

**7**

體言+にある

生徒(せいと)を殴(なぐ)って大(おお)けがをさせるなんて、教師(きょうし)にあるまじき
行為(こうい)だ。 以做為後項，不該有的言行為開端

前接指責的對象，多為職業或地位的名詞，後常接「行為、態度、こと」等名詞

竟然把學生打成重傷，真不是教師該有的行為。 答案 1

**8**

體言

無視(むし)という行為(こうい)はいじめには当(あ)たらないのでしょうか？

可用某事由為開端 接名詞時表示「不相當於…」的意思

無視於對方存在的這一行為，不就是欺凌嗎？ 答案 1

**9**

動詞終止形

今(いま)すぐ返事(へんじ)するには及(およ)びませんが、よく考(かんが)えてから返事(へんじ)
してください。 表示用不著做某動作，或是能力、地位不及水準

不需要現在馬上回答，請仔細考慮後再回答。 答案 2

**10**

動詞終止形

信号(しんごう)の色(いろ)は基礎知識(きそちしき)。ここでは、改(あらた)めていうまでもない。

語含個人主觀、或是大眾所知的語氣

常和「言う、話す、語る、説明する」等詞共用

紅綠燈顏色的基礎知識，用不著再多說。 答案 2

# 助動詞（狀態・傾向・其他）

1 嫌いがある
2 如し、如く、如きN
3 めく（傾向）
4 んばかりに、んばかりだ、んばかりのN
5 しまつだ
6 てはばからない
7 にかかわる

 MP3 T-46

## 1 嫌いがある
有一點…、總愛…

接續與說明 ［V-る／Nの＋嫌いがある］。表示有某種不好的傾向，容易成為那樣的意思。多用在對這不好的傾向，持批評的態度。而這種傾向從表面是看不出來的，它具有某種本質性的性質。書面用語。常用「どうも～きらいがある」。〈日文意思〉～（よくない）傾向がある。

例文

### 彼女は小さい時から、何でも悪い方に考える嫌いがある。
她從小就有對任何事情都採取負面思考的傾向。

比較

### 嫌いがある

例句中表示「她從小就有對任何事情都採取負面思考」這不好的傾向。多用在對這不好的傾向，持批評的態度。

### 恐れがある

「恐怕會…」之意。表示有發生某種消極事件的可能性。只限於用在不利的事件。常用在新聞或報導中。

**2** 如し、如く、如きN
如…一般、同…一様

接續與說明 [V／A／Naである／Naな／Nの／Nである＋ごとし]；[V／A／Naである／Naな／Nの／Nである＋ごとく]；[V／A／Naである／Naな／Nの／Nである＋ごときN]。好像、宛如之意，表示事實雖然不是這樣，如果打個比方的話，看上去是這樣的。〈日文意思〉「～ようだ」（比況）の古い言い方。

例文
しゅうち
周知のごとく、家賃は毎年どんどん上がる一方だ。
眾所皆知，租金年年持續上漲。

比較

のごとく
表示比喻。「好像、宛如」之意，表示事實雖然不是這樣，如果打個比方的話，看上去是這樣的。

らしい
「好像…」之意。表示從眼前可觀察的事物等狀況，來進行判斷；又有充分反應出該事物的特徵或性質的意思。「像…樣子」、「有…風度」之意。

**3** めく（傾向）
像…的樣子、有…的意味、有…的傾向

接續與說明 [N＋めく]。「めく」是接尾詞，接在名詞後面，表示具有該名詞的要素。表現出某種樣子。〈日文意思〉～の感じや雰囲気が満ちている。

例文
ひにく い かた きら
皮肉めいた言い方をすると嫌われる。
以帶有諷刺意味的方式說話會惹人討厭。

## めく

「めく」是接尾詞，接在名詞「皮肉」後面，表示具有該事物的要素「帶有諷刺意味」，表現出某種樣子的意思。

## ぶり

「假裝…、冒充…」之意。表示給予負面的評價，有意擺出某種態度的樣子，「明明…卻要擺出…的樣子」的意思。

 **4** **んばかりに、んばかりだ、んばかりのN**
幾乎要…、差點就…

接續與說明 [V-ない＋んばかりに]；[V-ない＋んばかりだ]；[V-ない＋んばかりのN]。表示事物幾乎要達到某狀態，或已經進入某狀態了。動詞後接「ぬ、ん」的用法是文言文的殘餘。口語少用，屬於書面用語。〈日文意思〉いかにも～といった様子だ。

例文

ふくろ　はれつ
**袋は破裂せんばかりにパンパンだ。**
袋子被塞得鼓鼓的，都快要被撐破了。

比較

## んばかりに

例句中表示事物幾乎要達到某狀態，或已經進入某狀態了「都快要被撐破了」。

## （か）と思いきや

「原以為…」之意。表示按照一般情況推測，應該是前項的結果，但是卻出乎意料地出現了後項相反的結果。含有說話人感到驚訝的語感。這個句型要接用言終止形。

# 5 しまつだ
（結果）竟然…、落到…的結果

接續與說明 [V-る（という）＋しまつだ]。表示經過一個壞的情況，最後落得一個更壞的結果。前句一般是敘述事情發生的情況，後句帶有譴責意味地，陳述結果竟然發展到這樣的地步。有時候不必翻譯。〈日文意思〉～という悪い結果になる。

例文

借金を重ねたあげく、夜逃げするしまつだ。
在欠下多筆債務後，落得躲債逃亡的下場。

比較

## しまつだ

表示經過一個壞的情況「在欠下多筆債務後」，最後落得一個更壞的結果「落得躲債逃亡的下場」。前句一般是敘述事情發生的情況，後句帶有譴責意味地，陳述結果竟然發展到這樣的地步。

## 次第だ

「要看…而定」、「根據…的情況而變化」、「為其左右」之意。表示行為動作要實現，全憑「次第だ」前面的名詞的情況而定。

# 6 てはばからない
不怕…、毫無顧忌…

接續與說明 [V-て＋はばからない]。表示毫無顧忌地進行前項的意思。〈日文意思〉～少しの遠慮もなく～する。

例文

その新人候補は、今回の選挙に必ず当選してみせると断言してはばからない。
那位新的候選人毫無畏懼地信誓旦旦必將在此場選舉中勝選。

## てはばからない

表示毫無顧忌地進行前項「信誓旦旦必將在此場選舉中勝選」的意思。

## てかまわない

表示讓步關係。雖然不是最好的，或不是最滿意的，但妥協一下，這樣也可以。「即使⋯也沒關係」、「⋯也行」的意思。

---

**7　にかかわる**
和⋯相關；影響到⋯、涉及到⋯

接續與說明　[N＋にかかわる]。表示與某人或事物有關連，含有「對其產生重大影響」之意。前面多接「一生、名譽、生死、合否」等表示受影響的名詞。〈日文意思〉～に関係を持つ、～に影響が及ぶ。

例文

## 花粉症は、生死にかかわる病気ではありません。
花粉熱不屬於生死交關的疾病。

比較

## にかかわる

前面接表示受影響的名詞「生死」，後面用否定的方式，表示花粉症與「生死」是沒有關連的，含有「對其產生重大影響」之意。

## にかかっている

「取決於⋯」之意。表示事情能不能實現，由前接部分所表示的內容來決定。

# 26 実力テスト

做對了，往😊走，做錯了往❌走。

次の文の_____にはどんな言葉を入れたらよいか。1・2から最も適当なものをひとつ選びなさい。

## 實力測驗

**Q** 哪一個是正確的？

答案>>在右頁

---

**1**

彼は思いこみが強く、独断専行の_____がある。

　　1 嫌い　　　　2 恐れ

**譯** 1 嫌い：「嫌いがある」有一點…
　　2 恐れ：「恐れがある」恐怕會…

解答》請看右頁

---

**2**

全国的な産婦人科医師不足はすでに周知_____である。

　　1 らしい　　　　2 のごとく

**譯** 1 らしい：好像…
　　2 のごとく：「ごとく」如…一般

解答》請看右頁

---

**3**

向かいの山の峠も少しずつ春_____きた。

　　1 めいて　　　　2 ぶって

**譯** 1 めいて：「めく」像…的樣子
　　2 ぶって：「ぶる」假裝…

解答》請看右頁

---

**4**

その店は、平日でも週末でも_____人で賑わっていた。

　　1 溢れんばかりの2 溢れるかと思いきゃ

**譯** 1 溢れんばかりの：「んばかりの」幾乎要…
　　2 溢れるかと思いきゃ：「かと思いきや」原以為…

解答》請看右頁

---

**5**

スキーで足を折って、一ヶ月も入院する_____。

　　1 しだいだ　　　　2 しまつだ

**譯** 1 しだいだ：要看…而定
　　2 しまつだ：（結果）竟然…

解答》請看右頁

---

**6**

人様に迷惑をかけて_____。

　　1 はばからない
　　2 かまわない

**譯** 1 はばからない：「てはばからない」不怕…
　　2 かまわない：「てもかまわない」…也行

解答》請看右頁

---

**7**

その国には人命に_____水や医薬品や食糧が不足している。

　　1 かんする　　　　2 かかわる

**譯** 1 かんする：「にかんする」…相關
　　2 かかわる：「にかかわる」和…相關

解答》請看右頁

---

なるほどの解説を確認して、次のページへ進もう！

**1** 體言＋の

彼は思いこみが強く、独断専行の嫌いがある。

　　　　　　　　負面且含批評的語氣，表示從表面看不出來，但具有某種本質的傾向

他總是自以為是，獨斷專行。　　　　　　　　　　　　　　答案 1

**2** 體言（の）

全国的な産婦人科医師不足はすでに周知のごとくである。

　↳ 雙方皆知的實例、現象　　　　　表示從雙方皆知的點切入正題

全國婦產科醫師不足的現象，可說已是眾所周知了。　　　　答案 2

**3** 體言

向かいの山の峠も少しずつ春めいてきた。

　　　　　　　　　　　　　　　　　　　　　　也常跟表示轉變的「くる」
　　　　　　　　　　　　　　　　　　　　　　連用，表示漸漸有的傾向
　　↳ 前面的名詞具有後項的特質

對面的山頂，已有些春意了。　　　　　　　　　　　　　　答案 1

**4** 動詞未然形

その店は、平日でも週末でも溢れんばかりの人で賑わって
いた。 ↳ 某話題為開端　　　　　　形容事物的程度、狀態，含
　　　　　　　　　　　　　　　　程度高、狀態嚴重的語意

不管是平日或週末，那家店都人潮（有如）滾滾般地熱鬧非凡。 答案 1

**5** 動詞連體形

スキーで足を折って、一ヶ月も入院するしまつだ。

　↳ 可用某壞的原因為開端　　　↳ 因前項的不好的原因，而導致更
　　　　　　　　　　　　　　　　壞的結果

腳因滑雪而骨折，竟住院住了一個月。　　　　　　　　　　答案 2

**6** 動詞連用形

人様に迷惑をかけてはばからない。

　↳ 多半以人物或職稱做為主詞　　↳ 含毫不客氣、毫無顧忌地進行

毫無忌憚地叨擾他人。　　　　　　　　　　　　　　　　　答案 1

**7** 體言　　　　　　　　　　↱ 可接名詞，表示影響前項的事物

その国には人命にかかわる水や医薬品や食糧が不足して
いる。　　　↳ 多接受後項影響的重大內容，常接「一
　　　　　　　　生、名誉、生死、合否、将来」等名詞

水、醫藥跟食糧等攸關人命的東西在那個國家都顯不足。　　答案 2

**489**

著　　者——吉松由美・西村惠子・田中陽子

發 行 人——林德勝

出 版 者——山田社文化事業有限公司

地　　址——臺北市大安區安和路112巷17號7樓

電　　話——02-2755-7622

傳　　真——02-2700-1887

經 銷 商——聯合發行股份有限公司

地　　址——新北市新店區寶橋路235巷6弄6號2樓

電　　話——02-2917-8022

傳　　真——02-2915-6275

印　　刷——上鎰數位科技印刷有限公司

法律顧問——林長振法律事務所　林長振律師

書——新台幣380 元

書+MP3——新台幣420 元